Lives
of
Girls and Women

LIVES OF GIRLS AND WOMEN
by Alice Munro

이 도서의 국립중앙도서관 출판예정도서목록(CIP)은
서지정보유통지원시스템 홈페이지(http://seoji.nl.go.kr)와
국가자료공동목록시스템(http://www.nl.go.kr/kolisnet)에서 이용하실 수 있습니다.
(CIP제어번호: CIP2018035257)

소녀와 여자들의 삶

앨리스 먼로 장편소설

정연희 옮김

Lives of Girls and Women

Alice Munro

문학동네

일러두기

1. 주석은 모두 옮긴이주다.
2. 본문 중 고딕체는 원서에서 이탤릭체나 대문자로 강조한 부분이다.

짐에게

차례

플래츠 로드

우리는 물고기를 잡는 베니 아저씨를 도우면서 와와나시강에서 시간을 보냈다. 우리는 아저씨에게 개구리를 잡아주었다. 버드나무 가지가 늘어진 질퍽거리는 강둑을 따라, 그리고 쥐꼬리가 수두룩하고 칼날 같은 풀—우리 다리에, 처음에는 표시가 나지 않지만 벤 것 같은 미세한 상처를 남겼다—이 무성한 진구렁을 지나, 우리는 잽싸게 뒤쫓고 가만가만 뒤를 밟고 살금살금 다가가고 엉금엉금 기어가 개구리를 덮쳤다. 늙은 개구리들은 약아빠져서 우리가 지나가는 길을 피해 다녔지만 우리도 늙은 개구리는 필요 없었다. 우리가 뒤쫓은 건 호리호리한 애송이 개구리, 즙이 많은 청소년 개구리였다. 그런 개구리들은 차갑고 끈적끈적했다. 우리는 잡은 개구리를 손에 쥐고 지그시 눌러 꿀 담는 통에 퐁당 빠뜨린 뒤 뚜껑을 덮었다. 베니 아저씨의 갈고리에 끼워지기 전까지 개구리들은 그 안에 있었다.

베니 아저씨는 우리 친척이 아니었다. 누구의 친척도 아니었다.

그는 멀리 나가지 않고 얕은 갈색 강물 속에 서 있었는데, 그 지점에서 진흙 바닥이 자갈과 모래로 변했다. 어디에서 마주치건 그의 옷차림은 하루도 빠짐없이 똑같았다—고무 부츠를 신었고, 셔츠 없이 입은 오버올 위에 녹슨 빛깔이 감도는 검은색 정장 재킷을 걸쳤다. 재킷 단추를 잠가 입고 다녀서 생긴 V자 모양을 경계로, 드러난 피부는 거칠고 붉었지만 그 아래 속살은 보드랍고 흰색이었다. 그가 쓴 펠트 모자에는 원래 있던 가느다란 리본과 작은 깃털 두 개가 그대로 붙어 있었지만, 모자는 땀 때문에 시커멓게 변해 있었다.

그는 절대 뒤돌아보지 않았지만 우리가 물속에 발을 집어넣으면 대번에 알아차렸다.

"요 꼬맹이들, 진흙탕에서 첨벙거려 물고기를 놀래줄 속셈이면 다른 데 가서 알아봐. 내 강둑에서는 꺼지란 말이다."

하지만 그 강둑은 그의 것이 아니었다. 그가 보통 물고기를 잡는 이곳은 우리 강둑이었다. 하지만 우리는 한 번도 그런 생각을 해본 적이 없었다. 그의 사고방식대로라면 강과 숲과 그레넉 늪지 전체가 얼마간은 그의 것이었다. 그곳을 누구보다도 잘 아는 사람은 그였기 때문이다. 그는 늪지 주변을 어슬렁거린 정도가 아니라 그 중심부까지 가본 사람은 자기밖에 없다고 주장했다. 그는 늪지 중심부에 가면 2톤 트럭을 아침식사처럼 한입에 집어삼킬 수 있는, 흐르는 모래 구멍quicksand hole이 있다고 했다. (내 마음의 눈에는 그 구멍에서 마른 액체가 반짝반짝 흐르는 광경이 보였다—수은quicksilver과 혼동한 것이다.) 그는 한여름이 되면 와와나시강에 깊이가 20피트나 되는 깊은 구멍들이 생긴다고도 했다. 그는 우리를 그곳에 데려갈 수 있다고 말했지만 실제로 데려간 적은 한 번도 없었다.

우리가 조금이라도 의심하는 것 같으면 그는 대번에 발끈했다.

"그 구멍에 빠져봐야 내 말을 믿지."

그는 검은색 콧수염을 짙게 길렀고, 눈빛은 강렬했으며, 정교한 포식동물의 얼굴을 가지고 있었다. 입은 옷이나 콧수염, 버릇을 보면 그의 나이가 제법 많은 줄 알겠지만 실제로는 그렇지 않았다. 그는 십대를 채 벗어나기도 전에 확실한 괴짜가 되는 유의 사람이었다. 그가 어떤 말, 어떤 예측, 어떤 판단을 하건 그 안에는 진심과 열정이 담겨 있었다. 한번은 그가 우리집 마당에서 무지개를 쳐다보며 외쳤다. "저게 뭔지 아니? 또다시 홍수가 일어나는 일은 없을 거라는 하느님의 약속이야!" 그는 하느님이 방금 전에 그 약속을 했고 자신은 그걸 전달하는 전령이라도 된다는 듯 그 엄청난 약속에 감동해 몸을 부르르 떨었다.

그가 원하는 물고기(그는 블랙배스는 물에 다시 던져넣었고 처브와 레드핀은 놔두었는데, 레드핀은 바늘이 꽂힌 바늘꽂이처럼 가시가 많지만 맛이 좋다고 했다)를 잡으면 우리는 골짜기 같은 바닥에서 빠져나와 곧장 들판을 가로질러 그의 집으로 갔다. 오언과 나는 맨발이었지만 그루터기만 남은 들판도 쉽게 걸을 수 있었다. 붙임성 없는 우리집 개 메이저가 가끔은 멀찍이서 따라오기도 했다. 저멀리 덤불숲—1마일만 더 들어가면 늪지로 변했다—의 가장자리에 베니 아저씨의 집이 있었다. 여름 햇볕에 본디 색이 바래 은빛이 도는, 높고 페인트칠을 하지 않은 낡은 판잣집이었다. 가로판이 쪼개지거나 떨어져나간 진녹색 블라인드가 창문마다 내려져 있었다. 집 뒤의 덤불숲은 검고 뜨거웠는데, 가시가 잔뜩 돋친 덤불이 빽빽했고 벌레들이 우글우글 모여 은하수 모양으로 빙빙 돌았다.

집과 덤불숲 사이에는 우리가 몇 개 있었는데, 거기에는 늘 포획한 짐승—아직 완전히 길이 들지 않은 황금색 담비 한 마리, 야생 밍크 두 마리, 덫에 걸려 다리가 찢어진 붉은여우 한 마리—이 갇혀 있었다. 여우는 절뚝거렸고 밤에는 울부짖었다. 이름은 더치스였다. 그리고 우리를 만들어줄 필요가 없는 너구리들이 있었다. 너구리들은 마당이나 나무들 사이에서 살았는데, 고양이보다 길들이기가 더 쉬웠고 먹이를 받아먹으려고 집 문 앞까지 왔다. 너구리들은 껌도 좋아했다. 다람쥐들도 찾아와 천연덕스럽게 창턱에 앉아 있거나 포치에 쌓아놓은 신문지 뭉치를 들쑤시고 다녔다.

그곳에는 얕은 우리 같은 것도 있었다. 집의 외벽 바로 옆에 땅을 파서 만든 구덩이로, 나머지 삼면에는 2피트 높이의 판자를 못질해서 막아두었다. 베니 아저씨는 여기에다 거북을 풀어놓았다. 어느 여름 그는 거북을 잡기 위해 다른 일에서는 손을 다 뗀 적도 있었다. 디트로이트 출신의 어느 미국인이 그 거북을 1파운드에 35센트씩 쳐주기로 했다며, 거북을 팔 거라고 했다.

"거북 수프를 만드는 거지." 베니 아저씨가 거북 우리를 굽어보며 말했다. 그는 동물을 길들이고 먹이는 것을 아주 좋아했지만, 그만큼 그것들의 불편한 운명도 즐겼다.

"거북 수프라고요!"

"미국인들이 먹을 거야." 그 정도면 충분한 설명이 되었다는 듯 베니 아저씨가 말했다. "나는 입에도 대지 않아."

그 미국인이 나타나지 않았거나, 베니 아저씨가 원하는 금액을 그 미국인이 주지 않았거나, 아니면 애초에 그 미국인은 소문에 지나지 않았을 것이다. 계획이 무산되었다. 몇 주가 지나니 누가 거북 이야기를 꺼내도 베니 아저씨는 멀뚱한 표정을 지을 뿐이었다. 그러고는 언제 이야기를 아직도 하느냐는 표정으로 외려 물어본 사람이 딱하다는 듯 이렇게 말하는 것이었다. "아, 그 문제로 더는 골치를 썩이고 싶지 않아요."

베니 아저씨는 우리집 부엌문을 열고 들어오면 자신이 즐겨

앉는 의자에 앉아—앉아 있을 여유도 없고, 누구도 귀찮게 하고 싶지 않으며, 바로 나갈 것 같은 자세로—모험적인 새 사업에 대한 소식을 한 보따리 풀어놓았다. 그가 말하는 사업은 하나같이 특별해서, 그리 멀지 않은 곳, 그러니까 카운티 남부나 그랜틀리 타운십 같은 가까운 곳에 사는 사람들이 그 사업으로 떼돈을 벌어들인다고 했다. 그 사람들은 친칠라토끼를 키웠다. 작은 앵무새를 키웠다. 일 년에 1만 달러를 벌어들이지만 할일은 거의 없었다. 그는 어떤 일도 진득하게 한 적이 없지만 우리 아빠의 일은 계속했는데, 아마 아빠가 은빛 여우를 키웠기 때문일 것이다. 그런 사업에는 위험하지만 특별한 무언가가, 화려하지만 실체가 없고 결코 실현되지도 않을 일확천금의 꿈이 존재했기 때문이다.

그는 자신의 집 포치에서 물고기를 씻었고, 먹고 싶은 마음이 들면 그 자리에서 생선 구운 냄새와 기름으로 찌든 프라이팬에 몇 마리를 튀겨 팬째 먹었다. 바깥이 아무리 덥고 환해도 그는 전등을 켰는데, 전등이라고 해봤자 천장에 달랑 하나 매달린 알전구에 불과했다. 층층이 쌓아놓은 잡동사니와 켜켜이 묻은 먼지가 불빛을 집어삼켰다.

이따금 나는 집으로 돌아오는 길에 오언과 함께 그의 집 전체에, 혹은 부엌에 있는 물건의 이름을 대보곤 했다.

"토스터 두 개, 하나는 문이 달린 거, 다른 하나는 선반에 올려서 굽는 것."

"자동차에서 떼어낸 좌석."

"말아놓은 매트리스. 아코디언."

하지만 그래봤자 물건들 이름을 절반도 댈 수 없다는 걸 우리는 잘 알았다. 이렇게 나열한 것들을 우리가 그 집에서 들고 나온다 해도 그는 아쉬워하지 않았을 것이다. 그것들은 넘쳐나는 잔해, 즉 카펫, 리놀륨, 가구의 한 부분, 기계 부품, 못, 철사, 용구, 조리기구 등 수두룩하게 썩어가는 온갖 시커먼 잡동사니 중에서 밖에 나와 있고 형체를 알아볼 수 있는 몇 가지에 불과했다. 이 집은 베니 아저씨의 부모님이 결혼한 뒤로 줄곧 살았던 집이었다. (내가 그분들에 대해 기억하는 거라곤, 늙고 뚱뚱하고 반쯤 눈이 먼 그들이 너덜너덜해진 짙은 색깔의 옷을 겹겹이 껴입고서 포치에 앉아 햇볕을 쬐던 모습뿐이었다.) 그렇다면 그렇게 쌓여 있는 물건의 일부는 그 집안의 가족사에서 오십 년쯤은 나이를 먹은 것들이었다. 하지만 그중에는 다른 사람들이 내다버린 것도 포함되어 있었다. 베니 아저씨가 달라고 해서 집으로 가져왔거나, 심지어 주빌리 쓰레기 하치장에서 끌고 온 것들이었다. 그는 그것들을 쓸 만하게 고친 뒤 되팔고 싶어했다. 도시에서 살았다면 그는 엄청나게 큰 고물상을 했을 것이다. 더러운 가구와 낡은 가전제품, 이 빠진 접시, 다른 사람들의 혈육들의 손때 묻은 사진들 속에 파묻혀 인생을 보냈을 것이다. 그는 그런 고물을 그 자체로 소중히 여겼지만, 겉으로는 그저—남들 앞에

서뿐 아니라 자기 자신에게도—그 물건들에서 실용적인 쓰임새를 찾아낼 생각인 것처럼 행동했다.

어쨌거나 내가 그의 집에서 가장 좋아하고 절대 지겨워하지 않았던 것은 포치에 쌓여 있던 신문이었다. 그는 우리집 우편함에 하루 늦게 도착하는 주빌리시의 〈헤럴드-어드밴스〉나 시 일간지는 받아보지 않았다. 〈패밀리 헤럴드〉나 〈새터데이 이브닝 포스트〉를 구독하지도 않았다. 그가 보는 신문은 헤드라인의 높이가 3인치나 되고 거친 종이에 형편없이 인쇄된, 일주일에 한 번씩 배달되는 신문이었다. 그는 제대로 작동하는 라디오를 가져본 적이 거의 없었기 때문에, 그에게 바깥세상에 대한 정보를 주는 것은 그 신문뿐이었다. 그 신문이 보여주는 세상은 우리 부모님이 신문에서 읽거나 매일 뉴스에서 듣는 세상과 달랐다. 헤드라인도 그 무렵 이미 시작된 전쟁이나 선거, 이어지는 폭염, 사고와는 전혀 상관이 없는 이런 것들이었다.

아버지가 쌍둥이 딸을 돼지에게 먹이로 주다
한 여자가 인간 원숭이를 낳다
처녀가 광분한 수도사들에게 십자가에서 강간당하다
남편의 상반신을 우편으로 보내다

나는 점점 내려앉고 있는 포치 모서리에 앉아 베니 아저씨의 어머니가 심었을 수염패랭이꽃을 발로 건드리면서 그 신문을 읽곤 했다. 그러면 마침내 베니 아저씨가 말했다. “가져가고 싶으면 집에 가져가. 나는 다 읽었으니까.”

나는 더 영리한 꾀를 냈다. 점점 빨리 읽어치워서, 신문 한아름을 들판을 가로질러, 우리집까지 이어지는 좁은 길 위로, 햇볕 속으로 얼레 풀듯 펼쳐놓은 것이다. 나는 악을 폭로한다는 사실에, 기기묘묘하고 기상천외하며 무시무시한 놀이처럼 자행된 악을 폭로한다는 사실에 우쭐하면서도 아찔한 기분을 느꼈다. 하지만 집에 가까워질수록 이런 환상은 희미해졌다. 소박한 우리집 뒷벽과 흠집이 난 옅은 색깔의 벽돌, 부엌문 밖의 시멘트단, 못을 쳐서 걸어놓은 빨래통, 펌프, 잎사귀에 갈색 반점이 생긴 라일락나무를 보면 아내가 남편의 상반신을 크리스마스 포장지에 싸서 사우스캐롤라이나에 사는 남편의 여자친구에게 보냈다는 사실이 미심쩍게 느껴졌다. 왜 그랬을까?

우리집은 타운 경계에 자리한 버클스 가게에서 서쪽으로 뻗은 플래츠 로드의 끝에 있었다. 금방이라도 무너질 것 같은 그 목조 가게는 내게 언제나 타운의 끝을 알리는 표지였다. 세로로 길고 좁은 형태라 세워놓은 판지상자처럼 보이는 그 가게에는 밀가루, 차, 찐 귀리, 청량음료, 담배 따위를 광고하는 문구를 페인트로 쓴 금속판들이 무질서하게 붙어 있었다. 보도, 가로등, 그늘을 만드는 가로수, 우유배달부와 얼음장수의 수레, 새들이 미역을 감는 수반, 꽃을 심어 만든 경계, 숙녀들이 앉아 거리를 내려다보는 고리버들 의자가 있는 베란다 같은 그 모든 문명화된 욕망의 대상이 끝나면 이 버클스 가게가 나왔고, 우리는 거기서 우리집에 이르는 그늘 없는 그 길, 넓고 구불구불한 플래츠 로드를 (오언과 함께 학교에 갔다 올 때나 엄마와 함께 토요일 오후에 장을 보고 돌아올 때) 걸어다녔다. 길 양옆의 들판에는 이런저런 잡초가 무성했고, 계절에 따라 민들레나 야생겨자꽃, 골든로드가 노랗게 흐드러져 있었다. 이 길에 있는 집들은 서로 널찍한 간격으로 떨어져 있었고, 어느 때건 타운의 집들과는 비교할 수 없을 정도로 대체로 더 방치되고 더 가난하고 더 기이해 보였다. 벽에는 페인트를 칠하다 말았고 사다리도 기대놓은 그대로였다. 포치도 파손된 흔적이 가려지지 않은 채 방치되어 있었다. 3피트 높이의 앞문에는 계단도 없었다. 유리창에는 블라인드 대신 노래진 신문지가 붙어 있었다.

플래츠 로드는 타운이라고 할 수도, 시골이라고 할 수도 없는 곳이었다. 명목상 타운십에 속했지만, 강의 굽이와 그레닉 늪지가 플래츠 로드를 타운십의 나머지 지역과 단절시켰다. 이곳에는 진짜 농장이라고 부를 만한 것도 없었다. 베니 아저씨와 포터 씨가 각각 15에이커, 20에이커씩 땅을 갖고 있긴 했지만, 베니 아저씨의 땅은 다시 숲이 되어가는 중이었다. 포터 씨의 아들들은 양을 키웠다. 우리는 9에이커의 땅을 가지고 있었고 여우를 키웠다. 대부분의 사람들은 1,2에이커의 땅을 보유했고 가축을 조금 키웠는데 대체로 소나 닭이었다. 가끔 일반적인 농장에서 볼 수 없는 좀 별난 짐승을 키우는 집들도 있었다. 포터 씨의 아들들은 염소 한 가족을 키웠는데, 염소들을 길가에 풀어놓고 풀을 뜯게 했다. 혼자 사는 샌디 스티븐슨은 성경 이야기를 그린 삽화에 등장할 법한 작은 회색 당나귀를 키웠다. 당나귀는 돌이 많은 들판 구석에서 풀을 뜯어먹었다. 우리 아빠가 하는 일도 이곳에서는 이상해 보이지 않았다.

미치 플림과 포터 씨의 아들들은 플래츠 로드에서 술을 밀매했다. 그들이 사는 방식은 서로 달랐다. 포터 씨의 아들들은 성격이 유쾌했지만 술만 마시면 난폭해졌다. 그들은 학교에서 돌아오는 오언과 나를 픽업트럭에 태워 집까지 데려다주곤 했다. 우리는 뒤쪽 짐칸에 앉았는데, 그들이 차를 엄청 빠르게 모는데다 울퉁불퉁한 길을 쿵쿵 부딪치며 달려 우리 몸은 이쪽저쪽 쏠리면서 날아다녔다. 엄마는 그 이야기를 듣고 깊은 한숨을 내쉬었다. 미치 플림은 유리창을 신문지로 가려놓은 집에 살았다. 그는 술을 마시지 않았고 류머티즘 때문에 다리를 절었으며 누구와도 말을 섞지 않았다. 그의 아내는 플라운스 주름이 달린 다해진 실내복을 입은 채 시도 때도 없이 어슬렁어슬렁 집 앞 우편함까지 맨발로 나오곤 했다. 그 집 전체가 사악하고 신비로운 기운에 감싸인 것 같아 나는 그 집을 한 번도 정면으로 쳐다본 적이 없었고, 그 집 앞을 지나갈 때는 달아나고 싶은 마음을 억지로 누르면서 앞만 쳐다본 채 고개도 돌리지 않았다.

그 길에는 바보 둘도 살았다. 한 명은 프랭키 홀이었다. 그는 형인 루이 홀과 함께 살았는데, 루이는 버클스 가게 옆 건물에서 시계 수리점을 했다. 그 건물은 페인트칠이 되어 있지 않고 앞쪽만 그럴듯하게 꾸며져 있었다. 프랭키는 아이보리 비누를 깎아 만든 것처럼 뚱뚱하고 창백했다. 그는 밖으로 나와, 고양이들이 늘어지게 잠을 자는 더러운 가게 창문 옆에 앉아 햇볕을 쬐었다. 다른 한 명은 아이린 폴록스였는데, 프랭크만큼 순하지도 바보 같지도 않았다. 그녀는 길에서 어린아이들을 쫓아다니거나, 자기집 앞에서 술 취한 수탉처럼 꼬끼오 소리를 지르고 두 팔을 파닥거리며 얼쩡거렸다. 그러니 그녀의 집 앞을 지나가는 것 역시 위험한 일이었다. 게다가 모두 다 아는 노래도 있었다.

아이린, 나를 쫓아오지 마.
쫓아오면 야생능금나무에
네 젖통을 묶어서 너를 매달아버릴 거야.

나도 엄마와 함께 그 집 앞을 지나가면서 그 노래를 불렀지만 젖통을 발꿈치로 바꿔 불러야 한다는 것 정도는 알았다. 그 노래는 언제 어디서 시작된 걸까? 심지어 베니 아저씨도 그 노래를 불렀다. 아이린은 머리색이 하얬는데, 나이 때문이 아니라 태어날 때부터 그랬다고 했다. 피부색도 거위 털처럼 하얬다.

엄마가 플래츠 로드에 사는 건 마지못해서였다. 엄마는 타운 보도에 발을 딛자마자 플래츠 로드의 뜨거운 햇볕에서 타운의 그늘로 들어선 것에 감사하며 고개를 꼿꼿이 들었는데, 그런 엄마에게서는 안도감이, 새로이 중요한 인물이 된 듯한 느낌이 흘러나왔다. 엄마는 뭔가가 떨어지면 나를 버클스 가게로 보냈지만, 진짜 쇼핑은 타운에서 했다. 우리가 가게 앞을 지나갈 때 찰리 버클이 가게 뒤쪽 공간에서 고기를 썰고 있을지도 몰랐다. 어두운 방충망 너머로 그의 모습이 부분적으로 가려진 모자이크 속 인물처럼 보이면 우리는 그가 우리를 보지 않았기를 바라면서 고개를 숙이고 황급히 지나갔다.

내가 우리는 플래츠 로드에 산다고 말하면 엄마는 내 말을 고쳐주었다. 엄마는 그렇게 말하면 뭐가 크게 달라지기라도 하는 것처럼 우리가 플래츠 로드 끝에 산다고 말했다. 나중에 엄마는 자신이 주빌리에도 속하지 않는다는 걸 깨닫게 되지만, 지금 엄마에게 주빌리는 놓을 수 없는 곳, 엄마가 희망과 즐거움을 느끼는 곳이었다. 엄마는 어두컴컴한 직물가게로 들어가면서 여자들에게 큰 소리로 인사를 건네고, 작고 높은 스툴에 앉으면서 뜨겁고 먼지 나는 길을 걸어왔는데 물 한잔 줄 수 없겠느냐고 부탁함으로써 주빌리에 엄마가 왔음을 알렸다. 그러면 여자들은 놀란 표정을 지으면서도 상냥한 얼굴로 엄마를 돌아보았다. 그때까지만 해도 나는 부끄러움 없이 엄마를 따라다니면서 그런 소란을 즐겼다.

엄마는 플래츠 로드에서 인기가 없었다. 엄마는 타운에서는 상냥하게 말했지만 이곳 사람들한테는 그러지 않았고, 오히려 지나치게 예의를 갖추고 티 나게 바른 문법을 썼다. 미치 플림의 아내—한때 매쿼드 부인의 매춘업소에서 일했다는데 당시 나는 그 사실을 몰랐다—에게는 한마디도 말을 걸지 않았다. 엄마는 어디에서건 가난한 사람들, 즉 흑인이나 유대인, 중국인, 여자들의 편을 들었지만, 술에 빠져 사는 꼴은 보지 못했다. 그건 결단코였다. 성적인 방탕, 욕설, 무계획적인 생활, 무지에 만족하며 사는 것도 봐주지 않았다. 따라서 엄마가 생각하는 정말로 핍박받는 불우한 사람들, 엄마가 사랑하는 정말로 가난한 사람들에 플래츠 로드 사람들은 포함되지 않았다.

아빠는 달랐다. 모두가 아빠를 좋아했다. 아빠도 플래츠 로드를 좋아했다. 정작 아빠는 술을 거의 입에 대지 않았고 여자들과 헤픈 짓을 하지도 욕설을 하지도 않았지만, 더욱이 사람은 일을 해야 한다는 신념으로 늘 열심히 일했지만, 그래도 플래츠 로드를 좋아했다. 아빠는 여기 플래츠 로드에서 편안해 보였지만, 도시 남자들, 즉 출근할 때 셔츠를 입고 타이를 매는 남자들을 만나면 어쩔 수 없이 경계심이 일어나는 것 같았다. 그런 순간에는 약간의 자부심을 느끼면서도 모욕당할까봐 염려했는데, 그 밑에는 일부 시골 사람들의 재능인 허세의 냄새를 맡는 예민하고 특별한 능력이 깔려 있었다. 아빠는 깊숙한 시골 농장에서 자랐다(엄마도 그랬지만, 엄마는 엄마의 모든 과거를 벗어던졌다). 그곳은 전통을 고수하고 가난을 자랑스러워하는 곳인데다 농장생활은 단조롭기만 해서 아빠도 그곳을 편안하게 느꼈던 것은 아니었다. 아빠는 플래츠 로드에서 편안함을 느꼈다. 베니 아저씨도 아빠의 친구로 무방했다.

베니 아저씨에 대해서는 엄마도 익숙해졌다. 그는 일요일을 제외하고는 매일 정오에 우리집에 와서 같이 점심을 먹었다. 그는 씹던 껌을 포크 끝에 붙여두었다가 점심을 다 먹고 나면 그 껌을 떼어내 껌에 찍힌 무늬를 보여주었다. 백랍 색깔의 껌에 무늬가 얼마나 근사하게 찍혔던지 그 껌을 다시 씹어야 한다는 사실이 안타까울 뿐이었다. 그는 잔 받침에 차를 따른 뒤 입바람을 후 불었다. 그리고 포크에 빵을 꽂아 접시를 고양이 접시처럼 깨끗하게 닦았다. 그가 부엌에 들어오면 늘 물고기, 털 짐승, 늪지 냄새가 났지만 나는 그 냄새가 싫지 않았다. 그의 식사 예절을 떠올려보면, 그는 시골에서 그러듯 음식을 마음대로 집어먹지도 않았고 세 번 권하기 전까지는 더 먹는 일도 절대 없었다.

그는 이런저런 이야기를 풀어놓았는데, 그의 이야기 속에서는 거의 언제나 뭔가 특이한 일이 벌어졌고, 엄마는 그런 일은 절대 일어났을 리 없다고 주장했다. 이를테면 샌디 스티븐슨의 결혼 이야기 같은 것이 있었다.

샌디 스티븐슨은 여기 카운티에 속하지 않은 저 먼 동쪽 지방 출신의 뚱뚱한 여자와 결혼했다. 은행에 2천 달러가 있고 폰티악을 모는 여자였다. 그리고 과부였다. 사건이 벌어지기 시작한 건 십이 년에서 십오 년쯤 전 그 여자가 플래츠 로드로 와서 샌디와 새살림을 꾸리면서부터였다. 밤중에 접시가 저 혼자 바닥에 떨어져 깨졌다. 레인지에서 스튜가 저 혼자 날아가 부엌 벽에 철퍼덕 부딪혔다. 샌디는 밤중에 매트리스 밑에서 염소가 툭툭 들이받는 느낌에 잠에서 깼지만 침대 밑에는 아무것도 없었다. 샌디 아내의 가장 좋은 드레스잠옷이 위에서부터 아래로 쫙 찢어진 채 창문 롤스크린 줄에 묶여 있기도 했다. 저녁 시간에 부부가 같이 앉아 오순도순 담소를 나누려고 하면 탁탁탁 벽 두드리는 소리가 들렸다. 그 소리가 어찌나 큰지 생각이라는 걸 할 수가 없었다. 마침내 샌디의 아내가 남편에게 누가 이런 짓을 하는지 알 것 같다고 말했다. 죽은 남편이 그녀가 재혼한 사실에 분노해서 그런다는 것이었다. 두드리는 방식을 보니 알겠다고, 그건 그가 손마디로 두드리는 소리라고 했다. 그들은 그를 무시하려고 했지만 소용없었다. 그들은 차를 타고 가까운 곳으로 나들이를 떠나면 그가 포기할지 지켜보기로 했다. 하지만 그는 따라왔다. 차의 지붕 위에 올라타고 따라왔다. 그가 지붕을 주먹으로 치고 발로 차고 탕탕 때리고 흔들어대는 통에 샌디는 운전을 제대로 할 수 없었다. 마침내 샌디가 참지 못하고 폭발했다. 그는 길가에 차를 세운 뒤 자기는 차에서 내려 걸어가거나 다른 차를 얻어 타고 집으로 돌아갈 테니 아내보고 운전대를 잡으라고 말했다. 그러고는 고향으로 돌아가 자기를 잊는 것이 좋겠다고 말했다. 그녀는 울음을 터뜨렸지만 그 방법밖에 없다는 걸 인정했다.

"그 이야기를 믿는 건 아니죠?" 엄마가 활력 넘치는 목소리로 말했다. 그러고는 그 모든 것이 우연이자 상상 그리고 자기암시라며 설명을 늘어놓기 시작했다.

베니 아저씨는 몹시 안타깝다는 표정으로 엄마를 쳐다보았다.

"가서 샌디 스티븐슨에게 물어보세요. 멍이 든 걸 내가 봤다니까요. 내 두 눈으로 똑똑히 봤어요."

"어떤 멍이요?"

"침대 밑에서 들이받혔을 때 생긴 타박상 말예요."

"은행 계좌에 2천 달러라." 아빠가 이 논쟁을 멈추게 하려고 생각에 잠긴 듯 말했다. "봐요, 세상에는 여자가 존재하잖아요. 주변을 잘 둘러보고 그런 여자를 찾아요, 베니."

"마침 나도 그 생각을 하던 참이에요." 베니 아저씨가 아빠처럼 농반진반으로 분위기를 바꾸며 말했다. "조만간 찾아낼 거예요."

"그런 여자라면 데리고 살기에 편리할 것 같은데요."

"나도 바로 그 생각을 하고 있었어요."

"문제는 뚱뚱한 여자냐, 마른 여자냐, 이거네요? 뚱뚱한 여자는 틀림없이 요리를 잘하겠지만 먹기도 많이 먹을 거고. 하지만 가끔은 마른 여자도 그러니까, 딱 잘라 말하기는 어렵고. 뚱뚱해도 자기 지방으로 얼마간 충당해서 살림에 보탬이 되는 여자도 있을 거고요. 꼭 이가 튼튼한 여자로 골라요. 아니면 이가 다 빠져서 좋은 의치를 해넣은 여자를 고르거나. 맹장을 떼어낸 여자라면 최고죠. 쓸개까지 떼어냈으면 더 좋고."

"지금 암소라도 골라요?" 엄마가 한마디했다. 하지만 엄마가 정말로 그들의 말을 신경쓰는 건 아니었다. 나중에 엄마의 몸매가 펑퍼짐해지고 접시에서 음식을 덜어가는 엄마의 무심한 동작이 너무도 자연스럽고 당연한 것이 되었을 때는 그런 태도가 사라지지만, 엄마는 종종 이렇듯 예측할 수 없는 순간에 너그러웠다. 그 시절 엄마는 훗날에 비해 더 충만하고 더 아름다웠다.

"하지만 그 여자가 거짓말을 할지도 몰라요." 아빠가 진지하게 말을 이어갔다. "쓸개나 맹장이 붙어 있는데도 떼어냈다고 말이죠. 흉터를 보여달라고 하는 게 좋겠어요."

베니 아저씨는 딸꾹질을 했고, 얼굴이 붉어지더니 자기 접시 위로 몸을 숙이고는 거의 소리도 내지 않고 웃었다.

"글쓸 줄 알아?" 내가 베니 아저씨네 포치에서 책을 읽고 있는

데 아저씨가 물었다. 그는 주석 찻주전자에서 찻잎을 비우고 있었다. 찻잎이 난간 너머로 떨어졌다.

"학교에 다닌 지 얼마나 됐지? 지금 몇학년이니?"

"새 학기에 4학년이 돼요."

"이리 와봐."

그는 나를 부엌 식탁으로 데려가더니, 수리중이던 다리미와 바닥에 구멍이 뚫린 소스팬을 치우고 새 노트패드와 잉크병과 만년필을 가져왔다. "여기에 연습 삼아 좀 써봐."

"뭘 쓸까요?"

"뭐든 상관없어. 그냥 네가 쓰는 걸 보고 싶어서 그래."

나는 그의 이름과 주소 전체를 썼다. 미스터 벤저민 토머스 풀. 플래츠 로드, 주빌리, 와와나시 카운티, 온타리오, 캐나다, 북아메리카, 서반구, 세계, 태양계, 우주. 그는 내 어깨 너머로 그걸 읽은 뒤 날카롭게 말했다. "천국과 비교했을 때 거긴 어디쯤에 있는 거지? 어디쯤이지? 우주보다 더 큰 게 천국 아니니?"

"우주가 모든 걸 의미해요. 그 안에 다 포함돼요."

"알겠어, 너는 네가 아주 잘 안다고 생각하겠지만, 그 끝에 이르면 뭐가 있지? 거기 뭔가가 있어야지, 그렇지 않으면 끝이란 없을 거야. 끝을 내려면 뭔가가 있어야 해, 안 그러니?"

"그런 건 없어요." 나는 자신 없는 목소리로 말했다.

"있어. 있고말고. 그 끝에는 천국이 있어."

"그럼 천국의 끝에 다다르면 뭐가 있어요?"

"천국의 끝에는 갈 수 없어. 거기엔 하느님이 계시거든!" 베니 아저씨는 의기양양하게 말한 뒤 내가 쓴 걸 유심히 쳐다보았다. 둥글고 삐뚤빼뚤하고 자신 없는 글씨체였다. "흠, 그 정도면 읽는 데는 지장이 없겠어. 여기 앉아 나 대신 편지를 좀 써주면 좋겠는데."

그는 읽는 건 아주 잘했지만 쓸 줄은 몰랐다. 그가 학교에 다닐 때 선생님이 그에게 글쓰기를 가르치려고 계속 매를 들었다고 했다. 그는 그 여자 선생님의 그런 방침을 존중하긴 했지만 효과는 전혀 없었다고 말했다. 그는 편지를 보낼 일이 있으면 대개 우리 엄마나 아빠한테 써달라고 부탁했다.

그는 내가 맨 위에 뭐라고 썼는지 보려고 내 머리 위를 기웃거렸다. 플래츠 로드, 주빌리, 1942년 8월 22일. "그래 맞아, 그렇게 쓰는 거야! 그럼 시작해볼까. 디어 레이디."

"디어라고 쓴 뒤에는 받는 사람 이름을 쓰는 거예요." 내가 말했다. "비즈니스 레터가 아니면요, 그때는 디어 서, 여자면 디어 마담으로 쓰는 거고요. 비즈니스 레터예요?"

"그렇기도 하고 아니기도 해. 그냥 디어 레이디라고 써."

"이름은 뭐예요?" 내가 난감한 표정으로 물었다. "이름을 쓰는 게 나을 것 같아서요."

"이름은 몰라." 조바심을 내던 베니 아저씨는 자신이 받아 보는 신문을 가져오더니 뒤쪽을 펴서 내 코밑에 들이댔다. 나는 절대 보지 않는 광고면이었다.

아이가 하나 있는 여성으로, 조용한 시골에서 거주하는 남성을 위해 가정부로 일할 집을 찾고 있음. 농장생활을 좋아함. 조건이 맞으면 결혼도 가능.

"이 여자한테 편지를 쓰려고 하는 건데 레이디 말고 뭐라고 부르겠니?"

나는 그의 말을 받아들였고, 그렇게 쓴 다음 조심스럽게 큼직한 쉼표를 찍었다. 그러고는 배운 대로 디어의 어 밑에서 편지글을 시작하려고 아저씨가 내용을 불러주길 기다렸다.

"디어 레이디." 베니 아저씨가 내용을 불렀는데, 신중하지 않게 들렸다. "이 편지는……"

이 편지는 제가 우편으로 받아 보는 신문에 당신이 올린 광고에 대한 답장입니다. 저는 서른일곱 살의 남자로, 플래츠 로드의 끝에 있는 15에이커 면적의 땅에서 혼자 살고 있습니다. 여기에는 돌로 된 토대 위에 지어올린 멋진 집이 있습니다. 바로 옆이 덤불숲이라 겨울에 장작 떨어질 일이 없습니다. 드릴을 이용하여 60피트 깊이로 판 멋진 우물도 있고 물탱크도 있습니다. 숲에는 먹고 남을 만큼 베리가 있고 강에는 맛좋은 물고기가 있고 토끼만 막을 수 있다면 멋진 텃밭을 가꿀 수도 있습니다. 저는 집 옆에 있는 우리에서 애완용 여우를 키우고 페럿 한 마리와 밍크 두 마리도 키웁니다. 사시사철 너구리, 다람쥐, 줄무늬다람쥐가 돌아다닙니다. 아이도 환영합니다. 아이가 아들인지 딸인지는 밝히지 않았더군요. 아들이라면 훌륭한 덫사냥꾼이나 사냥꾼이 되는 법을 가르쳐줄 수 있습니다. 저는 은색 여우를 키우는 이웃 남자의 일을 거들고 있습니다. 그의 아내는 배운 여성으로, 원하면 그 집으로 놀러가도 됩니다. 곧 답장을 받을 수 있기를 기대합니다. 이만 줄입니다. 벤저민 토머스 풀.

일주일도 지나지 않아 베니 아저씨 앞으로 답장이 왔다.

디어 미스터 벤저민 풀, 제 여동생 매들린 하우이를 대신해 이 답장을 씁니다. 여동생은 벤저민 씨의 제안을 기꺼이 받아들일 것이며 9월 1일 이후에는 언제라도 갈 수 있습니다. 주빌리까지 가려면 어떤 버스나 기차로 갈아타야 하는지요? 직접 오셔서 데려가주시면 더 좋을 것 같습니다. 편지 말미에 전체 주소를 알려드리겠습니다. 저희 집은 찾기 어렵지 않습니다. 여동생의 아이는 아들이 아니라 딸이고 18개월 됐습니다. 이름은 다이앤입니다. 답변 기다리겠습니다. 건승을 빕니다. 메이슨 하우이. 차머스 스트리트 121번지, 키치너, 온타리오.

"글쎄, 이건 모험인데요." 식사를 하는 자리에서 베니 아저씨가 이 답장을 보여주자 아빠가 말했다. "이 여자가 당신이 바라던 여자라는 걸 어떻게 알죠?"

"가서 한번 본다고 나쁠 건 없을 것 같아요."

"내가 보기엔 그 오빠란 사람이 여동생을 치워버리려고 꽤나 열심인 것 같아서요."

"꼭 병원에 데려가서 검진을 받아보게 해요." 엄마가 단호하게 말했다.

베니 아저씨는 꼭 그렇게 하겠다고 대답했다. 그때부터는 일이 일사천리로 진행되었다. 그는 새 옷을 사 입었다. 그리고 차를 빌려달라고 해 키치너로 떠났다. 그는 연녹색 정장에 흰색 셔츠를 받쳐 입고 녹색, 빨간색, 오렌지색으로 된 타이를 맨 뒤 진녹색 펠트 모자를 쓰고 갈색과 흰색이 배색된 구두를 신은 채 아침 일찍 출발했다. 이발도 했고 수염도 다듬었고 목욕도 했다. 그는 낯설고 창백하고 제물처럼 보였다.

"기운 내요, 베니." 아빠가 말했다. "목매달러 가는 게 아니잖아요. 돌아가는 모양새가 영 아니다 싶으면 그냥 돌아와요."

엄마와 나는 대걸레와 빗자루, 쓰레받기, 비누 한 상자, 올드

더치 세제를 챙겨들고 들판을 가로질러 그의 집으로 갔다. 지금까지 엄마는 그의 집 부엌에 들어가본 적이, 정말로 그 안에까지 들어가본 적이 단 한 번도 없었다. 엄마는 까무러치게 놀랐다. 엄마는 포치에 물건을 내다버리기 시작했지만, 잠시 후 부질없는 일이라는 걸 깨달았다. "구덩이를 파서 이걸 다 집어넣어야겠어." 그렇게 말하더니 엄마는 동화 속 마녀처럼 빗자루 손잡이를 턱밑에 받치고 계단에 앉아 웃었다. "웃기라도 해야지, 안 그러면 울 것 같아. 그 여자가 여기 왔다고 생각해봐. 여기서 일주일도 못 버틸걸. 걸어서라도 키치너로 돌아갈 거야. 아니면 강물에 몸을 던지거나."

우리는 식탁과 의자 두 개, 마루의 가운데 부분을 박박 문질렀고, 레인지를 빵 종이로 닦았다. 전등에 붙은 거미줄도 걷어냈다. 나는 골든로드꽃을 한아름 따서 식탁 가운데에 있는 유리병에 꽂았다.

"유리창까지 닦아 저 안의 참사를 돋보이게 할 이유는 없겠지?" 엄마가 말했다.

집으로 돌아가서 엄마가 말했다. "지금은 그 여자가 참 안됐다는 생각이 드네."

날이 저문 뒤 베니 아저씨가 돌아와 식탁에 열쇠를 내려놓았다. 그는 긴 여행을 마치고 집으로 돌아왔지만 그 모험담을 결코 제대로 전달할 수 없을 거라는 표정으로 우리를 쳐다보았다. 하지만 어떻게든 이야기를 꺼내야 한다는 건 그도 알았다.

"갔던 일은 잘됐어요?" 아빠가 그의 이야기를 끌어냈다. "차 때문에 고생하지는 않았고요?"

"전혀요. 잘 달렸어요. 한번 길을 잘못 들긴 했지만 얼마 안 가 금방 알아차렸어요."

"내가 준 지도는 봤어요?"

"아니요, 트랙터를 몰고 가는 남자가 보이길래 길을 물어봤더니 반대 방향으로 가라더라고요."

"그럼 무사히 도착했다는 거군요?"

"오, 그럼요. 무사히 도착했죠!"

엄마가 끼어들었다. "하우이 양을 여기로 데려와 차라도 한잔 같이 할 줄 알았는데."

"음, 여기까지 오느라 좀 피곤해하는 것 같기도 하고 아기도 재워야 해서요."

"맞다, 아기!" 엄마가 자책하며 말했다. "아기를 깜박했네! 아기는 어디에서 자요?"

"대충 만들어보려고요. 아기 침대를 구해놓았는데, 안에 널빤지만 좀 새로 깔면 될 것 같아요." 그가 모자를 벗자 땀이 맺힌 이마 위로 벌게진 피부가 드러났다. 그가 말했다. "이제 하우이 양이 아니라 풀 부인이라는 말씀은 드려야겠네요."

"베니. 축하해요. 행복하게 잘살아야 해요. 한눈에 결정한 거죠, 그렇죠?"

베니 아저씨가 킥킥 불안하게 웃었다.

"음, 준비가 다 돼 있던걸요. 결혼식 준비를 다 해놓고 있었어요. 내가 도착하기도 전에요. 목사님도 모셔놓았고 결혼반지도 사놓았고 결혼허가서를 당장 발급해줄 사람도 구해놓았더라고요. 딱 보니까 모든 게 다 준비되어 있었어요. 결혼식을 위한 만반의 준비가 끝나 있었어요. 정말이에요. 한 가지도 빠뜨리지 않고요."

"이제 유부남이 됐네요, 베니."

"오, 그러네요. 유부남이 됐어요!"

"그럼 신부를 데려와 우리한테 보여줘야죠." 엄마가 단호하게 말했다. 엄마가 신부라는 단어를 사용하다니 놀라웠다. 그 단어가 이 자리에서는 생각조차 할 수 없는 길고 하얀 면사포나 꽃, 축하연 같은 것을 연상시켰기 때문이다. 베니 아저씨는 그러겠다고 말했다. 당연히 그러겠다고. 먼길을 달려온 뒤이니, 그녀가 마음을 추스르는 대로 바로 데려오겠다고.

하지만 그는 그렇게 하지 않았다. 매들린이 와 있다는 것을 알 수 있는 단서가 전혀 없었다. 엄마는 이제부턴 그가 식사를 하러 자기집에 갈 거라고 생각했지만, 그는 평소처럼 우리집 부엌으로 들어왔다. 엄마가 말했다. "부인은 어때요? 어떻게 해나가고 있어요? 그런 종류의 레인지를 쓸 줄은 알아요?" 그는 그 모든 질문에 킥킥 웃거나 머리를 흔들며 애매하게 그렇다고 대답했다.

그날 늦은 오후, 그가 일을 다 끝낸 뒤 내게 말했다. "뭐 좀 보고 싶지 않니?"

"뭘요?"

"우리집에 같이 가면 볼 수 있어."

오언과 나는 그를 따라 들판을 가로질러갔다. 그의 집 마당 가장자리에 이르자 그가 뒤를 돌아보며 우리를 멈춰 세웠다.

"오언이 페럿을 보고 싶대요." 내가 말했다.

"그건 다음에 상황 봐서. 여기를 넘어 더 가까이 오면 안 돼."

시간이 얼마간 흐른 뒤 그가 작은 아이를 안고 집에서 나왔다. 나는 실망했다. 뭔가가 그 아이였기 때문이다. 그가 아이를 땅에 내려놓았다. 아이는 아장아장 걷다가 허리를 숙여 까마귀의 깃털을 주워올렸다.

"네 이름을 말해주렴." 베니 아저씨가 달래듯 말했다. "이름이 뭐야? 다이-앤이니? 이 아이들에게 네 이름을 말해주렴."

아이는 말하지 않았다.

"자기가 말하고 싶을 때는 곧잘 하는데. 엄마나 베니, 다이앤, 딩크 와타 같은 말은 할 줄 알아. 어? 딩크 와타?"

빨간 재킷을 입은 여자가 밖으로 나와 포치에 섰다.

"들어와!"

그녀가 소리친 대상은 다이앤이었을까, 베니 아저씨였을까?

그녀의 목소리는 위협적이었다. 베니 아저씨가 어린아이를 안아 들고는 우리에게 부드럽게 말했다. "너희도 얼른 집으로 돌아가는 게 좋겠구나. 페럿은 다른 날 보러 와." 그러고는 곧장 집으로 걸어갔다.

어느 날 우리는 멀리서 그 여자를 보았다. 그녀는 그날 봤던 빨간 재킷을 입고 버클스 가게로 걸어가고 있었다. 손은 재킷 주머니에 넣었고 고개는 숙였으며 긴 다리로 가위질을 하듯 성큼성큼 걸었다. 마침내 엄마가 그녀를 만난 것은 그 가게에서였다. 엄마는 그 기회를 놓치지 않았다. 베니 아저씨는 다이앤의 손을 잡고 바깥에 서 있었다. 엄마는 그에게 거기서 뭘 하느냐고 물었고, 아저씨는 "애엄마가 나오길 기다리고 있어요" 하고 대답했다.

그러자 엄마는 안으로 들어가 그 여자가 서 있는 계산대로 걸어갔다. 찰리 버클이 그 여자에게 계산서를 써주는 중이었다.

"풀 부인이시죠." 그런 뒤 엄마가 자신을 소개했다.

여자는 아무 대꾸도 하지 않았다. 엄마를 쳐다보고 엄마의 말을 듣기는 했지만, 아무 말도 하지 않았다. 찰리 버클이 엄마에게 눈짓을 했다.

"이곳 생활에 적응하느라 바빴겠네요. 언제 괜찮으면 우리집에 놀러와요. 걸어오면 돼요."

"꼭 그래야 하는 경우가 아니면 자갈길로는 걸어다니지 않아요."

"들판만 가로지르면 되는걸요." 엄마가 나가면서 그렇게 말했는데, 그건 이 대화를 이 여자의 말로 끝내고 싶지 않아서였다.

"어린애던걸요." 엄마가 아빠에게 말했다. "열일곱도 안 돼 보였어요. 아무렴요. 안경을 썼고, 아주 말랐어요. 백치는 아니에요. 그 사람들이 그래서 그애를 보내려고 한 건 아닌 것 같은데, 정신적인 문제가 있는 것 같긴 했어요. 아니면 딱 그 경계선에 있든가. 베니가 딱하게 됐어요. 하지만 그 여자애가 살기에 이곳이 적당하긴 하죠. 플래츠 로드에 잘 어울리겠어요!"

그녀는 이곳에서 벌써 유명해지고 있었다. 아이린 폴록스를 뒤쫓아 그 집 마당에 들어갔고, 계단 맨 위까지 올라가 기어코 아이린의 무릎을 꿇린 뒤 두 손으로 그 아기 같은 하얀 머리채를 쥐었다고 했다. 사람들이 그렇게 말했다. 엄마가 말했다. "거기는 가지 마. 페럿은 이제 신경쓰지 말고. 누구든 불구가 되는 건 바라지 않으니까."

그럼에도 불구하고 나는 갔다. 오언은 일러바칠 게 뻔해서 데려가지 않았다. 나는 문을 두드린 뒤 포치에서 신문을 읽어도 좋은지 공손하게 물어볼 생각이었다. 하지만 내가 계단 앞에 이르기도 전에 문이 열리더니 매들린이 난로 뚜껑 집게를 들고 나왔다. 그걸 집어든 게 내가 오는 소리를 들었기 때문일 수도 있고 아니었을 수도 있지만, 내 눈에는 영락없는 무기였다.

잠시 그녀가 나를 쳐다보았다. 그녀는 다이앤처럼 얼굴이 야위고 하얬다. 처음에 그녀는 시선을 피했다. 그녀의 분노가 즉각적으로 터져나온 것은 아니었다. 분노를 상기하고 힘을 재정비하는 데 시간이 필요한 것 같았다. 나를 처음 본 순간 그녀가 분노 말고 다른 감정을 느꼈을 가능성이 있다는 말은 아니다. 그녀의 선택은 분노 아니면 침묵인 듯했다.

"뭘 염탐하러 온 거야? 뭣 때문에 내 집 주위를 염탐하고 돌아다니는 거냐고? 얼른 꺼지는 게 좋을걸." 그녀가 계단을 내려오기 시작했다. 나는 홀린 듯 넋을 놓고 있다가 잡히기 직전에 잽싸게 뒤로 물러섰다. "이 더럽고 못된 계집애. 남의 집이나 훔쳐보는 더럽고 못된 계집애. 넌 더럽고 못된 계집애야, 그렇지?" 그녀의 짧은 머리는 부스스했고, 어린 여자의 밋밋한 몸에는 무늬가 있는 나달나달한 드레스가 걸쳐져 있었다. 그녀의 폭력은 계산된 연기처럼 느껴졌다. 누구든 계속 남아서 그 장면을 쇼처럼 구경하고 싶었겠지만, 그녀가 머리 위로 난로 뚜껑 집게를 들어올렸을 때 마음만 먹으면—다시 말해 그런 행동이 요구되는 상황이라고 느낀다면—당장에라도 그걸로 내 머리통을 부숴버릴 수 있다는 사실에는 의심의 여지가 없었다. 내가 보기에 그녀는 자제하고 있는 듯했고, 금방이라도 그 행동을 멈추고 멍한 표정으로 되돌아가거나 으스대는 아이처럼 "내가 너를 이렇게 겁줄 수 있는 건 몰랐지? 내가 이런 장난을 칠 줄 너는 몰랐을 거야, 그렇지?" 하고 말할 것 같았다.

나는 집에 가서 내가 당한 일을 말하고 싶었다. 매들린에 대한 이런저런 이야기가 우리 동네에 나돌고 있었다. 가게에서 그녀의 심기를 불편하게 만든 사건이 일어나, 그녀가 코텍스 생리대 한 박스를 찰리 버클에게 집어던졌다고 했다. (콘시럽 캔을 들고 있지 않았던 게 천만다행이었지!) 베니 아저씨는 우박처럼 쏟아지는 학대 속에 살았고, 그 소리는 길에서도 들렸다. "집에 포악한 타타르족을 데려다놨군요. 안 그래요, 베니?" 사람들은 그렇게 말했고, 그는 축하를 받는 사람처럼 쑥스러워하며 킥킥 웃고는 고개를 끄덕였다. 얼마 지나지 않아 그는 그런 이야기들을 자기 입으로 떠벌리고 다니기 시작했다. 그녀는 물이 들어 있지 않다며 주전자를 창밖으로 내던졌다. 가위를 잡더니 결혼식 때 딱 한 번 입은 그의 녹색 정장을 싹둑싹둑 잘라버렸다. 그는 그녀가 왜 그 옷에 반감을 가졌는지조차 몰랐다. 그녀는 집에 불을 질러버리겠다고도 했는데, 그가 담배를 잘못 사왔다는 이유에서였다.

"그 여자가 술을 마시는 것 같아요, 베니?"

"아니요, 술은 안 마셔요. 내가 집에 술을 가져간 적이 없는데 혼자 어떻게 술을 구하겠어요? 게다가 마셨다면 냄새가 났을 텐데요."

"냄새를 맡을 만큼 가까이 가본 적은 있어요, 베니?"

베니 아저씨는 고개를 숙이고 킥킥 웃었다.

"그럴 수 있을 만큼 가까이 간 적은 있어요, 베니? 장담하는데 그녀가 살쾡이떼처럼 덤빌걸요. 언제 그녀가 잠들었을 때 묶어놓고 그렇게 해봐요."

베니 아저씨가 여우가죽을 벗기러 우리집에 오면서 다이앤을 데리고 왔다. 그는 우리집 지하실에서 아빠와 함께 그 작업을 했다. 여우가죽을 벗겨 가죽 안쪽이 보이게 긴 판자에 올려놓고 쫙 펴서 말리는 일이었다. 다이앤은 지하실 계단을 오르내리다가 맨 위 계단에 앉아 그 광경을 지켜보았다. 다이앤은 베니 아저씨 말고는 누구와도 말하지 않았다. 다이앤은 장난감, 쿠키, 우유 등 우리가 건네는 건 뭐든 의심스러워했지만 찡얼거리거나 울지는 않았다. 만지거나 안아주면 가만히 있었지만 경계심을 드러냈다. 겁먹었는지 몸을 바들바들 떨었고, 심장은 손아귀에 잡힌 새의 심장처럼 세차게 팔딱거렸다. 하지만 베니 아저씨한테는 늘어진 스파게티 면처럼 그의 무릎에 눕거나 어깨에 기대 잠이 들었다. 그가 손으로 다이앤의 다리에 든 멍을 가려주었다.

"집에서 늘 여기저기 부딪히고 다녀서요. 사방에 물건이 어질러져 있으니 부딪히거나 여기저기 올라갔다가 떨어지기 일쑤예요."

눈이 다 녹지도 않은 어느 이른 봄날, 그가 우리집에 와서 매들린이 떠났다고 말했다. 전날 밤 집에 돌아와보니 이미 떠나고 없었다고 했다. 그는 그녀가 주빌리에 있을 거라고 생각하고 돌아오기를 기다렸다. 하지만 그 순간 몇 가지가 함께 사라진 것을 알아차렸다—전선을 교체하려고 했던 테이블 램프, 작고 예쁜 러그, 접시들, 그의 어머니가 쓰던 푸른색 찻주전자, 완벽하게 쓸 만한 접는 의자 두 개도 사라졌다. 물론 다이앤도 데려갔다.

"트럭을 타고 떠났을 거예요. 그걸 다 승용차에 싣지는 못했을 거예요."

그 순간 엄마가 소형 밴을 본 사실을 기억해냈다. 차는 회색이었고 전날 오후 세시경에 타운 쪽으로 가고 있었다. 하지만 엄마는 그 안에 누가 타고 있었는지 관심도 없었고, 알아차리지도 못했다.

"회색 소형 밴이라고요! 그 여자가 틀림없어요! 물건은 뒤쪽에 실었을 거예요. 그 위에 캔버스를 씌워놓았던가요? 혹시 봤어요?"

엄마는 보지 못했다.

"뒤쫓아가봐야겠어요." 베니 아저씨가 흥분하며 말했다. "자기 물건도 아닌 걸 가지고 그렇게 달아날 수는 없어요. 나한테 항상 말했어요. 여기 이 고물 좀 치워! 여기 이 고물 좀 치우라니까! 하지만 몇 가지 가져가고 싶어한 걸 보면 그렇게 고물 같아 보이지는 않았나보네요. 문제는 그 여자가 간 곳을 어떻게 알아내느냐예요. 그 여자의 오빠한테 연락해봐야겠어요."

전화요금 할인이 적용되는 일곱시 이후에 아빠가 매들린의 오빠에게 장거리전화를—베니 아저씨의 집에는 전화가 없어서 우리집 전화로—걸었다. 그러고는 베니 아저씨를 바꿔주었다.

"매들린이 거기 갔나요?" 베니 아저씨는 수화기를 들자마자 소리를 질렀다. "트럭을 타고 사라졌어요. 회색 소형 밴을 타고 떠났다고요. 거기 안 갔어요?" 전화선 저쪽에서는 무슨 영문인지 모르는 것 같았다. 베니 아저씨가 너무 크게 소리를 질러서 그쪽에서 알아듣지 못했을 수도 있었다. 아빠가 전화기를 넘겨받아 무슨 일이 있었는지 차근차근 설명했다. 매들린은 키치너로 가지 않았다는 게 밝혀졌다. 그녀의 오빠는 동생의 행방에 대해 크게 걱정하는 것 같지도 않았다. 그는 끊는다는 말도 없이 전화를 툭 끊어버렸다.

아빠는 매들린이 사라진 게 꼭 나쁜 일이라고만은 할 수 없다고 베니 아저씨를 설득하기 시작했다. 아빠는 그녀가 썩 괜찮은 가정주부는 아니었으며 베니 아저씨의 생활을 편안하거나 평온하게 만들어주지 않았다는 점을 지적했다. 아빠는 지금 자신이 한 남자의 아내에 대해 말하고 있다는 사실을 잊지 않고 완곡하게 말했다. 아빠는 그녀가 예쁘지 않다거나 옷차림이 단정하지 않았다는 말은 하지 않았다. 그녀가 가져간—베니 아저씨의 말로는 훔쳐간—물건에 대해서는 참 안타깝고 유감스러운 일이지만(아빠는 그 물건의 값어치가 크지 않다는 사실을 내비치지 않을 만큼 현명했다) 어쩌면 그건 그녀를 보내는 대가였을 것이며 언젠가는 베니 아저씨도 이 일을 행운으로 여기게 될 거라고 말했다.

"그런 것 때문이 아니에요." 엄마가 불쑥 말했다. "그 어린아이, 다이앤 때문이라고요."

베니 아저씨가 참담한 표정으로 킥킥 웃었다.

"그애 엄마가 애를 때렸죠, 그렇죠?" 엄마는 문득 깨달았다는 듯 깜짝 놀란 목소리로 소리쳤다. "그래서 그런 거였어요. 다이앤의 다리에 멍이 생긴 건 그래서……"

베니 아저씨가 킥킥 웃기 시작했고 웃음은 멈추지 않았다. 딸꾹질 같았다.

"음, 맞아요. 맞아요……"

"그 여자가 여기 처음 왔을 때 우리한테 말하지 그랬어요? 지난겨울에 우리한테 다 말하지 그랬어요? 내가 왜 그 생각을 못했지? 그 사실을 알았다면 그 여자를 신고……"

베니 아저씨는 깜짝 놀란 표정을 지었다.

"그 여자를 경찰에 신고할 수 있었는데! 고발할 수 있었어요. 아이를 그 여자한테서 떼어낼 수 있었다고요. 하지만 지금은 우선 경찰한테 그 여자 행방을 찾아달라고 해야 해요. 경찰이 그 여자를 찾아낼 거예요. 두려워할 것 없어요."

이렇게 안심을 시켜도 베니 아저씨는 기분이 나아지거나 마음이 놓이는 것 같지 않았다. 그가 뚱하게 말했다. "어디에서 찾아야 할지 경찰이 어떻게 알겠어요?"

"주 경찰이라면 알 거예요. 활동 무대가 주 전역이잖아요. 필요하면 전국적으로 찾고요. 경찰이 찾아낼 거예요."

"잠깐만." 아빠가 말했다. "어째서 경찰이 그 일을 당연히 할 거라고 생각해? 경찰이 그런 식으로 추적하는 건 범죄자들뿐이야."

"아이를 때리는 여자가 범죄자가 아니면 뭐예요?"

"증거가 있어야 해. 증인도 있어야 하고. 그 일을 그렇게 공개하려면 입증할 수 있어야 해."

"베니가 증인이에요. 베니가 말할 거예요. 그 여자에 대해 증언할 거라고요." 엄마는 베니 아저씨를 돌아보았고, 그는 다시 딸꾹질을 하기 시작했다. 그러고는 "내가 나서야 한다는 뜻인가요?" 하고 미련하게 물었다.

"지금은 이쯤에서 이야기를 끝내죠." 아빠가 말했다. "일단 기다려보자고요."

엄마가 자리에서 일어났다. 엄마는 기분이 상한 듯했고 당혹스럽다는 표정을 짓고 있었다. 그러고는 직성이 안 풀렸는지 결국 모두가 아는 그 말을 기어코 내뱉었다.

"우물쭈물하는 이유를 모르겠어요. 내 눈엔 불 보듯 뻔한 일인데."

하지만 엄마에게 불 보듯 뻔한 일이 베니 아저씨에게는 안개에 싸인 듯 모호하고 무서운 일임이 틀림없었다. 아저씨가 두려워하는 게 경찰인지, 아니면 그렇게 한 뒤의 공개적이고 공식적인 분위기와 그 일을 둘러싼 말들, 그리고 그 일로 그가 가게 될 낯선 장소들인지는 알 수 없었다. 그게 뭐였건 그의 얼굴이 일그러졌고, 그는 매들린과 다이앤에 대해 입을 다물어버렸다.

어떻게 하면 되지? 엄마는 자신이 직접 행동을 취하면 어떨지 곰곰이 생각해보았지만 아빠가 말렸다. "남의 가정사에 끼어들면 그 순간부터 골치 아파져."

"그렇다 해도 나는 내가 맞다는 걸 알아요."

"당신이 맞을 수도 있지만, 그렇다고 당신이 뭔가 할 수 있다는 말은 아니라고."

매년 이맘때면 여우들이 새끼를 낳았다. 여우들은 공군사관학교의 비행기가 호수에 너무 가깝게 내려오거나 여우 우리 근처에 낯선 사람이 나타나면, 혹은 놀랄 일이나 불안하게 만드는 일이 일어나면 새끼를 죽여버렸다. 이게 여우들이 화가 나서 맹목적으로 하는 행동인지, 아니면 어미로서 갖는 각성되고 겁먹은 느낌에서 비롯된 행동인지—눈도 채 안 뜬 새끼들이 위험한 상황에 처할지 모른다는 사실을 감지하고 새끼들을 그 상황에서, 이 우리에서 빼내고 싶어 이러는 걸까?—아무도 몰랐다. 여우는 집짐승 같지 않았다. 이렇게 갇힌 채로는 몇 세대밖에 살아남지 못했다.

엄마를 좀더 설득하기 위해 아빠는 매들린이 아무도 그녀를 찾을 수 없는 미국에 갔을지도 모른다고 말했다. 야망을 이루려는 조급한 사람들뿐 아니라 많은 수의 나쁜 사람들과 미친 사람들도 결국에는 미국으로 갔다.

하지만 매들린은 미국에 간 게 아니었다. 늦은봄에 편지 한 통이 왔다. 베니 아저씨는 그녀가 편지를 써 보낼 배짱은 있었던 모양이라며 그 편지를 가져와 우리에게 보여주었다. 매들린은 의례적인 인사도 없이 용건만 썼다. 당신 집에 내 노란 스웨터와 녹색 우산, 다이앤의 담요를 두고 왔으니 여기 주소로 보내줘. 리들릿 스트리트 1249번지, 토론토, 온타리오.

베니 아저씨는 직접 찾아가겠다고 이미 결심을 굳힌 뒤였다. 아저씨는 아빠에게 차를 빌려달라고 했다. 그는 토론토에 가본 적이 없었다. 아빠는 식탁에 도로지도를 펼쳐놓고 그곳으로 가는 길을 가르쳐주면서도 가는 게 좋은 생각인지 모르겠다고 덧붙였다. 베니 아저씨는 가서 다이앤을 데려올 작정이라고 말했다. 엄마와 아빠 모두 그게 불법이라는 사실을 지적하며 그러지 말라고 충고했다. 베니 아저씨는 법적이거나 공식적인 행동을 하는 것을 워낙 무서워했기 때문에 납치로 판단될 수 있는 행위를 할지 말지는 조금도 고민하지 않았다. 그는 그제야 매들린이 어떤 짓을 했는지 말했다. 그녀는 다이앤의 다리를 아기 침대 난간대에 가죽끈으로 묶어놓았다. 지붕 이는 판자로 다이앤을 세게 후려쳤다. 베니 아저씨가 집에 없을 때는 더 못된 짓도 했을 것이다. 그는 아이의 등에 남은 흉터가 부지깽이로 맞은 자국일 거라고 추측했다. 그 모든 이야기를 털어놓는 그의 안에서 미안한 웃음 같은 것이 자꾸 밀고 올라왔다. 그는 고개를 흔들어 그 웃음을 삼켜야 했다.

그가 떠난 지 이틀이 지났다. 아빠가 열시 뉴스를 틀며 말했다. "베니가 붙잡혀 들어가진 않았는지 보자꾸나!" 그날 저녁에 그가 차를 몰고 우리집 마당에 들어왔다. 그는 우리를 쳐다보지도 않은 채 잠시 가만히 앉아 있었다. 그런 다음 차에서 천천히 내렸고, 고단해 보이는데도 품위를 지키면서 집으로 걸어왔다. 다이앤은 데려오지 않았다. 그가 그애를 데려올 거라는 기대를 우리가 하긴 했을까?

우리는 부엌문 바깥의 시멘트단에 앉아 있었다. 엄마는 뒤로 젖혀진 캔버스 의자에 앉아 도시에서 즐길 수 있을 잔디밭 풍경과 여가 시간을 그려보고 있었고, 아빠는 등받이가 곧은 부엌 의자에 앉아 있었다. 계절이 시작된 무렵이라 벌레가 많지는 않았다. 우리는 석양을 바라보고 있었다. 이따금 엄마는 자신이 준비한 구경거리라도 되는 듯 석양을 보자고 우리 모두를 불러냈다. 그래서 감동이 약간 줄어들기는 했지만—좀더 나중에는 나는 아예 쳐다보지도 않았다—그럼에도 이 세상에서 플래츠 로드의 끝만큼 석양을 바라보기에 좋은 장소는 없었다. 다른 누구도 아닌 엄마가 그렇게 말했다.

그날 아빠는 방충문을 달았다. 오언은 스프링이 쭉 늘어났다가 탁 돌아오는 추억의 그 소리를 듣느라, 그만하라는데도 말을 듣지 않고 문에 매달려 왔다갔다 그네를 탔다. 하지 말라는 말을 들으면 멈췄지만, 부모님이 안 보는 것 같으면 슬그머니 다시 탔다.

베니 아저씨 주위로 울적한 기분이 감돌아 엄마조차 곧바로 질문하지 못했다. 아빠가 낮은 목소리로 내게 부엌에서 의자를 가져오라고 말했다.

"베니, 앉아요. 운전하느라 피곤했죠? 차는 잘 굴러갔어요?"

"차는 잘 굴러갔어요."

그가 앉았다. 그는 모자를 벗지 않았다. 그는 환영을 기대할 수 없는, 심지어 바랄 수조차 없는 낯선 장소에 온 것처럼 뻣뻣하게 앉아 있었다. 마침내 엄마가 목소리를 억지로 가볍고 명랑하게 내며 물었다.

"주택에 살던가요, 아파트에 살던가요?"

"모르겠어요." 베니 아저씨가 심상치 않은 표정으로 대답했다. 얼마의 시간이 흐른 뒤 그가 덧붙였다. "집을 찾지도 못했거든요."

"사는 곳에 가보지도 못했다고요?"

그가 고개를 가로저었다.

"그럼 만나보지도 못한 거예요?"

"못 만났어요."

"주소를 잃어버렸어요?"

"아니요. 그렇진 않아요. 종이에 잘 적어 갔어요. 지금도 가지고 있는걸요." 그가 주머니에서 지갑을 꺼내더니 종이 한 장을 빼내 우리에게 보여주었다. 그리고 읽었다. "리들릿 스트리트

1249번지." 그러고는 종이를 접어 다시 집어넣었다. 그의 모든 동작이 느려 보였고 의식을 치르는 것 같았으며 아쉬움이 가득한 듯 보였다.

"찾을 수가 없었어요. 거기를 찾아갈 수가 없었어요."

"지도를 못 구했어요? 주유소에 가서 토론토 지도를 달라고 부탁하기로 했던 거 기억 안 나요?"

"그렇게 했어요." 베니 아저씨가 비통함과 대견함이 뒤섞인 목소리로 말했다. "하다마다요. 하지만 주유소에 가서 지도를 달라고 했더니 없대요. 지도가 있긴 한데 주州 지도밖에 없다는 거예요."

"주 지도는 가지고 있잖아요."

"나도 그렇게 말했어요. 필요한 건 토론토 지도라고요. 하지만 그건 없다고 했어요."

"다른 주유소에는 가봤어요?"

"여기 없다면 다른 데 간들 있을 리 없다고 생각했어요."

"가게에 가면 살 수 있었을 텐데."

"어떤 가게에서 파는지 몰랐어요."

"문구점! 백화점! 어디서 살 수 있는지 주유소에 물어볼 수도 있었잖아요."

"나한테 주소가 있으니까 지도를 구하려고 여기저기 돌아다니는 것보다는 어떻게 가면 되는지 사람들한테 직접 물어보는 게 낫겠다고 생각했어요."

"사람들한테 물어보는 건 아주 위험한 일이에요."

"정말 그렇더라고요." 베니 아저씨가 말했다.

그는 드디어 말할 마음이 생겼는지 이야기를 풀어놓기 시작했다.

"먼저 한 사람에게 물어봤어요. 그 사람이 이 다리를 건너라고 해서 그 말대로 했어요. 빨간불이 나오면 좌회전을 하라고 했는데, 거기 가니까 어떻게 해야 할지를 모르겠더라고요. 앞에 빨간불이 켜졌을 때 좌회전을 하라는 말인지, 앞에 초록불이 켜졌을 때 좌회전을 하라는 말인지 알 수가 있어야죠."

"초록불에서 좌회전을 해야죠." 엄마가 기가 차다는 듯 소리쳤다. "빨간불에서 좌회전을 하면 앞에 있는 차들을 뚫고 가야 하잖아요."

"그건 그렇죠. 그건 나도 알아요. 하지만 초록불에서 좌회전을 하면 나를 향해 달려오는 차들을 뚫고 가야 하잖아요."

"차들이 틈을 줄 때까지 기다려야죠."

"그러다간 하루종일 기다릴 수도 있어요. 그 차들이 틈을 주지 않을 테니까요. 나는 당최 알 수가 없었어요. 어떻게 해야 맞는 건지 알 수가 없었어요. 그 문제를 고민하느라 가만히 서 있었더니 뒤차들이 빵빵거리기 시작했어요. 그래서 아, 그렇다면 우회전을 하자, 우회전은 아무 문제가 없을 거야, 다시 방향을 틀어서 갔던 길로 되돌아오면 되니까, 그렇게 생각했어요. 그러고 나서 제대로 가면 되니까요. 하지만 차를 돌릴 마땅한 장소가 없어서 그냥 계속 달렸어요. 그러다 가로로 뻗은 길로 들어서게 됐고, 그렇게 계속 달리다 아, 첫번째 남자가 말해준 길을 완전히 놓쳤구나, 다른 사람에게 물어보는 게 좋겠어, 하는 생각이 들었어요. 그래서 차를 세우고 개에게 목줄을 채워 산책을 시키는 여자한테 길을 물었는데 그 여자가 리들릿 스트리트는 들어본 적이 없다는 거예요. 들어본 적이 없대요. 자기가 토론토에서 이십이 년을 살았다면서요. 그 여자가 자전거를 타고 가던 청년을 불러 물어봤더니, 그 청년은 들어본 적이 있다면서 거긴 도시 반대쪽이고 가던 길로 계속 가면 결국 도시 밖으로 나가게 될 거라고 했어요. 그 말을 들으니 시간이 더 걸리더라도 도시를 관통해서 가느니 둘러가는 게 더 쉽겠다는 생각이 들었어요. 그래서 달리던 방향으로 계속 달렸는데, 어쩐지 같은 길을 빙빙 도는 기분이었어요. 그 무렵 날이 어두워지고 있어서 아, 서둘러야겠는걸, 해가 지기 전에 그 집을 찾으면 좋겠는데, 이곳에서는 어두울 때 절대 운전하고 싶지 않아, 그런 생각이 들었어요……"

그는 결국 공장 바깥쪽 길가에 차를 대고 차 안에서 잠을 잤다. 그는 공장, 막다른 길, 창고, 고물 적치장, 철도 선로 사이에서 길을 잃었다. 그는 차를 언제 어디서 돌렸는지, 누구에게 방향을 물어봤는지 하나도 빼놓지 않고 다 말했다. 그는 각각의 사람이 어떤 말을 했고, 그때 그는 어떤 생각을 했으며, 그가 대안으로 생각한 것은 무엇이었는지, 각각의 경우에 그가 왜 그런 결정을 내렸는지 그 이유까지 다 말해주었다. 그는 모든 것을 기억하고 있었다. 그가 돌아다닌 곳의 지도가 그의 마음에 깊이 새겨져 있었다. 그가 다른 풍경—차, 광고판, 공장 건물, 도로, 잠긴 대문, 높은 철조망, 철도 선로, 석탄재가 뒹구는 가파른 제방, 양철로 만든 헛간, 갈색 구정물이 고인 배수로, 깡통, 짜부라진 판지상자, 막혀서 아예 혹은 거의 흘러가지 않는 온갖 종류의 폐기물—에 대해 말하자, 시시콜콜한 것까지 다 기억해내는 그의 일정한 목소리에 의해 그 모든 것이 창조되어 우리 주변에서 자라나는 것 같았다. 우리는 그 느낌을 알 것 같았다. 그곳에서 길을 잃는다는 게 어떤 건지, 뭔가를 찾는 것이 불가능하다는 게 어떤 건지, 계속 찾아다녀야 한다는 게 어떤 건지 알 것 같았다.

엄마가 "도시란 게 원래 그렇잖아요! 그러니까 지도를 구했어야죠!"라고 한마디해줬음에도 그랬다.

"오늘 아침에 거기서 눈을 떴어요." 베니 아저씨가 엄마의 말을 듣지 못한 것처럼 말했다. "그리고 어떻게든 거기서 빠져나오는 게 낫다는 걸 깨달았어요."

아빠가 한숨을 쉬었다. 그러고는 고개를 끄덕였다. 그 말은 맞았다.

우리의 세상과 나란히 놓여 있는 베니 아저씨의 세상은, 거울에 비친 형상이 고뇌로 가득하고 일그러져 보이는 것처럼, 동일하면서도 결코 동일하지 않았다. 그 세상에서는 사람들이 흐르는 모래에 빠진 것처럼 한순간 쑥 내려가 유령 혹은 지독히 평범한 도시에 의해 무참히 짓밟힐 수 있었다. 행운과 악운 모두 거대하고 예측할 수 없었다. 뭐든 당연한 일은 없었고, 어떤 일도 일어날 수 있었다. 누군가를 패배시키면 광적인 만족감이 감돌았다. 그는 알 수 없었겠지만 우리로 하여금 그걸 깨닫게 한 건 그의 승리였다.

오언은 어른들의 대화가 길어지면 종종 그랬듯 방충문에 매달려 그네를 타면서 조심스러우면서도 건방진 투로 노래를 부르고 있었다.

> 희망과 영광의 땅이여
> 자유의 어머니여
> 우리가 당신을 어떻게 벗어날까요ex-tore?
> 누가 당신에게서 태어났나요bo-orn?

오언에게 이 노래를 가르친 건 나였다—그해에 우리는 히틀러의 손에서 잉글랜드를 구하기 위해 학교에서 날마다 그 노래를 불렀다. 엄마는 '벗어나다'가 아니라 찬미하다extol라고 말했지만 나는 믿지 않았다. 그렇게 부르면 압운이 맞지 않는데?

엄마는 캔버스 의자에, 아빠는 나무의자에 앉아 있었다. 둘은 서로를 쳐다보지 않았다. 하지만 둘은 연결되어 있었고, 이 연결은 울타리로서 분명한 역할을 했다. 이 울타리는 우리와 베니 아저씨 사이를, 우리와 플래츠 로드 사이를 막아주었고, 우리와 어떤 것의 사이도 막아줄 터였다. 이따금 부모님이 겨울에 우리를 침실로 올려보내놓고 열시 뉴스를 기다리면서 식탁에 앉아 카드놀이 두 판을 하던 때와 같았다. 2층은 부모님 머리 위에서 몇십 마일은 떨어져 있는 것 같았고 어두웠으며 바람소리로 가득했다. 2층에 있으면 아래층 부엌에서는 결코 떠오르지 않는 사실이 보였다—그것은 우리가 바람이 울부짖는 날씨에 격랑 한가운데 흔들리며 떠 있는 배처럼 이 작은 집에 격리되어 있다는 사실이었다. 그들은 머나먼 곳의 작은 불빛 속에서 우리와는 상관없이 이야기를 나누고 카드놀이를 하고 있는 것 같았다. 하지만 내가 잠에 빠져들 때 그런 그들을 떠올리는 것이, 비록 딸꾹질처럼 진부하고 호흡처럼 익숙한 일일지라도, 나를 붙잡아주고 우물의 바닥에서 내게 빛을 깜박여주었다.

베니 아저씨는 두 번 다시 매들린으로부터 연락을 받지 못했고, 설사 받았다 하더라도 그 말을 꺼내지 않았다. 그녀에 관한 질문이나 놀림을 받으면 그는 아쉬워하는 기색 없이, 예전의 그 거북처럼 아주 오래전에 털어버린 뭔가 혹은 누군가에 대해 드러냄직한 경멸을 약간 내비치며 그녀를 떠올리는 것 같았다.

얼마의 시간이 지나자 우리 모두는 빨간 재킷을 입고 다리를 가위처럼 벌리며 길을 걸어가던 매들린, 아이를 데리고 그녀를 쫓아가는 베니 아저씨를 뒤돌아보며 욕을 퍼붓던 매들린을 떠올리며 웃었다. 우리는 그녀가 얼마나 이상한 행동을 했는지, 아이린 폴록스와 찰리 버클에게는 또 어떤 짓을 했는지를 생각하며 웃었다. 마침내 엄마는 구타에 대해서는 베니 아저씨가 꾸며낸 건지도 모른다며, 그 생각으로 자신을 위로했다. 어쨌거나 그의 말을 얼마나 믿을 수 있겠는가? 매들린조차 그가 꾸며냈을지 모르는 존재로 느껴졌다. 우리는 그녀를 한 편의 이야기처럼 기억했고, 그녀에게 달리 해줄 수 있는 것이 없었기에 별스럽고도 때늦은 비정한 박수를 보냈다.

"매들린! 그 미친 여자!"

살아 있는 몸의 상속자들

젠킨스 벤드의 집 앞쪽 베란다에는 페인트로 젠킨스 벤드라고 쓴—크레이그 종조부가 썼다—명판이 빨간색 영국 해군기와 영국 국기 사이에 걸려 있었다. 그 집은 징병소나 국경 검문소처럼 보였다. 한때는 우체국이었는데, 지금도 관공서나 공공건물 같았다. 그도 그럴 것이 크레이그 종조부가 페어마일 타운십의 서기여서 사람들이 결혼허가서나 다른 허가서를 받으려고 그를 찾아왔기 때문이다. 타운십 의원들도 소굴 같은 그의 방, 즉 그의 사무실에 모여 회의를 했는데, 그곳에는 서류 캐비닛, 검은 가죽소파, 뚜껑 달린 큰 책상, 다른 깃발들, '캐나다 연방의 아버지들'*의 사진, 화려한 대관식 의상을 입은 국왕과 왕비와 어린 공주들의 사진이 있었다. 그리고 지금은 크고 아름다운 이 평범한 벽돌집이 있는 이 터에 원래 있던 통나무집의 사진도 액자에 넣어져 있었다. 그 사진은 어디 다른 나라에서 찍은 것처럼 모든 것이 여기보다 훨씬 더 나지막하고 더 질퍽거리고 더 어두웠다. 건물들 주위로 바짝 다가서 있는 검뿌연 숲에는 검은 상록수들이 뾰족뾰족 울창했고, 전경에 보이는 길은 통나무를 깔아 만든 것이었다.

"그 길을 코르덴길이라고 불렀지." 크레이그 종조부가 내게 알려주었다.

셔츠만 입은 남자 몇 명이 말이 매여 있는 마차 주변에 서 있었는데, 다들 콧수염이 아래로 처지고 험상궂어 보였지만 왠지 모르게 무기력한 표정이었다. 나는 크레이그 종조부에게 그도 이 사진 속에 있는지 물어보는 실수를 범하고 말았다.

"네가 읽을 줄 안다고 생각했는데." 그러면서 그가 마차 바퀴 아래쪽에 휘갈겨진 날짜를 가리켰다. 1860년 6월 10일. "내 아버지도 아직 어른이 되지 않았을 때야. 이 사진에서 아버지는 말 머리 뒤쪽에 있어. 1875년까지는 결혼도 하지 않았어. 내가 태어난 게 1882년이고. 이제 네 질문에 답이 됐니?"

그는 내가 자신의 나이를 헛짚었다는 사실이 아니라 시대와 역사에 대한 내 인식이 부정확하다는 사실이 탐탁지 않은 것 같

* 1864년에서 1867년까지 새로운 국가를 설립하기 위해 함께한 36명의 대표자들.

왔다. "내가 태어났을 무렵에는 이미 이 사진 속 숲이 전부 사라지고 없었단다." 그가 비장하게 말을 이었다. "이 길도 사라졌고. 대신 자갈길이 깔렸지."

그는 한쪽 눈이 멀었는데, 계속 수술을 받았지만 여전히 눈이 침침하고 흐릿했다. 그쪽 눈꺼풀이 처져 험상궂게 보였다. 얼굴은 사각형이고 살에는 탄력이 없었으며 몸집은 뚱뚱한 편이었다. 또다른 사진도 있었다. 이 방이 아니라 현관 맞은편의 응접실에 있는 사진 속에서 그는, 의자에 앉은 나이들어 보이는 부모 앞에서 러그 위에 몸을 쭉 편 채 드러누워 있었다—통통하고 자기만족에 빠진 금발의 사춘기 소년이 한쪽 팔에 머리를 올리고 있었다. 그의 여동생들인 그레이스 대고모와 엘스퍼스 대고모는 곱슬곱슬한 앞머리를 내리고 세일러복 원피스를 입은 차림으로 그의 머리와 발치 쪽에 놓인 푹신하고 두툼한 낮은 쿠션의자에 앉아 있었다. 그들의 부모가 앉은 의자 뒤에는 우리 할아버지, 즉 아빠의 아빠가 서 있었는데, 할아버지는 1918년에 독감으로 돌아가셨다. 할아버지의 한옆에 모이라 대고모(그때는 날씬했다!)가 서 있었고, 다른쪽 옆에는 헬렌 대고모가 서 있었다. 모이라 대고모는 포터필드에 살았고, 헬렌 대고모는 홀아비와 결혼해서 세계 일주를 한 뒤 지금은 브리티시컬럼비아에서 부유하게 살고 있었다. "네 종조부 크레이그 좀 봐!" 엘스퍼스 대고모나 그레이스 대고모가 그 사진의 먼지를 떨면서 말했다. "완전히 자기도취에 빠진 것 같지 않니, 응? 크림을 싹 핥아먹은 고양이처럼!" 그들은 그가 여전히 그들이 응석을 받아주거나 놀림거리로 삼아도 되는 소년, 매력을 발산하며 오만하게 드러누워 있던 시절의 소년인 것처럼 말했다.

크레이그 종조부가 몇 가지 사실을 알려주었다. 어떤 것은 흥미로웠지만 어떤 것은 그렇지 않았다. 젠킨스 벤드라는 이름이 붙은 유래는 알고 싶었다. 그 이름은 예전에 이 길을 따라 조금만 더 가면 나오던 나무 한 그루가 쓰러질 때 깔려죽은 젊은이의 이름을 딴 것이었다. 그 일이 일어난 건 그 청년이 이 고장에 온 지 한 달도 채 되지 않았을 때였다. 크레이그 종조부의 할아버지, 즉 나의 고조할아버지가 자기집을 짓고 우체국을 열고 언젠가 중요한 타운이 될 거라 바라고 믿은 이곳에 그 청년의 이름을 붙였다. 이렇게라도 하지 않으면, 결혼도 하지 못했던 그 젊은이를 어떻게 기억하겠는가?

"그 사람은 어디서 죽었어요?"

"이 길을 따라 조금만 더 가면 나와. 4분의 1마일도 안 가서."

"어딘지 가봐도 돼요?"

"표지는 없어. 표지를 남길 만한 일은 아니니까."

크레이그 종조부가 나를 마뜩잖게 쳐다보았다. 그는 그런 데 호기심이 없었기 때문이다. 그는 종종 나를 어디로 튈지 모르는 어리석은 아이라고 생각하는 것 같았지만 나는 크게 신경쓰지 않았다. 그는 내가 뭘 하든 내버려두기로 한 것 같았는데, 그런 그의 판단은 대범하지만 인간미가 느껴지지는 않았다. 그는 내 행동이 자신의 마음에 들지 않으면 지적했지만 기분 상해하거나 권위가 깎였다고 생각하는 것 같지는 않았다. 그것이 그를 실망시키는 것과 우리 엄마 같은 사람, 심지어 대고모들을 실망시키는 것의 큰 차이였다. 그와 같이 있으면 그 남성적인 자기중심성 때문에 마음이 편했다.

그가 내게 알려준 것들 가운데에는 와와나시 카운티의 정치사, 가족들의 헌신, 사람들이 맺은 혈연관계, 선거에서 있었던 일들에 대한 것도 있었다. 그는 내가 아는 사람들 가운데 공적인 사건들이 일어나는 정치적 세상이 있다는 것을 정말로 믿고, 자신도 그 일부라는 사실을 의심치 않았던 최초의 사람이었다. 우리 부모님은 날마다 뉴스를 들으면서 좌절하거나 안심했지만(이때는 전쟁 초기였기 때문에 대체로 좌절했다), 나는 세상에서 일어나는 모든 일이 나한테나 부모님한테나 우리의 통제 범위 밖에 있는 비현실적이고 재앙 같은 사건으로 느껴졌다. 크레이그 종조부는 별로 의기소침해하지 않았다. 그는 골치 아픈 일이 종종 일어나는 타운십의 사무를 보는 자신과 오타와에서 국무를 보는 수상 사이에서 단순한 연관성을 발견했다. 그리고 전쟁에 대해 낙관하면서 전쟁을 정치가 흘러가는 과정에서 으레 일어나는 거대한 분출이자 제 자신을 불살라야만 하는 것으로 보았다.

그가 정말로 더 큰 관심을 보였던 건 전쟁이 어떻게 진행되느냐가 아니라 선거에 어떤 영향을 미칠지, 징병 문제가 자유당에 어떤 면에서 영향을 미칠지였다. 하지만 그는 애국자였기 때문에 깃발을 내걸었고 승전채권을 판매했다.

그는 타운십 사무를 보지 않을 때는 두 가지 일에 몰두했다—와와나시 카운티의 역사와 아일랜드에 살던 1670년까지 거슬러 올라가는 가계도였다. 우리 집안에는 눈에 띄는 업적을 이룬 사람이 하나도 없었다. 우리 집안사람들은 아일랜드 개신교 신자들과 결혼하여 큰 일가를 이루었다. 일부는 결혼하지 않았다. 몇몇 아이들은 어린 나이에 죽었다. 네 명은 불에 타서 죽었다. 한 남자는 아내를 둘 잃었는데, 모두 아이를 낳다가 죽었다. 또 한 명은 가톨릭 신자와 결혼했다. 그들은 캐나다로 와서도 같은 방식으로 살았고, 스코틀랜드 장로교 신자와 결혼한 경우도 더러 있었다. 크레이그 종조부는 이들 모두의 이름과 혈연관계와 중요한 세 날짜, 즉 생일과 혼일과 사망일을, 만약 생일과 사망일밖에 없다면 그 날짜들을 알아내서 큼직하고 신중한 글씨체로 순서대로 기록하는 것이 필요하다고 여겼다. 그것이 엄청난 노력을 들이고 어마어마한 양의 편지를 써서 전 세계로 보내야 하는 일이라도 말이다(그는 오스트레일리아로 이주한 일족도 잊지 않았다). 그는 가톨릭 신자와 결혼하는 것(여자의 종교는 이름 밑에 빨간색 잉크로 써넣었다)보다 더 흥미로운 일 혹은 더 불미스러운 일을 한 집안사람에게는 그런 것을 물어보지 않았다. 정말로 그런 사람이 있었다면 그의 기록 전체가 휘청거렸을 것이다. 중요한 건 개인의 이름이 아니라 과거에서부터 우리를 지탱해주는 사람들의 탄탄하고 복잡한 전체 구조였다.

그것은 마을이 세워져 사람들이 정착하고 성장을 일궈냈지만 지금은 천천히 쇠퇴기로 접어든, 그리고 몇몇 대단하지 않은 재앙들—터퍼턴에서 일어난 화재, 늘 일정한 시기에 범람하는 와와나시강, 지독히 추웠던 몇 번의 겨울, 신비로울 것 없는 몇 건의 살인사건—이 있었던 우리 카운티, 배출한 저명인사라고는 세 명—대법원 판사, 조지아만 근처에서 인디언 마을을 발굴해내고 이와 관련된 책을 저술한 고고학자, 캐나다와 미국 전역의 신문에 자신의 시를 발표한 여성—밖에 되지 않는 우리 카운티의 역사와 다르지 않았다. 이런 것들은 중요하지 않았다. 중요한 건 일상생활이었다. 크레이그 종조부의 서류철과 서랍에는 오려낸 신문기사와 편지가 가득 들어 있었다. 거기에는 날씨가 어떻다는 묘사, 달아난 말에 대한 설명, 장례식에 참석한 사람들의 명단이 포함되어 있었고, 더없이 평범한 사실들이 어마어마하게 축적되어 있었다. 그것을 순서대로 정리하는 것이 그의 일이었다. 모든 것이 그의 역사에 포함되어야 했고, 그것이 와와나시 카운티 전체의 역사가 되어야 했다. 그는 어떤 것도 빠뜨리지 않았다. 그랬기 때문에 그가 죽었을 때 1909년도까지밖에 진척되어 있지 않았던 것이다.

여러 해가 지난 뒤 나는 『전쟁과 평화』에서 나타샤가 자신의 남편이 추구하는 관념적이고 지적인 관심에 대해서는 아무것도 모르면서 그런 것에 엄청난 중요성을 부여하는 부분을 읽고 엘스퍼스 대고모와 그레이스 대고모를 떠올리지 않을 수 없었다. 크레이그 종조부가 정말로 "관념적이고 지적인 관심을 추구"했건, 닭의 털을 분류하면서 하루를 보냈건 그런 건 문제가 되지 않았을 것이다. 그들은 그가 무엇을 하건 대단하게 받아들일 준비가 되어 있었기 때문이다. 그는 낡고 검은 타자기를 사용했다. 타자기 글자판 각각의 가장자리에는 금속 테두리가 둘려 있고, 길고 검은 활자대가 밖으로 드러나 있었다. 그가 특유의 느리고 요란하고 중간에 뚝뚝 끊기는 타이핑을 근엄하게 시작하면 그들은 목소리를 낮추었고, 팬이 부딪치기만 해도 이상한 표정을 지으며 서로를 타박했다. 크레이그가 일하고 있잖아! 그들은 내가 베란다에 나가는 것도 말렸다. 내가 창문 앞을 지나가 그에게 방해가 될까봐 걱정했기 때문이다. 그들은 다른 어떤 것보다 남자들이 하는 일을 존중했다. 그러면서도 한편으로는 웃음거리로 삼기도 했다. 좀 이상했지만 그랬다. 그들은 그 중요성에 대해 절대적인 신념을 가진 것 같았지만, 또다른 관점에서는 하찮고 중요하지 않다고 판단하는 것 같았다. 하지만 참견하는 일은 결코 없었다. 남자의 일과 여자의 일 사이에는 더없이 분명한 선이 그어져 있었고, 누가 그 선을 넘거나 넘을 거라는 암시만 해도 그들은 놀랍고 유감스럽다는 듯 깔보고 경박한 웃음을 터뜨렸다.

그들은 바닥을 닦고 오이를 따고 감자를 캐고 콩과 토마토를 따고 통조림과 피클을 만들고 빨래를 하고 빤 옷에 풀을 먹이고 물을 뿌려 다림질을 하고 왁스칠을 하고 빵을 굽는 오전의 마라톤을 끝내면, 오후에는 베란다에 앉아 있곤 했다. 그렇다고 느긋이 앉아서 쉬는 건 아니었다. 그들의 무릎에는 일감이 잔뜩 쌓여 있었다—체리는 씨를 발라내야 하고 완두콩은 껍질을 벗겨내야 하고 사과는 속을 파내야 했다. 그들의 손놀림은 굉장했다. 손에 쥐고 있는, 손잡이가 나무로 된 검고 오래된 작은 칼이 앙심을 품은 듯 놀라운 속도로 슥슥 움직였다. 한 시간에 두세 대의 차가 타운십 주민들을 가득 실은 채 지나갔는데, 대체로 집 앞에서 속도를 늦췄다. 사람들이 손을 흔들어주었다. 엘스퍼스 대고모와 그레이스 대고모가 큰 소리로 "흙먼지 날리는 길은 이따가 달리고, 잠시 우리집에서 쉬었다 가세요" 하고 시골 사람들이 으레 하는 정겨운 인사를 건네면 차에 탄 사람들은 "시간만 되면야 당연히 그러지요! 우리집에는 언제 놀러오실래요?" 하고 되받았다.

엘스퍼스 대고모와 그레이스 대고모는 이런저런 이야기를 해주었다. 하지만 나를 즐겁게 해주려고 그런 이야기를 하는 건 아닌 것 같았고, 둘만 있었다 하더라도 자신들만의 즐거움을 위해 어쨌거나 그런 이야기를 했을 것이다.

"아빠가 고용했던 그 남자 말이야. 그 외국인 기억나지. 성질이 지랄 같았잖아, 말이 험해서 미안. 어디 출신이었지, 그레이스, 독일인 아니었나?"

"오스트리아인이었어. 일자리를 찾아 떠돌다 우리집에 왔잖아. 아빠가 고용했고. 엄마는 그 남자에 대한 두려움을 결코 이겨내지 못했지. 외국인을 믿지 못했으니까."

"뭐, 놀랄 일도 아니지."

"엄마는 그 남자를 곡물 저장고에서 재웠는데."

"그 남자는 늘 오스트리아어로 소리를 지르고 욕을 했어. 그 남자가 가꾸던 양배추밭을 우리가 뛰어넘었을 때 기억나? 그 입에서 외국어 욕이 쏟아져나왔잖아. 어찌나 오싹했는지 피가 얼어붙는 줄 알았다니까."

"그래서 내가 본때를 보여주겠다고 마음먹은 거잖아."

"그때 그 남자가 뭘 태웠더라, 저 아래 과수원에서 나뭇가지를 잔뜩 태웠는데 그게……"

"천막벌레나방의 유충."

"맞아, 천막벌레나방의 유충을 태우고 있었어. 넌 크레이그의 오버올과 셔츠를 입고 그 안에 베개를 잔뜩 집어넣었지. 머리카락은 아버지의 펠트 모자 안에 쑤셔넣어 다 숨기고. 손과 얼굴을 검게 칠해서 꼭 시커먼……"

"그리고 고기 써는 칼을 가져갔지. 그 길쭉하고 무시무시한 칼이 아직도 있잖아……"

"그러고는 기어서 과수원을 통과한 다음 나무 뒤에 숨었지. 크레이그와 내가 2층 창문에서 계속 지켜보고 있었어."

"엄마 아빠는 집에 없었을 거야."

"맞아, 맞아. 타운에 가셨을 때야! 마차를 타고 주빌리에 가셨잖아!"

"나는 그 남자가 있는 데서 5야드 정도 떨어진 곳까지 다가갔어. 그러고는 나무 뒤에서 슬그머니 나왔는데…… 맙소사, 그 남자가 소리를 질렀어! 소리를 지르고는 헛간에 불을 켰지. 그 남자는 머리부터 발끝까지 겁쟁이였던 거야!"

"너는 집으로 들어와서 그 옷을 벗고 깨끗이 씻은 뒤 아빠 엄마가 타운에서 돌아오기를 기다렸지. 그러고는 우리 모두 저녁 식탁에 둘러앉아 그 남자가 들어올 때를 기다렸어. 속으로는 그 남자가 달아나버렸기를 바라면서 말이야."

"나는 아니었어. 나는 다른 걸 바랐어. 결과가 궁금했지."

"그 남자는 백지장처럼 하얗게 질린 얼굴로 사탄처럼 음울하게 들어와 의자에 앉았지만 말은 한마디도 하지 않았어. 적어도 이 카운티에 검고 미친 존재가 어슬렁거린다는 말은 할 줄 알았는데, 아무 말도 안 했어."

"자신이 얼마나 겁쟁이인지 드러내고 싶었겠어? 절대!"

그들은 무릎에서 과일이 굴러떨어질 때까지 깔깔거렸다.

"나만 그랬던 건 아니야. 나만 그런 장난을 꾸민 게 아니었다고! 내가 춤을 추러 간 사이 앞문 위에 양철캔을 매다는 장난을 꾸민 건 너였잖아! 그 일을 잊으면 안 되지."

"네가 메이틀랜드 커하고 춤을 추러 갔을 때였어. (불쌍한 메이틀랜드, 지금은 고인이 됐지.) 제리코 댄스파티에 갔었잖아……"

"제리코! 스톤스쿨에서 열린 댄스파티였어!"

"맞아. 뭐가 됐건 네가 그를 현관 안까지 데리고 들어와 작별인사를 하려는 순간이었는데, 오, 한 쌍의 어린 양처럼 살금살금……"

"그런데 양철캔이 떨어졌잖아……"

"무슨 큰 사건이 일어난 줄 알았다니까. 아빠는 침대에서 뛰쳐나와 엽총을 들었고. 부모님 방에 있던 엽총, 기억나? 항상 문 뒤쪽에 놓아두었던 거. 난리도 그런 난리가 없었어! 나는 도저히 웃음을 참을 수 없어서 이불을 뒤집어쓰고 베개로 입을 막았다니까!"

그들이 그런 장난질을 그만둔 건 아니었다. 그레이스 대고모와 나는 엘스퍼스 대고모가 드러누워 위풍당당하게 드르렁드르렁 코를 골며 낮잠을 자는 침실로 들어가 조심조심 퀼트 담요를 걷은 뒤 빨간 리본으로 엘스퍼스 대고모의 두 발목을 묶었다. 어느 일요일 오후 크레이그 종조부가 그의 사무실 가죽소파에서 잠들었을 때, 나는 대고모들이 시킨 대로 그를 깨우고 결혼허가

신청 때문에 젊은 부부가 와 있다는 이야기를 전했다. 그는 툴툴거리며 일어나 뒤쪽 부엌으로 가서 싱크대에서 세수를 하고 머리에 물을 적셔 빗었다. 그러고는 타이를 매고 웨이스트코트와 재킷을 입은 뒤—그는 복장을 제대로 갖춰입기 전에는 절대 결혼허가서를 발급해주지 않았다—앞문으로 갔다. 체크무늬 롱스커트를 입고 머리에 숄을 뒤집어쓴 늙은 여인이 지팡이를 짚은 채 구부정하게 저만치에 서 있었다. 마찬가지로 허리가 굽은 남자 노인이 반들거리는 정장을 입고 낡은 페도라를 쓴 채 서 있었다. 크레이그 종조부는 아직 잠에서 덜 깬 상태로, 미심쩍은 듯 말했다. "반갑습니다……" 크레이그 종조부는 그 말을 내뱉는 동시에 버럭 화를 냈지만 목소리에 웃음기가 묻어 있었다. "엘스퍼스! 그레이스! 못된 장난꾸러기들!"

우유를 짜는 시간이 되면 그들은 스카프의 끝을 팔랑거리는 작은 날개처럼 보이게 머리 위로 올려 묶은 뒤 온갖 누더기 천을 잇대어 만든 옷을 입고, 가는 길에 막대기 하나를 집어들고는 소들이 지나다니는 길로 한들한들 돌아다녔다. 소들은 저마다 목에 무겁고 잘랑거리는 방울을 달고 있었다. 한번은 엘스퍼스 대고모와 내가 뜨문뜨문 한가롭게 들리는 방울소리를 따라 숲 가장자리로 걸어가다, 나무 그루터기들과 무성한 양치식물 사이에 가만히 서 있는 사슴을 보았다. 엘스퍼스 대고모는 말없이 군주처럼 막대기를 내밀어 내게 가만히 있으라는 지시를 내렸다. 우리가 사슴을 쳐다보는데, 거의 동시에 사슴이 우리를 보고는 폴짝 뛰어 무용수처럼 공중에서 반 바퀴를 도는 것 같더니 궁둥이를 씰룩거리며 깊은 숲속으로 껑충껑충 사라져버렸다. 덥고 더없이 고요한 저녁이었다. 살구 껍질 같은 금빛 햇살이 나무둥치에 굵은 황금색 띠를 그려놓았다. "예전에는 수시로 볼 수 있었는데." 엘스퍼스 대고모가 말했다. "우리가 어렸을 때는 학교 가는 길에도 사슴을 보곤 했단다. 그런데 이제는 볼 수가 없어. 사슴을 본 게 몇 년 만인지 몰라."

외양간에서 그들은 내게 우유 짜는 법을 가르쳐주었는데 보기만큼 쉽지는 않았다. 그들은 번갈아 우유를 찍찍 짜내어 몇 피트 떨어진 곳에 뒷다리로 서 있는 외양간 고양이가 받아먹을 수 있게 해주었다. 그 고양이는 지저분한 줄무늬 수컷으로, 이름은 로버였다. 크레이그 종조부가 풀 먹인 셔츠의 소매를 걷어붙이고 등 부분이 반들거리는 조끼 주머니에 펜과 연필을 꽂은 채 그리로 내려왔다. 그는 기계로 크림을 분리하는 일을 맡아 했다. 엘스퍼스 대고모와 그레이스 대고모는 우유를 짜면서 노래 부르는 걸 좋아했다. 그들은 "세인트루이스에서 만나요, 루이, 박람회장에서 만나요!"나 "나한테 6펜스*가 있어요, 룰루랄라 6펜스가 있어요" "그녀가 돌아올 때는 산을 돌아 돌아올 거야—" 같은 노

* 1971년까지 사용된 영국 동전으로 6펜스짜리 은화 한 닢을 말한다.

래를 불렀다. 그들은 동시에 다른 노래를 부르면서 상대를 제압하려고 했고, "도대체 저 계집애는 어떻게 자기가 노래를 잘 부른다는 생각을 하게 됐는지 몰라!" 하고 툴툴거렸다. 두 사람 다 우유를 짜는 시간에는 대담하고 의기양양해졌다. 그레이스 대고모는 박쥐가 날아다닐지 모른다며 식료품 저장실에 들어가는 것도 무서워했지만, 그 시간만큼은 커다란 롱혼종 소들의 엉덩이를 툭툭 쳐가며 농가 마당을 뛰어다녔고 그렇게 소들을 대문 밖으로 내보내 목초지로 돌려보냈다. 엘스퍼스 대고모는 이 정도쯤은 우습다는 듯 크림 담는 큰 쇠붙이 통을 젊은 남자처럼 번쩍 들어올렸다.

하지만 이런 고모들이 우리 엄마네 집에만 오면 뚱하고 교활하고 구식에 심통을 부리지 못해 안달인 사람들로 변했다. 엄마가 듣지 않는 곳에서는 나한테 이런 말까지 거리낌없이 했다. "저게 머리빗이니? 어머나, 우리는 개털 빗길 때 쓰는 건지 알았지 뭐니!" 이런 말도 했다. "저걸로 접시를 닦는단 말이야?" 그들은 허리를 굽혀 냄비 안을 들여다보며 지난번에 그들이 이곳에 다녀간 뒤로 눌어붙은 검은 찌꺼기를 하나도 빼놓지 않고 긁어냈다. 엄마가 뭐라고 하면 그들의 얼굴에는 충격을 받은 듯한 미소가 떠올랐다. 그들은 엄마의 직설적이고 어처구니없는 말에 순간적으로 몸이 마비된 듯 보였고, 갑자기 엄청난 빛에 노출된 것처럼 무력하게 눈만 빠르게 깜박거렸다.

엄마로서는 가장 친절하게 건넨 말이 가장 큰 실수가 되었다. 엘스퍼스 대고모는 음악을 듣기만 해도 피아노로 칠 수 있었다. 대고모가 피아노 앞에 앉아 자신이 아는 몇 곡—〈나의 보니가 저 바다에 누워 있네〉와 〈섬으로 가는 길〉—을 연주했다. 그런데 우리 엄마가 대고모에게 악보 보는 법을 가르쳐주겠다고 나선 것이다.

"그러면 정말로 멋진 곡을 연주할 수 있을 거예요."

엘스퍼스 대고모는 당구를 가르쳐주겠다는 제안을 받은 것처럼 예민하고 부자연스러운 웃음을 지으며 거절했다. 그러고는 밖으로 나가 돌보지 않은 화단을 찾아내 한낮의 뜨거운 햇볕 속에서 땅에 무릎을 꿇고 앉아 잡초를 뽑았다. "그 화단은 더이상 돌보지 않아요. 포기했어요." 엄마가 외치는 소리가 부엌문에서 경고하듯 울려퍼졌다. "옛날부터 심어져 있던 범의귀 말고는 아무것도 없어요. 그것도 곧 뽑아버릴 거고요!" 엘스퍼스 대고모는 아무 말도 듣지 못한 것처럼 계속 잡초를 뽑아냈다. 엄마는 짜증난 표정을 지었지만 결국에는 신경쓰지 않겠다는 얼굴로 캔버스 의자에 앉아 몸을 뒤로 기댔고, 눈을 감더니 화난 얼굴로 억지 미소를 짓고 십 분 정도 그대로 있었다. 우리 엄마는 직진밖에 몰랐다. 엘스퍼스 대고모와 그레이스 대고모는 물러서고 사라지고 되돌아오기를 반복하면서 엄마 주변을 누볐다. 그들은 부드러운 목소리로 사근사근하게 말하는, 물리칠 수 없는 존재들이었다. 엄마는 그들이 거미줄인 것처럼 엄마의 길에서 그들을 쳐냈다. 나도 그 정도는 알았다.

젠킨스 벤드의 집으로 돌아온 대고모들은—나를 데리고 돌아왔고, 나는 거기서 긴 여름을 보냈다—물속에 들어갔다 나온 사람처럼 오동통하고 활기차 보였다. 변화가 일어나는 것이 내 눈에 보였다. 나 또한 엄마를 배신한다는 사실에 마음이 조금 아팠지만, 엄마의 세상을 내려놓고 대고모들의 세상을 받아들였다. 엄마의 세상을 이루는 것이 심각하고 회의적인 의문들, 끝이 없지만 얼마간 손을 놓은 집안일, 으깬 감자 속의 덩어리, 정착되지 않는 생각들이었다면, 대고모들의 세상은 일과 유쾌함, 편안함과 질서, 복잡하고 형식적인 예절로 이루어져 있었다. 그들의 집에서는 완전히 새로운 언어를 배워야 했다. 다양한 수준의 대화가 오갔고, 직설적인 표현은 절대 들을 수 없었으며, 모든 농담이 겉 다르고 속 다르게 비꼰 것일 수 있었다. 엄마는 못마땅한 게 있으면 험한 날씨처럼 노골적이고 분명하게 드러냈지만, 대고모들은 한창 화기애애한 가운데 작고 날카로운 면도날로 상처를 주는 식이어서 당하는 사람을 어리둥절하게 만들었다. 그들에게는 상대를 조롱하면서도 존중하는 것처럼 꾸며서 휘둘러대는 아일랜드인 특유의 재능이 있었다.

이웃 농장 가족의 딸이 도시 출신의 법률가와 결혼했다. 그녀의 가족은 그 법률가를 매우 자랑스럽게 여겼다. 그들이 그를 소개해주겠다며 대고모들의 집으로 데려왔다. 엘스퍼스 대고모와 그레이스 대고모는 이 방문을 준비하느라 빵을 굽고 은제 식기를 닦고 직접 그림을 그린 접시와 손잡이에 진주가 박힌 작은 칼을 꺼냈다. 대고모들은 그에게 케이크와 쇼트브레드, 견과류를 넣은 빵, 타르트를 대접했다. 그는 원래 식탐이 많은 사람이었거나 불안해서 마구 먹어댈 만큼 몹시 당황한 상태였을 것이다. 그는 케이크 조각들을 통째로 집었고, 케이크는 입속으로 가져가는 사이에 부스러졌다. 아이싱이 수염에 묻었다. 저녁식사 때 그레이스 대고모는 한마디도 하지 않고 그가 먹는 방식을 잠자코 흉내내기 시작했다. 그레이스 대고모의 동작이 점점 과해지는가 싶더니 대고모는 곧 쩝쩝 소리를 냈고 접시에서 보이지 않는 상상의 음식을 움켜잡았다. "오, 법-률가!" 엘스퍼스 대고모가 우아하게 외치더니 식탁 위로 몸을 쑥 빼며 물었다. "시골생활에는—예전부터—관심이—있었나요?" 대고모들이 그에게 엄청 정중하게 예의를 차린 뒤라 나는 그 말에 분위기가 묘하게 냉랭해지는 것을 느꼈다. 그건 일종의 경고였다. 스스로 대단한 사람이라고 생각하는가봐요! 가볍게 말했지만 그 말은 결정적인 비난이었다. 그는 자신이 대단한 사람이라고 생각하네요. 사람들은 다 자기가 대단한 사람이라고 생각하지 않나요! 허세는 어디에서나 보였다.

그들이 능력 자체에 반감을 가진 건 아니었다. 그들의 집안, 그러니까 우리 집안에서는 능력이란 걸 인정했다. 하지만 그 능력을 어느 정도 비밀로 감추는 게 필요한 것 같았다. 그들은 야망에 대해서도 불안감을 드러냈는데, 야망을 가지면 실패가 따라오고 놀림감이 될 수 있는 위험을 감수해야 하기 때문이다. 이런 삶에서 일어날 수 있는 최악은 사람들의 비웃음을 사는 것이라고 나는 이해했다.

"네 종조부 크레이그는 말이야." 엘스퍼스 대고모가 내게 말했다. "네 종조부 크레이그는 와와나시 카운티에서 가장 영리하고 가장 사랑받고 가장 신망받는 사람들 중 하나야. 당선됐으면 입법부에 들어갔을 텐데. 그럴 마음만 있었다면 내각에도 들어갔을 테고."

"당선되지 않은 거예요? 크레이그 종조부가요?"

"그럴 리가. 출마하지도 않았어. 후보자로 이름을 올리지도 않았어. 그러지 않는 편을 선택한 거지."

그 말에는 뭔가 하기로 선택하는 것보다 하지 않기로 선택하는 것이 결국에는 더 지혜롭고 자기를 존중하는 일이라는, 이해하기 어렵고 내게는 새로운 암시가 깔려 있었다. 대고모들은 결혼이건 높은 지위건 기회건 돈이건 그런 제안을 받을 때 거절하는 사람들을 좋아했다. 터퍼턴에 사는 내 사촌 루스 매퀸은 머리가 아주 좋아 장학금을 받고 대학에 갈 수 있었지만 곰곰이 생각한 끝에 거절했다. 집에 남기로 결정한 것이다.

"안 받는 쪽을 선택한 거지."

어째서 이런 선택이 존경과 감탄을 받을 만하다는 것일까? 음악이나 색깔의 미묘한 하모니처럼 거절의 아름다움은 내가 이해할 수 있는 수준을 넘어서는 것이었다. 엄마는 그런 아름다움을 인정하지 않았지만 나는 아직 그럴 준비까지는 되어 있지 않았다.

"자기가 갇힌 동굴에서 머리를 내밀기가 두려운 거지." 엄마는 루스 매퀸에 대해 그렇게 말했다.

모이라 대고모는 밥 올리펀트와 결혼했다. 그들은 포터필드에서 살았고 메리 애그니스라는 딸이 하나 있었다. 메리는 그들이 결혼하고 나서 한참 뒤에 태어났다. 여름 동안 모이라 대고모는 메리 애그니스를 데리고 포터필드에서 13마일을 달려와 젠킨스 벤드에서 오후 시간을 보내곤 했다. 모이라 대고모는 운전을 할 줄 알았다. 그래서 엘스퍼스 대고모와 그레이스 대고모는 그녀를 매우 용감하다고 생각했다(엄마도 운전을 배우고 있었지만, 대고모들은 그걸 무모하고 쓸데없는 일로 여겼다). 그들은 모이라 대고모가 모는 사각 지붕의 구식 차가 다리를 건너 강 쪽에서 달려오는 것을 발견하면, 그녀가 포터필드에서 먼지 나는 뜨거운 길을 달려온 것이 아니라 사하라사막을 빠져나오는 길을 방금 찾아내기라도 한 듯 격려와 감탄과 환영의 비명을 지르며 그녀를 마중나갔다.

그들은 다른 사람들에게는 겉으로 정중한 예의를 갖추어 속에서 춤추는 악의를 교묘하게 감추었지만, 형제자매 간에 갖는 관심 속에서는 이런 점을 전혀 찾아볼 수 없었다. 서로에 대해서는 그저 다정하고 자랑스러워했다. 메리 애그니스 올리펀트에 대해서도 그랬다. 나는 그들이 나보다 메리를 더 좋아한다고 생각할 수밖에 없었다. 그들은 나를 보면 반겨주고 즐거워했다. 그렇긴 했지만 나는 다른 요인들과 내 절반의 유전자에 의해 얼룩진 존재였다. 내가 키워진 과정에는 결코 바로잡을 수 없는 이단적인 사상들이 침투해 있었기 때문이다. 내가 보기에 메리 애그니스가 받는 애정은 더욱 순수하고 더욱 반짝거리며 더욱 확실한 것이었다.

젠킨스 벤드에서는 메리 애그니스에게 뭐든 문제가 있다는 말을 절대 듣지 못할 것이다. 사실 문제랄 것도 많지 않았다. 메리는 다른 사람들과 거의 같았다. 메리 혼자 가게에 가서 뭔가를 구입하고 혼자 어디로 가는 것을 상상할 수 없다는 점 말고는. 메리는 자기 엄마와 같이 있어야 했다. 하지만 메리는 바보가 아니었고, 플래츠 로드에 사는 아이린 폴록스나 프랭키 홀과는 전혀 달랐다. 확실히 아이린이나 프랭키처럼 킨즈멘 박람회장에서 하루종일 회전목마를 공짜로 타도 좋다는 허락을 받을 만큼의 바보가 아니었다—그런 구경거리가 되는 걸 모이라 대고모가 개의치 않았다 하더라도 메리 자신이 그러려고 하지 않았을 것이다. 그녀의 피부는 얼룩이 묻은 얇은 유리나 밝은 기름종이를 덮어씌운 것처럼 뿌예 보였다.

"산소 결핍 때문이야." 엄마가 뭔가를 설명해줄 때 늘 그러듯 뿌듯해하며 말했다. "산도産道에 산소가 결핍된 상태에서 태어났거든. 의사가 과다 출혈이 있을지 모른다고 해서, 밥 올리펀트 대고모부가 병원에 가는 내내 모이라 대고모의 다리를 모아 잡고 있었어."

나는 더 듣고 싶지 않았다. 나는 무엇보다 이런 일이 누구에게나 일어날 수 있다는 것을, 나 역시도 산소처럼 이름을 댈 수 있고 측정 가능하고 일반적인 무언가가 결핍되었다면 그렇게 멍청해졌을지 모른다는 사실을 외면했다. 게다가 산도라는 말을 듣자 강둑이 곧게 뻗어 있는 피의 강이 떠올랐다. 나는 모이라 대고모가 거친 숨을 쉬면서 아이를 낳으려고 애쓰는 동안 밥 올리펀트 대고모부가 대고모의 굵고 핏줄이 툭 불거진 다리를 잡고 있는 장면을 상상했다. 그뒤로는 밥 대고모부만 보면 그 생각이 났다. 우리가 그의 집에 갔을 때마다 그는 늘 라디오 옆에 앉아 파이프 담배를 빨면서 〈보스턴 블래키〉나 〈폴리스 패트롤〉을 듣고 있었다. 타이어가 끼익 소리를 내거나 총성이 연속적으로 흘러나오는 동안 그는 호두 같은 벗어진 머리를 심각하게 끄덕였다. 모이라 대고모의 다리를 잡고 있는 동안에도 그는 파이프를 입에 물고 있었을까? 보스턴 블래키가 벌인 소동을 들으면서 그랬듯 대고모 때문에 그 난리가 났을 때도 사무적인 태도로 고개를 끄덕였을까?

이 이야기 때문에 그랬는지, 나는 모이라 대고모에게서 풍겨 나오는 침울한 분위기에 그녀의 다리에 감은 보들한 질감의 탄력붕대 냄새 같은 부인과 병동의 냄새가 배어 있는 듯한 느낌을 받았다. 지금 생각해보면 그녀는 정맥류나 치질, 자궁탈子宮脫, 난소낭종, 염증, 분비물, 여러 신체 부위에 생기는 종양과 결석 때문에 몸이 안 좋았을 가능성이 있었다. 그녀는 여자의 인생을 견뎌냈으나 건강이 망가진 생존자, 그래서 살이 찌고 조심조심 움직여야 하는 사연 많은 그런 사람이었던 것이다. 더운 날씨에도 그녀는 구슬이 달려 흔들리는 우아한 짙은 색 레이어드 드레스에 터번처럼 생긴 큰 모자를 쓰고는 이따금 붕대가 "숨을 쉴" 수 있게 흙색 스타킹을 돌돌 말아내린 채 베란다의 고리버들로 된 흔들의자에 앉아 있었다. 그녀를 자매들과 비교해보면 결혼이 좋은 거라고 말할 만한 게 별로 없었다. 그녀의 자매들은 일어설 때 여전히 재빨랐고 냄새는 상큼했으며 몸은 건강했다. 고작해야 이따금 허리둘레가 어떻다며 투덜대는 정도였다. 하지만 모이라 대고모는 일어서거나 앉을 때 혹은 의자를 흔들거릴 때도 끙얼거리는 소리를 냈는데, 그건 소화를 시킬 때나 방귀를 뀔 때처럼 자기도 모르게 나오는 현상이었다.

그녀가 포터필드에 대해 말해주었다. 포터필드는 주빌리처럼 무미건조한 타운이 아니었다. 중심가를 사이에 두고 술집 두 곳이 서로 마주보고 있었는데, 각각 호텔에 자리하고 있었다. 토요일 밤이나 일요일 이른아침에는 길에서 이따금 거친 싸움이 일어나기도 했다. 모이라 대고모의 집은 중심가에서 반 블록밖에 떨어져 있지 않았고 보도와 가까웠다. 그녀는 어두운 앞쪽 창 안쪽에서 남자들이 야만인처럼 꽥꽥 소리를 질러대는 것도 지켜보았고, 차가 홱 옆으로 돌면서 전신주를 들이받아 운전자의 가슴이 운전대에 짓눌린 것도 보았다. 술에 취해 일어서지도 못하는 젊은 여자를 두 남자가 끌고 가는 것도 보았는데, 그 여자는 옷을 입은 채 길에서 오줌을 눴다. 모이라 대고모는 페인트칠이 된 자신의 집 담벼락에서 술꾼들의 토사물을 긁어내야 했다. 이 모든 것이 그녀가 예상한 그대로였다. 토요일의 술꾼들도 그랬지만 속임수를 일삼는 무례한 식료품상들과 이웃들, 소년 배달부들도 악랄하기는 마찬가지였다. 한가로이 이런 이야기를 하는 모이라 대고모의 목소리가 그날 하루 위로, 마당 위로 검은 석유처럼 퍼져나갔고, 엘스퍼스 대고모와 그레이스 대고모는 맞장구를 쳐주었다.

"그래, 그건 아니지, 너도 그런 일까지는 예상 못했잖아."

"여기 사는 우리가 얼마나 운이 좋은지."

그들은 찻잔과 레모네이드잔, 버터와 베이킹파우더를 넣어 갓 구운 비스킷, 마사 워싱턴 케이크, 건포도를 넣은 파운드케이크, 과일을 설탕에 절인 뒤 코코넛가루를 입혀 만든 과자 등 맛있는 주전부리를 들고서 베란다와 집안을 들락거렸다.

메리 애그니스는 앉아서 귀를 기울이고 미소만 지었다. 그녀는 나를 보고 웃어주었다. 그 미소는 꾸밈없는 미소라기보다는 자신의 모든 사교적인 능력을 아이에게는 독단적으로 혹은 고압적인 수준으로까지 발휘할 수 있지만 다른 사람에게는 두려움과 습관 때문에 그러지 못하는 사람이 짓는 미소였다. 그녀의 머리는 검은색에 단발이고, 올리브 같은 가는 목의 피부는 오돌토돌했다. 그리고 안경을 썼다. 모이라 대고모는 고등학교에는 가보지도 못한 메리에게 여고생처럼 옷을 입혔다. 플리츠스커트는 허리가 헐렁했고, 깔끔하게 다림질된 흰색 긴소매 블라우스는 크기가 너무 컸다. 메리 애그니스는 화장을 하지 않았고, 입가의 거무스름한 솜털을 가려줄 파우더도 바르지 않았다. 그녀는 내게 쌀쌀맞고 겁을 주는 듯한 애매한 어조로 말했는데, 그건 단순히 놀리려는 게 아니라 누가 놀리는 걸 보고 모방한 것 같았다. 괄괄하고 유쾌한 사람들, 아마도 가게 주인 같은 사람들이 아이들에게 말하는 것을 듣고 따라 했을 것이다.

“왜 그러는 거야?” 내가 앞문 주변의 작은 색유리판들을 통해 바깥을 내다보고 있는데 그녀가 다가와 나를 쳐다보았다. 그러더니 빨간색 유리판에 눈 한쪽을 갖다댔다.

“마당이 불타고 있어!” 그녀는 그렇게 말하고는 그 말을 내가 했다는 듯 나를 비웃었다.

다른 때에는 어두운 현관에 숨어 있다가 펄쩍 뛰어나오며 내 뒤에서 자신의 손으로 내 눈을 가렸다. “누군지 알아맞혀봐. 누군지 알아맞혀봐!” 그녀는 나를 꽉 끌어안고 내가 비명을 지를 때까지 간질였다. 그녀의 손은 뜨겁고 메말랐으며, 나를 끌어안는 힘이 엄청났다. 나는 할 수 있는 만큼 저항했지만, 학교에서 다른 아이들에게 하듯 욕을 할 수도, 침을 뱉을 수도, 머리카락을 잡아당길 수도 없었다. 그건 그녀의 나이—명목상으로는 어른이었다—와 그녀의 보호받는 위치 때문이었다. 그녀가 나를 괴롭힌다는 생각에 나는 그녀가 싫다고 말했다—젠킨스 벤드에서 그렇게 말하지는 않았다. 한편 나한테는 전혀 중요하지 않은 누군가에게 나로서는 이해할 수조차 없는 방식으로 내가 중요한 존재가 될 수 있다는 사실을 깨닫자, 기분이 나쁘지만은 않았고 호기심도 생겼다. 그녀는 내 배를 사정없이 간질여 내가 개처럼 현관 카펫에 구르게 했고, 나는 매번 그녀의 예측할 수 없는 힘과 부당한 속임수에 압도당했으며, 그만큼 놀라움에 사로잡혔다. 그것은 붙잡히거나 납치된 사람들이 낯선 납치범들의 세상에서 자신이 그만한 가치를 가진 사람이라고는 전혀 생각지 못하다가 그 사실을 알았을 때 느끼는 놀라움 같은 것이었다.

나 또한 메리 애그니스에게 일어났다는 그 일을 알고 있었다. 엄마가 말해줬다. 오래전 포터필드에서 모이라 대고모가 지하실에서 빨래를 하고 있을 때였다. 메리가 앞마당에 나가 있는데,

청년들 몇 명이 다가왔다. 다섯 명이었다. 그들이 잠시 산책하러 가자고 메리를 꼬드겨서 박람회장 터로 데려가 옷을 죄다 벗긴 뒤 차가운 진흙땅에 눕혔다. 메리는 기관지염에 걸려 죽다 살아났다. 그녀가 지금까지 여름에도 따뜻한 내복을 입어야 하는 건 그때의 일 때문이었다.

나는 그런 퇴행—엄마가 그 이야기를 해준 것은 같이 가자는 남자들의 꼬드김에 넘어가면 그렇게 퇴행하게 될 수도 있다는 사실을 경고하기 위해서였다—은 옷이 죄다 벗겨진 채 알몸으로 누워 있는 것에서 비롯한 거라고 생각했다. 벌거벗겨진 사람이 나였다고 생각하니, 알몸이 된다는 생각만으로도 수치심의 칼에 찔려 배에 구멍이 생긴 느낌이 들었다. 의사가 내 바지를 끌어내리고 엉덩이에 천연두 예방주사 바늘을 찌르는 생각을 할 때마다 나는 격분했고 미칠 것 같았으며 견딜 수 없는 극도의 수치심을 느꼈다. 나는 메리 애그니스가 옷이 다 벗겨진 채 오돌토돌해진 차가운 궁둥이를 톡 드러내고—내가 볼 때 누구의 몸이건 가장 수치스럽고 무기력해 보이는 부위는 엉덩이 같았다—박람회장 터에 누워 있는 장면을 상상했고, 나한테 그런 일이 일어난다면, 내 알몸을 그렇게 다 보여야 한다면 그뒤부터 나는 살아갈 수 없을 것 같았다.

"델, 메리 애그니스랑 같이 산책 좀 하고 와."

"헛간 주변을 돌면서 로버 좀 찾아봐."

나는 고분고분 일어섰지만 완전히 시무룩해져서 베란다 모퉁이를 돌 때 격자 부분을 막대기로 탕 쳤다. 나는 메리 애그니스와 함께 나가고 싶지 않았다. 계속 거기 남아 간식을 먹고 포터필드에 대해, 신뢰감을 느낄 수 없는 폭력배 같은 인간들이 득시글한 그 부패하고 침울한 타운에 대해 더 듣고 싶었다. 메리 애그니스가 넘어질 듯 쿵쿵거리면서 내 뒤를 쫓아오는 소리가 들렸다.

"메리 애그니스, 되도록 햇볕은 쬐지 마. 강물에서 첨벙거리지도 말고. 감기는 사시사철 걸릴 수 있으니까!"

우리는 도로를 내려가 강둑을 따라 걸었다. 그루터기만 남은 뜨겁고 메마른 들판, 쩍쩍 갈라지는 개울 바닥, 하얀 먼지가 풀풀 날리는 길에서 와와나시강은 시원한 물이 담긴 여물통처럼 보였다. 얇은 버드나무 잎이 드리운 그늘 속으로 체에 거른 듯 햇빛이 흘러내렸다. 강둑의 진흙은 말라 있었지만 흙먼지가 될 만큼 마른 것은 아니었다. 케이크의 아이싱처럼 맨 위는 얇게 굳어 있었지만 그 아래는 물기가 있고 시원해서 걸어가면 기분이 좋았다. 나는 신발을 벗고 맨발로 걸었다. 메리 애그니스가 우우 소리를 질렀다. "다 일러야지!"

"마음대로 해." 나는 입속말로 재수없어, 라고 말했다.

강가로 내려간 소들이 진흙땅에 발굽자국을 남겨놓았다. 소들은 똥도 동글동글하게 싸놓았는데, 마른 똥이 공예품처럼, 진흙으로 빚은 뚜껑처럼 보였다. 강의 양쪽 기슭에 백합 꽃잎이 카펫을 깔아놓은 듯 흩어져 있고 노란색 수련이 파리하고 다소곳한 자태로 여기저기에 탐스럽게 피어 있는 걸 보고 나는 팬티 속에 원피스 자락을 쑤셔넣고 물을 빨아먹는 뿌리 사이를 철벅철벅 걸었다. 발가락 사이로 검은 진흙이 새어나와 물을 흐려놓고 백합 잎사귀와 꽃잎을 뒤덮었다.

"그러다 빠져죽어, 그러다 빠져죽어." 메리 애그니스가 흥분해서 펄쩍 뛰며 소리를 질렀지만, 물은 내 무릎 깊이도 되지 않았다. 꽃을 강가로 가져오자 미워 보이고 악취를 풍기는 듯하더니 금세 시들기 시작했다. 나는 꽃에 대해서는 까맣게 잊고 주먹에 쥔 꽃잎이 뭉개지는 줄도 모르고 계속 걸었다.

그러다 우리는 죽은 소를 보았다. 소는 뒷발을 물에 담근 채 누워 있었다. 갈색과 흰색의 얼룩무늬 가죽에 까만 파리가 우글우글 기어다녔는데, 햇살을 받은 파리가 구슬 장식처럼 반짝거렸다.

나는 막대기를 집어 소의 가죽을 가볍게 쳤다. 파리들이 날아올라 빙그르르 원을 그리더니 다시 내려앉았다. 소의 가죽은 지도 같았다. 갈색은 대양이고 흰색은 떠 있는 대륙이었다. 나는 막대기 끝을 흰색과 갈색 사이에 정확히 대려고 애쓰면서 그 특이한 형태를 따라, 그 굽이도는 해안선을 따라 선을 그었다. 그러고는 팽팽한 밧줄처럼 보이는 근육을 따라 목까지 막대기를 쭉 그어올린 뒤—소는 물을 마시려고 했던 것처럼 목을 쭉 내밀고 죽었지만, 그렇게 생각하기에는 누워 있는 방향이 반대였다—얼굴을 톡톡 쳤다. 하지만 얼굴을 건드리는 것은 썩 내키지 않았다. 그 눈을 쳐다보는 것도 내키지 않았다.

눈은 크게 뜨여 있었고 검었다. 앞을 보지 못하는 반드럽고 불룩한 눈이었다. 햇빛에 반사되어 실크 같은 윤기가 돌았고 붉은 빛이 어른거렸다. 검은색 실크 스타킹 안에 오렌지를 넣어놓은 것 같았다. 파리떼가 한쪽 눈가에 진을 치고 있었는데, 한데 모여 있으니 아름다워서 무지개색 브로치처럼 보였다. 나는 그 눈을 막대기로 찌르고 싶은 강렬한 욕망을 느꼈다. 그렇게 하면 눈알이 푹 꺼져버릴지, 젤리처럼 흔들리다 부서져서 그 속까지 젤리와 같은 성분으로 구성되어 있다는 걸 보여줄지, 표면의 막이 부서지면서 온갖 썩은 물질이 흘러나와 얼굴을 타고 흘러내릴지 알아보고 싶었다. 나는 막대기로 눈을 빙 둘러 선을 긋다가 다시 뗐다—할 수가 없었다. 찌를 수가 없었다.

메리 애그니스는 다가오지 않았다. "그냥 둬." 메리가 경고했다. "그 늙은 소는 죽었잖아. 더러워. 너도 더러워져."

"주우근 소." 내가 그 단어를 길게 늘여 더 맛깔나게 발음했다. "주우근 소, 주우근 소."

"그만 좀 해." 메리 애그니스가 윗사람처럼 굴었지만, 내 생각에 그녀는 더 가까이 다가오는 걸 무서워하고 있었다.

죽은 것이니 그렇게 하면 신을 모독하는 일이 된다. 하지만 죽은 것이라서 내가 경멸한다는 것을 보여주기 위해 나는 찌르고 싶었고, 짓밟고 싶었고, 그 위에 오줌을 누고 싶었다. 그것을 벌할 수 있는 것이면 뭐든 하고 싶었다. 흠씬 패주고 산산조각내고 침을 뱉고 찢어버리고 내던지고 싶었다! 하지만 쭉 내민 목에 반드러운 눈, 등에 희미한 빛이 나는 이상한 지도가 있는 그 드러누운 소는 여전히 힘을 지니고 있었다. 지금까지 나는 살아 있는 소를 보면서 단 한 번도 이런 생각을 해본 적이 없었다. 소는 왜 존재할까? 저 하얀 얼룩은 왜 저런 모양으로 생겼고, 왜 저것과 정확히 똑같이 생긴 얼룩을 가진 다른 소나 생명체는 두 번 다시 존재할 수 없는 걸까? 나는 선을 좀더 확실히 그으려고 막대기에 힘을 줘 다시 한번 그 대륙의 윤곽선을 따라가며 그 모양을 주의깊게 바라보았다. 이따금 진짜 지도를 볼 때 진짜 대륙이나 진짜 섬을 주의깊게 바라보듯, 그 형태가 그 자체로 언어를 넘어선 뭔가의 폭로인 듯, 내가 충분한 시간을 두고 열심히 노력하면 그 의미를 알아낼 수 있을 거라는 듯.

"한번 만져보든가." 나는 애그니스를 깔보며 말했다. "죽은 소를 만져봐."

메리 애그니스가 천천히 다가왔다. 놀랍게도 그녀는 내가 뭘 궁금해하는지 알고 있었다는 듯 꿍얼거리면서 허리를 굽혀 소의 눈을 쳐다보았다. 그러고는 손—손바닥—을 그 위에, 그 눈 위에 댔다. 진지하게, 겁을 내면서, 하지만 그녀답지 않게 부드럽고 침착한 태도로 해냈다. 그러더니 곧바로 일어서서 손바닥이 내 쪽을 향하게 자기 손을 얼굴 앞에 들어올린 뒤 손가락을 쫙 폈다. 그러자 그녀의 손이 그녀의 얼굴보다 더 크고 검은 거대한 손처럼 보였다. 그녀가 대놓고 나를 비웃었다.

"이제 이 손으로 널 잡을까봐 무섭지?" 그녀가 말했다. 나는 정말로 무서웠지만 가능한 한 건방진 태도로 그녀에게서 떨어져 걸었다.

그때는 나 말고는 어느 누구도 정말로 어떤 일이 일어나고 있는지, 혹은 인간이란 어떤 존재인지 모르는 것처럼 느낄 때가 종종 있었다. 예컨대 사람들은 "메리 애그니스는 참 안됐어" 하고 말하거나, 목소리를 낮추고 감싸주는 듯한 차분한 어조로 메리는 아무 비밀도 없고 자기만의 공간도 없는 사람이라는 생각을 넌지시 내비쳤지만, 그건 사실이 아니었다.

"크레이그 종조부가 간밤에 돌아가셨어."

이 말을 전하는 엄마의 목소리는 거의 수줍게 들렸다.

그때 나는 아침햇살을 받으며 문밖 시멘트단에 앉아, 내가 남몰래 즐기는 아침식사—검은 당밀에 튀긴 밀을 넣은 것—를 먹던 중이었다. 젠킨스 벤드에서 돌아온 지 이틀밖에 되지 않았을 때라, 나는 엄마가 크레이그 종조부라고 말했을 때 내가 봤던 그의 모습, 셔츠와 조끼 차림으로 문간에 서서 인자하게, 어쩌면 조급하게 손을 휘휘 저어 나를 배웅하던 그 모습부터 떠올렸다.

나는 움직이는 거미줄에 걸린 듯 혼란스러웠다. 그가 죽었다. 그 말이 그가 자신의 의지로, 자신의 선택에 의해 죽었다는 말처럼 들렸다. 그가 "이제 나는 죽는다" 하고 말한 것처럼. 그랬다면 그 말이 그렇게 완전히 마지막이라는 느낌으로 다가오지는 않았을 것이다. 하지만 나는 그게 사실임을 알고 있었다.

"블루리버에서. 오렌지 홀에서 그렇게 되셨대. 카드놀이를 하다가."

카드 테이블, 환한 오렌지 홀. (나도 그곳의 진짜 이름이 오렌지맨 홀이며 그 이름은 색깔과 아무 상관이 없다는 것을 잘 알고 있었다. 블루리버가 강물이 파란색이라는 걸 의미하지 않는 것처럼.) 크레이그 종조부가 눈을 축 내리뜨고 진지하게 카드를 돌리고 있었다. 그는 등이 새틴으로 된 조끼를 입었고, 주머니에는 펜과 연필을 꽂았다. 지금은?

"심장마비였대."

심장마비.* 폭죽이 터지듯 폭발이 일어났다는 말처럼 들렸다. 빛의 화살이 사방으로 쏘아올려지고, 빛의 작은 공—그것은 크

* 심장마비의 영어 단어는 heart attack으로, attack은 공격이라는 뜻이다.

레이그 종조부의 심장 혹은 영혼이었다—이 하늘 높이 쏘아올려져 하늘에서 곤두박질치며 폭발했다. 종조부가 펄쩍 뛰어오르고 팔을 휘두르고 소리를 질렀어요? 죽기까지 시간이 얼마나 걸렸어요, 눈은 감았어요, 종조부는 무슨 일이 일어나는지 알고 있었을까요? 평소 엄마의 긍정적인 성격에 구름이 드리워진 것 같았다. 더 자세히 알고 싶어하는 내 냉정한 호기심에 엄마는 짜증을 냈다. 나는 졸졸 쫓아다니며 엄마를 빤히 쳐다보고 끈질기게 질문을 반복했다. 나는 알고 싶었다. 앎이 선행되지 않으면 보호란 불가능한 것이었다. 나는 죽음이 눈에 띄지 않으나 강력한 힘을 지닌 채로 어디든 틈만 나면 잠입할 기회를 노리면서 정처 없이 떠도는 것이 아니라, 구체적인 사실과 상황으로 만들어진 벽 뒤에 격리되어 거기 붙박여 있는 것이기를 바랐다.

하지만 장례식 날이 되자 상황은 달라졌다. 엄마는 자신감을 되찾았다. 나는 잠잠해졌다. 크레이그 종조부나 죽음에 대한 이야기는 더이상 듣고 싶지 않았다. 엄마는 좀약을 넣어 보관했던 내 블랙워치 격자무늬 드레스를 꺼내 솔로 털고 빨랫줄에 널어 통풍을 시켰다.

"여름에 입기엔 괜찮아. 얇은 울이라 면보다 더 시원하고. 어쨌든 네 옷 중에 짙은 색은 그것뿐이야. 난 그런 데 신경 안 쓰지만. 내가 결정할 수 있는 문제라면 진홍색을 입어도 괜찮아. 진정한 크리스천이라면 모두 그 색을 입을 텐데. 모두 춤추고 기뻐

해야 하는 날이니까—어쨌거나 그들 모두 이 세상을 벗어나 천국으로 가는 길이라고 평생 그렇게 노래와 기도를 해댔으니. 아무렴. 하지만 나는 네 대고모들을 알지. 그들은 뼛속까지 관습적인 사람들이라 당연히 검은 옷을 입고 오는 줄 알 거야!"

가고 싶지 않다는 내 말을 듣고도 엄마는 놀라지 않았다.

"다들 그래." 엄마가 솔직하게 말했다. "아무도 가고 싶어하지 않아. 하지만 가야 해. 언젠가는 정면에서 부딪치는 법을 배워야 하니까."

나는 엄마가 이 말을 하는 방식이 마음에 들지 않았다. 엄마의 간결하고 진지한 방식이 가식적이고 저속하게 느껴졌다. 나는 엄마를 신뢰하지 않았다. 사람들이 우리에게 언젠가는 이런 상황을 대면해야 한다고 말할 때, 우리 앞에 가로놓인 고통스럽거나 추악하거나 반갑지 않은 폭로의 상황을 당연한 듯 대면하라고 재촉할 때, 그들의 목소리에는 언제나 이런 잘 벼린 배반의 날이, 냉정하게 가면으로 가렸어도 완전히 감춰지지 않는 환희가, 우리에게 상처를 주고 싶은 탐욕스러움이 묻어나왔다. 그건 부모님의 경우도 마찬가지였다. 그랬다, 부모님이라고 다르지 않았다. 부모님은 특히 더 그랬다.

"죽음이 뭔 것 같니?" 엄마가 유쾌하게 말을 이었지만 불길함이 느껴졌다. "죽어 있다는 건 어떤 걸까?"

"음, 그보다 먼저 인간이란 어떤 존재일까? 상당한 비율이 물로 이루어져 있어. 순수한 물로. 사람을 구성한 물질 중에서 그리 대단한 건 없어. 탄소. 아주 단순한 원소들이야. 이런 걸 뭐라고 하지? 값으로 따지면 98센트나 할까? 그게 다야. 놀라운 건 그게 조합되는 방식이야. 조합된 방식에 따라 심장도, 폐도 있는 거야. 간도. 췌장도. 위도. 뇌도. 이게 다 뭐라고? 원소들의 조합! 이 조합을 조합하고—그 조합을 또 조합하고—그러면 인간이 되는 거야! 우린 그걸 크레이그 종조부, 네 아빠 혹은 나라고 불러. 하지만 다 이런 조합에 불과할 뿐이라고. 이런 부분들이 하나로 합쳐져 한동안 특정한 방식으로 흘러가는 거야. 그러다 한 부분이 기능을 멈추거나 고장나는 거지. 크레이그 종조부의 경우에는 심장이었어. 그래서 우리는 크레이그 종조부가 죽었다고 말하는 거야. 그 사람은 죽었다, 이렇게. 하지만 그게 우리가 그 현상을 보는 방식이야. 우리 인간의 방식. 우리가 늘 인간의 방식으로만 생각하지 않고 자연의 방식으로도 생각한다면, 자연은 계속 흘러갈 뿐이고 죽어가는 건 그 일부일 뿐이라는 걸 알 수 있어—음, 죽는 건 아니고 변하는 거. 변한다, 이게 내가 쓰고 싶은 단어야. 변해서 뭔가 다른 것이 되는 거지. 사람을 구성했던 그 모든 원소가 변해서 자연으로 되돌아갔다가 새와 동물과 꽃의 형태로 다시 나타나는 거야—크레이그 종조부가 꼭 크레이그 종조부일 필요는 없는 거지! 크레이그 종조부는 꽃일 수도 있어!"

"차멀미를 할 거예요." 내가 말했다. "토할 거고요."

"그런 일은 없을 거야." 엄마가 슬립 차림으로 맨팔에 오드콜로뉴를 문질렀다. 엄마는 크레페 소재의 감청색 드레스를 머리 위로 내려 입었다. "좀 도와줘. 이런 더위에 드레스를 입어야 하다니. 옷에서 세제 냄새가 나네. 너무 더워서 냄새가 빠져나오나 봐. 몇 주 전에 읽었던 기사에 대해 말해줄게. 그 내용이 지금 내 말과 완벽하게 일치하거든."

엄마는 엄마 방으로 가서 모자를 가지고 나왔고, 내 서랍장에 달린 작은 거울 앞에서 모자를 쓴 뒤 민첩하게 앞머리를 모자 밑으로 밀어넣고 뒷머리의 일부는 꽁지처럼 남겨놓았다. 전시戰時에 유행하던 흉측한 색깔의 필박스 모자였다—공군의 파란색이었다.

"사람을 구성하는 건 부분들이야." 엄마가 다시 말하기 시작했다. "사람이 죽었다는 건—흔히 말하듯—한 부분 혹은 두어 부분이 사실상 완전히 다 닳았다는 의미야. 그거 말고 다른 부분은 삼십 년, 사십 년을 더 쓸 수 있어도. 예를 들어 크레이그 종조부의 신장은 신장만 병든 젊은 남자가 써도 될 만큼 완벽하게 좋을 수 있어. 그 기사에는 이런 말도 쓰여 있었어—언젠가 이런 부분들이 사용될 거라고! 그런 일이 앞으로 일어날 거야. 아래층으로 내려가자."

나는 엄마를 따라 부엌으로 들어갔다. 엄마가 부엌 싱크대 위쪽의 어두운 거울을 쳐다보면서 볼연지를 바르기 시작했다. 엄마는 무슨 이유에선지 화장품을 싱크대 위쪽의 끈끈한 주석 선반에 보관했는데, 거기에는 오래된 짙은 색 알약이 들어 있는 약병, 면도날, 가루 치약, 바셀린 같은 것이 뒤죽박죽 놓여 있었다. 어느 것에도 뚜껑은 없었다.

"그걸 이식한다는 거야! 눈을 예로 들면, 눈은 이미 이식이 가능하대. 눈 전체는 아니고 각막만인 것 같지만. 이건 시작에 불과해. 언젠가는 심장과 폐와 몸에 필요한 모든 기관을 이식할 수 있을 거야. 심지어 뇌도—이건 나도 모르겠네. 뇌도 이식할 수 있을까? 아무튼 그렇게 되면 그 모든 부분은 전혀 죽은 게 아니고 누군가의 일부로서 계속 살아 있게 돼. 다른 조합의 일부로서. 그러면 죽음에 대해 제대로 말할 수 있는 방법이 없어지는 거야. '살아 있는 몸의 상속자들.' 이게 그 기사의 제목이었어. 우리 모두 서로의 몸의 상속자가 되는 거지. 또한 기증자가 되는 거고. 지금 우리가 알고 있는 죽음의 개념은 폐기될 거야!"

아빠가 검은색 정장을 입고 아래층으로 내려왔다.

"장례식에 온 사람들하고도 이런 토론을 할 생각이야?"

엄마가 다시 현실로 돌아온 목소리로 말했다. "아니요."

"사람마다 생각이 다 달라. 게다가 그런 얘기를 들으면 불편해할 거고."

"누구를 불편하게 할 마음은 전혀 없어요." 엄마가 큰 소리로 말했다. "내가 그럴 리가요! 나는 그저 그 생각이 아름답다는 거예요. 그 생각 자체가 지닌 아름다움이 있거든요! 천국과 지옥보다 더 낫지 않아요? 나는 사람들을 이해할 수 없어요. 사람들이 정말 믿는 게 뭔지 잘 모르겠어요. 사람들은 지금 이 순간 크레이그 종조부가 흰 잠옷 같은 걸 입은 채 영원한 세계를 떠다니고 있다고 생각할까요? 아니면 땅속에 묻혀 부패할 거라고 생각할까요?"

"두 가지 다." 아빠가 말했다. 그러고는 부엌 한복판에서 엄마의 모자와 발그스름하게 화장한 얼굴을 망치지 않게 조심하면서 엄마를 두 팔로 가볍지만 진지하게 안아주었다.

나는 이따금 바로 이런 순간을 바라곤 했다. 표정이나 끌어안는 행위를 통해 한때는 부모님도 달콤한 사랑—내가 열정적인 사랑을 생각한 건 아니었다—에 빠졌었고 그 사랑이 그들을 하나로 묶어주었음을 확인시켜주는 순간을 보고 싶었다. 하지만 지금은 유순해지고 당혹스러워하는—엄마의 숙여진 등으로 알 수 있었을 뿐 엄마의 말은 결코 그렇지 않았다—엄마와, 엄마를 아주 부드럽고 측은하게, 슬픔—아빠에게서 보이는 슬픔은 크레이그 종조부와는 크게 상관없는 것이었다—을 드러내는 방식으로 쓰다듬는 아빠를 보고 깜짝 놀랐다. 나는 그들에게 멈추라고 소리치고 싶었다. 분리되어 있고 바꿀 수 없으며 자립적인 각자의 모습으로 되돌아가라고 소리치고 싶었다. 나는 그들이 계속 그러다가, 죽은 크레이그 종조부의 모습만큼이나 내가 보고 싶지 않은 뭔가를 보여줄까봐 겁이 났다.

"오언은 안 가도 되면서." 나는 방충문의 헐거워진 망에 얼굴을 누르고, 마당에 있는 오언을 보며 비통하게 말했다. 오언은 저만치 떨어져 있는 낡은 유모차 안에 맨다리를 드러낸 채 지저분한 몰골로 앉아, 자기가 뭔가 다른 존재—캐러밴 행렬 속 아랍인이거나 개썰매를 탄 에스키모인—인 척하고 있었다.

그 말이 아빠와 엄마를 떼어놓았고, 엄마는 한숨을 쉬었다.

"오언은 어리잖아."

그 집은 사각형 혹은 방 가운데 하나에만 검은 점이 찍혀 있는 퍼즐, 또는 종이에 그려진 미로 위에 있는 것 같았다. 그러므로 그 점으로 들어가는 길 또는 그 점에서 나오는 길을 찾아야 했다. 지금 이 경우에 그 검은 점은 크레이그 종조부의 시신이고, 내 관심사는 그 점으로 가는 길을 찾는 것이 아니라 피하는 것, 가장 안전해 보이는 문도 그 문을 열었을 때 무엇이 놓여 있을지 모르니 열지 않는 것뿐이었다.

둥글게 말아놓은 건초가 여전히 그 자리에 있었다. 지난주 내가 이곳에서 지낼 때 베란다 계단 근처까지 풀을 다 베어내 말렸다. 그 건초를 둥글게 말아서 반듯하고 완벽한 벌집처럼 쌓아올렸는데, 높이가 사람 머리보다 더 높았다. 이 말아놓은 건초는 저녁이 되자 처음에는 긴 그림자를 펼쳐놓더니 해가 지면서 회색으로 변하며 단단해 보였고, 이어 하나의 마을로, 혹은 집 모서리를 돌아 저 아래 들판까지 시야를 넓히면 비밀스럽고 정말로 비슷비슷한 자회색 오두막들이 들어선 하나의 도시로 보였다. 그런데 건초 더미 하나가 나더러 뛰어들라는 듯 굴러떨어져 있었다. 푹신해 보였고, 모양이 흐트러져 있었다. 나는 계단 쪽으로 물러섰다가 두 팔을 벌리고 격정적으로 달려가 신선한 건초 더미 깊숙이 착지했다. 건초는 아직 따스했고 풀이 자랄 때 나는 냄새를 풍겼다. 그 속에는 마른 꽃—자주색과 흰색의 머니머스크, 노란색 해란초, 아무도 이름을 모르는 작고 파란 꽃—이 가득했다. 팔과 다리, 얼굴에 생채기가 잔뜩 생겨, 내가 건초 더미에서 몸을 일으키자 불어오는 강바람에 긁힌 자리가 따끔거리고 발개졌다.

그때 엘스퍼스 대고모와 그레이스 대고모도 오더니 앞치마를 펄럭이고 서로를 놀려대면서 건초 더미에 뛰어들었다. 하지만 그들은 뛰어드는 순간 잠시 주춤하면서 완전히 몸을 내던지지는 않았고, 손은 쿠션을 톡톡 치거나 머리카락을 잡아 쥘 때 쫙 펴듯 그렇게 펴면서 단정하게 앉은 자세로 착지했다.

그들이 돌아와 잼을 만들 딸기의 꼭지를 따려고 딸기 대야를 들고 베란다에 나와 앉았을 때, 그레이스 대고모가 숨을 몰아쉬면서도 차분하고 생각에 잠긴 목소리로 말했다.

"그때 차가 지나갔다면 죽고 싶었을 것 같지 않아?"

엘스퍼스 대고모가 머리에 꽂았던 핀을 뽑자 의자 등받이 위로 머리카락이 흘러내렸다. 핀을 꽂아 올렸을 때는 거의 회색으로 보이던 머리카락이 풀어지자 짙고 윤이 나는 갈색, 즉 밍크색깔이 눈에 많이 띄었다. 대고모는 즐거운지 조그맣게 코를 킁킁거리면서, 머리카락으로 날아와 들러붙은 건초 조각을 떼어내려고 머리를 이쪽저쪽으로 흔들고, 손을 쫙 펴 머리카락 속에 집어넣어 빗었다.

"우리가 바보지!" 대고모가 말했다.

이런 일이 일어나는 동안 크레이그 종조부는 어디에 있었을까? 창문을 닫고 블라인드를 내린 채 꿋꿋이 타이핑을 하고 있었다.

짓눌린 건초 더미는 그때와 똑같았다. 하지만 키 큰 까마귀처럼 하나같이 검은색 양복을 입은 남자들이 대화를 나누면서 건초로 쓸 풀을 베어내 그루터기만 남은 들판을 걷고 있었다. 조금 열려 있는 앞문에는 흰 백합 화환이 걸려 있었다. 메리 애그니스가 즐겁게 웃으면서 다가오더니 나더러 가만히 서 있으라고 하고는 내 허리띠를 고쳐 묶고 또 고쳐 묶었다. 집과 마당은 사람들로 북적거렸다. 토론토에서 온 친척들이 베란다에 나와 있었는데 인자해 보였다. 그들은 일부러 흩어져 앉아 있었다. 나는 그들에게 인사하러 그쪽으로 가야 했을 때, 크레이그 종조부의 시신이 있을까봐 그들 뒤로 있는 창문은 보지 않으려 했다. 루스 매퀸이 장미를 담은 고리버들 바구니를 들고 베란다로 나와 난간에 내려놓았다.

"꽃이 너무 많아 집안에는 더이상 놓을 데가 없네요." 그녀는 이것이 우리 모두가 슬퍼할 일이라는 듯 말했다. "그래서 여기 놓으려고요." 그녀는 금발에 성격이 신중하고 여리고 세심했다—이미 노처녀였다. 그녀는 모두의 이름을 알았다. 그녀가 우리 카운티의 남부에서 온 한 남자와 그의 아내에게 엄마와 나를 소개했다. 남자는 오버올 위에 정장 재킷을 입고 있었다.

"그분이 우리한테 결혼허가서를 내주셨어요." 여자가 자랑스럽게 말했다.

엄마는 부엌으로 가봐야겠다고 말했고, 나는 적어도 크레이그 종조부를 커피와 음식 냄새가 솔솔 나는 그곳에 뒀을 리는 없을 것 같아 엄마를 따라갔다. 현관 쪽에 남자들이 있어서, 나무둥치들 사이를 지나가듯 그 사이를 비집고 지나가야 했다. 응접실의 양쪽 문은 다 닫혀 있었고, 그 앞에 글라디올러스 바구니가 놓여 있었다.

검은색 옷을 입은 모이라 대고모가 공공건물의 거대한 기둥처럼 서서 식탁을 내려다보며 찻잔의 개수를 헤아리고 있었다.

"세 번이나 셌는데 셀 때마다 개수가 다르네." 그녀는 이 일이 오로지 그녀에게만 일어날 수 있는 특별하고 불운한 사건인 것처럼 말했다. "오늘은 내 머리가 잘 돌아가지 않나봐. 더 오래 서 있지도 못하겠어."

엘스퍼스 대고모는 풀을 먹여 다림질한, 잔디 같은 흰색 프릴이 달린 멋진 앞치마를 두른 채 엄마와 내게 키스했다. "자, 이제." 그녀는 할일을 다 했다는 듯 한숨을 쉬고 키스를 끝내며 물러섰다. "그레이스는 2층에 있어. 눈을 좀 쉬게 해줘야겠대. 믿을 수가 없어. 이렇게 사람들이 많이 오다니! 그레이스는 이 카운티의 절반이 온 것 같다고 했어. 그래서 내가 카운티 절반이라니, 카운티 전체가 왔다고 해도 놀라지 않겠어!라고 그랬지. 헬렌이 정말 보고 싶네. 헬렌이 그 위를 덮을 백합을 보내왔어."

"모자라지 않아야 할 텐데, 어쩌나!" 그녀가 찻잔을 내려다보면서 현실적으로 따져보듯 말했다. "우리집에 있는 좋은 잔이랑 부엌에서 쓰던 거랑 교회에서 빌린 걸로 다 되어야 할 텐데!"

"풀 씨 장례식 때처럼 하세요." 식탁 옆에 있던 여자가 소곤거렸다. "그때 좋은 잔은 다 찬장에 넣고 잠근 뒤 교회에서 빌려온 잔만 썼어요. 도자기 잔이 깨지는 위험은 감수할 수 없다면서요."

엘스퍼스 대고모가 알아들었다는 듯 눈시울이 벌게진 눈으로 흘끔 쳐다보았다—평소의 표정과 같았지만 이날에 맞게 완화된 느낌이었다.

"어쨌거나 음식은 충분할 거예요. 내 생각엔 오천 명도 먹을 수 있을 거예요."

나도 그렇게 생각했다. 어디를 봐도 음식이 있었다. 식힌 돼지고기 로스트, 니스칠을 한 듯 윤기가 흐르는 두툼한 로스트 치킨, 크러스트 스캘럽 포테이토, 토마토 아스픽, 감자 샐러드, 오이와 비트 샐러드, 장미색 햄, 머핀, 베이킹파우더 비스킷, 둥근빵, 견과류를 넣은 빵, 바나나 빵, 과일케이크, 밝은색과 짙은 색을 교대로 층층이 쌓은 케이크, 레몬 머랭, 사과 파이, 베리 파이, 과일 절임, 열 가지 혹은 열두 가지 종류의 피클과 렐리시. 수박껍질 피클까지 있었다. 크레이그 종조부가 좋아했던 것이었다. 그는 늘 그것만 있으면 빵과 버터만으로도 충분한 식사가 된다고 말했다.

"그냥 충분한 정도예요." 모이라 대고모가 어두운 목소리로 말했다. "장례식에 올 때는 다들 먹을 준비를 단단히 하고 오잖아요."

현관 쪽이 부산스러웠다. 그레이스 대고모가 지나가자 남자들이 길을 내주느라 그런 것이었다. 그녀는 결혼하는 신부라도 된 듯 다소곳하게 고마움을 표시했다. 목사가 그녀의 뒤를 따랐다. 그는 부엌에 있는 여자들에게 원래의 쩌렁쩌렁한 목소리를 줄여 말했다.

"자, 숙녀분들! 숙녀분들! 손을 쉴 틈이 없는 것 같군요. 일손을 거드는 건 훌륭한 일입니다. 이런 애도의 시간에 일손을 거든다는 건요."

그레이스 대고모가 허리를 숙여 내게 키스했다. 오드콜로뉴 냄새에서 경고의 표시처럼 시큼한 냄새가 희미하게 배어나왔다. "크레이그 종조부한테 가볼래?" 그녀가 보상을 약속한다는 듯 작은 목소리로 부드럽고 활기차게 말했다. "응접실에 안치되어 있어. 헬렌 대고모가 보낸 백합으로 그 위를 덮어놓아서 아주 잘 생겨 보인단다."

그러니까 거기 있었던 것이다. 여자들 몇 명이 대고모에게 말을 거는 사이 나는 빠져나왔다. 그러고는 다시 현관을 통과했다. 응접실 문은 여전히 닫혀 있었다. 계단 맨 아래, 앞문 옆에서 아빠와 낯선 남자가 몇 걸음 걸은 뒤 돌아섰다가 다시 걸음을 옮기며 손으로 뭔가를 꼼꼼히 측정하고 있었다.

"이쪽이 좀 애매할 것 같은데요. 여기가요."

"문을 떼어낼까요?"

"그러기엔 너무 늦었어요. 소란을 피우는 건 좀 그렇잖아요. 우리가 문을 떼어내는 걸 보면 숙녀분들이 당혹스러워할 거예요. 우리가 뒤에서 이러고 있으면……"

현관 옆쪽 통로 저만치에서 두 노인이 대화를 나누고 있었다. 나는 머리를 숙이고 그들 사이로 지나갔다.

"겨울에 했을 때와는 다르지. 지미 풀의 장례식 기억나나? 땅이 돌덩이 같았잖아. 어떤 용구를 써도 땅에 금 하나 안 갔어."

"눈이 녹을 때까지 두 달 넘게 기다려야 했지."

"그때까지 서넛이 기다렸을 거야. 보자. 지미 풀이 있었고……"

"지미는 괜찮았어. 프레일리 부인이 있었고 시니어……"

"잠깐만. 그 부인도 얼음이 얼기 전에 죽었어. 그 부인도 괜찮았을걸."

나는 현관 옆쪽의 통로 끝에 있는 문을 열고 이 집의 오래된 부분으로 들어갔다. 이 공간에는 저장실이라는 이름이 붙어 있었다. 밖에서 보면 커다란 벽돌집에 붙여 지은 작은 통나무집처럼 보였다. 창문은 작고 사각형이었고, 인형의 집에 있는 변변찮아 보이는 창문처럼 약간 삐뚜름했다. 빛이 거의 들어오지 않았는데, 다른 곳들은 말할 것도 없이 창문 앞까지 탑처럼 높이 쌓아 올린 고물 때문이었다—버터 제조기, 손으로 돌려야 하는 옛날식 세탁기, 해체된 목조 침대틀, 트렁크, 뚜껑 없는 큰 통, 커다란 낫, 밀면 술 취한 사람처럼 한쪽으로 쏠리는, 갤리선처럼 덩치 큰 유모차가 보였다. 그레이스 대고모는 이곳에 들어가지 않으려고 했다. 꺼낼 게 있을 때 이곳에 들어가는 사람은 늘 엘스퍼스 대고모였다. 그녀는 들어가는 입구에서 코를 킁킁거리며 대담하게 말했다. "참 어지간한 장소야! 공기가 꼭 무덤 같다니까!"

대고모가 그 단어를 발음한 걸 처음 들었을 때 나는 그 소리가 참 좋았다. 그게 정확히 뭔지 몰랐고 자궁*과 헷갈리기도 했지만,

---

* 무덤인 tomb과 자궁인 womb은 앞 자음을 빼면 발음이 같다.

나는 우리가 굳이 바깥에서 안으로 들어갈 필요는 없는, 푸른빛으로 가득하고 속이 빈 대리석 달걀 같은 곳 안에 들어가 있는 모습을 상상했다.

메리 애그니스가 버터 제조기 위에 앉아 있었는데 놀란 것 같지는 않았다.

"여기는 무슨 일로 왔어?" 그녀가 부드럽게 물었다. "너라면 혼이 쏙 빠질 텐데."

나는 대답하지 않았다. 나는 뒤돌아 나가지 않고 그 공간을 돌아다녔다. 돌이켜 생각해보니 나는 그 유모차 안에 무언가가 들어 있긴 한지가 종종 궁금했었다. 아니나 다를까, 있었다. 오래된 〈패밀리 헤럴드〉 뭉치가 있었다. 엄마가 내 이름을 부르는 소리가 들렸다. 엄마의 목소리는 약간 불안하면서도 본의 아니게 경건하게 들렸다. 나는 아무 소리를 내지 않았고, 그건 메리 애그니스도 마찬가지였다. 메리는 여기서 뭘 하고 있었을까? 메리는 거기서 유행이 지난 여자 부츠 한 켤레를 찾았다. 모피 장식이 달린 레이스업 부츠로, 메리는 그것을 꽉 붙잡고 있었다. 메리가 모피를 자신의 턱밑에 문질렀다.

"토끼털."

메리가 다가와 내 얼굴에 부츠를 갖다댔다.

"토끼털?"

"그건 갖고 싶지 않아."

"크레이그 삼촌 보러 가자."

"싫어."

"아직 안 봤잖아."

"싫어."

메리는 양손에 부츠를 한 짝씩 든 채 내 앞을 가로막고는 다시 의뭉스럽고 구슬리는 듯한 목소리로 말했다. "크레이그 삼촌 보러 가자."

"안 간대도."

메리는 부츠를 툭 놓더니 한 손으로 내 팔을 잡고 손가락으로 꾹 눌렀다. 나는 그녀를 떨쳐내려고 했지만 메리는 반대쪽 손으로 나를 붙잡아 문 쪽으로 끌어당겼다. 그렇게 모자란 사람이, 기관지염에 걸려 세 번이나 죽을 고비를 넘긴 사람이 그렇게 힘이 셀 줄은 몰랐다. 메리는 자기 손을 내 손목까지 미끄러지게 하더니 곰처럼 내 손을 꽉 움켜잡았다. 메리의 목소리는 여전히 여유롭고 부드럽고 얄밉게 들렸다.

"크레이그 삼촌—보러—가자."

나는 고개를 숙이고 입을 벌려 그녀의 팔을 콱 물었다. 내가 문 부위는 팔꿈치 바로 아래의 솜털이 자란 딴딴한 쪽이었지만, 끈질기게 물어 결국 살이 찢어졌다. 나는 이 행동이 지금까지 내가 했던 최악의 행동이라고 생각했지만, 순수한 자유를 느끼며 메리 애그니스 올리펀트의 피를 맛보았다.

나는 장례식장에 들어가지 않아도 되었다. 나더러 크레이그 종조부의 시신을 보러 가라고 하는 사람은 아무도 없었다. 사람들은 나를 종조부의 사무실에 데려가, 그가 낮잠을 자거나 결혼 허가서를 기다리던 남녀가 앉던 가죽소파에 눕혔다. 날씨가 더웠지만 나는 무릎에 담요를 덮고 있었고, 내 옆에는 차 한 잔이 놓여 있었다. 파운드케이크도 한 조각 받았지만 그건 곧바로 먹어버렸다.

메리 애그니스를 물었을 때 나는 이 일로 모든 것에서 나를 끊어낸다고 생각했다. 나 자신을 밖으로, 어떤 벌로도 충분하지 않은 곳, 어느 누구도 죽은 사람이건 뭐건 쳐다보라고 떠미는 일이 절대 없는 곳으로 내놓은 거라고 생각했다. 나는 사람들이 모두 나를 미워할 거라고 생각했고, 그때 내게는 미움 자체가 간절히 바라는 무엇으로, 날개를 다는 선물로 느껴졌다.

하지만 아니었다. 자유는 그렇게 쉽게 얻어지는 것이 아니었다. 모이라 대고모는 나중에 입버릇처럼 입에 피를 묻힌 채 메리 애그니스의 팔을 물고 있는 나를 억지로 떼어내야 했다고 말했지만(거짓말—그때 이미 나는 입을 뗀 뒤였고, 메리 애그니스는 그 악마 같은 힘이 언제 쏙 빠져나갔는지 놀라서 웅크리고 앉아 울고 있었다), 그때 내 얼굴은 브래지어를 한 모이라 대고모의 젖가슴에서 1인치 정도밖에 떨어지지 않은 거리에 있었는데, 대고모가 나를 붙잡고서 내 어깨를 움켜쥐고 흔들어댔다. 그녀의 몸은 폭발 직전의 기념물처럼 내 위에서 쉭쉭거리고 부들거렸다.

"미친 개! 미친 개나 그렇게 물지! 네 부모가 너를 가둬놨어야 했어!"

엘스퍼스 대고모가 메리 애그니스의 팔에 손수건을 대주었다. 그레이스 대고모와 다른 아줌마들이 메리를 데려가서 다독였다.

"의사한테 데려가야겠어. 몇 바늘 꿰매야 할 것 같은데. 주사도 맞히고. 저 아이가 광견병에 걸렸을 수도 있잖아. 광견병에 걸리는 아이도 있다던데."

"모이라, 아휴. 모이라, 아휴. 그건 아니야. 아슬아슬하게 살은 안 찢어졌어. 잠시 아플 뿐이야. 씻기고 반창고만 붙여주면 괜찮아질 거야." 엘스퍼스 대고모와 그레이스 대고모는 메리 애그니스에게 쏟았던 관심을 자기 자매에게 돌려, 폭발의 위험이 지나갈 때까지 모이라 대고모의 각 부분이 흩어지지 않게 하려는 것처럼 그녀를 양옆에서 붙잡고 다독거렸다. "오래가는 상처는 아니야, 괜찮아. 오래가는 상처가 아니야."

"제 잘못이에요. 전적으로 제가 잘못했어요." 엄마가 카랑카랑하고 위험한 목소리로 말했다. "오늘 저애를 여기 데려오지 말았어야 했어요. 아이가 엄청 긴장했었거든요. 그런 아이를 장례식에 데려오다니, 야만적이었어요.” 고맙게 여기기에는 가장 묘한 시간에, 예측할 수 없고 의지할 수 없는 엄마가 나를 이해하고 구해주었지만, 그때는 엄밀히 말해서 더이상 도움이 되지 않는 순간이었다.

하지만 엄마의 말은 효과가 있었다—가끔이기는 했지만 엄마가 야만적인 같은 단어를 쓰는 것만으로도 엄마 주변에는 침묵과 깜짝 놀라는 반응이 웅덩이처럼 만들어졌다. 이번에는 여러 여자들이 엄마의 해명을 받아들이고 그 말을 거들면서 연민을 드러냈다.

“자기가 뭘 하는지도 몰랐을 거예요, 십중팔구.”

“긴장한 나머지 히스테리 상태가 된 거예요.”

“결혼 전에 나도 한번 장례식에서 기절한 적이 있었어요.”

루스 매퀸이 한 팔을 내 어깨에 두르며 아스피린을 먹겠느냐고 물었다.

그래서 그들이 메리 애그니스를 달래고 씻기고 반창고를 붙여주는 동안, 그리고 모이라 대고모를 진정시키는 동안(아스피린을 먹은 사람은 모이라 대고모였고, 대고모는 그 약 말고 다른 특별한 약—심장에 듣는—도 그녀의 가방에서 꺼내 먹었다) 나도 그들에게 둘러싸여 보살핌을 받았다. 그들은 양을 몰듯 나를 이 방에 집어넣고 소파에 앉힌 뒤 내가 병자인 것처럼 담요를 덮어주고 케이크와 차를 갖다주었다.

내 행동이 장례식을 망치지는 않았다. 문이 닫혀 있어 볼 수는 없었지만 사람들의 노랫소리는 들을 수 있었다. 처음에는 소리가 들쑥날쑥했지만 사람들은 점점 마음을 다해 염원과 확신을 담아 불렀다.

주 앞에 천년만년이 한날과 같으니
이 세상 모든 일들이 다 잠시뿐이라

그 집에 가득 모인 사람들이 다닥다닥 붙어 서서 오래된 뭉툭한 크레용들처럼 다 함께 녹아든 채 열띤 목소리로, 순종적으로 노래를 부르고 있었다. 그리고 나 또한, 나 혼자 이 안에 차단되어 있기는 했지만, 그들 안에 속해 있었다. 이들 대부분은 그들이 살아 있는 동안 내가 크레이그 종조부의 장례식 날에 메리 애그니스 올리펀트의 팔을 물어뜯은 사실을 기억할 것이다. 그들은 이 일을 떠올리면서 내가 극도로 긴장하고 감정의 기복이 심한 상태였다고, 혹은 잘못 키워졌다고, 혹은 정신의학적으로 경계선에 있는 경우였다고 기억할 것이다. 하지만 그들이 나를 가족에서 쫓아내지는 않을 것이다. 그런 일은 없을 것이다. 나는 극도로 긴장한 종잡을 수 없는 아이, 잘못 키워진 아이이긴 했지만 가족의 구성원이었고, 그건 완전히 다른 문제였다.

용서를 받으면 특이한 수치심이 생긴다. 나는 몸이 뜨거워지는 것을 느꼈는데, 단지 담요를 덮었기 때문은 아니었다. 내가 돌아다니고 말해야 하는 이 세계가, 공기가 아니라 뭔가 면綿 같은 빽빽한 것으로 채워진 것처럼 답답하고 숨통이 조이는 느낌이 들었다. 이 수치심은 신체적인 것이었고, 내가 예전에 알몸이 되는 것을 상상하면서 느꼈던 성적 수치심의 수준을 훨씬 넘어섰다. 이제는 알몸뿐 아니라 몸속의 내장기관 전부—위, 심장, 폐, 간—가 속수무책으로 다 드러난 느낌이었다. 이전에 경험했던 것 가운데 이와 가장 가까운 느낌은 누가 더이상 참을 수 없을 만큼 간지럼을 태웠을 때의 느낌이었다—노출, 무력감, 자기 배신에서 오는 공포스러우면서도 관능적인 느낌. 수치심은 내게서 빠져나와 집 전체에 퍼졌고, 모두를, 심지어 메리 애그니스까지, 심지어 지금은 해체되고 비워질 운명에 처한 크레이그 종조부까지 뒤덮었다. 살로 만들어졌다는 것은 창피한 일이었다. 나는 어떤 환시에 사로잡혔다. 신비주의자가 본다고 하는 질서와 빛으로 이루어진 전달될 수 없는 환시와는 어떤 면에서 정반대되는 것이었다. 전달될 수 없다는 점에서는 마찬가지였지만, 이 환시는 혼란스러움과 음란함의 환시—가능한 한 가장 음란한 형태로 드러나는 무력함의 환시—였다. 하지만 그 정반대의 환시처럼 이 환시도 한순간 이상은 버티지 못하고 그 자체의 강렬함 때문에 붕괴되었으며, 일단 사라지고 나면 결코 재건되지 못했고, 심지어 실재했었다고 여겨지지도 않았다. 장례식에 참석한 사람들이 마지막 찬송가를 부르기 시작했을 때, 나는 사람의 팔을 물고 난 뒤라면 누구라도 그랬을 만큼 나약해져 있긴 했지만 다시 나 자신으로 돌아와 있었다. 내 맞은편에 걸려 있는 캐나다 연방의 아버지들도 다시 옷을 입고 신뢰감을 주는 위엄을 되찾았으며, 나는 차 한 잔을 다 마시면서 익숙하진 않지만 중요한 어른의 맛을 음미했다.

나는 일어나 천천히 문을 열었다. 응접실의 양쪽 문이 다 열려 있었다. 사람들이 천천히 이동하고 있었다. 수심에 쌓인 듯 구부정한 그들의 등이 내게서 멀어지고 있었다.

혼란 가운데 주님 우리를 부르시네
우리 인생은 폭풍의 바다 같아라

나는 눈에 띄지 않게 응접실로 들어가, 줄을 선 사람들 틈에 끼어들었다. 내 뒤에는 나를 모르는 친절한 부인이 땀을 흘리며 서 있었는데, 그녀는 내게 용기를 북돋워주려는 듯 허리를 숙이고 소곤거렸다. "마지막 인사를 하는 시간에 딱 맞춰 왔구나."

오후의 햇빛을 차단하기 위해 블라인드는 모두 내려져 있었다. 실내는 뜨거운 햇볕이 내리쬐는 오후의 헛간 안 건초 더미가 쌓여 있는 곳처럼 덥고 침울했고, 길 잃은 햇살이 내리꽂혀 있었다. 백합냄새가 났다. 밀랍 같고 티 없이 하얀 백합. 그리고 채소를 보관하는 지하 저장실 냄새도 났다. 나는 사람들과 함께 줄을 따라 이동하여 벽난로—한 번도 쓰지 않은 아름다운 벽난로의 왁스칠을 한 타일이 에메랄드 같았다—앞에 놓인 관의 모서리에 이르렀다. 그 안은 더없이 아름다운 드레스처럼 주름이 잡힌 하얀 새틴으로 온통 뒤덮여 있었다. 크레이그 종조부의 하반신은 반짝반짝 광을 낸 뚜껑으로 가려져 있었고, 상반신—어깨부터 허리까지—은 백합으로 덮여 있었다. 배경이 온통 흰색이어서 종조부의 얼굴은 구리색으로, 표정은 거만해 보였다. 잠든 것처럼 보이지는 않았다. 어느 일요일 오후에 종조부를 깨우러 그의 사무실에 들어갔을 때 봤던 모습과는 완전히 달랐다. 눈을 덮은 눈꺼풀은 아주 가벼워 보였고, 얼굴에 팬 주름과 골은 아주 얕아져 있었다. 그의 몸은 깨끗이 닦여 있었다. 얼굴은 니스칠을 해서 진짜 얼굴 위에—혹은 아무것도 없는 빈 공간 위에—씌워 놓은, 자칫하면 부서질 가죽 가면 같아서, 손가락으로 찌르면 금방이라도 균열이 생길 것 같았다. 나는 찌르고 싶은 충동을 느꼈지만, 전기가 흐르는 전선을 만지고 싶은 충동만큼이나 미약한 것이었다. 백합을 덮고 새틴 베개를 벤 크레이그 종조부는 바로 그런 전선이었다. 그는 두렵고 조용하고 무심한 힘의 전도체여서, 순식간에 불길로 치솟아 이 방 전체를 휩쓸면서 존재하는 모든 것을 불태운 뒤 우리를 암흑 속에 빠뜨릴 수도 있었다. 나는 귓가에 윙윙거리는 소리를 들으며 돌아섰고, 결국 내가 그 일을 해내고도 살아남았다는 사실에 마음이 놓이고 기뻤다. 나는 많은 사람들이 모여 노래를 부르는 응접실을 지나 엄마에게 걸어갔다. 엄마는 혼자 창가에 앉아—아빠는 관을 나르는 사람들과 함께 있었다—노래는 하지 않고 입술만 깨물고 있었는데, 생뚱맞게 희망에 부푼 표정이었다.

그후 엘스퍼스 대고모와 그레이스 대고모는 젠킨스 벤드에 있는 집과 땅과 소를 다 팔고 주빌리로 이사했다. 아는 사람들이 더 많은 블루리버나 모이라 대고모가 사는 포터필드가 아니라 주빌리를 선택한 것은 우리 아빠와 우리 가족에게 어떻게든 도움이 되는 곳에서 살고 싶어서라고 했다. 그리고 그들은 타운 북쪽 끝의 언덕에 마련한 집에 들어앉아, 놀라고 마음의 상처를 입었지만 자신의 의무를 다하는 후견인처럼 우리의 행복을 고민했고 우리의 생활을 미심쩍어했다. 그들이 우리 아빠의 양말에 난 구멍을 기워주면 아빠는 그것을 받아오는 게 습관처럼 되었다. 그들은 여전히 정원을 가꾸었고, 우리가 먹을 채소를 저장했으며, 우리를 위해 수선도 하고 뜨개질도 하고 빵도 구웠다. 나는 일주일에 한두 번 그들을 찾아가곤 했는데, 음식 때문이기도 했지만 처음에는 자진해서 간 거나 다름없었다. 고등학교에 다닐 무렵이 되자 거기 가는 게 슬슬 싫어졌다. 내가 갈 때마다 그들은 “얼굴 보기가 참 힘들구나? 낯선 사람이 다 됐네!” 하고 말했다. 날씨가 좋으면 그들은 방충망을 설치한 작고 어두운 포치에 앉아 나를 기다렸다. 마치 일주일 내내 나를 기다리기라도 했다는 듯. 그들은 바깥을 내다볼 수 있었지만, 지나가는 사람은 아무도 안을 들여다볼 수 없었다.

내가 무슨 말을 할 수 있었겠는가? 그들의 집은 작고 폐쇄된 국가가 되어버렸다. 그 국가에는 그 자체의 화려한 풍습이 있었고, 우아하지만 우스꽝스럽고 복잡한 언어가 사용됐다. 바깥세상의 진정한 뉴스는 엄격히 금지되지는 않았지만 점점 전달하기가 불가능해졌다.

욕실 변기 위쪽에는 십자수로 뜬, 그들이 예전부터 사용해온 책망의 글귀가 있었다.

나가기 전에 공기를 정화시켜주세요
사람들이 당신의 배려를 알아줄 거예요

그 밑에는 새 성냥이 든 용기가 매달려 있었다. 나는 그 글귀를 읽을 때마다 부끄럽고 난처한 기분이 들었지만, 늘 성냥을 켰다.

그들은 맨날 똑같은 이야기를 했고, 맨날 똑같은 농담을 했다. 그 농담은 하도 오래 입에 오르내려 이제는 버석버석 메말라버린 것 같았다. 이윽고 모든 말, 모든 표정, 모든 손짓이 오래전에 익혀 완벽히 각인된 것처럼 느껴졌고, 그들 각각의 모습은 유난히 꼼꼼하게 신경을 써서 만든 구조물 하나하나로 보였다. 그들이 나이를 먹을수록 이 구조물은 점점 더 부서지기 쉽고 감탄을 자아내며 인간미를 잃은 듯 보였다. 그들이 이렇게 된 건 더이상 그들 옆에서 듣기 좋은 말을 해주거나 그들을 찬미하는 남자가 없어지면서부터, 그리고 인위적으로 꾸며진 그들의 특징이 자연스럽게 형성되었던 그 장소를 떠나게 되면서부터였다. 엘스퍼스 대고모는 점점 귀가 멀었고, 그레이스 대고모는 손에 관절염이 있었다. 그래서 결국 그녀는 대충 하는 바느질 말고는 모든 것을 그만두게 되었지만, 그들이 지나치게 노출되거나 훼손되거나 변하지는 않았다. 엄청난 노력과 마지막 의무감으로 그들은 자신들의 외형을 지켜냈다.

그들에게는 크레이그 종조부의 원고가 있었고, 그들은 이따금 그걸 누군가에게, 이를테면 고등학교 역사 교사인 뷰캐넌 씨나 〈헤럴드-어드밴스〉에 근무하는 폭스 씨에게 보여줘야겠다고 말하곤 했다. 하지만 그들은 부탁하는 것처럼 보이고 싶어하지 않았다. 게다가 누구를 믿을 수 있겠는가? 누군가가 그 원고를 자기가 쓴 것처럼 세상에 내놓을지도 몰랐다.

어느 오후 그들이 뭉근히 끓인 대추를 넣은 오트밀 쿠키가 가득 담긴, 알렉산드라 여왕의 그림이 찍힌 빨간색과 금색으로 된 주석 상자와, 방화 처리를 하고 맹꽁이자물쇠로 잠근 크고 검은 주석 상자를 가져왔다.

"크레이그 종조부가 쓴 역사야."

"천 페이지 가까이 돼."

"『바람과 함께 사라지다』보다 페이지가 더 많아."

"어쩌나 타이핑을 잘했는지 실수 하나 없단다."

"마지막 페이지는 돌아가신 날 오후에 타이핑한 거야."

"꺼내봐." 그들이 재촉했다. "한번 봐." 쿠키를 먹으라고 하듯 말했다.

나는 마지막 페이지까지 재빨리 넘겨보았다.

"조금 읽어봐." 그들이 말했다. "너라면 재미있어할 거야. 역사에서 늘 좋은 성적을 받지 않았니?"

그해 봄과 여름, 초가을 동안 페어마일, 모리스, 그랜틀리 타운십에 건물들이 많이 들어섰다. 페어마일 타운십에는 컨세션* 5구역과 리버사이드 로드가 만나는 모퉁이에 감리교회가 세워져 그 지역에서 점점 늘어나는 많은 신자를 흡수했다. 이 교회는 화이트브릭교회로 알려졌고, 1924년까지 존재하다 안타깝게도 원인 모를 화재로 소실되었다. 차고는 목조 건물이었지만 피해를 모면했다. 그 맞은편 모퉁이에서 알렉스 헤

* 캐나다의 타운십에 속하는 하위 행정구의 하나.

들리 씨가 건물을 짓고 잡화점을 경영했지만 문을 열고 두 달도 되지 않아 뇌졸중으로 사망하여, 아들들인 에드워드와 토머스가 그 가게를 맡아 경영했다. 컨세션 5구역을 따라 더 가면 대장간도 하나 있었는데, 그곳은 대대로 오도널이란 성을 쓰는 사람들의 소유였다. 이 모퉁이의 이름은 헤들리 코너 혹은 처치 코너로 알려졌다. 지금은 그곳에 가게 건물이 하나 있을 뿐 아무것도 없고, 그 건물에 한 가족이 세 들어 살고 있다.

내가 이걸 읽는 동안 그들은 나를 깜짝 놀래주려고 즐거운 표정으로 뜸을 들이다가 그 원고가 내 것이라고 말했다.

"종조부가 보관해둔 오래된 파일과 신문도 네가 다 가져가. 우리가…… 죽으면, 아니다, 그런 일로 기다릴 필요는 없으니 그 전에 가져가도 좋고! ―너만 받을 준비가 되었다면."

"우리가 바라는 건…… 우리가 바라는 건 언젠가 네가 그 작업을 끝내는 거야."

"그걸 오언에게 줄까도 생각했어, 그애는 남자니까……"

"하지만 글쓰는 재주가 있는 건 너잖니."

그들은 그게 고되고 많은 노력을 쏟아부어야 하는 일이 되겠지만, 내가 원고를 집에 가져가 시간 날 때마다 두고두고 읽으면 크레이그 종조부가 쓴 글의 느낌을 이해하기가 더 쉬워질 거라고 했다.

"재능 있는 사람이었어. 모든 걸 다 포함시키면서도 술술 읽히게 만들었으니까."

"어쩌면 너도 크레이그의 방식을 익혀서 따라 할 수 있을지도 몰라."

그들은 작가의 유일한 의무가 걸작을 내놓는 거라고 믿는 사람에게 이런 이야기를 하고 있었다.

나는 그 상자를 어정쩡하게 옆구리에 끼고 그 자리를 떠났다. 엘스퍼스 대고모와 그레이스 대고모는 무슨 의식이라도 거행하듯 그들의 집 문간에 서서 내가 돌아가는 모습을 지켜보았고, 나는 내가 그들의 희망을 싣고 수평선 너머로 사라지는 배처럼 느껴졌다. 나는 집에 돌아가 그 상자를 침대 밑에 두었다. 엄마와는 그 문제에 대해 말하고 싶지 않았다. 며칠 후 나는 그 상자에 내가 쓴 시와 소설 같은 걸 보관하면 좋겠다는 생각을 했다. 나는 내 글을 어느 누구도 찾을 수 없고 불이 나도 안전한 곳에 넣은 뒤 자물쇠로 잠가놓고 싶었다. 나는 매트리스를 들고 내 글을 꺼냈다. 지금까지는 내 글을 커다랗고 얇은 『폭풍의 언덕』 아동용 판본 안에 접어 넣은 뒤 매트리스 밑에 보관해왔다.

나는 크레이그 종조부의 원고를 내가 쓴 글과 같이 보관하고 싶지 않았다. 종조부의 글은 내게는 완전히 죽은 것, 아주 무겁고 진부하고 쓸모없는 것이라 내 글도 죽게 만들고 나한테는 불운을 가져올 거라고 생각했다. 나는 종조부의 원고를 지하실로 가져가 판지상자 안에 넣어두었다.

주빌리에서 보낸 마지막 봄, 내가 기말고사 준비를 하고 있을 때였다. 그때 지하실에 3,4인치 정도 물이 차올랐다. 엄마가 내게 도움을 요청했고, 우리는 내려가 뒷문을 열고 차가운 물을 그 물이 실어온 늪지 냄새와 함께 바깥 배수관 쪽으로 쓸어냈다. 나는 거기서 그동안 까맣게 잊고 있던 상자와 그 안에 들어 있는 원고를 발견했다. 원고는 그저 물을 빨아들인 종이 뭉치에 지나지 않았다.

나는 그 원고가 얼마나 손상되었는지, 되살릴 가능성은 있는지 살펴보지 않았다. 내게는 그것이 시작부터 끝까지 하나의 실수처럼 느껴졌다.

엘스퍼스 대고모와 그레이스 대고모가 떠올랐다. (이 무렵 그레이스 대고모는 골반 골절 때문에 주빌리병원에 입원해 회복중이던 걸로 기억한다. 엘스퍼스 대고모는 날마다 병원에 찾아가 그레이스 대고모 옆에 앉아 간호사들에게—간호사들은 두 사람 모두를 좋아했다—"사람들이 침대에 누워 다른 사람들한테 수발 좀 받으려고 무슨 짓까지 하는지 믿어져요?"라고 말했다.) 나는 맹꽁이자물쇠로 잠근 상자에 넣어져 그들의 집을 떠나는 그 원고를 바라보던 그들을 생각하며 슬픈 죄책감을 느꼈다. 하지만 그 감정은 약한 자책일 뿐, 그 이면에는 잔인하고 흠결 없는 만족감이 버티고 있었다.

프린세스 아이다

이제 엄마는 백과사전을 팔러 다녔다. 엘스퍼스 대고모와 그레이스 대고모는 그 일을 "길에서 돌아다닌다!"고 표현했다.

"요즘 엄마가 길에서 돌아다니는 일이 잦니?" 그들이 물으면 나는 아니요, 아이, 아니에요, 지금은 자주 나가지 않아요, 하고 대답했지만, 그게 거짓말이라는 걸 그들이 안다는 건 나도 알고 있었다. "다림질할 시간도 없나보구나." 그들은 내 블라우스 소매를 살펴보며 딱하다는 듯 말할 것이다. "길에서 돌아다니느라 다림질할 시간도 없겠지."

나는 엄마의 괴짜 같고 무모하고 당혹스러운 면—대고모들은 나한테 엄마의 그런 점을 한 번에 조금씩만 밝혔다—이 내 비겁한 어깨에 무겁게 내려앉는 것을 느꼈다. 나는 엄마와는 인연을 끊고, 소매가 꾸깃꾸깃해진 옷을 입고 고아로 버려져 친절한 사람들의 품에 기어들고 싶었다. 그러면서도 한편으로는 엄마를 옹호해주고 싶었다. 하지만 엄마는 헷갈리는 유머를 은근슬쩍 던지고 나긋나긋 예의범절을 지키는 두 늙은 숙녀로부터 자신을 방어해야 할 필요가 있다는 사실을 결코 알지 못했을 것이다. 대고모들은 갓 빨아 완벽하게 풀을 먹이고 다림질한 짙은 색 면 원피스를 입었는데, 흰색 론 천으로 된 칼라에 자기로 만든 꽃 브로치가 달려 있었다. 그들의 집에는 괘종시계가 있었는데, 시계는 십오 분마다 미묘하게 다른 음으로 시간을 알려주었다. 또한 물고사리, 아프리카 제비꽃, 코바늘뜨기로 만든 깔개, 가장자리에 술이 달린 블라인드가 있었는데, 모든 것에서 왁스와 레몬의 청결하고 책망하는 듯한 냄새가 났다.

"어제 네 엄마가 여기 왔었단다. 너한테 주려고 우리가 만든 스콘을 가지러. 맛이 괜찮았는지 궁금했었는데, 스콘이 잘 구워졌던? 네 엄마가 제리코 로드에서 발이 묶여 오도 가도 못했다던데. 제리코 로드에서 혼자 발이 묶여 있었다니! 불쌍한 에이다! 하지만 진흙을 묻히고 나타난 네 엄마를 보고 웃음이 터졌지 뭐니!"

"현관 리놀륨까지 닦아야 했다니까." 그레이스 대고모는 그 말만큼은 나한테 하지 않으려고 했다는 듯 미안한 기색으로 말했다.

그런 관점에서 보자면 우리 엄마는 대책 없는 여자였다.

엄마는 37년식 셰비를 타고 와와나시 카운티의 모든 고속도로와 뒷골목을 누볐고, 고객을 만날 수만 있다면 자갈길이든 흙길이든 소가 다니는 길이든 가리지 않고 차를 몰았다. 차의 트렁크에 잭과 삽을 넣어 다녔고, 진창에 빠져도 쉽게 빠져나올 수 있게 짧은 판자도 두어 개 챙겨 다녔다. 엄마는 늘 자동차 앞 10피트 거리에 땅이 쩍 벌어져 있어도 놀라지 않을 것처럼 운전했고, 앞에 뭐가 있는지 모르는 시골 모퉁이에서는 필사적으로 경적을 울렸다. 그리고 목조 다리가 버티지 못하면 어쩌나 늘 노심초사했고, 아차 하는 순간 굴러떨어질지 모르는 갓길로는 무슨 일이 있어도 달리지 않았다.

전쟁이 여전히 계속되고 있던 때였다. 마침내 농부들이 돈을 벌고 있었다. 돼지, 사탕무, 옥수수로 돈을 벌었다. 그들이 그 돈을 백과사전에 쓸 것 같지는 않았다. 그들은 냉장고나 자동차를 염두에 두고 있었다. 하지만 그런 걸 손에 넣기는 쉽지 않았고, 그 틈을 엄마가 비집고 들어갔다. 엄마는 씩씩하게 백과사전 상자를 끌고 그런 집들의 부엌이나 장례식장 냄새가 나는 추운 응접실로 들어갔고, 지식의 대변자가 되어 신중하지만 낙관적인 태도로 포문을 열었다. 대부분이 어른이라, 그런 것 없이도 사는 데는 지장이 없어 다들 시큰둥해하는 상품이 백과사전이었다. 하지만 아이들에게는 훌륭한 물건이라는 사실을 부인할 사람은 아무도 없을 것이다. 엄마는 그 점에 기대를 걸었다.

이 세상에서 느끼는 행복이 자기가 파는 것을 좋은 것이라고 믿는 데서 비롯된다면, 뭐, 그렇다면 엄마는 행복했다. 지식은 엄마에게 시큰둥해 보일 수 없는 것이었다. 아니, 따뜻하고 사랑스러운 것이었다. 엄마는 그 나이에도 술라웨시해나 피티궁전이 어디 있는지를 알고, 헨리 8세의 왕비들을 순서대로 나열하고, 개미들의 사회체계나 아즈텍족이 피의 제의를 집전하는 법, 크노소스의 배수시설에 대해 아는 것에서 순수한 위안을 얻었다. 엄마는 그런 것에 대해 말하라면 아주 신이 나 끝없이 말할 수도 있었다. 누구에게든 말할 수 있었다. "네 엄마는 그런 걸 참 많이도 아는구나, 맙소사." 엘스퍼스 대고모와 그레이스 대고모가 그런 건 하나도 부럽지 않다는 표정으로 툭 내뱉었다. 나는 그걸 보고 어떤 사람들에게는, 어쩌면 대부분의 사람들에게는 지식이 단지 좀 특이한 것에 지나지 않는다는 걸 알 수 있었다. 지식은 툭 튀어나온 무사마귀 같은 것이었다.

하지만 엄마의 그런 지식욕이 내게도 있었다. 그건 나도 어쩔 수가 없었다. 나는 여러 권으로 구성된 백과사전의 부피감이 좋았고, 내 무릎 위에서 백과사전이 펼쳐질 때의 그 무게(신비함의 무게, 아름다운 지식의 무게)가 좋았다. 나는 안정감을 주는 짙은 녹색 제본과 책등에 찍힌 거미 같고 과묵해 보이는 금박 글자를 사랑했다. 백과사전을 펼치면 성 앞 황야에서 벌어진 전투나 콘스탄티노플 항구에서 벌어진 전투 장면 등 강판으로 인쇄한 삽화가 나타났다. 피를 철철 흘리고 물에 빠져 죽어가고 머리를 베는 장면이, 고통스러워하는 말의 모습이 오페라에서처럼 극적이고 더없이 비현실적으로 묘사되어 있었다. 나는 역사상 중요한 시대에는 날씨가 늘 극적이거나 불길하다는 인상을 받았다. 풍경은 칙칙했고 바다는 다양한 색조의 우중충하고 금속 같은 회색으로 가물거렸다. 샤를로트 코르데가 단두대로 걸어간다. 스코틀랜드의 메리 여왕이 교수대로 걸어가고, 로드 대주교가 감옥 창문의 쇠창살을 통해 스태퍼드에 축복을 내린다—이들은 검은색 로브를 입었고, 들어올린 손과 얼굴은 하얗고 침착하며, 영웅적이다. 이들이 정말로 이렇게 보였을지에 대해 의문을 품은 사람은 아무도 없었다. 물론 백과사전에는 다른 볼거리도 많았다. 딱정벌레, 여러 종류의 석탄, 엔진의 내부 도면, 1920년대(차가 약간 높고 모양이 사각형인 걸 보면 알 수 있었다)의 어느 희뿌옇고 어둑한 날에 찍은 암스테르담이나 부쿠레슈티의 사진 같은 것들이었다. 나는 역사가 좋았다.

나는 처음에는 우연히, 나중에는 꽤 의도적으로 백과사전을 통해 지식을 쌓아나갔다. 나는 기억력이 뛰어났다. 나열된 사실을 배우는 것은 한 블록을 한 발로 폴짝폴짝 뛰어가는 것처럼 내게는 저항할 수 없는 도전이었다.

엄마는 내가 엄마 일에 도움이 될지도 모른다는 생각을 하게 되었다.

"우리 딸이 이 책들을 읽고 있는데요, 어떤 것까지 알고 있는지 보면 깜짝 놀란다니까요. 애들 머리는 파리 잡는 끈끈이 같아요. 뭘 던져주든 찰싹 들러붙거든요. 델, 조지 워싱턴부터 현재의 대통령까지 미국의 대통령 이름을 쭉 대볼 수 있겠니?" 또는 이렇게 말했다. 남아메리카에 있는 국가와 수도를 대보렴. 중요한 탐험가들의 출신지와 탐험지를 말해봐. 날짜도 말해보렴. 나는 처음 가본 집에 앉아 이런 내용을 조잘거렸다. 나는 영리하고 진지하고 경쟁하는 듯한 표정을 지었는데, 대부분은 효과를 높이기 위해 그런 것이었다. 그 표정 아래에서는 내 자만심이 펄떡펄떡 뛰고 있었다. 나는 그런 걸 아는 사람인 것이다. 키토*가 어디 있는지 아는 나를 어느 누가 사랑하지 않겠는가?

사실은 상당히 많은 사람들이 사랑하지 않을 수 있었다. 내가 그런 쪽으로 처음 눈치를 챘던 게 언제였더라? 고개를 들고 오언을 보면서 그런 눈치를 챘던 것 같다. 누구라도 알 법한 날짜나 수도, 사망한 대통령 이름을 두 개도 연결시켜 말하지 못했고, 씹던 껌을 길게 늘어뜨려 남몰래 손가락에 둘둘 감고 있던 오언. 또한 시골 아이들이 당황해하면서 모호하고 복잡한 표정으로 고개를 돌려버린 것에서 그런 눈치를 챘을 것이다. 어느 날 나는 더이상 그런 역할을 하고 싶지 않다는 생각을 했다. 그런 결심

---

* 에콰도르의 수도.

을 한 건 신체적인 이유 때문이었다. 수치심 때문에 신경이 쭈뼛쭈뼛 서고 위가 쿡쿡 쑤시는 느낌이 들었다. 나는 이렇게 말하기 시작했다. "모르겠는데요……" 하지만 이런 거짓말을 하려니 무척 비참하고 창피했다.

"조지 워싱턴, 존 애덤스, 토머스 제퍼슨……"

엄마가 날카롭게 말했다. "몸이 안 좋니?"

엄마는 내가 토할까봐 걱정했다. 오언도 나도 토하는 데는 선수여서 먹은 걸 그 자리에서 게워 올리곤 했다. 나는 고개를 끄덕이고 의자에서 슬그머니 일어나 배를 움켜잡고 밖으로 나가 차 안에 숨어 있었다. 엄마가 나와서 나를 보더니 내 문제가 그 이상임을 알아차렸다.

"자의식이 생기기 시작했구나." 엄마가 담담한 목소리로 말했다. "나는 네가 즐기는 줄 알았는데." 다시 신경이 곤두서고 위가 콕콕 쑤시는 느낌이 들기 시작했다. 바로 그거였다. 나는 즐겼었다. 그러니 엄마의 말은 적절하지 않았다. "수줍음과 자의식." 엄마가 좀 비장하게 말했다. "엄마는 결코 누릴 수 없었던 사치였는데." 엄마가 차에 시동을 걸었다. "하지만 엄마가 말해줄 수 있는 건, 네 친가 중에는 지금 자기집이 불타고 있어도 사람들 앞에서는 그런 이야기를 입에 올리지 않을 사람이 있다는 거야."

그러고 나서 엄마는 다시 "아까 내가 한 질문에 대답할 수 있겠니?" 하고—가볍게—물었고, 나는 고개를 흔들고 배를 움켜쥐며 몸을 축 늘어뜨려 금방이라도 다시 그 증상이 일어날 수 있음을 나타냈다. 엄마는 어쩔 수 없이 단념했고, 이제 토요일에 엄마의 차를 타고 나갈 때면 나도 오언처럼 자유는 얻었으나 쓸모없는 짐짝이 되어 따라갔다. 더는 엄마 사업을 거드는 사람이 아니었다. "순전히 비딱한 마음에 네 똑똑한 머리를 숨기고 싶어하는 것 같은데, 엄마 생각에 그건 아닌 것 같아." 엄마가 말했다. "그냥 너 하고 싶은 대로 해."

나는 적어도 좀더 물질적인 수준에서는 모험에 대한 막연한 희망을 가지고 있었고, 그건 오언도 마찬가지였다. 우린 둘 다 봉지에 담아 파는 특별한 황금빛 갈색 캔디를 사고 싶어했는데, 시멘트처럼 덩어리로 부서져 있고 혀 위에 올리면 대번에 사르르 녹는 그 캔디는 마구가 걸려 있고 말냄새가 나는 특별한 시골 가게 한 곳에서만 팔았다. 우리는 엄마가 차가운 탄산수를 파는 주유소에 들러 기름이라도 넣기를 바랐다. 내가 바란 건 포터필드나 블루리버만큼 멀리 가는 것이었다. 그 타운들의 매력은 그곳이 주빌리가 아니기 때문에 우리도 그곳을 모르고 그곳에서도 우리를 모른다는 단순한 사실에서 비롯했다. 이런 타운의 거리를 걸으면 내가 익명의 존재라는 사실이 장식물처럼, 공작의 꼬리처럼 느껴졌다. 하지만 오후의 어느 시점이 되면 이런 희망은 썰물처럼 빠져나갔고, 설사 그 일부가 충족된 경우에도 늘 허전함이 남았다. 우리 엄마에게서도 뭔가가 빠져나갔는데, 무엇보다 엄마를 그곳까지 데려간 긍정적이고 악착스러운 원기였다. 어둠이 다가오고, 찬 공기가 차체 바닥의 구멍을 통해 올라오고, 엔진의 고단한 소리와 시골 사람들의 무관심에 지치면 우리는 서로 같은 마음이 되면서 집이 그리워졌다. 우리는 우리가 사랑하는 줄도 몰랐던 시골을 통과했다—일정한 기복이 있는 길도 평지도 아닌 울퉁불퉁한 길이어서, 특별히 리듬을 타는 기분은 들지 않았다. 낮은 언덕, 덤불이 가득 들어찬 구덩이, 늪지와 덤불숲과 들판이 이어졌다. 뚝뚝 떨어져 서 있는 키 큰 느릅나무들이 저마다의 형태를 고스란히 드러내며 다가올 운명을 기다리고 있었지만, 우리도 그 운명이 뭔지는 몰랐다. 느릅나무는 어떻게 보면 펼쳐진 부채처럼 보였고 가끔은 하프처럼 보이기도 했다.

4번 고속도로를 타고 3마일쯤 달리면 나오는 언덕에서는 주빌리가 한눈에 내려다보였다. 언덕과 주빌리 사이에는 봄마다 홍수가 지는 강의 저지, 와와나시강의 숨겨진 강굽이, 강 위로 걸린 다리가 있었다. 은색으로 칠한 다리는 황혼녘에 새장처럼 걸려 있었다. 4번 고속도로는 주빌리의 중심도로이기도 했다. 우체국 탑과 시청 탑이 서로 마주보고 있었다. 시청의 이국적인 돔 안에는 유명한 종(전쟁이 시작됐을 때와 끝났을 때 울렸고, 지진이나 위험한 홍수가 일어날 경우 울린다)이 감춰져 있었고, 우체국의 사각 시계탑은 유용하고 평범했다. 시청은 중심가에서 양

옆으로 거의 똑같은 길이로 뻗어 있었다. 우리가 돌아올 무렵에는 보통 시청 건물이 불빛을 받아 윤곽선을 드러냈는데, 그 형태가 한쪽 날개를 약간 들어올린 박쥐처럼 보였다. 건물 한쪽 끝부분에 불이 켜져 있지 않아 급수탑이 흐릿해 보여 그런 것이었다.

엄마는 이 광경을 지나칠 때마다 꼭 한마디했다. "저기 주빌리가 보이네." 간단히 이렇게 말하거나, "저편에 메트로폴리스가 보이는구나"라고 시적으로 말하거나, 심지어 나갔던 문으로 다시 들어온다는 내용의 시를 모호하게 인용하기도 했다. 이런 말이 지긋지긋해질 수도, 아이러니하게 들릴 수도, 혹은 참으로 감사하게 생각될 수도 있겠으나, 엄마의 이런 말을 들으면 주빌리가 그 존재를 드러내기 시작하는 것처럼 느껴졌다. 엄마의 묵인이나 인정 없이는 이 가로등과 보도도, 황량하게 서 있는 성채도, 개방적이면서도 비밀스러운 패턴을 그리는 이 타운—주거지이자 미스터리인—도 존재하지 않을 것만 같았다.

우리가 떠났던 모든 원정길과 집으로 돌아오는 길 그리고 세상 전반에 대해 엄마는 이런 수수께끼 같고 무시무시한 권위를 행사했지만, 그것으로 할 수 있는 것은 아직 아무것도 없었다.

엄마가 타운에 집을 빌렸고, 우리는 9월부터 6월까지 그 집에서 살았다. 플래츠 로드 끝에 있는 집에는 여름 동안에만 가 있었다. 아빠는 눈이 내리기 전까지는 저녁식사 시간에 와서 다음 날 돌아갔고, 가능하면 토요일 밤과 일요일의 일부 시간도 우리와 같이 보냈다.

우리가 빌린 집은 CNR 기차역에서 멀지 않은 리버 스트리트의 끝에 있었다. 실제보다 더 커 보이는 집이었고, 지붕은 높고 경사가 졌으며—2층은 목조였고 1층은 벽돌이었다—식사실에는 내민창이 있었고, 앞뒤로 베란다가 있었다. 앞쪽 베란다 지붕에는 쓸모없고 사실상 접근이 불가능한 작은 발코니가 돌출되어 있었다. 그 집의 목조 부분에는 죄다 회색이 칠해져 있었는데, 아마 회색은 흰색처럼 자주 페인트칠을 할 필요가 없기 때문이었을 것이다. 더운 날씨에는 아래층 창문에 차양을 쳤는데, 차양의 줄무늬는 색이 아주 많이 바래 있었다. 색이 바래가는 회색 집과 경사진 베란다를 보면 나는 해변—태양과 억세고 바람에 시달린 풀—이 생각났다.

하지만 그 집이 있는 곳은 타운이었다. 따라서 그 집과 관련된 것은 플래츠 로드에서는 가능하지 않은 종류의 여가와 격식을 암시했다. 나는 이따금 예전 우리집을, 그 단조롭고 하야스름한 외관을, 부엌문 바깥의 시멘트단을 떠올리곤 했는데, 그때마다 쓸쓸함, 희미한 죄책감, 아련한 아픔 같은 것이 느껴졌다. 우리와 마냥 즐겁게 놀아주던 연로한 할아버지 할머니에 대해 우리가 다 컸을 때 느끼는 감정과 비슷했다. 집 근처의 강과 늪지, 겨울의 그 무질서, 노아의 방주처럼 우리를 집안에 꼼짝없이 가둬놓았던 눈보라가 그리웠다. 하지만 나는 외부인의 눈에만 보이는 타운생활의 질서와 일체성 그리고 복잡하게 배치된 형태를 사랑했다. 겨울 오후에 학교에서 집으로 돌아갈 때면 나는 타운 전체가, 리버 스트리트, 메이슨 스트리트, 존 스트리트, 빅토리아 스트리트, 휴런 스트리트, 좀 특이한 이름의 카툼 스트리트 등 그 모든 거리가 나를 둘러싼 듯한 느낌을 받았다. 크롤스 레이디스 웨어 가게 진열창에는 크로커스꽃처럼 하얗고 속이 비쳐 보이는 이브닝드레스가 있었다. 침례교회의 노래 선교단은 교회 건물 지하에서 "저 하늘의 생명책에는 너의 이름 있네, 너의 이름 있네!"라고 노래했다. 셀라이트 가게의 새장 안에는 카나리아가 있었고, 도서관에는 책이, 우체국에는 우편물이, 라이시엄 극장 바깥에는 각각 해적과 여자로 분장한 올리비아 드 하빌랜드와 에롤 플린의 사진이 있었다. 격식 있는 의식이나 가벼운 기분전환, 부서질 듯 여린 것과 밝은 것, 이 모든 것이 한데 어우러진 곳이 타운이었다! 타운에서는 휴가 나온 군인들을 볼 수 있었는데, 그들의 카키색 군복에서 타는 냄새 같은 익명의 잔인한 기운이 뿜어져나왔다. 반짝반짝 빛나는 아름다운 여자들도 있었는데, 모두 그들의 이름—마거릿 본드, 도러시 게스트, 팻 먼디—을 알았다. 하지만 그들은 자기들이 알고 싶은 사람이 아니면 누구의 이름도 몰랐다. 나는 그들이 가장자리에 모피를 댄 벨벳 부츠를 신고 고등학교에서 언덕을 내려오는 것을 지켜보았다. 그들은 무리 지어 돌아다녔고, 밤에 켠 랜턴처럼 환한 불빛을 쏟아냈으며, 그들의 눈에는 나머지 세상이 보이지 않는 것 같았다. 그러던 어느 날 그들 중 하나—팻 먼디—가 지나가다 나를 쳐다보며 웃어주었고, 나는 그녀에 대한 공상—그녀가 물에 빠져 죽어가는 나를 구해주는 공상, 간호사가 된 그녀가 자신의 목숨을 걸고 디프테리아로 죽을 뻔한 나를 그 벨벳 같은 두 팔로 안고 흔들어주면서 간호하는 공상—에 빠졌다.

수요일 오후에는 우리집에서 하숙하는 펀 도허티가 식사실에서 엄마와 함께 차를 마시고 담배를 피우고 대화를 나누었다. 펀이 말하는 것들은 저급했고, 그녀는 두서없이 지껄이고 꿍얼거리고 많이 웃었다. 반면 엄마는 좀더 날카롭고 짤막하게 논평하는 식이었다. 그들은 이 타운에 사는 사람들과 그들 자신에 대한 이야기를 했다. 그들의 대화는 영원히 마르지 않는 강 같았다. 그것은 드라마였고, 내가 이해하지 못하는 세계에서 일어나는 삶의 소동이었다. 나는 붙박이 식기장에 붙은 거울 앞에 서서, 거울에 비친 방의 풍경—짙은 색 징두리 벽판, 짙은 색 들보, 뻣뻣하게 휜 다섯 개의 가지 끝에 유리 꽃을 매단 채 반대 방향으로 자라는 작은 조경용 나무 같은 황동 조명등—을 쳐다보곤 했다. 거울 속 어떤 지점에 그 풍경을 놓으면 온통 불안정하고 히스테릭한 모습을 보이는 엄마와 펀 도허티를 고무줄처럼 쏙 빼내고 내 얼굴을 뇌졸중을 일으킨 사람처럼 한쪽만 형편없이 늘어지게 만들 수 있었다.

내가 엄마에게 말했다. "그 그림을 이 집에 가져오지 그랬어요?" "어떤 그림? 어떤 그림?"

"카우치 위에 걸려 있던 그림이요."

나는 농장에 있는 우리집 부엌을 생각하고 있었다—나는 그 부엌을 자주 생각했다. 지금 그 집에서는 아빠와 베니 아저씨가 아마도 씻지 않은 팬(쓸 만한데 왜 기름을 씻어 없애?)에 저녁으로 먹을 감자를 튀기고 있을 것이고, 장갑과 목도리는 난로 위에서 김을 뿜으며 말라가고 있을 것이다. 우리 개 메이저—엄마가 버티고 있을 때는 집안에 못 들어온다—는 문 앞의 더러운 리놀륨 위에서 자고 있을 것이다. 식탁보가 있어야 할 자리에는 신문이 펼쳐져 있고, 카우치에는 개털이 묻은 담요가 놓여 있고, 벽에는 총과 스노슈즈, 빨래통이 걸려 있을 것이다. 냄새나는 독거남의 위안. 카우치 위에는 그림이 한 점 걸려 있었다. 먼 옛날 엄마가 결혼생활 초기—아마도 여유 있고 화창하고 사랑이 깃든 나날—에 직접 그린 그림이었다. 돌길과 양옆에 산을 끼고 흐르는 강이 있고, 빨간 숄을 두른 어린 소녀가 그 길을 따라 양을 몰고 가는 풍경화였다. 산과 양 모두 덩어리 같고 양털 같고 자주색이 감도는 회색이어서 똑같아 보였다. 나는 예전에는 그 소녀가 실제로 엄마이고, 그 풍경은 엄마가 어린 시절을 보낸 적막한 시골의 풍경이라고 믿었다. 그러다 엄마가 그 그림을 〈내셔널 지오그래픽〉에 실린 풍경을 보고 따라 그렸다는 걸 알게 되었다.

"그거 말이야? 그걸 여기 걸고 싶다고?"

진심은 아니었다. 나는 종종 엄마와 이야기를 하다가 내가 원하는 어떤 대답을 받아내거나 사실을 폭로하게 만들려고 엄마를 유도하곤 했는데, 이번에도 그런 것이었다. 나는 엄마가 아빠를 위해 그림을 거기 두고 왔다고 말해주길 바랐다. 나는 아빠에게 주려고 그 그림을 그렸다고 했던 엄마의 말을 기억하고 있었다. 그 풍경을 좋아했던 사람은 아빠였다.

"사람들이 다 보는 곳에는 걸어놓고 싶지 않아." 엄마가 말했다. "나는 화가가 아니잖니. 딱히 할일이 없어서 그린 그림인데."

엄마는 다양한 사람들을 초대해 여자들만의 파티를 열었다. 이웃은 물론이고 가끔 엄마가 법률가 쿠츠 부인이라고 불렀던 쿠츠 부인, 남편이 상업은행 지점장인 베스트 부인, 거리에서 말을 나눠본 것이 고작인 사람들도 초대했다. 우체국에서 일하는 펀 도허티의 동료 직원들과 엘스퍼스 대고모, 그레이스 대고모도 당연히 초대했다. (대고모들에게는 크림 치킨 타르트와 레몬 타르트, 매트리모니얼 케이크를 만들어달라고 부탁했고, 대고모들은 부탁을 들어주었다.) 파티의 모든 것이 사전에 계획되어 있었다. 여자들은 넓은 현관홀에 들어서자마자 유리병에 담긴 콩의 개수를 추측하여 종이에 적어야 했다. 저녁 내내 알아맞히기 게임, 백과사전을 참조하여 준비한 퀴즈 문제, 여자들 다수가 요령을 익히지 못하거나 너무 수줍어해 한 번도 제대로 성공하지 못한 제스처 게임, 종이와 연필 게임을 했다. 종이와 연필 게임은 한 사람이 종이에 남자의 이름을 쓴 뒤 접어서 옆으로 넘기고, 다음 사람은 동사를 쓴 뒤 접어서 넘기고, 그다음 사람은 여자의 이름을 쓰고, 이런 식으로 이어지다 마지막에 모든 종이를 펴서 소리 내어 읽는 게임이었다. 나는 분홍색 양모 스커트와 볼레로를 입고 신이 나 땅콩을 나눠주었다.

엘스퍼스 대고모와 그레이스 대고모는 미소를 잃지는 않았지만 모욕을 당한 표정으로 부엌에서 부지런히 움직였다. 엄마는 자수 같은 검은색과 푸른색의 작은 팬지꽃이 가득한, 반쯤 속이 비치는 빨간색 드레스를 입고 있었다. "우리는 저 드레스 위에 딱정벌레가 붙어 있는 줄 알았지 뭐니." 엘스퍼스 대고모가 내게 소곤거렸다. "보자마자 움찔했단다!" 그 말을 들은 뒤부터 파티는 내가 생각했던 것보다 덜 아름답게 느껴졌다. 어떤 여자들은 게임을 전혀 즐기지 않았다. 엄마의 얼굴은 흥분으로 벌겋게 달아올라 있었고, 목소리에서는 파티 주최자의 열정이 흘러넘쳤다. 엄마가 피아노를 치고 펀 도허티—성악 공부를 했었다—가 "사랑하는 그대가 없는 내 삶은 무슨 의미가 있을까요?" 하고 노래를 부르자, 여자들은 이게 자랑이지 뭐야, 하는 표정을 지으면서도 애써 참으며 시큰둥하게 박수를 보냈다.

그레이스 대고모와 엘스퍼스 대고모는 그다음해에도 종종 "너희 집에 세 들어 사는 여자는 어떻게 지내니? 사랑하는 사람이 없는 인생은 어떻다니?" 하고 내게 물었다. 그러면 나는 그건 오페라에 나오는 곡을 번안해서 부른 거라고 말해주었다. 그들은 "어머나, 그런 거였어? 우리는 내내 그 여자를 딱하게 여겼지 뭐니!" 하고 외쳤다.

엄마는 여자들이 이 파티에 자극받아 이런 종류의 파티를 열기를 기대했지만, 그런 일은 없었다. 혹은 그런 일이 있었다 하더라도 우리 귀에는 들려오지 않았다. 엄마 말에 따르면 그들은 계속 바보나 속물들이 하는 브리지게임 파티만 했다. 엄마는 서서히 사교생활을 포기했다. 엄마는 쿠츠 부인이 멍청하다고 말했다. 그녀가 퀴즈 문제를 풀 때 율리우스 카이사르가 누구인지 잘 몰랐을뿐더러—그리스 사람이라고 생각했다—문법에서도 실수를 해서 "그가 그녀와 내게 말했어요"라고 말할 때 "her and me"라고 해야 하는 걸 "her and I"라고 했기 때문이다—고상한 척하는 사람들이 저지르는 흔한 실수였다.

엄마는 겨울 동안 격주로 목요일마다 시청 대회의실에서 만나 토론을 하는 '그레이트 북스' 모임에 들어갔다. 그 모임에는 다섯 명이 더 있었는데, 닥터 코머라는 은퇴한 의사도 있었다. 아주 허약하고 정중해 보였지만, 알고 보니 독단적인 사람이었다. 머리는 새하얀 실크 같았고, 폭이 넓은 스카프를 맸다. 그의 아내는 주빌리에서 삼십 년 넘게 살면서도 다른 사람들의 이름을 제대로 알지 못했고, 어디에 어느 거리가 있는지도 잘 몰랐다. 그녀는 헝가리 여자였다. 이따금 그녀는 자신의 웅장한 이름을 접시에 올려 대접하는 생선처럼 은빛 찬란한 비늘이 붙은 그대로 발음해서 말해주었지만, 허사였다. 주빌리에서는 어느 누구도 그 이름을 발음하거나 기억하지 못했다. 엄마는 줄곧 이 부부와 알고 지내고 싶어했기 때문에 처음에는 이 부부를 만난 걸 좋아했다. 엄마는 그들의 초대를 받자 기뻐서 어쩔 줄 몰라했다. 그 집에서 엄마는 그들이 그리스에서 찍은 신혼여행 사진을 보았고, 그들의 기분을 상하지 않게 하려고 레드와인을 마셨으며—엄마는 원래 술을 마시지 않았다—무신론자에다 지식인인 그들이 그 이유 때문에 주빌리에서 어떤 재미나고 끔찍한 일을 당했는지에 귀를 기울였다. 엄마의 감탄은 「안티고네」까지 이어지다 「햄릿」에서 약간 시들해졌고, 『국가』와 『자본론』을 거치며 점점 사그라들었다. 코머 부부만 빼면 어느 누구도 의견을 말할 수 없는 것처럼 보였다. 코머 부부는 그리스에도 가보고 H. G. 웰스의 강연도 들으러 갔으니 더 많이 아는 것도 그들이고 언제나 옳은 것도 그들이었다. 코머 부인과 엄마 사이에 의견 충돌이 일어나자 코머 부인은 엄마가 대학에 다니지 않았고 고작해야 백부즈*—엄마가 발음을 흉내냈다—고등학교에 다닌 게 전부라는 말을 꺼냈다. 엄마는 그들이 엄마에게 해준 이야기를 곰곰이 생

* backwoods. 산간벽지를 뜻함.

각해보더니 그들이 피해망상증이라고("그게 뭐예요?" 편이 물었는데, 당시 그 용어는 막 유행하고 있었다), 심지어 약간 미쳤을 가능성도 있다고 결론을 내렸다. 또한 그 당시에는 엄마가 우리한테 말해주지 않았지만 그들의 집에서는 불쾌한 냄새가 났는데, 그건 변기 때문이었다. 엄마가 레드와인을 마신 뒤 화장실을 써야 해 가봤더니 끔찍하게도 변기에 노란 때가 끼어 있었다는 것이다. 제아무리 플라톤을 읽어도 변기 청소를 하지 않는다면 무슨 소용이 있겠어요? 엄마는 이 말을 하면서 주빌리가 중시하는 가치로 되돌아갔다.

엄마는 이듬해부터 '그레이트 북스' 토론회에 가지 않았다. 엄마는 웨스턴온타리오대학교에서 개설한 '역사 속의 위대한 사상가들'이라는 통신강의를 신청했고, 신문사에 편지를 써 보냈다.

엄마는 어떤 것도 놓아 보내지 않았다. 우리가 알고 있는 엄마의 모습은 이따금 약간 흐릿하고 곁길로 빠진 듯 보일지도 모르지만, 엄마는 그 모습 안에 온 힘을 다해 싸우고 희망에 부풀었던 젊은 시절의 모습들을 간직하고 있었다. 과거의 장면은 이것저것 마구 집어넣어진 현재를 배경으로 환등기의 슬라이드처럼 언제든 툭 나타날 수 있었다.

맨 처음에, 태초에 그 집이 존재했다. 그 집은 긴 시골 도로의 끝, 바위—선캄브리아시대 순상지의 일부였다—가 살을 뚫고 나온 뼈처럼 땅을 뚫고 나온 들판 한가운데에 서 있었다. 철조망 담장이 있었고, 유리 없이 철망만 댄 창문들은 양쪽 모서리 부분이 헐거워지고 있었다. 나는 그 집을 사진으로 한 번도 본 적이 없었고—아마 아무도 사진을 찍지 않았을 것이다—엄마가 짜증을 내며 사실을 전달하듯("그냥 낡은 목조 가옥이었어—페인트칠 한 번 하지 않은") 말했을 때를 빼놓고는 그 집에 대해 뭐라고 말하는 걸 들어본 적도 없었다. 하지만 그 집은 신문에서 본 것처럼 내 마음속에 뚜렷하게 그려졌다. 낡은 목조 가옥들 중에서도 가장 허름하고 가장 컴컴하고 가장 높은 집, 소박하고 익숙하지만 어딘지 모르게 무서운 분위기가 감도는 집, 살인이라도 일어난 것처럼 악의 기운에 휩싸인 집이었다.

그때 엄마는 애디 모리슨이라는 이름의 어린 소녀였다. 나는 엄마가 깡말랐을 거라고 생각했다. 엄마의 머리는 짧게 깎여 있었는데, 엄마에게 허영심이 생기지 못하게 하려고 엄마의 어머니가 그런 것이었다. 엄마는 점심 도시락을 담았던 라드통을 다리에 탕탕 부딪치며 학교에서 집까지 그 멀고 불안한 길을 걸었을 것이다. 늘 11월이었던 걸까? 땅은 단단해지고, 웅덩이에는 쪼개진 얼음이 떠 있고, 철조망에는 죽은 풀이 매달려 흔들리는? 그랬다. 근처에는 숲이 있어 유령이 나올 것 같았고, 나뭇가지를 하나씩 들어올리는 호기심 많은 바람이 간간이 불어왔다. 집안으로 들어간 엄마는 꺼진 난롯불과 식은 난로를 발견했다. 남자들이 식사를 한 뒤라 접시와 팬에는 기름이 잔뜩 묻어 있었다.

엄마의 아버지의 흔적도, 학교를 다 마친 엄마의 오빠들의 흔적도 없었다. 그들은 집에 잘 붙어 있지 않았다. 엄마는 응접실을 지나 부모님의 침실로 갔는데, 그곳에서는 엄마의 어머니가 종종 침대 위에서 무릎을 꿇고 허리를 숙인 채 기도를 하고 있었다. 지금 엄마가 엄마의 어머니에 대해 좀더 분명하게 기억하는 것은 얼굴이 아니라, 더러운 기모노나 실내복 위에 회색이나 황갈색 스웨터를 걸친 채 숙이고 있던 등과 좁아진 어깨, 이마 한복판에서 가르마를 타서 숱이 빠져가는 머리를 뒤로 단단히 당겨 묶은 뒤통수, 건강하지 않아 보이는 하얀 두피였다. 두피는 대리석이나 비누처럼 하얬다.

"우리 엄마는 종교에 미쳐 있었어." 엄마가 무릎을 꿇은 이 여인에 대해 말한다. 다른 날에는 이 여인이 젖은 수건을 이마에 올린 채 침대에 드러누워 울고 있다—그 이유에 대해 엄마는 더 깊이 말하지 않는다. 기독교 신앙 때문에 광적인 행동을 하던 마지막 단계에 도달했을 때 한번은 이 여인이 푸줏간 남자들이 오기로 한 날 헛간으로 가서 작은 수송아지를 건초 속에 숨기려고 했던 적도 있었다. 이 이야기를 하는 엄마의 목소리는 속았다는 확신과 줄어들지 않은 분노와 상실의 감정 때문에 딱딱해졌다.

"우리 엄마가 어떻게 했는지 알아? 어떻게 했는지 내가 말해줬니? 그 돈에 대해 말해줬어?" 엄마는 마음을 진정시키기 위해 숨을 깊이 들이마셨다. "그래. 우리 엄마는 돈을 좀 물려받았어. 그쪽 집안에 돈 있는 사람들이 좀 있었거든. 그들은 뉴욕주에 살았어. 엄마한테 돌아온 건 250달러로 큰돈은 아니었지만 그때는 지금보다 큰돈이었고, 너도 알다시피 우리는 가난했어. 너는 지금 이 생활이 가난한 거라고 생각하겠지만, 우리가 겪었던 가난에 비하면 이건 아무것도 아니야. 식탁에 깔았던 유포가 완전히 닳아빠져서 식탁 판자가 다 드러나 보일 정도였어. 너덜너덜한 게 유포가 아니라 차라리 걸레였지. 나는 신발이라고 해봤자 오빠들한테서 물려받은 남자 신발을 신었고 농장이라고 하지만 별꽃도 제대로 계속 키울 수 없는 그런 곳이었어. 크리스마스 선물로는 감청색 블루머*를 받았지. 그런데 말이야, 솔직히 그걸 받고 기뻤어. 춥다는 게 뭔지 알고 있었거든.

엄마는 그 돈으로 성경책을 엄청 많이 주문했어. 성경은 특급으로 배송돼 왔지. 성지聖地 지도가 실린 페이지는 가장자리가 금박이고, 예수님 말씀은 전부 빨간색으로 표시된 가장 값비싼 성경책. 마음이 가난한 자는 복이 있나니. 마음이 가난한 게 뭐가 대수라고? 엄마는 한푼도 남기지 않고 그 돈을 다 썼어.

우리는 나가서 그 성경책을 나눠주는 일을 해야 했어. 엄마가

---

* 짧은 반바지 속옷.

그걸 산 건 신앙이 없는 사람들에게 나눠주기 위해서였거든. 오빠들은 곡물 창고에 그걸 좀 감춰버렸던 것 같아. 틀림없이 그랬어. 하지만 나는 너무 바보 같아서 그 생각은 하지도 못했어. 그래서 여덟 살에 남자 신발을 신고 장갑조차 없이 터덜터덜 돌아다니면서 성경책을 나눠줬단다.

한 가지 분명한 건, 덕분에 나는 평생 종교라는 병에 걸리지 않았다는 거야."

한번은 엄마가 오이를 먹은 뒤 우유를 마신 적이 있었다. 그걸 같이 먹으면 독이 된다는 말을 듣고 죽고 싶어졌기 때문이다. 우울해서라기보다는 호기심 때문이었다. 천국에 대한 이야기는 지겹도록 들었기 때문에 누웠다 일어나면 그곳이 천국이기를 바랐다. 하지만 눈을 떴을 때는 천국 대신 새 하루의 아침이 기다리고 있었다. 그 사실 역시 엄마의 신앙심에 영향을 미쳤다. 하지만 그때는 아무에게도 말하지 않았다.

이따금 엄마의 큰오빠가 타운에 갔다 오면서 엄마에게 캔디를 사다주었다. 그는 부엌 식탁에서 램프에 거울을 받쳐놓고 면도를 했다. 엄마는 그것을 허세라고 생각했다. 그는 콧수염도 길렀고, 여자들에게서 받은 편지에 답장을 하지 않고 편지를 누가 읽건 말건 아무데나 휙 던져두었다. 엄마는 이 점을 좋지 않게 생각하는 것 같았다. "오빠에 대한 환상은 전혀 없어." 엄마가 말했다. "하지만 오빠가 대부분의 남자와 다르지는 않았을 거야."

그는 지금 뉴웨스트민스터에 살면서 페리보트에서 일했다. 엄마의 작은오빠는 미국에 살았다. 크리스마스가 되면 엄마의 오빠들이 카드를 보내왔고, 엄마도 카드를 보냈다. 그들이 편지를 보내는 일은 없었고, 그건 엄마도 마찬가지였다.

엄마가 미워한 건 둘째 오빠였다. 그 삼촌이 무슨 짓을 했길래? 엄마의 대답은 충분하지 않았다. 그는 악마 같고 피둥피둥했으며 잔인했다. 잔인하고 뚱뚱한 소년. 고양이들에게 폭죽을 먹였다. 두꺼비를 묶어놓고 토막을 냈다. 엄마가 키우던 미스티라는 이름의 아기 고양이를 소 여물통에 빠뜨려 죽이고는 발뺌을 했다. 그뿐 아니라 엄마를 헛간 안에 묶어놓고 괴롭혔다. 그가 엄마를 괴롭혔다? 고문했다.

뭘로? 하지만 엄마는 절대 그 이상은 말하지 않았다—그 말, 고문했다는 말만 피처럼 뱉어냈다. 그래서 나는 뚱뚱한 인디언 같은 둘째 삼촌이 엄마를 헛간 말뚝 같은 데 묶어놓고 깍깍 소리를 지르며 엄마 주위를 빙빙 돌면서 날뛰는 장면을 상상할 수밖에 없었다. 하지만 엄마는 결국 살가죽이 벗겨지지도, 화상을 입지도 않고 탈출에 성공했다. 이 부분에서 엄마의 표정이 어두워지는 것이나 엄마가 고문이라는 말을 하는 방식을 설명해줄 만한 것은 아무것도 없었다. 나는 섹스와 근접한 부분에서 엄마에게 드리워지는 침울함을 알아차릴 만큼은 아직 성장하지 않은 상태였다.

엄마의 어머니는 죽었다. 수술을 받으러 갔는데 양쪽 유방에 큰 혹이 있었고 테이블 위에서 죽었다고, 엄마가 늘 말했다. 수술받는 테이블 위에서. 어렸을 때 나는 할머니가 찻잔과 케첩과 잼이 놓인 평범한 테이블 위에서 사지를 쭉 편 채 죽어 누워 있는 모습을 상상했다.

"슬펐어요?" 내가 물었고, 엄마는 내가 기대했던 대로 물론 슬펐다고 대답했다. 하지만 엄마는 이 상황에 머물러 있지는 않았다. 더 중요한 일이 닥쳐왔다. 엄마는 학교를 마쳤고, 입학시험에 통과했으며, 타운에 있는 고등학교에 진학하고 싶었다. 하지만 엄마의 아버지가 허락하지 않아서 엄마는 결혼할 때까지 집에 남아 살림을 맡아야 하는 처지가 되었다. ("도대체 내가 누구랑 결혼을 하겠어?" 엄마는 이야기를 하다 이쯤에 이르면 늘 화난 목소리로 외쳤다. "근친결혼으로 모두 사팔뜨기가 된 그런 벽지에서?") 엄마는 비참한 심정으로 엄마의 어머니(결혼 전에는 교사였지만 종교에 빠져버렸다)가 가지고 있던 옛날 고등학교 교과서로 이 년 동안 집에서 독학한 뒤 아버지의 말을 거역하고 9마일을 걸어 타운으로 갔다. 말이 달려오는 소리가 들릴 때마다 엄마는 자신을 다시 집으로 데려가려고 오는 마차 소리일까 봐 길가 덤불숲에 숨었다. 엄마는 계란을 팔다가 알게 된 하숙집 문을 두드렸고, 부엌일을 해주고 식사 시중을 거드는 대가로 하숙을 할 수 있는지 물었다. 하숙집 주인 여자—입이 걸지만 인품 있는 늙은 여자로 모두 그녀를 그랜마 실리라고 불렀다—가 엄마를 받아주었고, 시간이 얼마간 지날 때까지 엄마의 아버지로부터 엄마를 지켜주었다. 심지어 엄마에게는 너무 긴 까끌까끌한 격자무늬 양모 드레스까지 주었는데, 엄마는 학교에 가는 첫날 그 옷을 입고 가서 자기보다 두 살 어린 학생들 앞에 섰고, 독학한 발음대로 라틴어 문장을 읽었다. 당연히 아이들은 모두 웃음을 터뜨렸다.

엄마는 그 순간을 회상할 때마다 짜릿한 기쁨과 부드러운 감상에 젖어들었는데, 엄마로서는 어쩔 수 없이 그런 심정이 되는 것 같았다. 젊은 날의 자기 모습을 떠올릴 때 엄마는 늘 경이로움으로 가득차 있었다. 아, 흐르는 시간 속에서 우리가 자진해서 평가받고 벌거벗을 만큼 벌거벗고 사면초가에 몰려도 승리감에 젖을 수 있는 그런 순간이 있다면, 엄마에게는 그때가 그런 순간이었을 것이다. 아마도, 타협이나 실수 같은 말은 나중에야 등장할 것이다. 하지만 그 순간 엄마는 무모하지만 공격할 수 없는 존재가 된다.

그후 하숙집에서 완전히 새로운 인생의 장이 펼쳐지게 된다. 어두컴컴한 아침에 일어나 채소 껍질을 벗겨서, 정오에 먹을 점심식사를 위해 찬물에 담가둔다. 요강을 깨끗이 씻은 뒤 탤컴파우더를 뿌려놓는다. 그 타운에는 수세식 변기가 없었다. "교육을 받겠다고 요강을 씻은 거예요!" 엄마는 누가 듣거나 말거나 신경쓰지 않고 이렇게 말했다. 하지만 요강을 쓰는 사람들은 괜찮게 사는 사람들이었다. 은행 직원들. CNR 전신기사. 교사인 미스 러시. 러시 선생님은 엄마에게 바느질을 가르쳐주었고, 드레스를 만들 수 있는 예쁜 메리노울 천도 주었으며, 가장자리에 술이 달린 노란색 스카프도 주었다("그건 어떻게 됐을까?" 엄마는 속상하다는 듯 슬픈 목소리로 말했다). 그리고 러시 선생님은 오드콜로뉴도 주었다. 엄마는 러시 선생님을 사랑했다. 러시 선생님의 방을 청소하면서 쟁반에 떨어진 머리카락이나 빗에서 빼낸 머리카락을 모아뒀다가 충분한 양이 되자 조그맣게 비비꼰 뒤 끈에 끼워 목에 걸고 다녔다. 그게 엄마가 그녀를 사랑한 방식이었다. 러시 선생님은 엄마에게 악보 읽는 법과 피아노 치는 법을 가르쳐주었다. 피아노는 러시 선생님의 것으로, 그랜마 실리의 응접실에 있었다. 엄마는 여전히 그 곡들을 연주할 수 있었지만 좀처럼 피아노를 치지 않았다. 그 곡들은 〈불타오르는 화톳불 속으로 추억에 잠기네〉와 〈한때 타라의 홀에 울려퍼졌던 하프 소리〉와 〈아가일의 보니 메리〉였다.

그렇다면 예쁘고 수를 잘 놓고 피아노를 잘 쳤던 러시 선생님은 어떻게 되었는가? 좀 늦은 나이에 결혼했고, 아기를 낳다가 죽었다. 아기도 밀랍인형처럼 긴 드레스를 입은 채 그녀의 품에서 죽었다. 엄마가 직접 봤다.

지나간 옛이야기는 이렇게 돌고 돌다 결국 죽음에 이른다. 나는 그 순간을 기다렸다.

이를테면 그랜마 실리는 어느 여름날 아침 침대에 누운 채 죽은 모습으로 발견되었다. 엄마가 사 년 과정의 고등학교 공부를 마친 직후였다. 그녀는 엄마가 교사가 되면 돌려받는 조건으로 사범학교에 진학할 돈을 빌려주기로 약속했었다. 이런 내용을 써둔 종이가 어딘가에 있었는데 발견되지 않았다. 엄마는 그랜마 실리의 조카 부부가 그걸 발견했을 거라고 믿었다. 그들이 그랜마 실리의 집과 돈을 다 가져갔다. 그들이 그 종이를 없애버렸을 것이다. 세상에는 그런 사람들이 수두룩했다.

그래서 엄마는 일을 해야 했다. 오언 사운드에 있는 큰 가게에서 일했고, 거기서 곧 포목과 바느질 용품 쪽을 맡게 되었다. 엄마는 한 청년과 약혼했지만 그는 그림자로 남았다—엄마의 오빠나 실리의 조카처럼 명백한 악당은 아니었지만, 러시 선생님처럼 빛나거나 사랑스러운 존재도 아니었다. 알 수 없는 이유로 엄마는 그 약혼을 깨야만 했다. ("그 사람은 내가 생각했던 그런 남자가 아니었어.") 나중에, 그로부터 시간이 얼마나 흘렀는지는 확실하지 않지만 엄마는 아빠를 만났다. 줄곧 농부(아빠는 여우를 키웠고 한때는 그걸로 부자가 될 수 있을 거라고 믿었는데, 그게 농부와 다를 게 뭐 있을까?)와는 절대 결혼하지 않겠다고 다짐했는데도, 더욱이 아빠의 가족이 이미 엄마에게 싫은 소리를 하기 시작했는데도, 엄마가 아빠와 결혼까지 한 걸 보면 아빠는 엄마가 생각한 그런 남자였을 것이다.

"엄마는 아빠와 사랑에 빠졌던 거네요." 나는 그 사실이 그대로 영원히 정착되기를 바라면서 단호하고 불안한 목소리로 엄마에게 일깨워주었다. "엄마는 사랑에 빠졌던 거예요."

"음, 물론 그랬지."

"왜 사랑하게 된 거예요?"

"아빠는 늘 신사였거든."

그게 전부라고? 이 부분에서 나는 뭔가 균형이 맞지 않는다는 사실에 곤혹스러웠지만, 뭐가 빠졌고 뭐가 잘못됐는지를 말하기는 힘들었다. 엄마의 이야기는 어둠 속의 감금과 고통으로 시작해서 용기, 저항, 탈출로 이어졌다. 그리고 힘든 싸움, 실의에 빠진 시간, 더 힘든 싸움이 뒤따랐고, 엄마를 지켜주는 사람들이나 악당들이 나타났다. 이제 나는 모든 중대하고 가슴 벅찬 이야기들이 그러하듯 영광의 순간이 폭죽처럼 터지기를, 보상이 주어지기를 기대했다. 그게 아빠와의 결혼이었을까? 나는 그러기를 바랐다. 그 문제에 대해서는 엄마가 어떤 의심도 들지 않게 해주기를 바랐다.

어렸을 때 나는 플래츠 로드 끝에서 엄마가 설거지물을 버리려고 설거지통을 여사제처럼 높이 쳐든 채 서두르지 않고 위엄 있는 걸음걸이로 마당을 가로지르는 것을, 이어 근엄한 동작으로 설거지물을 울타리 너머로 휙 버리는 것을 지켜보았다. 그때 나는 엄마가 힘을 지닌 통치자이며, 또한 자신에게 만족한다고 생각했다. 엄마가 힘을 지녔다는 건 맞는 말이었지만, 어쩌면 엄마가 생각했던 것만큼은 아니었을 것이다. 엄마는 자신에게 전혀 만족하지 않았다. 여사제도 아니었다. 엄마의 뱃속에서는 요란하게 꾸르륵거리는 소리가 났고, 엄마는 그 소리가 전달하는 바를 비웃거나 무시했지만, 나는 그 사실이 견딜 수 없을 만큼 창피했다. 엄마의 머리카락은 회갈색 덤불처럼 삐쭉빼쭉하게 뻗쳐 자라며 뒤엉켰다. 파마를 하면 번번이 푸슬푸슬해졌다. 엄마의 모든 이야기가 결국에는 그냥 엄마로, 지금 엄마의 모습으로, 주빌리에 사는 그냥 우리 엄마로 끝나야 하는가?

어느 날 엄마는 승전채권을 사야 하는 이유에 대해 가장 글을 잘 쓴 사람에게 상을 주기 위해 백과사전 회사 대표로 학교에 왔다. 엄마는 포터필드, 블루리버, 스털링에 있는 학교에 가서도 같은 일을 했다. 그 주는 엄마에게 자랑스러운 한 주였다. 엄마는 허리 쪽에 단추 하나가 달린 예쁘지 않고 남성복 같은 감청색 정장을 입었고, 엄마의 모자 중에서 가장 좋은 적갈색 펠트 모자를 썼다. 나는 그 모자에 묻은 먼지 한 톨까지 다 보인다고 믿으면서 괴로워했다. 엄마는 학생들 앞에 서서 뭐라고 말도 했다. 나는 내 앞에 있는 여자아이의 스웨터—옅은 푸른색 양모였는데 보푸라기가 뭉쳐져 있었다—만 쳐다보고 있었는데, 그렇게 아무 상관 없는 하찮은 것에 매달려 있으면 창피한 감정 속에 익사하는 걸 피할 수 있을 것 같아서였다. 엄마는 아주 달라 보였고, 그게 다였다. 적갈색 모자를 쓴 엄마는 활기차고 희망적이고 숨김이 없었고 소소한 농담을 했으며 자신을 성공한 사람이라고 여겼다. 엄마는 누가 2센트만 준다고 해도 자신이 교육받은 역사에 대해, 9마일을 걸어 타운으로 간 것과 요강을 치운 사실까지 줄줄이 늘어놓았을 것이다. 그런 엄마를 가진 사람이 나 말고 누가 있겠는가? 사람들이 다 알고 있다는 듯, 참 고소하다는 표정, 안됐다는 듯한 표정을 지어 보였다. 갑자기 나는 엄마의 그 어떤 것도 참을 수 없어졌다—엄마의 목소리 톤, 경솔하고 성급한 움직임, 활기 넘치지만 조심성 없는 동작(엄마가 어느 순간에 교장 선생님의 책상에서 잉크병을 쳐서 떨어뜨릴지 몰랐다), 무엇보다 엄마의 순진무구함, 사람들이 언제 웃는지에 무신경한 것, 자신이 이런 상황을 잘 넘길 수 있다고 생각하는 것이 참을 수 없었다.

나는 엄마가 백과사전을 파는 것도 싫었고, 사람들 앞에서 말하는 것도, 그 모자를 쓰는 것도 싫었다. 나는 엄마가 신문사에 편지를 써 보내는 것도 싫었다. 지역 문제에 대해 쓴 편지나, 교육을 장려하고 여성의 권리를 증진시켜야 하며 학교에서 강제로 하는 종교 교육에는 반대한다는 내용의 편지가 엄마 이름으로 주빌리의 〈헤럴드-어드밴스〉에 실렸다. 엄마의 편지는 시 일간지에서 여성 통신원에게 할당한 지면에도 실렸는데, 그때는 엄마가 몹시 좋아하는 테니슨의 시에 등장하는 인물에서 빌려온 프린세스 아이다라는 필명을 썼다. 그런 글에는 엄마가 도망친 시골 풍경에 대한 긴 미사여구가 넘쳤고(오늘 아침에는 아름다운 은빛 서리가 내려 나뭇가지와 전화선을 바라보는 우리의 눈을 사로잡았고, 세상은 진정 요정의 나라가 되었다……) 심지어 오언과 나를 언급하기도 했다(우리 딸은 곧 아이라는 꼬리표를 떼게 될 텐데도 눈밭에서 뒹구느라 새로 부여받은 위엄을 다 잊어버렸다). 그런 글을 읽으면 나는 창피한 나머지 이뿌리까지 욱신거렸다. 엘스퍼스 대고모나 그레이스 대고모 말고 다른 사람들이 "네 엄마 편지가 신문에 실린 걸 봤어" 하고 말할 때면 나는 그들은 이런 걸 경멸한다는 것을, 그들은 우월하고 이런 일에는 침묵을 지킨다는 것을, 그들은 부러움을 받는 대상이라는 것을 느꼈다. 그들은 평생 주목받을 만한 행동이나 말을 할 필요 없이 가만히 있을 수 있는 사람들이었다.

나 자신도 엄마와 크게 다르지 않았다. 하지만 그렇게 하면 어떤 위험이 있는지 알았기에 그 사실을 감추었다.

주빌리에서 지내는 두번째 겨울이 되었을 때 우리집에 누가 찾아왔다. 토요일 오후였고, 나는 우리집 앞 보도를 삽으로 치우고 있었다. 커다란 자동차 한 대가 뻔뻔한 물고기처럼 소리도 거의 내지 않고 길 양옆으로 쌓인 눈 사이로 살금살금 들어왔다. 미국 면허판이었다. 나는 누가 길을 잃은 거라고 생각했다. 사람들은 이따금 리버 스트리트의 끝까지 차를 몰았고—막다른 길이었지만 어디에도 그런 경고 표지는 붙어 있지 않았다—우리 집 앞에 이르러서야 당황하기 시작했다.

낯선 사람이 차에서 내렸다. 그는 오버코트를 입고 회색 펠트 모자를 썼으며 겨울인데 실크 스카프를 하고 있었다. 키가 크고 뚱뚱했다. 뭔가를 슬퍼하는 것 같으면서도 자부심이 엿보이는 표정에 살이 좀 늘어진 얼굴이었다. 그가 내게 팔을 내미는 바람에 나는 깜짝 놀랐다.

"이리 와서 나한테 인사하렴! 나는 네 이름을 알지만 너는 틀림없이 내 이름을 모르겠지!"

그가 바로 내 코앞까지 다가와—나는 삽을 들고 꼼짝 않고 서 있었다—내 뺨에 키스했다. 달콤하고 시큼한 남자 냄새가 났다. 면도용 로션과 불편한 뱃속 냄새, 풀을 먹인 깨끗한 셔츠 냄새, 비밀스럽고 털이 많은 불결한 냄새였다. "엄마 이름이 애디 모리슨이지? 그렇지, 응?"

지금은 우리 엄마를 애디라고 부르는 사람이 아무도 없었다. 그 이름을 듣자 엄마가 다른 사람—더 둥글고 더 촌스럽고 더 단순한 사람—같았다.

"네 엄마는 애디고 너는 델라지. 나는 빌 모리슨 삼촌이야. 그게 나란다. 이봐, 나는 키스해줬는데 너는 안 해주네. 여기서는 그게 공평한 거니?"

그때 엄마가 입술에 립스틱을 대충 바른 뒤 집에서 나왔다.

"어머나, 빌. 온다고 미리 연락할 필요는 없다고 생각하는 거야? 방금 한 말은 됐고, 이렇게 보니 반가워." 엄마는 어떤 문제에 대해 논쟁을 하듯 좀 딱딱하게 말했다.

그렇다면 그 미국인은 정말로 엄마의 오빠, 내 혈연인 삼촌인 것이다.

그는 돌아보더니 차를 향해 손을 흔들었다. "이제 나와도 좋아. 여기선 어떤 것도 자길 물지 않아."

차의 반대쪽 문이 열리더니 키 큰 여자가 천천히 차에서 내렸다. 모자가 차에 걸려 빠져나오기가 쉽지 않았다. 그 모자의 한쪽은 높고 반대쪽은 낮았다. 녹색 깃털이 꽂혀 있어 모자는 한층 높아 보였다. 그녀는 중간 길이의 은색 여우 모피 코트를 입고, 녹색 드레스와 녹색 하이힐을 신고 있었다. 고무덧신은 신지 않았다.

"저 사람은 나일 숙모야." 빌 삼촌은 그녀가 귀가 먹었거나 영어를 못하는 여자라는 듯, 혹은 뭔지 알려줘야 하는 멋진 풍경의 일부라는 듯 말했다. "넌 한 번도 만난 적이 없단다. 네가 나를 한 번 보긴 했지만 그때는 너무 어려서 기억나지 않을 거야. 네가 이 숙모를 본 적은 없어. 나도 작년 여름 이전에는 본 적이 없으니까. 내가 너를 봤을 때 나는 캘리 숙모랑 결혼한 상태였고, 지금은 나일 숙모랑 결혼했어. 8월에 만나서 9월에 결혼했지."

보도에 쌓인 눈이 말끔히 치워져 있지 않았다. 하이힐을 신은 나일 숙모는 휘청하더니 투덜거리며 구두로 눈을 가늠했다. 그녀는 뿌루퉁한 애처럼 투덜거리더니 주변 사람은 전혀 의식하지 않고 빌 삼촌에게 말했다. "발목을 접지를 뻔했잖아요."

"갈 길이 그렇게 멀지는 않아." 삼촌이 격려하듯 말한 뒤 그녀가 중국 여자(그때 나는 마침 타운 도서관에서 빌려온 『대지』를 읽고 있었다)라도 되는 듯 팔을 잡아주며 나머지 보도를 걷고 계단을 오르고 베란다를 통과할 수 있게 도와주었다. 중국 여자에게는 걷는 것이 드물고 부자연스러운 행위였다. 엄마와 나는 나일과 인사를 한마디도 주고받지 않은 채 그 뒤를 따라갔다. 어두운 현관에서 엄마가 말했다. "음, 환영해요!" 빌 삼촌이 나일이 코트 벗는 것을 도와준 뒤 내게 말했다. "여기, 이걸 받아서 좀 걸어주겠니. 이것만 따로 걸어줘. 작업복 옆에는 절대 걸어두면 안 된다!" 모피를 만지며 엄마가 나일에게 말했다. "우리 농장에 같이 한번 가봐야겠네요. 이런 걸 산 채로 볼 수 있거든요." 엄마의 목소리는 익살스럽고 부자연스러웠다.

"여우를 말하는 거야." 빌 삼촌이 나일에게 말했다. "당신 코트를 그걸로 만들었잖아." 그가 우리에게 말했다. "내 생각에 네 숙모는 그 모피가 짐승의 등가죽을 벗겨내 만든 건지도 모르는 것 같은데. 가게에서 이런 걸 바로 만든다고 생각하는 것 같아!"
한편 나일은 외국이란 곳에 대해서는 들어본 적도 없고 한순간에 납치되어 주변 사람들 모두가 그녀 자신은 생각도 해보지 못한 언어를 쓰는 나라에 오게 된 것처럼 어리둥절하고 불만인 표정이었다. 적응력은 그녀의 강점에 단연코 포함되지 않았다. 굳이 왜 그러겠는가? 그건 자신의 완벽함을 의문시한다는 말과 같았다. 그녀는 완벽했고, 내가 처음에 생각했던 것보다 어렸다. 고작 스물둘이나 셋밖에 되지 않았을 것이다. 피부는 분홍색 찻잔 같았고 티 하나 없었다. 입술은 버건디색 벨벳을 잘라내어 붙인 것 같았다. 냄새는 사람냄새 같지 않게 향긋했고, 손톱—나는 그 손톱을 보고 놀랐지만 즐거움을 느꼈고, 그러면서도 너무 지나친 게 아닌가 하는 걱정도 들었다—은 옷 색깔에 맞춰 녹색으로 칠해져 있었다.

"아주 멋진 코트네요." 엄마가 좀더 품위를 갖춰 말했다.

빌 삼촌이 엄마를 안타까운 눈으로 쳐다보았다. "네 남편, 이런 한물간 사업을 해서는 절대 돈을 못 벌어. 애디, 이 사업은 깡그리 유대인 손에 넘어갔어. 그런데 집에 커피 같은 건 있니? 나하고 내 귀여운 아내가 몸을 좀 덥힐 수 있을까?"

문제는 우리집에 그런 게 없다는 것이었다. 엄마와 펀 도허티는 값이 더 쌌기 때문에 차를 마셨고, 아침에는 포스텀*을 마셨다. 엄마는 모두를 식사실로 안내했고, 나일이 앉자 엄마가 말했다. "따뜻한 차는 어때요? 커피가 다 떨어져서요."

빌 삼촌이 그럴 줄 알았다는 듯 말했다. 차는 됐고, 커피가 떨어졌다면 자기가 직접 가서 사오겠다고. "이 타운에도 식료품점이 있지?" 그가 내게 물었다. "한두 개쯤은 있겠지. 이렇게 큰 타운인데. 가로등도 있던걸. 내가 봤어. 나하고 같이 차를 타고 가서 뭘 좀 사오자. 올케와 시누이끼리 좀 친해지게 이 둘은 여기 두고."

나는 청결한 냄새가 나는 크림색과 초콜릿색 차에 올라탔고, 리버 스트리트를 통과하고 메이슨 스트리트를 통과하여 주빌리의 중심가까지 그의 옆에서 둥둥 떠갔다. 우리는 레드 프런트 식료품점 앞에 세워져 있던 동물이 끄는 썰매 뒤에 차를 댔다.

"여기가 식료품점이니?"

나는 대답을 얼버무렸다. 내가 그렇다고 했는데 이곳에 그가 원하는 게 하나도 없으면 어쩌지?

"엄마가 여기서 쇼핑을 하니?"

"가끔요."

"그럼 이곳이면 충분하겠구나."

차 안에서 바라보니 사료 자루가 실린 동물이 끄는 썰매도, 레드 프런트 식료품점도 다르게 보였다. 거리 전체가 다르게 보였

---

* 치커리와 볶은 곡물로 만든 커피 대체품.

다. 주빌리는 내가 생각했던 것만큼 독특하거나 영원불멸한 곳이 아니었고, 임시변통으로 세운 초라한 곳에 더 가까웠다. 간신히 유지될 뿐이었다.

그 가게는 얼마 전부터 이 타운에서는 최초로 자기가 살 물건을 직접 담는 방식을 도입했다. 카트가 지나가기에는 통로가 너무 좁아서 팔에 걸고 다닐 수 있는 바구니를 이용해야 했다. 빌 삼촌은 카트를 원했다. 그는 타운에 카트를 이용할 수 있는 가게가 있는지 물었고, 그런 가게는 없다는 대답을 들었다. 그 사실을 확인한 뒤 그는 통로를 오락가락하며 이런저런 상품의 이름을 대기 시작했다. 그는 그 가게에 다른 사람은 아무도 없는 것처럼, 그가 그들에게 뭔가를 물어보려고 소리를 지를 때에만 그들에게 생명이 불어넣어지는 것처럼, 그 가게가 실재하는 것이 아니라 그가 필요하다고 말하는 순간 만들어지는 것처럼 행동했다.

그는 커피와 과일통조림, 채소, 치즈, 대추, 무화과, 푸딩믹스, 마카로니 디너, 핫초콜릿 가루, 통조림에 든 굴과 정어리를 샀다. "이거 좋아하니?" 그가 자꾸 물었다. "이건 좋아하니? 건포도 좋아해? 콘플레이크 좋아해? 아이스크림 좋아하니? 아이스크림은 어디 있니? 어떤 맛을 좋아해? 초콜릿? 초콜릿을 가장 좋아하니?" 결국 내가 뭔가를 쳐다보기만 해도 그가 사려고 들어서 나는 뭐든 쳐다보기가 겁났다.

그는 커다란 캔디통들이 놓인 셀라이트 진열창 앞에서 걸음을 멈췄다. "캔디는 당연히 좋아하겠지? 어떤 걸로 살까? 감초사탕? 과일젤리? 캔디 피넛? 섞어서 사자꾸나, 그 세 가지를 다 넣어서. 캔디 피넛을 다 먹으면 목이 마르겠지? 소다수도 사는 게 좋겠다."

그게 다가 아니었다. "이 타운에 빵집이 있니?" 그가 물었고, 나는 그를 매카터스 베이커리로 안내했다. 그는 거기서 버터 타르트 열두 개들이 두 박스, 설탕과 견과류가 뿌려져 번질거리는 번 열두 개들이 두 박스, 0.5피트 높이의 코코넛 케이크를 샀다. 정확히 이건 집에 있는 유치한 동화책에 나오는 내용 같았다. 동화책 속 어린 소녀는 일주일 동안 하루에 한 가지씩 소원을 이루었는데, 물론 결말에 이르면 그 소원 때문에 불행해졌다. 그중 한 가지 소원이 먹고 싶은 것을 전부 먹는 것이었다. 나는 그 부분만 따로 빼서 음식에 대한 묘사를 읽고 또 읽었지만 그건 순전히 즐거움을 위해서였고, 그 대가로 초자연적인 힘이 탐욕을 부린 사람들에게 한결같이 가하는 벌은 무시했다. 하지만 지금 나는 너무 많은 것은 정말로 너무 많은 것일지 모른다는 사실을 깨달았다. 오언조차 결국에는 이런 바보 같은 후한 인심에 우울해졌을 것이다. 그런 행위는 보상과 기쁨이라는 잘 알려진 체계 전체를 혼란에 빠뜨렸다.

"삼촌은 동화에 나오는 착한 요정 같아요." 내가 빌 삼촌에게 말했다. 이 말을 아이 같지 않게, 약간 반어적으로 하는 것이 내

의도였다. 또한 이처럼 과장되게 말함으로써 유감스럽게도 내가 충분히 고마워하지 않는다는 것을 나타내려고 했다. 하지만 그는 그걸 지극히 단순한 아이의 말로 받아들였고, 우리가 집에 도착하자 엄마에게 그대로 전달했다.

"나더러 동화에 나오는 요정 같다는데. 하지만 현금으로 지불해야 했어!"

"이걸 전부 어떻게 해야 할지 모르겠네, 빌. 일부는 갈 때 가져가야 할 것 같은데."

"식료품을 사겠다고 오하이오에서 여기까지 오는 사람은 없어. 네가 알아서 치워. 우리는 필요 없으니까. 디저트로 초콜릿 아이스크림을 먹을 수 있다면 나는 다른 건 뭐가 있건 상관없어. 단것에 대한 내 사랑은 시들었던 적이 없어. 하지만 보다시피 몸무게가 좀 줄었어. 지난여름 이후로 30파운드가 빠졌어."

"전시戰時 구조 대상은 아니잖아."

엄마는 전날 깔아놓았던 찻물과 케첩 얼룩이 묻은 식탁보를 치우고 새것을 깔았다. 엄마가 받은 결혼선물 중 가장 좋은 것으로, 엄마는 그걸 마데이라 식탁보라고 불렀다.

"너도 알겠지만 한때 나는 아주 허약했어. 아기 때도 비쩍 말랐고. 두 살 때는 폐렴으로 죽다 살아났지. 엄마가 나를 살려내고는 그다음부터 잘 먹이기 시작했어. 오랫동안 운동을 전혀 하지 않아 뚱뚱해졌어."

"엄마." 그가 우울하고 사치스러운 감상에 젖어들며 말했다. "엄마는 이 세상의 성녀나 다름없지 않았어? 나일한테 엄마를 만나봤어야 한다고 종종 말하는데."

엄마는 나일에게 깜짝 놀란 표정을 지어 보였지만(올케와 시누이끼리 서로 친해지고 있는 건가?) 그의 말을 좋은 생각으로 여기는지 아닌지는 말하지 않았다.

내가 나일에게 말했다. "새 그림이 그려진 접시로 하실래요, 아니면 꽃 그림이 그려진 접시로 하실래요?" 나는 그저 그녀에게 말을 시키고 싶었다.

"뭐든 괜찮아." 그녀가 녹색 손톱이 자신을 이곳에서 지켜주는 부적인 듯 내려다보며 들릴락 말락 한 목소리로 말했다.

엄마는 괜찮지 않았다. "서로 짝이 맞는 접시를 놓아야지. 접시가 세트로 갖춰져 있지 않을 만큼 우리가 가난하지는 않아."

"이름이 나일이라서 나일그린 색깔을 입은 거예요?" 내가 이번에도 찔러보았다. "그 색깔이 나일그린 맞아요?" 나는 그녀가 바보 천치라고 생각했지만, 그녀를 열렬히 찬미했고 그녀가 툭툭 던지는 색깔 없는 돌멩이 같은 말 한마디에 고마워했다. 그녀의 여성적인 장식성은 극치에 다다라 있었다. 완벽하게 인위적으로 꾸민 모습, 나는 그런 게 존재하는 줄도 몰랐었다. 그녀를 보면서 나는 절대 예쁜 여자는 될 수 없다는 사실을 깨달았다.

"내 이름이 나일인 건 그냥 우연이야." (그녀가 '우현'이라고 이상하게 발음했을 수도 있었다.) "이건 내가 나일그린이라는 색이 있다는 사실을 알게 되기 한참 전부터 좋아하던 색이었어."

"녹색 매니큐어를 살 수 있는지도 몰랐어요."

"따로 주문해야 해."

"엄마는 우리가 농장에서 컸으니 거기에 머물기를 바랐어." 빌 삼촌이 자신의 생각을 좇아가며 말했다.

"나는 어느 누구도 그런 농장에서 사는 걸 바라지 않아. 별꽃도 제대로 키울 수 없는 농장이었잖아."

"경제적인 면만 있는 건 아니지, 애디. 자연을 더 가깝게 느끼는 사람도 있어. 이 모든 것 없이도 말이야—사람들과 교제를 하고, 자신한테 좋지 않은 일을 하고, 사치스러운 생활을 하는 그런 것 말이야. 기독교는 제쳐두고, 엄마는 그게 좋은 삶이라고 느꼈어."

"자연이 좋은 게 뭐가 있다고? 자연은 그저 하나가 다른 하나를 잡아먹고 그런 식으로 흘러갈 뿐이야. 자연은 쓰레기 천지에 잔인한 세계야. 어쩌면 자연의 관점에서는 아니겠지만 인간의 관점에서는 그래. 잔인함이 자연의 법칙이라고."

"음, 내 말은 그런 뜻이 아니었어, 애디. 야생동물 같은 걸 말한 게 아니라, 우리가 집에서 살아간 방식을 말한 거야. 우리가 누리지 못한 안락함이 너무 많긴 했어. 그 사실은 인정하지만, 그래도 우리는 소박하게 살았고 열심히 일했고 상쾌한 공기를 들이마셨어. 엄마는 영적으로 좋은 본보기였고. 엄마는 젊은 나이에 돌아가셨어, 애디. 고통 속에서 돌아가셨어."

"마취된 채로." 엄마가 말했다. "엄밀히 말해 나는 엄마가 고통 속에서 돌아가신 건 아니었기를 바라."

저녁을 먹으면서 엄마는 백과사전을 판매하는 일에 대해 빌 삼촌에게 말했다.

"지난가을에 세 세트를 팔았어." 엄마는 이렇게 말했지만, 사실 팔린 건 한 세트이고, 나머지 두 세트도 팔릴 가능성이 상당히 높긴 하지만 아직 노력하는 중이었다. "지금 나라에 돈이 있어. 전쟁 때문에."

"농부들에게 발품을 팔고 다니는 걸로는 돈을 벌 수 없어." 빌 삼촌은 늙은이처럼 접시 위로 고개를 푹 숙인 채 천천히 먹으면서 말했다. 그는 늙어 보였다. "뭘 판다고 했지?"

"백과사전 세트. 책. 아주 좋은 거야. 내가 어렸을 때 집에서 이런 백과사전 세트를 구경할 수 있었다면 내 오른팔이라도 내줬을 거야." 엄마가 이 말을 하는 걸 내가 들은 것만 해도 아마 쉰 번은 되었을 것이다.

"너는 교육을 받았어. 나는 교육을 받지 못했고. 하지만 그런 사실이 나를 막진 못했어. 농부들한테는 책을 못 팔아. 그 사람들은 너무 현실적이야. 돈에 쪼들리기도 하고. 그런 것은 돈이 되지 않아. 돈이 되는 건 부동산이야. 요령만 잘 알면 부동산과 투자로 돈을 번다고." 그는 집을 사고파는 것에 대해 복잡하게 되짚어보기도 하고 세부적인 내용을 고치기도 하면서 장황하게 이야기를 늘어놓기 시작했다. 사고, 팔고, 사고, 짓고, 소문이 돌고, 협박을 당하고, 위험이 닥치고, 안전한 길을 택하고. 나일은 전혀 듣지 않았고 접시에 놓인 통조림 옥수수알을 굴려 한 번에 한 알씩 포크로 찔러 먹었다—오언조차 지금은 하지 않는 유치한 놀이였다. 오언은 한마디도 하지 않고 엄지손톱에 껌을 붙여놓은 채 음식을 먹었다. 엄마는 알아차리지도 못했다. 마침 펀 도허티는 집에 없었다. 카운티 병원에 있는 자신의 엄마를 만나러 갔다. 엄마는 반감과 자기도 해보고 싶은 영악한 마음이 뒤섞인 표정으로 삼촌의 말을 듣고 있었다.

엄마의 오빠! 이건 하나의 사건이자 나로서는 소화할 수 없는 사실이었다. 빌 삼촌이라는 이 사람이 우리 엄마의 오빠인 것이다. 잔인함에는 천부적인 재능을 타고났고 교활하고 약삭빠르고 악마 같아서 엄청난 두려움의 대상이었던 그 못된 뚱뚱보 소년. 나는 이 누르께한 남자에게서 그 소년을 찾아내려고 그를 계속 쳐다보았다. 하지만 그 소년의 모습은 찾아볼 수 없었다. 그 소년은 한때 독을 쏘며 못된 짓을 일삼다가 곡물 자루 속에 파묻혀 죽은 작은 얼룩 뱀처럼 질식해서 사라져버린 것이다.

"애벌레 기억나? 애벌레가 밀크위드에서 살던 거?"

"애벌레?" 엄마가 반신반의하며 물었다. 엄마는 일어나 역시 결혼선물로 받은, 놋쇠 손잡이가 달린 작은 빗자루와 쓰레받기를 가져왔다. 그러고는 식탁보에서 부스러기를 털어내기 시작했다.

"가을에 애벌레가 그 풀에 올라앉아. 애벌레는 밀크—그 풀에서 나오는 유액—를 찾아다니니까. 그걸 다 마신 뒤 뚱뚱해지면 졸려서 고치를 짓고. 밀크위드에서 발견한 애벌레 한 마리를 집으로 데리고 들어왔어……"

"누가?"

"엄마가, 애디. 엄마 말고 누가 그런 수고를 하겠어? 넌 이런 걸 알 만큼 크지 않았을 때였어. 엄마가 그 애벌레를 발견한 뒤 집안으로 데려와 내 손이 닿지 않는 문 위쪽에 올려놓았어. 나도 해칠 마음까진 없었겠지만, 나라고 다른 사내애들하고 달랐겠어. 애벌레는 고치 안으로 들어가 겨울 내내 거기서 살았어. 나는 그게 거기 있다는 사실도 잊고 있었어. 부활절 일요일이었어—부활절 일요일인데도 바깥에는 눈보라가 휘몰아쳤어. 저녁을 먹은 뒤에 모두 같이 앉아 있는데 엄마가 그러는 거야. '저길 봐!' 저길 봐, 엄마의 말에 우리 모두 고개를 들었는데, 문 위쪽에서 그게 꼼지락대기 시작했어. 고치에서 빠져나오고 있었던 거야. 안쪽에서 밀어내느라 애를 썼고, 지치면 쉬었다 다시 시작했어. 삼십 분, 사십 분이 걸렸을까, 우리는 끝까지 지켜봤어. 그렇게 나비가 나오는 걸 봤어. 고치가 마침내 힘을 잃고 넝마처럼 떨어져나가는 것 같았지. 작은 점이 박힌 노란 나비였어. 날개가 아직 빽빽하게 붙어 있어서 떼어내려면 좀 움직여야 했어. 한쪽 날개를 들어보고, 다시 들어보더니 마침내 팔랑팔랑 움직였어. 그러더니 반대쪽 날개를 움직이기 시작했어. 그쪽 날개까지 성공하자 조금 날아봤어. 엄마가 말했어. '저걸 봐. 절대 잊어서는 안 돼. 저걸 부활절에 봤다는 사실을.' 절대 잊어서는 안 돼. 그래서 나는 절대 잊지 않았어."

"나비는 어떻게 됐어?" 엄마가 감정이 실리지 않은 목소리로 물었다.

"그건 기억 안 나. 오래 살지는 못했을 거야. 날씨가 그 모양이었으니까. 하지만 재미있는 구경거리였어. 한쪽 날개를 들어보고, 반대쪽 날개를 들어보고. 조금 날아보고. 나비가 날개를 사용한 최초의 순간이었지." 그는 미안한 듯 웃었는데, 우리가 처음이자 마지막으로 들은 웃음이 되었다. 그는 지쳐 보였고, 약간 실의에 빠진 듯했으며, 배 위로 손을 포개 얹었는데, 그 배에서 위엄이 있으면서도 소화를 시킬 때 불가피한 꾸르륵 소리가 들렸다.

그 일이 일어난 건 같은 집이었다. 엄마는 같은 집에서 불이 꺼져 있고 엄마의 어머니가 기도를 하고 있는 것을 발견하곤 했다. 엄마는 같은 집에서 천국에 가겠다는 희망을 품고 우유와 오이를 먹었다.

빌 삼촌과 나일은 우리집에서 하룻밤을 지냈고, 펼치면 침대가 되는 응접실 카우치에서 잠을 잤다. 길쭉하고 향수 냄새가 나고 손톱에는 매니큐어를 칠한 나일의 팔다리가 삼촌의 늘어진 살과 체취에 아주 가깝게 놓여 있었다. 나는 그들이 했을지도 모르는 더한 뭔가는 상상하지 못했는데, 그때 나는 간질거리는 뜨거운 섹스는 어린애들의 것이고, 점잖은 어른은 그런 걸 하기에는 너무 컸다고, 그들이 그런 있을 법하지 않은 관계를 갖는 건 오로지 아이를 만들 목적에서일 거라고 생각했다.

그들은 일요일 아침에 식사를 하자마자 떠났고, 우리는 그뒤로 둘 중 어느 쪽도 두 번 다시 만나지 못했다.

며칠 뒤 엄마가 불쑥 말했다. "빌 삼촌이 곧 죽는대."

저녁 먹을 시간이 다 되었을 때였다. 엄마는 소시지 요리를 하고 있었다. 펀은 아직 퇴근 전이었다. 방금 하키 연습을 마치고 돌아온 오언이 스케이트와 스틱을 뒤쪽 현관에 툭 내려놓는 소리가 들렸다. 엄마는 소시지가 단단해지고 반짝거리고 색깔이 아주 짙어질 때까지 구웠다. 나는 다른 방식으로 요리된 소시지는 먹어보지 못했다.

"빌 삼촌이 곧 죽는대. 일요일 아침에 내가 주전자를 올려놓으려고 부엌에 들어왔을 때 빌 삼촌이 여기 앉아 있다가 말해줬어. 암이래."

엄마는 소시지를 계속 포크로 굴리고 있었고, 신문에서 찢어낸 풀다 만 십자말풀이가 레인지 옆 조리대에 놓여 있었다. 나는 빌 삼촌이 시내로 가서 버터 타르트와 초콜릿 아이스크림과 케이크를 사서 집으로 가져와 먹던 것을 생각했다. 그는 어떻게 그럴 수 있었지?

"식성은 언제나 좋았어." 엄마가 나와 같은 생각을 하고 있었다는 듯 말했다. "곧 죽는다는 사실도 식탐을 줄이진 못했던 것 같아. 누가 알겠니? 덜 먹었다면 늙을 때까지 살았을지."

"나일 숙모도 알아요?"

"안다고 해서 뭐? 빌과 결혼한 건 먹고살려고 그런 것뿐인데. 그 여잔 부자가 될 거야."

"아직 삼촌을 미워해요?"

"물론 그럴 리 없지." 엄마는 대번에, 하지만 신중하게 대답했다. 나는 삼촌이 앉았던 의자를 쳐다보았다. 전염될지 모른다는 두려움이 밀려왔는데, 암이 아니라 죽음 자체에 대해서였다.

"유언장에 나한테 300달러를 남겼다고 말하더라."

그뒤에는 현실적이 되는 것 말고 뭘 더 할 수 있겠는가?

"어디에 쓸 거예요?"

"때가 되면 나한테도 틀림없이 무슨 일이 생기겠지."

앞문이 열리고 펀이 들어왔다.

"성경책 한 박스를 우편으로 주문하는 건 언제든 가능할 거야."

펀이 이쪽 문으로 그리고 오언이 반대쪽 문으로 들어오기 직전에 방안에 뭔가가 있는 느낌이 들었는데, 날개나 칼 같은 것이

번쩍 내리치는 그런 느낌이었다. 그 아픈 느낌은 아주 강렬했지만 빠르고 그 한 번을 끝으로 사라졌다.

"이집트 신인데 글자 수가 네 개." 엄마가 십자말풀이를 보며 얼굴을 찡그렸다. "아는 건데, 아는 건데, 아무리 생각해도 도저히 안 떠올라."

"아이시스."

"아이시스는 여신이야, 네가 그걸 알다니 놀랍구나."

이 일이 있고 곧 눈이 녹기 시작했다. 와와나시강의 눈 녹은 물이 강둑 위로 흘러넘쳐 도로표지판과 울타리 말뚝과 닭장을 휩쓴 뒤 물러났다. 길이 어느 정도 다닐 만해지자 엄마는 다시 오후에 밖으로 나갔다. 아빠의 고모 중 하나—어느 쪽인지는 중요하지 않다—가 말했다. "이제 네 엄마는 신문사에 편지를 써 보내던 시간이 그립겠구나."

신앙의 시절

우리 가족이 플래츠 로드 끝에 있는 그 집에 살았을 때, 그리고 엄마가 운전을 배우기 전에 엄마와 나는 타운까지 걸어다녔다. 타운은 1마일 떨어진 주빌리였다. 엄마가 문을 잠그는 동안 나는 대문으로 달려가 지나가는 사람이 있나 없나 이쪽저쪽 살펴야 했다. 우편배달부와 베니 아저씨 말고 누가 또 그 길을 지나가겠는가? 내가 아무도 없다는 뜻으로 고개를 가로저으면 엄마는 베란다의 두번째 기둥 아래에다 열쇠를 감추었다. 거기에 나무가 썩으면서 생긴 조그만 구멍이 있었다. 엄마는 강도가 들지도 모른다고 생각했다.

그레넉 늪지와 와와나시강, 그리고 벌거벗은 땅도 보이고 숲도 보이는 저멀리 언덕을 등지고 서면, 나는 지리에 대한 지식이 없지 않은데도 이따금 그곳이 세상의 끝이라고 생각했다. 엄마와 나는 여기 끝에서는 폭이 이륜차가 지나갈 만큼밖에 되지 않고 길 한복판에도 질경이와 별꽃이 무성하게 자라는 플래츠 로드를 걸어갔다. 내 마음은 강도한테 가 있었다. 내가 그려보는 강도는 흑인이나 백인이었고, 우울하고 섬세한 얼굴에, 직업에 어울리는 복장을 하고 있었다. 나는 여기서 그리 멀지 않은 곳에, 예컨대 늪지 가장자리를 따라 양치식물이 자라는 질퍽거리는 들판에 그들이 잠복해 있고, 그들의 머릿속에는 우리집과 우리집 내부에 대한 정확한 정보가 속속들이 들어 있다고 상상했다. 그들은 나비 모양 손잡이가 달린 도금한 컵에 대해서도 알고 있었다. 내가 보기엔 예쁘지 않고 목에 걸면 피부가 쓸리는 내 산호 목걸이에 대해서도 그들은 알고 있었다. 나는 그 목걸이가 세계 일주를 떠난 아빠의 고모 헬렌이 오스트레일리아에서 보내준 것이니 소중히 간직해야 한다는 말을 귀가 따갑도록 들었다. 강도들은 부모님이 결혼하기 전에 아빠가 엄마에게 사준 은팔찌에 대해서도 알았다. 두 분이 결혼선물로 받은, 일본의 도안이 그려져 있고 쳐다보고 있으면 마음이 참으로 평화로워지는 검은색 그릇도 알고 있었다. 그들은 엄마가 고등학교를 졸업할 때 최우등 성적을 기록하고 우수한 능력을 인정받아 상으로 받은, 라오콘*이 조각된 푸르스름한 흰색 잉크병에 대해서도 알고 있었다—뱀이 세 남자의 몸을 어찌나 교묘하게 휘감았던지 그 밑에 대리석 성기가 있는지 없는지 나도 알아낼 재간이 없었다. 강도가 이런 것들을 노린다는 걸 나는 알고 있었지만, 우리가 방심함으로써 그들에게 명분을 주는 일만 없다면 그들이 함부로 움직이지는 못할 것이었다. 그들이 알고 노린다는 사실 때문에 물건 하나하나의 가치와 독특함이 더욱 확실해지는 것 같았다. 우리의 세상은 강도의 마음속에 확고부동하게 비치고 있었다.

물론 나중에는 나도 강도의 존재에 대해, 적어도 강도가 그런 식으로 행동할 거라는 사실에 대해 의문을 품기 시작했다. 내가 보기에 강도는 예측 불가능하게 행동했고, 아는 것도 확실치 않았으며, 정해놓고 노리는 물건도 없었다. 그들과 우리의 관계는 우연이라 해도 과언이 아니었다. 강도가 들 거라는 확신이 희미해지면서 나는 더 맘 편히 강을 따라올라가 늪지까지 갈 수 있었지만, 한동안은 그들이, 그들에 대해 가졌던 그런 생각이 그립기도 했다.

내가 그려본 하느님의 모습은 강도의 모습만큼 뚜렷하지도, 단순하지도 않았다. 엄마는 하느님을 들먹일 마음이 전혀 없는 사람이었다. 우리—적어도 아빠와 아빠의 가족—는 주빌리에 있는 연합교회 신자였고, 내 동생 오언과 나는 아기 때 그곳에서

* 트로이의 아폴론 신전 사제로, 그리스군의 목마 계략을 알아냈다는 이유로 아테나 여신이 보낸 바다뱀에 의해 두 아들과 함께 감겨 죽었다.

세례를 받았다. 이건 엄마가 얼마나 마음이 여린지 혹은 관대한지를 보여주는 일이었다. 어쩌면 아이를 낳았다는 사실이 마음을 약하고 혼란스럽게 만들었을지도 모른다.

연합교회는 주빌리에서 가장 현대적이고 크고 번창하는 교회였다. 교회 연합이 일어나던 시기에, 감리교회와 회중교회 신자 전체와 장로교회(원래 아빠 집안은 이 교회 신자였다) 신자의 상당수가 연합교회로 흡수되었다. 시내에는 다른 교회도 네 곳 더 있었는데, 모두 작고 상대적으로 가난했다. 또한 연합교회의 기준에서 보면 모두 극단적이었다. 가톨릭교회가 가장 극단적이었다. 소박한 십자가가 달린 하얀 목조 건물이 시내 북쪽 언덕에 서 있었는데, 거기서는 힌두교도만큼이나 이상하고 비밀스러워 보이는 가톨릭 신자들에게 특이한 의식을 집전했다. 그들은 우상을 숭배했고 고해성사를 했으며 재의 수요일에는 검은 재를 발랐다. 학교에는 가톨릭 신자 수가 적었지만 그들은 위축되는 부류가 아니었다. 그들은 대부분 아일랜드인이었는데, 교리 시간에 교실에 있지 않았고 허락을 받고 지하실로 내려가 거기서 배관 파이프만 두들겨댔다. 그들이 단순하고 소란스럽기는 했지만, 그런 측면을 그들의 이국적이고 위험한 신앙과 결부시키기는 어려웠다. 아빠의 고모들, 즉 나의 대고모들은 가톨릭교회 건물 건너편에 살았고, "잽싸게 뛰어들어 고백하는 내용을 조금 들었다"며 농담을 하곤 했지만, 거기서 고백한 이야기는 뭐든 농담의 차원이 아님을 그들도 분명히 알고 있었다. 아기의 해골, 수녀원 마루 밑에서 목 졸려 죽은 수녀, 그리고 뚱뚱한 사제들과 화려한 여자들과 속이 검은 늙은 교황들. 그건 모두 사실이었고 그것에 관한 책도 있었다. 전부 사실이었다. 하지만 학교에서 보는 아일랜드 출신 아이들처럼 가톨릭교회 건물도 그런 사실과는 거리가 멀어 보였다. 너무 허름하고 소박하고 정직해 보여 그런 음탕하고 불미스러운 사건과 연관이 있을 것 같지 않았다.

침례교회도 극단적이었지만 악의적인 느낌은 전혀 없고 약간 코믹했다. 중요한 인물이나 사회적 지위가 있는 사람은 어느 누구도 침례교회에 가지 않아서, 석탄을 배달하거나 타운 전체의 쓰레기를 수거하는 포크 차일즈 같은 사람이 그 교회에서 지도적인 역할을 맡는 장로가 되었다. 침례교 신자는 춤을 추러 가거나 영화를 보러 갈 수도 없었다. 여자 신도들은 립스틱을 바를 수도 없었다. 하지만 그들이 부르는 찬송가는 우렁차고 흥겹고 낙천적이었다. 그들의 삶은 금욕적이었지만 그들의 종교는 어느 누구의 종교보다 저속하고 유쾌했다. 그들의 교회는 우리가 나중에 리버 스트리트에 빌린 집에서 멀지 않았다. 회색 시멘트블록으로 짓고 올록볼록한 유리창을 끼운 그 건물은 소박하고 현대적이었지만 흉물스러웠다.

장로교회로 말하자면, 연합교회 신자가 되기를 거부하여 남겨진 사람들이 그 교회에 다녔다. 대부분 나이가 지긋했고, 일요일에 하키 연습을 하는 것에 반대하는 운동을 벌였으며, 찬송가를 불렀다.

네번째 교회는 영국성공회였는데, 그 교회에 대해서는 아는 사람도 없고 말하는 사람도 없었다. 예전의 가족 맹약*의 잔재가 남아 있거나 그 협정을 지속시키는 군사적, 사회적 기반이 있는 도시들에는 영국성공회와 결부된 명망과 자금이 있었지만, 주빌리에는 그런 게 전혀 없었다. 와와나시 카운티에 정착하여 주빌리를 건설한 사람들은 잉글랜드 북부에서 온 스코틀랜드 장로교회, 회중교회, 감리교회 신자들이었다. 따라서 일부 다른 지역에서는 그랬을지라도 주빌리에서는 성공회 신자가 되는 일이 유행하지 않았고, 가톨릭교회나 침례교회 신자가 되는 것만큼 흥미로운 일도 아니었으며, 심지어 장로교회 신자가 되는 것만큼 확고한 믿음에 대한 증거가 되지도 않았다. 하지만 영국성공회 건물에는 종이 있었다. 교회 종으로는 타운에서 유일했고, 내가 보기엔 교회에 있을 법하지 않은 아름다운 종이었다.

황금색 오크나무로 만든 연합교회의 신자석은 반들반들했고, 민주적인 부채꼴로 배치되어 있었으며, 설교단과 성가대가 부채꼴의 중심에 있었다. 제단은 없었고, 파이프오르간만 강력한 존

---

* 1810년대에서 1840년대까지 어퍼 캐나다의 정치, 경제, 법에 권력을 행사한 집안들을 일컫는다. 이들은 군주제와 같은 영국 전통을 선호했는데, 이들 가운데 유명 인사로 영국성공회의 수장인 존 스트래천 주교가 있다.

재감을 드러냈다. 유리창의 스테인드글라스에는 예수님이 은혜로운 기적을 이루는 장면(물로 포도주를 만드는 장면은 아니었다)이나 우화가 표현되어 있었다. 성찬식이 있는 주일에는 작고 두꺼운 유리잔에 담긴 포도주가 쟁반에 놓여 사람들 사이를 돌았다. 마치 다 같이 다과를 즐기는 시간 같았다. 게다가 포도주도 아니고 포도주스였다. 어떤 일요일에는 한 부대 전체가 군복을 입은 채 이 교회에 왔다. 또한 라이언스 클럽 회원들도 손에 자주색 술이 달린 모자를 들고 왔다. 의사, 변호사, 상인 들이 헌금 접시를 돌렸다.

부모님은 교회에 거의 가지 않았다. 아빠가 평소 잘 입지 않는 정장을 입었을 때는 경건하면서도 자족적으로 보였다. 아빠는 기도할 때 팔꿈치를 무릎에 올리고 손으로 이마를 받친 채 눈을 감았는데, 그 모습이 공손하면서도 너그러워 보였다. 한편 엄마는 절대 눈을 감지 않았고 고개를 숙이는 일도 좀처럼 없었다. 엄마는 사방을 둘러보며 앉아 있었는데, 원시 부족의 행동을 지켜보는 인류학자처럼 조심스러우면서도 부끄러움을 몰랐다. 엄마는 똑바로 앉아 눈을 반짝거리고 미심쩍다는 듯 립스틱 바른 입술을 잘근거리면서 설교를 들었다. 나는 어느 순간 엄마가 벌떡 일어나 뭐라고 이의를 제기할까봐 두려웠다. 엄마는 보란듯이 찬송가를 부르지 않았다.

우리는 타운에 집을 빌린 다음 하숙인을 들였다. 연합교회 성가대에서 노래하는 펀 도허티라는 사람이었다. 나는 그녀와 함께 교회에 가서 혼자 앉아 있곤 했는데, 우리 가족 중에는 나 말고는 가는 사람이 없었다. 아빠의 고모들은 타운의 반대쪽 끝에 살아서 이렇게 먼길을 걸어오는 수고는 잘 하지 않았다. 어쨌거나 예배 내용은 라디오로 주빌리 전역에 전파되었다.

내가 왜 그렇게 했느냐고? 엄마가 대놓고 반대하지는 않았지만, 우선은 엄마를 괴롭히기 위해서였다. 그리고 나 자신에게 흥미로운 일을 만들어주기 위해서였다. 나는 사람들이 나를 쳐다보고 나중에 뒤에서 숙덕거리는 장면을 상상했다. "아까 조던 씨네 딸이 혼자 와 있는 거 봤어요? 주일마다 그러던데요?" 나는 사람들이 엄마가 무엇을 믿는지 혹은 믿지 않는지를 알고서 내 독실한 태도에 대해 흥미와 감동을 느끼기를 바랐다. 가끔 나는 주빌리의 주민을 그저 다수의 관중으로 생각했는데, 내게는 그렇게 느껴졌고 어떤 면에서는 정말로 그랬기 때문이다. 주빌리에서 살아가는 모든 사람들은 자신을 뺀 나머지를 관중으로 여겼다.

하지만 우리가 타운에 살기 시작하고 나서 맞은 두번째 겨울—내가 열두 살이던 겨울—에는 내가 교회에 가는 이유가 바뀌었다. 혹은 공고해졌다. 나는 신에 대한 문제를 정리하고 싶었다. 나는 중세에 관한 책을 읽고 있었다. 그러면서 점점 더 신앙이라는 개념에 빠져들었다. 내게 신이란 줄곧 하나의 가능성에 불과했다. 하지만 지금은 신에 대한 확실한 열망에 사로잡혀 있었다. 하느님은 필요한 존재였다. 하지만 나는 하느님이 실제로 존재한다는 확신을, 증거를 원했다. 그것이 내가 교회에 가는 이유가 되었지만 누구에게도 그 말을 할 수는 없었다.

비가 내리고 바람이 불어도, 눈이 와도, 목이 따끔따끔 아파도, 일요일만 되면 이런 말 못할 희망을 품고 꼬박꼬박 연합교회에 가서 앉아 있었다. 하느님이 적어도 나한테는 모습을 드러낼 거라는 희망을 품고. 하느님은 현대식 신자석 위로 빛의 돔처럼, 광채를 내뿜는 거품처럼 나타나 그 존재를 반박할 수 없게 해줄 것이다. 어느 순간 하느님이 오르간 파이프 아래쪽의 긴 원추리 화단이 되어 나타날 수도 있었다. 나는 이런 희망을 절대 발설해서는 안 된다고 느꼈다. 목소리나 말이나 제스처에 묻어나오는 열정 때문에 내 속마음을 들킨다면, 그건 방귀를 뀌는 것만큼 부적절할 것이다. 예배의 전반부는 하느님에 좀더 초점이 맞춰졌는데(설교는 시사와 관련된 영역을 다루는 경향을 보였다), 그때 사람들의 얼굴에서 가장 눈에 띄는 표정은 가식적인 화합이었다. 엄마는 바로 그 점을 못마땅하게 여겼다. 엄마는 화나고 의문스러운 표정을 지은 채 금방이라도 설교를 중단시키고 납득할 수 있는 말을 해달라고 요구할 것 같았다.

교회에서는 하느님이 존재하는지 그렇지 않은지에 대한 의문이 한 번도 제기되지 않았다. 하느님이 무엇을 승인하는지 혹은 대체로 무엇을 승인하지 않는지에 대한 말밖에 없었다. 축복의 기도까지 끝나면 긴장이 풀어진 듯한 편안한 느낌이 교회 안에 퍼져나가면서 사람들이 뒤척거렸다. 모두 한바탕 하품을 하고 난 것 같았지만 물론 하품을 한 사람은 아무도 없었다. 사람들은 일어서서 즐겁고 안도하는 마음으로 서로 축하의 인사를 나누었다. 나는 그 순간이 오면 가렵고 화끈거리고 무겁고 실망스러운 기분에 빠졌다.

나는 내 고민을 다른 신자에게 털어놓을 생각이 없었다. 매클로플린 목사에게도 마찬가지였다. 그건 생각할 수도 없을 만큼 창피한 일 같았다. 또한 나는 두려웠다. 나는 그가 더듬거리며 자기 신앙을 방어하거나 혹은 무슨 정의를 내려 내게 역효과를 일으킬까봐 두려웠다. 예컨대 매클로플린 목사가 나보다 하느님에 대한 이해가 더 단단하지 않은 걸로 밝혀지면, 절대적인 정도까지는 아니어도 엄청난 실망감을 느낄 것 같았다. 나는 그가 이해한 신앙이 훌륭하다고 믿고, 물어보지 않는 쪽을 택했다.

대신 나는 그 고민을 다른 교회, 그러니까 성공회교회에 들고 가는 것에 대해 생각해보았다. 그건 그 종 때문이었고, 또한 다른 교회의 내부는 어떤지, 그들은 어떤 식으로 예배를 보는지가 궁금했기 때문이었다. 게다가 한번 시험 삼아 가볼 만한 교회는 성공회교회가 유일했다. 당연히 나는 내 계획을 어느 누구에게도 밝히지 않았다. 그리고 펀 도허티와 함께 연합교회 계단까지 걸어간 뒤 거기서 서로 헤어졌다. 그녀는 성가대복으로 갈아입기 위해 빙 돌아 제복실로 갔다. 그녀의 모습이 사라지자마자 나는 돌아서서 타운을 다시 가로질렀고, 그 종의 초대에 응답하여 성공회교회로 갔다. 어느 누구도 나를 보지 않았기를 바랐다. 나는 안으로 들어갔다.

정문 밖에는 바람을 막기 위한 스톰포치*가 세워져 있었다. 갈색 매트가 길게 깔려 있는 입구는 좀 추웠고, 창턱에는 찬송가책이 놓여 있었다. 나는 교회 안으로 들어갔다.

그곳에 보일러가 없는 건 분명했고, 문 옆에 놓인 실내용 난로만이 끊임없이 소박한 소음을 만들어내고 있었다. 입구에 놓여 있던 것과 동일한 갈색 매트가 뒤쪽에 가로로, 그리고 가운데 통로의 입구부터 끝까지 깔려 있었다. 매트가 덮여 있지 않은 바닥에는 니스칠도 페인트칠도 되어 있지 않은 폭이 넓은 판자가 깔려 있었는데, 어떤 자리는 밟으면 스프링을 밟는 느낌이었다. 양옆으로 일고여덟 개의 신자석이 놓여 있을 뿐 그 이상은 없었다. 성가대석의 벤치 두 개는 신자석과 직각으로 놓여 있었고, 한쪽 옆에는 오르간이 반대쪽 옆에는 강론대—처음에는 그게 뭔지 몰랐다—가 닭장처럼 튀어나와 있었다. 강론대 너머에는 난간과 계단 한 층, 그리고 작은 성단소가 있었다. 성단소 바닥에는

* 추운 날씨에 바깥문을 보호하기 위해 지붕을 올려 조그맣게 세운 구조물.

응접실에 까는 낡은 카펫이 깔려 있었다. 그리고 제대가 있었는데, 그 위에는 은촛대 한 쌍, 안에 베이즈 천을 댄 헌금 접시, 그리고 무대에서 쓰는 왕관처럼 판지에 은색 종이를 붙인 듯한 십자가가 있었다. 제대 위로 홀먼 헌트의 복제화가 있었다. 예수님이 문을 두드리는 장면을 그린 것이었다. 한 번도 본 적이 없는 그림이었다. 이 그림 속 예수님은 연합교회 유리창의 기적을 행하는 예수님과 비교했을 때 대단하진 않지만 중요한 차이가 있었다. 여기 예수님은 좀더 제왕 같고 좀더 비극적이며, 예수님 뒤의 배경은 좀더 어둑하고 좀더 풍부하며 좀더 이교도적으로, 적어도 지중해풍으로 보였다. 나한테 익숙한 예수님은 주일학교 파스텔로 그려진, 양을 인도하는 지친 모습이었다.

교회에 온 사람들은 다 합쳐야 열두어 명에 불과했다. 푸줏간 주인인 네덜란드인 몽크와 그의 아내, 그리고 5학년인 그의 딸 글로리아가 와 있었다. 마흔 살이 안 된 사람은 그애와 나뿐이었다. 그리고 나이 많은 여자들이 좀 있었다.

나는 가까스로 시간에 맞출 수 있었다. 종소리는 멈춘 뒤였고 오르간이 찬송가를 연주하기 시작했다. 신부님이 제의실로 이어지는 게 틀림없는 옆문에서 성가대 앞쪽으로 나타났다. 성가대는 여자 셋과 남자 둘이 전부였다. 신부님은 동그란 두상에 유쾌해 보이는 젊은 남자였는데, 처음 보는 얼굴이었다. 여기 성공회 교회에서 자체적으로 신부를 둘 여력이 없어 포터필드와 블루리버의 신부님이 이곳까지 맡는다고 했다. 그는 그중 어느 한 곳에서 살 것이다. 그의 제의 밑으로 스노부츠가 보였다.

그가 영국 억양으로 말했다. 사랑하는 형제자매 여러분, 오늘 말씀은 우리의 마음을 여러 면에서 감동시켜 우리로 하여금 많은 죄와 악함을 인정하고 고백하게 합니다……

신자석 벤치 앞에는 무릎을 꿇을 수 있는 나무판이 있었다. 모두가 미끄러지듯 무릎을 꿇고 부스럭거리며 기도서를 펼쳤다. 신부님이 자신의 부분을 끝내자 신자들이 뭔가 되받아 말하기 시작했다. 나는 내 앞 선반에 놓여 있던 기도서를 펼쳤지만 어딘지 찾을 수 없었다. 그래서 그냥 포기하고 그들이 하는 말에 귀를 기울였다. 내가 앉은 신자석에서 통로를 건너 한 줄 앞에 머리에 검은색 벨벳 터번을 두른 키가 크고 앙상한 늙은 여인이 앉아 있었다. 그녀는 기도서를 펼치지 않았는데, 그럴 필요가 없었기 때문이다. 꼿꼿한 자세로 무릎을 꿇고 석고처럼 하얗고 늑대 같은 얼굴을 위로 쳐든 채—집에 있는 백과사전에 실린 십자군 석상의 옆얼굴이 떠올랐다—그녀는 거기 모인 모든 사람들의 목소리를 이끌어갈 뿐 아니라 진정 지배하고 있었다. 다른 사람들의 목소리는, 우렁차고 축축하고 선율적이며 슬픔과 기쁨이 어우러진 그녀 목소리를 둘러싼 솜털에 지나지 않는 것 같았다.

……우리는 했어야 하는 일은 내버려두고, 하지 말았어야

하는 일만 해왔습니다. 그런 우리는 건강하지 않습니다. 하지만 주님, 오, 하느님, 불쌍한 죄인인 우리에게 자비를 베푸소서. 오, 하느님, 잘못을 고백하는 이들을 용서하소서. 참회하는 이들을 구원하소서. 우리 주 예수그리스도를 통해 인류에게 선포하신 당신의 약속에……

이런 맥락의 말이 좀더 이어졌고, 신부님이 멋지고 조화롭지만 보다 절제된 영국 억양으로 신자들의 말을 이어받았다. 이 대화는 소리가 커졌다 줄어들었다 하면서 일정한 간격으로 이어졌는데, 언제나 확신이 가득했고, 생생한 감정은 가장 고상한 언어를 통과하면서 안전하게 바뀌었으며, 결국에는 하나로 합쳐져 완벽한 고요와 화해를 이루었다.

주님, 우리에게 자비를 베푸소서.
그리스도님, 우리에게 자비를 베푸소서.
주님, 우리에게 자비를 베푸소서.

그러니까 이곳에서는 그런 것이 존재할 거라고 내가 의심은 했겠지만 알지는 못했던 뭔가가, 감리교회, 회중교회, 장로교회 모두에서 두려워하며 폐지했던 뭔가—종교의 연극적인 면—가 존재했다. 첫 순간부터 나는 강렬한 기쁨을 느꼈다. 많은 것들이 좋았다—단단한 판자에 무릎을 꿇는 것, 일어섰다 무릎 꿇기를 반복하는 것, 예수님의 이름이 언급될 때마다 제단을 향해 머리를 숙이는 것, 내가 좋아하는 사도신경을 암송하는 것이 즐거웠다. 내가 사도신경을 좋아한 것은 우리가 믿어야 하는 이상하고 놀라운 사실들이 장황하게 열거되어 있었기 때문이다. 그들은 이따금 예수(지저스Jesus)를 다르게 발음(지주Jesu)했는데, 나는 그게 마음에 들었다. 그렇게 발음하니 예수가 마법사나 인디언 신처럼 더 제왕 같고 더 신비한 존재처럼 들렸다. 강론대 앞에 드리운 천에 IHS라고 쓰여 있었는데, 그 풍부하고 예스러우며 올이 다 드러난 디자인이 나는 마음에 들었다. 이 교회의 가난함, 작음, 초라함, 빈약함을 보는 것이 즐거웠다. 곰팡이나 쥐 냄새, 성가대의 가녀린 노래, 신자들 각각이 고립된 느낌. 이곳에 있는 게 그런 것들이라면, 그렇다면 그건 아마도 전부 진실일 것이다. 나는 그런 느낌을 받았다. 다른 환경에서였다면 전적으로 가식적이고 활기 없이 느껴졌을 의식이었지만, 이곳에서는 최후의 버팀목이 지닌 위엄으로 느껴졌다. 이곳의 가난함과는 상반되는 말씀의 풍요로움. 이곳에서 하느님의 향기를 맡을 수는 없겠지만 적어도 지나간 시절의 하느님의 권능, 오늘날 하느님이 연합교회에서 누리는 권능과는 다른 진정한 권능의 향기는 맡을 수 있었다. 나는 하느님 나라의 희미해지고 전설이 된 위계와, 축제와 성자의 축일이 적혀 있는 아름답지만 기억 속에 묻혀가는 하느님의 달력을 기억해냈다. 그게 거기 기도서에 있었다. 우연히 펼쳤는데 그 페이지—성자 축일—가 나온 것이다. 그런 걸 지키는 사람이 정말 있는 걸까? 성자 축일에서 연상되는 것은 주빌리에서 연상되는 것과는 사뭇 달랐다—문이 없는 곡물 저장고, 골조가 목재로 된 농가, 삼종기도와 초, 눈길을 걸어가는 수녀들의 행렬, 회랑 산책, 완전한 고요, 휘장의 세상, 흔들림 없는 신앙이 연상되었다. 안전한 세상. 하느님을 찾아낼 수 있다면 혹은 기억해낼 수 있다면 모든 것이 안전해질 것이다. 그러면 사람들도 내가 본 것—바닥 판자의 희미한 나뭇결, 가녀린 나뭇가지와 눈 내린 하늘의 풍경을 담은 소박한 유리창—을 볼 것이고, 단지 뭔가를 봄으로써 일어나는 이상하고 불안한 고통은 없어질 것이다. 내가 보기에는 그것이 이 세상을 견뎌내는 유일한 방법이었다. 그 모든 원자가, 원자들로 이루어진 은하계가 늘 안전하게 하느님의 마음속에서 돌아가고 있다면 그것이 세상을 견뎌내는 유일한 방법인 것이다. 그런데 이 사실을 확실히 믿기 전까지 사람들은 어떻게 쉬고, 심지어 어떻게 호흡하고 존재할 수 있는 걸까? 사람들은 계속 살아가야 하기에 믿을 수밖에 없는 것이다.

우리 엄마는 어떨까? 나는 엄마는 엄마라서 이 생각에 포함시키지 않았다. 하지만 엄마라도 궁지에 몰리면 그렇다고, 오, 그렇다고, 틀림없이 뭔가—어떤 섭리—가 있을 거라고 말할 것이다. 하지만 엄마는 그런 문제를 생각하면서 시간을 낭비하는 건

쓸데없는 일이라고 경고했었다. 어쨌거나 우리는 그 문제를 절대 알 수 없을 것이기 때문이었다. 우리가 변화를 위해 지금 여기에서의 삶을 개선하려는 노력을 기울이기 시작한다면 그것만으로도 생각할 것이 충분히 많았다. 그 나머지는 우리가 죽은 뒤에 알아내면 된다. 그 나머지란 게 있다면 말이다.

심지어 엄마는 허무하다는 말을 할 준비도, 엄마 자신과 이 세상의 모든 막대기와 돌과 깃털이 울부짖는 절망의 암흑 위에 흩어져 떠도는 것을 바라볼 준비도 되어 있지 않았다. 전혀.

하느님에 대해 생각해보면 어떤 좋은 것도 연상되지 않았다. 내가 들었던 그 모든 죄와 악을 생각하면 그건 이상한 일이라고 할 수 있었다. 나는 구원은 신앙에 의해서만, 영혼이 크게 사로잡히는 경험을 통해서만 일어날 수 있다고 믿었다. 하지만 정말로 내게, 정말로 내게 그런 일이 일어나기를 바랐던 걸까? 그렇기도 하고 아니기도 했다. 나는 그런 일이 내게 일어나기를 바랐지만 그건 비밀이어야 한다고 생각했다. 비밀이 아니라면 내가 어떻게 엄마와 아빠와 펀 도허티와 내 친구 나오미와 주빌리에 사는 다른 모든 사람과 함께 계속 살아갈 수 있겠는가?

목사님이 문 앞에 서서 산들바람처럼 내게 말을 걸었다.

"오늘같이 쌀쌀한 아침에 예쁜 아가씨를 보니 정말 기쁜데."

나는 가까스로 그와 악수를 했다. 훔친 기도서를 코트 안에 숨겨 굽힌 팔 밑에 끼고 있었기 때문이다.

"교회 안에서 너 못 봤는데." 펀이 말했다. 영국성공회 미사는 강론이 간결해서 우리 교회 예배보다 짧았다. 그래서 나는 연합교회 계단으로 돌아가, 교회 밖으로 나오는 펀과 만날 시간적 여유가 있었다.

"기둥 뒤에 있었어요."

엄마는 설교가 어떤 내용이었는지 알고 싶어했다.

"평화에 관한 거였어요." 펀이 말했다. "그리고 유엔에 관해서요. 뭐 그렇고 그런 거였어요."

"평화라." 엄마가 재미있는 주제라는 듯 말했다. "음, 목사님은 찬성이래요, 반대래요?"

"유엔에 대해서는 전적으로 찬성해요."

"그렇다면 하느님도 전적으로 찬성하겠네요. 안심이에요. 불과 얼마 전만 해도 하느님과 매크로플린 목사님 모두 전쟁에 대해 전적으로 찬성했잖아요. 그 둘은 마음이 바뀔 수 있는 한 쌍이네요."

다음주에 엄마와 같이 워커 가게에 갔을 때 검은 터번을 두른 그 키 크고 늙은 여자가 지나가면서 엄마에게 말을 걸었다. 나는 그녀가 나를 성공회교회에서 봤다고 말할까봐 두려웠지만 그녀는 아무 말도 하지 않았다.

엄마가 펀 도허티에게 말했다. "오늘 워커 가게에서 셰리프 부인을 만났어요. 아직 그 모자를 쓰고 있던데요. 그 모자만 보면 영국 경찰관이 생각나요."

"맨날 우체국에 오는데, 자기가 구독하는 신문이 세시까지 도착해 있지 않으면 난리를 쳐요." 펀이 말했다. "타타르족처럼 사나워요."

엄마는 펀과 대화를 할 때 나를 내보내려고 했지만—내 생각에 엄마는 형식적으로 그 말을 하는 것 같았다. 이번에는 꼭 나가라고 해놓고도 내가 나가든 말든 신경쓰지 않았기 때문이다—나는 나가지 않았고, 그렇게 둘의 대화를 들으면서 셰리프 부인에 대해 알게 되었다. 그 노부인의 집안에는 좀 별나고 골치 아픈 문제들이 있었는데, 그녀에게 존재하는 괴팍함과 미치광이 기질 때문에 그 문제들이 생겼을 수도 있고, 그 문제들 때문에 그녀가 괴짜에 미치광이가 됐을 수도 있다고 했다. 큰아들은 술 때문에 죽었고, 둘째 아들은 수용소(주빌리에서는 정신병원을 이렇게 불렀다)를 들락거렸으며, 딸은 와와나시강에 몸을 던져 자살했다. 남편은? 그는 포목점을 경영했고 지역 유지였다고, 엄마가 무미건조하게 말했다. 펀은 그가 아마 매독에 걸렸을 거라고, 그게 후세로 건너가 2세대의 뇌를 공격했을 거라고 추측했다. 펀은 빳빳한 칼라가 달린 옷을 입고 다닌 그 시절의 남자들이 하나같이 위선자였다고도 말했다. 엄마는 셰리프 부인이 여러 해 동안 죽은 딸의 옷을 입고 그 옷이 닳아빠질 때까지 집안일을 하거나 정원 일을 했다고 말했다.

또다른 이야기도 있었다. 레드 프런트 식료품점에서 그녀가 주문한 식료품에 1파운드짜리 버터 넣는 걸 깜박하자, 그녀가 도끼를 들고 그 식료품점 청년을 쫓아갔다는 이야기였다.

그리스도님, 우리에게 자비를 베푸소서.

그 주일은 내가 속된 행동을 한 주이기도 했다. 하느님에게 내 기도에 응답하여 존재를 증명해보라고 요구한 것이다. 기도는 우리가 일주일에 한 번씩 목요일 오후마다 배우는 '가사' 수업과 관련된 것이었다. 가사 시간에 우리는 뜨개질, 크로셰 뜨기, 자수, 재봉틀 사용법을 배웠는데, 매주 전주에 비해 더 불가능한 것을 배워야 했다. 내 손은 땀이 나서 미끈거렸고, 오래된 재봉틀 세 대와 재단하는 테이블과 만신창이가 된 마네킹이 있는 가사실은 내 눈에 고문실이나 다름없었다. 정말로 고문실이었다. 가사를 가르치는 포브스 선생님은 채색된 플라스틱 인형 같은 얼굴에 체구가 뚱뚱하고 아담한 여자였고, 대부분의 여학생들을 유쾌한 태도로 대했다. 하지만 어리석은 내가, 둔하고 서툰 내 손이 단을 박아야 하는 지저분해진 손수건을 우글쭈글하게 만들거나 크로셰 뜨기를 엉망으로 망치면 그녀는 화를 내며 길길이 날뛰었다.

"해놓은 게 어쩜 이렇게 지저분하니! 아휴, 지저분해! 너에 대한 이야기를 좀 들었는데, 기억력은 비상한 것 같더라만(나는 시를 빨리 외우는 것으로 유명했다) 바느질 솜씨는 여섯 살짜리 애도 부끄러워할 만한 수준이구나!"

이번에 그녀는 내게 재봉틀에 실 꿰는 법을 가르쳐주려고 노력했다. 하지만 나는 도무지 배울 수가 없었다. 우리는 아플리케 기법으로 튤립을 붙인 앞치마를 만들고 있었다. 일부 여자애들은 튤립을 벌써 붙인 뒤 단을 박고 있었지만 나는 허리 부분도 다 꿰매지 못한 상태였다. 그건 내가 재봉틀에 실을 꿰지 못했기 때문이었고, 포브스 선생님은 다시는 내게 그 방법을 알려주지 않겠다고 선언했다. 방법을 가르쳐준다고 하더라도 내게는 부질없는 일이었다. 내 눈앞에서 그녀가 손을 빠르게 움직이면 그 손이 가까이에서 경멸을 드러내는 듯 보여 나는 놀라고 눈앞이 캄캄해지고 몸이 마비되는 것 같았다.

그래서 나는 기도했다. 목요일 오후에 재봉틀에 실을 꿰지 않을 수 있게 해주세요. 나는 마음속으로 이 기도를 빠르고 진지하고 무덤덤하게, 주문을 걸듯 여러 차례 반복했다. 특별한 간청이나 흥정 같은 건 하지 않았다. 가사실에 불이 났으면 좋겠다든가 포브스 선생님이 길에서 넘어져 다리가 부러졌으면 좋겠다든가 하는 특별한 것을 요구하지도 않았다. 내가 바란 건 그저 작고 구체적이지 않은 개입이었다.

아무 일도 일어나지 않았다. 선생님은 내 존재를 잊어버리지 않았다. 수업이 시작되자 나는 곧바로 재봉틀 앞으로 보내졌다. 내가 앉아서 어디에 실을 넣어야 하는지 알아내려고 애쓰는

데—제대로 끼워넣을 수 있을 거라는 희망 같은 건 아예 없었지만 노력하고 있다는 걸 보여주기 위해서는 어디에든 끼워넣어야 했다—선생님이 내 뒤로 오더니 지긋지긋하다는 듯 한숨을 내쉬었다. 나는 평소처럼 다리를 떨기 시작했고, 어찌나 심하게 떨었는지 페달을 밟았다. 그러자 실도 꿰이지 않은 재봉틀이 약하게 돌아가기 시작했다.

"그만 됐어, 델." 포브스 선생님이 말했다. 나는 그 목소리에 깜짝 놀랐다. 분명 다정한 목소리는 아니었지만 화난 것도 아니었다. 그저 지칠 대로 지친 목소리였다.

"그만 됐다고 말했어. 이제 일어나도 좋아."

그녀는 내가 필사적으로 조각조각 잇대 가봉한 앞치마를 집어 들더니 구겨서 쓰레기통에 던져넣었다.

"너는 바느질은 젬병이구나." 그녀가 말했다. "음치가 노래하는 법을 못 배우는 것처럼. 나도 할 만큼 했지만 이제는 완전히 지쳤어. 따라와."

그녀가 내게 빗자루를 건넸다. "비질을 할 줄 알면 여기 청소를 하고 천 쪼가리는 쓰레기통에 버려줘. 책임지고 깨끗이 바닥 청소를 해. 할일이 없을 때는 여기 책상에 앉아서 음…… 시를 암기하든가. 뭘 하든 상관없어."

나는 공개적으로 망신을 당했지만 안도감과 기쁨에 스르르 맥이 풀렸다. 망신을 당하는 것에는 이미 익숙해져 있었다. 나는 바닥을 열심히 치운 뒤, 도서관에서 빌린 스코틀랜드의 메리 여왕에 관한 책을 가져왔다. 그러고는 창피하지만 한결 가벼워진 마음으로 가사실 뒤쪽에 혼자 앉아 책을 읽었다. 처음에 나는 그 일이 기도에 대한 응답으로 일어난 순수한 기적이라고 생각했다. 하지만 곧 궁금해지기 시작했다. 내가 기도를 하지 않았다면? 어차피 일어날 일이었다면? 나로서는 알 길이 없었다. 이건 통제가 불가능한 실험이었다. 나는 시시각각 인색해졌고 감사하는 마음도 사라져갔다. 어떻게 확신할 수 있지? 하느님이 이런 별것 아닌 요구에 그토록 빠르게 관여한다는 건 좀 시시하고 노골적이지 않은가? 이건 하느님이 으스대는 거나 다름없었다. 나는 하느님이 좀더 신비한 방식으로 움직이기를 바랐다.

나는 누군가에게 그 얘길 하고 싶었지만 나오미에게는 할 수 없었다. 내가 나오미에게 하느님을 믿는지 묻자 그애가 대번에 비아냥거리듯 대답했다. "물론 믿지. 나는 네 엄마하곤 다르거든. 내가 지옥에 가고 싶어할 것 같니?" 나는 다시는 나오미와 이 문제에 대해 논의하지 않았다.

나는 이 문제에 대해 말할 대상으로 동생인 오언을 골랐다. 동생은 나보다 세 살 어렸다. 예전에는 그애도 내 말에 쉽게 영향을 받았고 내 말을 잘 믿었다. 한때 농장에는 낡은 판자가 있는 우리만의 놀이터가 있었는데, 우리는 거기서 소꿉놀이를 했다. 오언이 판자 끝에 앉아 있으면 내가 마가목 열매를 차려주면서

콘플레이크라고 말했다. 그애는 그걸 전부 먹었다. 그애가 먹는 동안 퍼뜩 거기 독이 들었을지 모른다는 생각이 들었지만, 나는 그 말을 하지 않았다. 나 자신의 명예 때문이기도 했고, 그 놀이가 중요했기 때문이기도 했다. 나중에 나는 신중히 생각해본 뒤 다른 사람에게도 말하지 않기로 결심했다. 지금은 그애도 스케이트 타는 법을 배워 하키 연습을 하러 나가거나 난간에 기대 내 머리 위에 침을 뱉는 평범한 사내아이가 되었다.

하지만 어떤 각도에서 보면 동생은 아직 나약해 보이고 어렸으며, 그애가 추구하는 것들은 내가 보기에 가능성이나 희망이 없는 것들이었다. 그애는 경시대회에 나갔다. 이것이 동생에게 나타난 엄마의 본성이었다. 그애 역시 바깥세상의 도전과 가능성을 무한히 받아들이는 엄마의 기질을 지니고 있었다. 그애도 상은 좋은 거라고 믿었다. 오언은 달의 분화구를 들여다볼 수 있는 망원경, 사물을 사라지게 하는 마술 도구, 폭발물을 제조할 수 있는 화학약품 세트를 상으로 받았다. 그애가 연금술이 뭔지 알았다면 연금술사도 되려고 했을 것이다. 하지만 그애한테 종교적인 면은 없었다.

오언이 자기 방 바닥에 앉아 하키선수로 쓸 판지를 조그맣게 오려내 그걸로 팀을 짜서 시합을 하고 있었다. 그애는 몸을 부들거릴 만큼 몰두한 채 신처럼 내려다보며 그것들을 가지고 놀고 있었고, 내가 보기에 그 놀이에는 나 자신의 세상(현실적인 세상)과는 아주 거리가 먼 세상이 담겨 있었다. 그건 현실과는 무관하고 가슴 아플 만큼 속임수가 엉성한 세상이었다.

나는 오언 뒤쪽의 침대 위에 앉았다.

"오언."

동생은 대답하지 않았다. 혼자 놀이에 빠져 있을 때는 근처에 누가 오는 것도 싫어했다.

"사람이 죽으면 어떻게 될 것 같아?"

"내가 어떻게 알아." 오언이 반항하듯 말했다.

"하느님이 우리 영혼을 계속 살아 있게 해준다는 걸 믿어? 영혼이 뭔지는 알아? 너는 하느님을 믿어?"

오언이 고개를 돌리더니 덫에 걸렸다는 표정으로 나를 쳐다보았다. 그애는 숨길 것도 없었고 순수한 무관심 말고는 보여줄 것도 없었다.

"하느님을 믿는 게 좋아." 내가 말했다. "있잖아." 나는 오언에게 내 기도에 대해, 가사 수업에 대해 말했다. 동생은 시큰둥하게 들었다. 나에게 필요하다고 느껴진 것이 그애에게는 그렇지 않았다. 그애가 맹하고 무방비하게 보이지만 탄탄한 고무공 같은 탄성을 지녔다는 사실을 알자 나는 화가 났다. 내가 고집을 부리면 동생은 들었고, 고집을 더 부리면 내 말에 동의도 해주었지만, 내 생각에 그애는 가슴속으로는 아무런 관심도 보이지 않았다. 멍청하긴.

그때부터 나는 혼자 있는 동생을 보면 이렇게 으르곤 했다. 엄마한테 말하지 마. 내 신앙을 시험해볼 수 있는 대상은 그애뿐이었다. 나한테도 누군가가 필요했다. 나는 그애가 그런 것에는 심히 흥미를 보이지 않는다는 점과 하느님이 없는 세상에 만족하는 것 같다는 사실을 정말로 참을 수 없었고, 그 문제는 망치질하듯 끊임없이 나를 두드렸다. 또한 나는 그애가 내 동생이고 아주 오랫동안 내 힘의 영향권 안에 있었기 때문에 나를 따를 의무가 있다고 느꼈다. 그애가 그 사실을 인정하지 않는 것은 반란의 표시나 다름없었다.

내 방에서 문을 닫은 채 나는 영국성공회의 기도서를 읽었다.

길을 걸을 때 이따금 나는 눈을 꾹 감고(오언하고 장님놀이를 할 때 그랬던 것처럼) 혼잣말을 했다—얼굴을 찡그리며 기도했다. "하느님. 하느님. 하느님." 심상치 않은 일이 일어날 것 같은 그 짧은 순간에 나는 농밀하고 밝은 구름이 주빌리에 내려와 내 두개골을 감싸는 장면을 상상했다. 나는 놀라서 눈을 번쩍 떴다. 그런 일이 일어난다고 해서 그것을 받아들일 수도 없었고, 내가 거기서 빠져나올 수도 없었다. 또한 나는 뭔가에 부딪히거나 누군가에게 들키거나 놀림거리가 되는 것이 두려웠다.

성금요일이 되었다. 내가 막 집에서 나가려던 찰나였다. 엄마가 현관으로 들어오며 말했다. "베레모는 무슨 일로 썼어?"

내가 확실한 입장을 취해야 할 때였다. "교회에 가려고요."

"예배가 없는 날인데."

"성공회교회에 가요. 성금요일에 미사가 있어요."

엄마가 털썩 계단에 주저앉았다. 그러고는 창백하고 몹시 화난 표정으로 탐색하듯 나를 뜯어보았는데, 일 년 전에 나오미와 내가 내 낙서장에 휘갈긴 그림을 발견했을 때 지었던 것과 같은 표정이었다. 우리는 풍선 같은 젖가슴에 새둥지처럼 수북한 잉크색 음모를 가진 뚱뚱하고 벌거벗은 여자를 그렸다.

"성금요일이 뭘 기억하는 날인지는 아니?"

"십자가에 못박히신 거요." 내가 짤막하게 대답했다.

"예수님이 우리의 죄 때문에 돌아가신 날. 그게 그 사람들이 하는 말이야. 그렇다면 말이지. 너는 그 말을 믿니?"

"네."

"예수님이 우리의 죄 때문에 돌아가셨다고." 엄마가 벌떡 일어서며 말했다. 엄마는 현관 거울에 비친 자신의 흐릿한 얼굴을 공격적으로 빤히 쳐다보았다. "글쎄, 글쎄, 글쎄. 피로써 구원했다는 건 멋진 개념이지. 그렇다면 아즈텍족이 산 사람의 심장을 도려낸 건 그렇게 하지 않으면 해가 뜨지도 지지도 않을 거라고 생각해서라는 것도 당연히 받아들일 수 있어야 해. 기독교라고 해서 더 나을 건 없으니까. 피를 요구하는 하느님에 대해서는 어떻게 생각하니? 피, 피, 피. 그 사람들의 찬송가를 잘 들어봐. 죄다 피 이야기뿐이야. 누군가가 십자가에 여섯 시간, 아홉 시간,

몇 시간이든 그 시간 동안 매달려 있을 때까지 성이 차지 않은 하느님은 또 어떻고? 내가 하느님이었다면 그렇게 피에 굶주리지 않았을 거야. 보통의 인간이라면 그렇게 피에 굶주리지 않는다고. 히틀러는 예외지만. 인간이 한때는 그럴 수 있었겠지만 지금은 아니야. 내가 무슨 말을 하는지 알겠니? 내가 어떤 결론을 내리려고 하는지 알겠어?"

"모르겠는데요." 내가 솔직히 대답했다.

"하느님은 인간이 만든 거야! 그 반대가 아니라! 하느님은 인간에 의해 만들어졌어. 인간의 발달 과정에서 지금보다 더 비천하고 더 피에 굶주린 단계에 있는 인간에 의해. 그렇지 않겠니. 인간이 그 자신의 형상을 본떠 신을 만들었어. 난 그 문제에 대해 목사들하고 논쟁해봤어. 누구하고도 논쟁할 수 있어. 지금까지 내 말에 반박하면서도 이치에 닿는 소리를 하는 사람은 한 사람도 만나보지 못했어."

"가도 돼요?"

"막지는 않아." 엄마는 실제로는 문 앞을 막아섰지만 말은 그렇게 했다. "가서 듣고 싶은 만큼 실컷 들어. 엄마 말이 옳다는 걸 알게 될 테니까. 어쩌면 네가 우리 엄마를 닮아가는 건지도 모르겠구나." 엄마는 내 얼굴에 종교적인 광기의 기미가 보이지는 않는지 유심히 살폈다. "그렇다면 그건 내 손을 떠난 문제인 거고."

나는 엄마가 그런 말을 했음에도 기가 죽지 않았고, 다른 누군가가 내게 그런 말을 했다고 해도 마찬가지였을 것이다. 그럼에도 나는 타운을 걸어가면서 반대의 관점을 보여주는 증거가 없는지 찾았다. 가게 문이 다 닫혀 있고 창문의 블라인드가 모두 내려져 있다는 데서 나는 소박한 위안을 얻었다. 그 사실은 뭔가를 증명하는 것이다, 그렇지 않은가? 지나가는 길목에 있는 모든 집의 문을 두드리고 이렇게—예수님은 우리 죄 때문에 돌아가신 건가요?—묻는다면 다들 깜짝 놀라고 당황하기야 하겠지만 그렇다고 대답할 것이다.

나는 예수님이 우리의 죄 때문에 돌아가셨다는 사실은 나한테 큰 관심사가 아니라는 사실을 깨달았다. 내가 원하는 건 그저 하느님이었다. 예수님이 우리의 죄 때문에 돌아가셨다는 사실이 하느님에게 이르는 대로大路라면 나는 그 길을 고수할 것이다.

성금요일은 고드름이 떨어져 부서지고 지붕에서 녹은 물이 졸졸 거리로 흘러가는, 계절에 어울리지 않게 날씨가 온화하고 화창한 날이었다. 평범한 교회 유리창으로 햇살이 쏟아져들어왔다. 나는 지각을 했고, 그건 엄마 때문이었다. 신부님이 이미 앞에 서 있었다. 나는 뒤쪽 신자석으로 슬그머니 들어갔고, 벨벳 터번을 둘러쓴 셰리프 부인이 화가 나 하얘진 표정으로 나를 쳐다보았다. 아마 화가 나지는 않았을 테고, 그저 많이 놀라서 그랬을 것이다. 나는 독수리 옆에 앉아 있는 기분이 들었다.

하지만 그녀를 보자 힘이 솟았다. 그들 모두를 볼 수 있어 기뻤다—여섯 혹은 여덟 혹은 열 명의 사람들, 진실한 사람들이 모자를 쓰고 각자의 집을 나서서 눈 녹은 물이 흐르는 개울을 건너고 먼길을 걸어 여기 모습을 드러낸 것이다. 그들이 이유 없이 그러지는 않았을 것이다.

나는 내 의심을 내려놓을 수 있는 신앙인, 진정한 신앙인을 찾고 싶었다. 그런 사람들을 지켜보며 용기를 얻고 싶었지만 말을 걸고 싶지는 않았다. 처음에 나는 그 사람이 셰리프 부인이 될 수도 있겠다고 생각했지만 그녀는 그럴 만한 대상이 아니었다. 그녀는 광기 때문에 자격을 상실했다. 내가 찾는 신앙인은 어둠 속에서도 빛날 만큼 온전한 정신이어야 했다.

오, 주님, 하늘에 오르시어 우리에게 도움을 주시고, 주님의 이름으로 우리를 구하소서.

오, 주님, 하늘에 오르시어 우리에게 도움을 주시고, 주님의 영광으로 우리를 구하소서.

세상의 죄를 없애시는 하느님의 어린 양을 보라.

나는 예수님의 고통에 대해 생각해보려고 애썼다. 손을 맞잡으면서 손톱 하나가 맞은편 손바닥에 꾹 눌리게 잡았다. 손톱을 세게 누르고 후벼팠지만 피는 나지 않았다. 이렇게 해서는 고통에 동참할 수 없다는 사실을 깨닫고 나는 창피했다. 하느님에게도 취향이란 게 있다면 이런 바보 같은 짓은 경멸할 것이다(하지만 하느님에게 취향이란 게 있었나? 성자들이 뭘 했는지, 어떤 것으로 인정받았는지를 보라). 하느님은 내가 정말로 무엇을 생각하고 내 마음속에서 무엇을 철저히 풀어내려고 하는지 알고 있을 것이다. 그것은 예수님이 고통을 겪은 것이 정말로 그렇게 잘못된 건가? 하는 점에 대한 의문이었다.

예수님이 온전하고 환하고 영원히 지속될 모습으로 하늘에 올라 전능하신 천주 성부의 오른편에 앉고 그때로부터 산 자와 죽은 자를 심판하러 온다는 것을 우리가 알고 예수님이 알고 모두가 안다면, 그게 그렇게 잘못인가? 많은 사람들—아마 전부는 아니고 심지어 대부분도 아니겠지만 그래도 제법 많은 사람들—이 훗날 예수님이 받은 것을 그들도 받을 수 있다는 확신만 있다면 그들의 육신을 그와 비슷한 고통에 내맡길 것이다. 사실 많은 사람들이 그렇게 했었다. 성자들과 순교자들이 그랬다.

그렇다. 하지만 차이점이 있었다. 예수님은 하느님이었다. 그렇게 한 건 예수님 입장에서는 자신을 낮춘 것이자 자신을 내맡긴 것이었다. 그때 예수님은 하느님이었을까, 아니면 인간이 된 하느님의 아들이었을까? 나는 그걸 제대로 이해할 수가 없었다. 예수님은 그 전체가 의도된 일이었음을, 결국 바로잡힐 것임을 알고 있었을까? 아니면 그의 신성은 일시적으로 암전이 되어 그가 본 것은 오로지 자신의 몰락뿐이었는가? 나의 하느님, 나의 하느님, 어찌하여 저를 버리셨나이까?

의복과 제비뽑기에 관한 예언이 나오는 긴 시편을 읽은 뒤 신부님이 강론대로 걸어가 예수님이 십자가에 매달린 채 마지막으로 한 말에 대해 짧은 강론을 하겠다고 했다. 그 순간 내가 생각하고 있던 게 바로 그 말이었다. 하지만 예수님의 마지막 말은 내가 알고 있는 것 말고도 더 있었다. 신부님은 내가 목마르다에서부터 강론을 시작했는데, 신부님이 말하길, 그건 예수님이 겪은 몸의 고통은 동일한 상황에서 우리가 겪었을 고통과 같으면 같았지 결코 더 적지는 않다는 사실을 보여준다고 했다. 예수님은 그 사실을 인정하는 것을 부끄러워하지 않았고, 도움을 요청했으며, 신 포도주에 적신 해면으로 불쌍한 병사들이 은총을 받을 수 있는 기회를 주었다. 어머니, 이 사람이 어머니의 아들입니다…… 이분이 네 어머니시다, 이 부분은 예수님의 마지막 혹은 거의 마지막 생각이 타인을 위한 것이었음을 보여주었다. 자신이 가고 없을 때(정말로 완전히 가버린 건 아니었지만) 그들이 서로에게서 위로를 얻을 수 있도록 자리를 마련해준 것이다. 극도의 고통과 수난을 당하던 시간에도 그는 인간관계를, 그것이 얼마나 아름답고 중요한지를 잊지 않았다. 오늘 네가 정녕 나와 함께 낙원에 들어갈 것이다, 이 부분 또한 나쁜 짓을 하여 사회의 버림을 받고 예수님 옆에서 십자가에 매달려 죽은 죄인까지도 예수님은 끊이지 않는 관심과 걱정으로 살폈다는 사실을 말해주었다. 오, 주님, 당신이 만드신 것은 아무것도 미워하지 않으시고……죄인의 죽음이 아니라 오히려 그 죄인이 사악함을 벗어내고 생명을 얻기를 바라셨으니……

왜—나는 이런 생각을 해도 전혀 행복하지 않았지만 멈출 수가 없었다—하느님은 자신이 만든 것을 미워할까? 미워할 거였다면 왜 만들었을까? 모든 것을 자신이 원하는 대로 만들었다면, 그렇게 만들어진 것에 대해 탓할 수 있는 것은 아무것도 없었다. 이렇게 생각하면 죄라는 것의 전반적인 개념이 얼마간 없어졌다. 그렇지 않은가? 그렇다면 왜 예수님이 우리의 죄 때문에 죽어야 하는 거지? 설교는 나에게 좋지 않은 영향을 미쳤다. 나는 헷갈렸고 논쟁적이 되었다. 그리스도의 완벽함에 대한 설명이 끊임없이 이어지자 나는 인정하기 힘들었지만 예수님에 대해 혐오감까지 들었다. 나의 하느님, 나의 하느님, 어찌하여 나를 버리시나이까? 신부님은 이 부분을 예수님과 하느님의 연결이 끊어진 거라고 간단히 설명했다. 오, 얼마나 간단한 설명인가. 그랬다, 심지어 예수님에게도 그런 일이 일어나는 것이다. 예수님도 하느님에게 연결된 끈을 놓쳐버렸고, 그리하여 어둠 속에서 절망적인 심정으로 외친 것이다. 하지만 이 역시 계획의 일부, 필요한 일이었다. 그러므로 우리는 우리의 가장 어두운 순간에도 그리스도가 우리의 의심, 우리의 비탄을 공유한다는 사실을 알아야 하며, 이 사실을 알면 우리의 의심은 훨씬 빨리 지나갈 것이다.

하지만 어째서? 어째서 훨씬 빨리 지나가는 거지? 그 말이 그리스도 최후의 진정한 외침이었다면? 그게 그에게서 들을 수 있었던 최후의 진정한 한마디였다면? 적어도 이렇게 가정은 해봐야 하지 않을까? 우리는 이 점을 따져보아야 했다. 예수님이 그렇게 외치고 죽어서 다시 부활하지 못했다고, 그래서 그 전부가 하느님의 복잡한 드라마였다는 것을 결코 깨닫지 못했다고 가정하면? 고통을 겪은 것은 사실이었다. 그래, 예수님이 갑자기 이런 깨달음을 얻었다고 가정해보자. 그건 사실이 아니었어. 그 어떤 것도 사실이 아니었어. 손과 발이 찢기는 고통은 그에 비하면 아무것도 아니었다. 그 먼길을 걸어와 세상의 틈새를 들여다보며 그 마지막 말을 했는데, 그러고 나서 보니 아무것도 없었던 것이다. 그 이야기를 해주세요! 나는 속으로 신부님에게 외쳤다. 제발, 그 이야기를 해주세요. 그 이야기를 다 듣는 데서 해주세요, 그리고 그 생각을 무찔러주세요!

하지만 우리는 우리의 능력이 미치는 일을 하는 것이고, 신부님은 더이상 할 수 있는 것이 없었다.

며칠 뒤 나는 길에서 셰리프 부인을 만났다. 이번에는 나 혼자였다.

"네가 누군지 알아. 그동안 성공회교회에는 왜 온 거니? 나는 네가 연합교회에 다니는 줄 알았는데."

눈이 대부분 녹고 강의 수위가 낮아졌을 무렵 오언과 나는 토요일마다 플래츠 로드로 나가 따로따로 농장까지 걸어갔다. 겨울 내내 베니 아저씨가 지냈던 집, 아빠가 우리와 같이 지낸 주말을 빼면 거의 겨울 내내 살았던 그 집은 너무 지저분해서 집이라고 할 수도 없었다. 그 집은 옥외에 본채를 확장시켜 만든 대피소 같았다. 부엌 리놀륨 무늬도 알아볼 수 없었다. 묵은 때가 무늬처럼 되어버렸다. 베니 아저씨가 내게 말했다. "청소해줄 숙녀분이 나타나셨네. 마침 필요했었는데." 하지만 나는 그렇게 생각하지 않았다. 온 집안에서 여우 냄새가 났다. 저녁때까지는 난로에 불을 때지 않을 것이고 문은 열려 있었다. 바깥에서는 까마귀들이 진창이 된 들판 위에서 깍깍거렸고, 강물은 넘실거리고, 물빛은 은색이었다. 마법을 부린 듯 수평선의 무늬는 정확히 기억되었다가 잊혔다가 다시 기억된 그대로였다. 여우도 불안한지 깽깽거렸는데, 연중 이맘때면 암컷들이 새끼를 낳았기 때문이다. 오언과 나는 우리 근처에 가도 좋다는 허락을 받지 못했다.

오언은 물푸레나무에 매어놓은 밧줄에 올라서서 그네를 탔다. 지난여름에 우리의 그네가 되어주었던 밧줄이었다.

"메이저가 양을 죽였어!"

메이저는 우리집 개였는데, 지금은 오언의 개로 여겨졌다. 메이저가 오언에게 특별한 관심을 보였다기보다는 오언이 메이저에게 그런 관심을 보여서였다. 메이저는 황금빛 갈색이 도는 커다란 콜리 잡종견이었다. 지난여름에는 얼마나 게을러졌는지 차도 뒤쫓지 않고 그늘에서 낮잠만 잤다. 깨어 있을 때나 잠잘 때나 메이저는 상원의원처럼 느긋하고 위엄이 있었다. 그런데 그 개가 지금 양을 쫓았다는 것이다. 자부심 강하고 지금껏 조심스럽게 살아온 늙은 상원의원이 공개적으로 악행을 저지르기 시작하듯 메이저가 그 노령에 범죄행위를 시작한 것이다. 오언과 나는 기어코 메이저를 보러 갔다. 가는 길에 오언의 이야기를 들어보니, 그 양은 우리 땅과 맞붙은 땅의 주인인 포터 씨네 양이고, 그 집 아들들이 트럭을 몰고 가다 메이저를 목격하고는 차를 세운 뒤 울타리를 뛰어넘어가 소리를 질렀다는 것이다. 하지만 메이저는 자기가 쫓던 양을 다른 양들로부터 고립시키고 계속 따라붙어 결국 죽여버렸다.

죽였어. 나는 갈가리 찢기고 피투성이가 된 양의 모습을 상상했다. 메이저는 평생 뭔가를 사냥하거나 죽여본 적이 없었다. "메이저가 양이 먹고 싶어서 그런 거야?" 나는 어리둥절하면서도 역겨움을 느끼며 이렇게 물었고, 오언은 양의 죽음이 한편으로는 우발적인 것이었다고밖에 설명하지 못했다. 양은 아주 약하고 뚱뚱하고 겁을 잘 먹는 동물이니, 냅다 달리다가 죽었을 수도 있었고 겁이 나서 죽었을 수도 있었다. 하지만 메이저는 트로피라도 되는 듯 양의 목에서 따뜻한 털을 입안 가득 뜯어냈고, 그것을 물고는 형식적으로 조금 흔들었다. 그러고는 집으로 줄행랑을 쳤다(메이저가 줄행랑을 칠 수 있었다면 말이다!). 포터 씨네 아들들이 다가오고 있었기 때문이다.

메이저는 헛간 안에 묶였고, 문은 빛과 공기가 들어올 만큼만 열어두었다. 오언은 메이저를 깨우려고 메이저의 등을 이쪽저쪽 뛰어넘었고—메이저는 늘 무거운 몸뚱이를 야단스럽지 않게 대번에 일으켰기 때문에 정말로 자고 있었던 건지 자는 척한 건지 알기 어려웠다—메이저와 바닥에서 같이 뒹굴며 놀려고 했다.

"양을 죽인 늙다리 개, 양을 죽인 늙다리 개." 오언이 자랑스러운 듯 메이저를 툭툭 치며 말했다. 메이저는 묵묵히 참았고 그저 평소만큼 노는 정도였다. 그 한 번의 깜짝 놀랄 행동 말고는 다른 어떤 면에서도 젊음을 되찾은 것 같지 않았다. 메이저는 오언의 머리를 선심 쓰듯 핥아준 뒤 오언이 놓아주자 다시 잠들었다.

"다시는 양을 쫓아다니지 못하게 묶어둬야 해, 양을 죽인 늙다리 개. 포터 씨네 식구들이 메이저를 잡기만 하면 쏴 죽이겠대."

그 말은 사실이었다. 정말로 그들은 메이저를 주시하고 있었다. 아빠와 베니 아저씨가 메이저를 보러 헛간에 왔을 때 메이저는 위엄과 결백함을 가장하며 바닥에 드러누워 있었다. 베니 아저씨는 이미 운명이 정해졌다는 시선으로 메이저를 쳐다보았다. 아저씨의 의견으로는 한번 양을 쫓아본 개는 그 본능을 이겨낼

가망이 없다고 했다. "일단 그 맛을 들였으니 말이야." 베니 아저씨가 메이저의 머리를 쓰다듬어주며 말했다. "메이저는 그 맛을 알아버린 거야. 양을 죽인 개는 살려둘 수가 없어."

"쏴 죽인다는 말이에요?" 내가 그렇게 물어본 건 딱히 메이저에 대한 사랑 때문이 아니라, 모두가 코믹한 이야기로 받아들인 사건의 결말로는 좀 잔인하게 느껴져서였다. 머리가 하얗게 센 상원의원이 당혹스러운 장난을 좀 쳤다고 공개 처형장에 끌려가는 것과 같았다.

"양을 죽인 개는 살려둘 수 없어요. 그 개가 죽이는 양마다 값을 물어주다보면 알거지가 될걸요. 어쨌거나 우리가 하지 않으면 다른 사람이 끝장을 낼 거예요."

그의 간곡한 설득에도 아빠는 메이저가 앞으로 더는 양을 쫓지 않을 거라고 대꾸했다. 메이저는 어쨌거나 묶여 있는 신세가 되었다. 필요하다면 평생, 아니면 적어도 이 노망의 시기를 잘 넘겨 뭔가를 쫓아다닐 기력이 없어질 때까지 이렇게 묶어놓으면 된다. 그때가 그리 멀지 않았다.

하지만 아빠가 틀렸다. 비관적인 웃음을 띤 채 슬프지만 충분히 납득할 만한 예측을 했던 베니 아저씨가 옳았다. 메이저는 이른아침에 줄을 끊고 탈출했다. 헛간 문은 닫혀 있었지만 유리창이 끼워져 있지 않은 창문의 철망을 찢고 밖으로 뛰쳐나가 최근에 발견한 즐거움을 다시 누리려고 포터 씨네 집으로 달려갔다.

메이저는 아침을 먹을 때쯤 집으로 돌아왔지만, 끊어진 밧줄과 창문과 포터 씨네 목장에서 죽은 양이 사건의 전말을 말해주었다.

우리는 아침식사를 하던 중이었다. 아빠가 주빌리의 집에 와서 잠을 잔 다음날이었다. 베니 아저씨가 아빠에게 전화를 걸어 자초지종을 말했고, 아빠는 식탁으로 돌아온 뒤 "오언, 메이저를 없애야겠다" 하고 말했다.

오언은 바들바들 떨기 시작했지만 한마디도 하지 않았다. 아빠는 메이저가 줄을 끊고 달아났던 일과 죽은 양에 대해 간단히 설명했다.

"메이저는 늙은 개야." 엄마가 짐짓 가슴 아픈 척 말했다. "나이도 많고 여태 잘살았어. 앞으로 그 개한테 무슨 일이 일어날지 어떻게 알겠니. 늙어서 어떤 병이 들지, 어떤 비참한 꼴을 당할지 몰라."

"여기로 데려오면 되잖아요." 오언이 조그맣게 말했다. "그러면 양이 어디 있는지도 모를 테고."

"그런 개는 도시에서 살 수 없어. 다시 그런 짓을 하지 않는다는 보장도 없고."

"메이저가 도시에서 묶여 지낼 걸 생각해봐, 오언." 엄마가 나무라듯 말했다.

오언은 일어서더니 더는 말하지 않고 식탁을 떠났다. 엄마도 오언을 다시 불러 죄송하다는 말을 시키지 않았다.

나는 뭔가가 죽임을 당하는 일에는 익숙했다. 베니 아저씨는 사냥을 했고 덫을 놓아 사향쥐를 잡았다. 가을마다 아빠는 우리 가족의 생계를 위해 여우를 죽여 그 가죽을 팔았다. 아빠는 일 년 내내 늙고 절뚝거리거나 쓸모없는 말을 죽여 여우의 먹이로 썼다. 나는 그것과 관련된 악몽을 두 번이나 꾸었는데, 그 꿈을 꾼 지는 좀 됐지만 여전히 기억하고 있었다. 하나는 아빠의 고기 저장소에 간 꿈이었다. 그곳은 마구간보다 좀더 가야 나오는 방충망을 친 헛간으로, 여름에 아빠는 그곳의 고리에다 가죽을 벗기고 도살한 말의 고기를 걸어두었다. 그 헛간은 야생능금나무 그늘에 있었다. 방충망에는 파리떼가 까맣게 달라붙어 있었다. 꿈에서 나는 그 안을 들여다보았고, 충분히 예상했듯 아빠가 정말로 거기 걸어놓은 건 가죽을 벗기고 토막을 낸 인간의 몸이라는 걸 발견했다. 또 한 번은 영국 역사와 관련된 꿈을 꾸었는데, 그 무렵 나는 백과사전에서 그것에 관한 내용을 읽고 있던 참이었다. 꿈속에서 아빠는 평범하고 초라한 나무블록을 부엌문 바깥의 풀밭에 내려놓은 뒤 우리—오언과 엄마와 나—의 머리를 베기 위해 우리를 한 줄로 세웠다. 아프지 않을 거야, 아빠는 우리가 두려워하는 게 오로지 그것뿐이라는 듯 말했다. 금방 끝날 거야. 아빠는 다정하고 침착하고 논리적이었으며, 지친 기색이었지만 이 모두가 우리를 위한 거라고 설득했다. 기름에 빠져 날개를 펴도 어쩌지 못하는 새처럼 내 마음속에는 달아나야 한다는 생각이 발버둥치고 있었다. 나는 아빠의 논리적인 설득과, 지극히 간단하고 익숙하며 당연하게 받아들여지는 절차와, 확신에 찬 광기 어린 얼굴에 온몸이 마비되었다.

낮시간 동안에는 이 꿈이 그 암시만큼 그렇게 두렵지는 않았다. 고기 저장소를 지나가는 것도, 총성이 들리는 것도 신경쓰이지 않았다. 하지만 메이저가 총에 맞는 장면을 상상하자, 아빠가 늘 그래왔던 것처럼 서두르지 않고 의식을 거행하듯 총알을 장전하고, 총을 가진 남자들에게 익숙해서 아무런 의심도 품지 않는 메이저를 부르고, 그 둘이 헛간을 지나가고, 아빠가 총을 쏘기에 적당한 장소를 찾는 장면을 상상하자 나는 꿈에서 보았던 그 논리적이고 불경스러운 얼굴의 형태를 또다시 보고 말았다. 나를 떠나지 않았던 고민은 그 행동의 의도성, 시스템의 작동을 멈추기 위해 뇌에 총알을 박아넣는 의도적인 선택에 관한 것이었다—아무리 필요하고 논리적으로 타당하더라도 이런 선택과 행위에는 뭔가에 대한 동의가 있어야 했다. 죽음이 가능해졌다. 막을 수 없어서가 아니라 원하는 사람들이 있었기 때문에—다정하지만 완강한 얼굴의 모든 어른들, 관리자들, 처형자들이 원했기 때문에.

나는 원했던가? 나는 그 일이 벌어지는 걸 원하지 않았다. 나는 메이저가 총에 맞는 걸 바라지 않았지만, 내 마음은 안타까움만큼이나 긴장과 흥분에 잔뜩 달아올라 있었다. 내가 상상한 그

처형 장면에, 내게 섬광 같은 어둠을 느끼게 한 그 장면에 나는 오로지 반감만 가졌던 걸까? 아니었다. 나는 메이저의 충성스러움을, 우리 아빠에 대한 메이저의 사랑—메이저는 다른 사람들을 좋아하는 것만큼 우리 아빠도 저만의 방식으로 묵묵히 좋아했다—을, 약한 시력이지만 장난기 가득한 메이저의 눈을 두고두고 생각했다. 나는 오언이 그 사실을 어떻게 받아들이는지 보려고 2층에 올라갔다.

오언은 침실 바닥에 앉아 잭스놀이*를 하고 있었다. 울고 있지는 않았다. 나는 오언을 설득하여 난리를 치게 만들 수 있을 거라는 막연한 희망을 가졌다. 그게 정말로 효과가 있을 거라고 기대해서라기보다는 그래야 마땅하다고 생각했기 때문이다.

"메이저가 총에 맞지 않게 해달라고 기도하면, 정말로 총에 맞지 않을 수 있을까?" 오언이 대답을 요구하는 목소리로 말했다.

기도는 내가 미처 생각지 못했던 것이었다.

"재봉틀에 실을 꿰지 않게 해달라고 기도했다면서. 그래서 하지 않았다고 했잖아."

나는 종교와 삶의 피할 수 없는 충돌이 일어나려는 것을 낭패감에 빠진 채 바라보았다.

오언이 일어서서 내 앞에 섰다. 그러고는 긴장해서 말했다.

---

* 공깃돌을 튀기면서 하는 놀이.

"기도. 그거 어떻게 하는 거야? 지금 해봐!"

"그런 문제에 대해서는 기도할 수 없어." 내가 말했다.

"왜 못해?"

왜 못하느냐고? 왜냐하면 우리는 말이지, 어떤 일이 일어나게 해달라거나 일어나지 않게 해달라고 기도하는 게 아니라, 일어나는 일을 견뎌낼 힘과 은혜를 달라고 기도하는 거거든, 나는 이렇게 말해줄 수도 있었을 것이다. 가증스러운 패배의 냄새가 나지만 멋진 탈출구였다. 하지만 그때는 그런 생각이 떠오르지 않았다. 나는 그저 기도를 해봤자 아빠가 밖으로 나가 총을 집어들고 "메이저! 이리 와, 메이저—" 하고 부르는 것을 멈추게 하지는 못할 거라고 생각했고, 또한 그 사실을 알고 있었을 뿐이었다. 기도가 그걸 바꾸지는 못한다.

그건 하느님도 바꾸지 못한다. 하느님이 선과 자비와 연민의 편이라면 어째서 이런 마음 상태에 이르는 것을 그렇게 어렵게 만들었겠는가? 그러니까 이런 것들은 힘든 만큼 노력할 가치가 있을 거예요, 그런 말은 하지도 마라. 아예 하지 마라. 처형의 행위가 일어나지 않게 해달라고 기도하는 건 부질없는 일이다. 하느님은 그런 반대에는 관심이 없기 때문이다. 그런 건 하느님의 일이 아니었다.

교회의 그물에 전혀 잡혀 있지 않고 주술이나 십자가에 의해 관리되지 않는 하느님, 이 세상에 정말로 현존하지만 죽음만큼 낯설고 받아들이기 어려운 하느님이 과연 있을 수 있을까? 신앙의 차원을 넘어, 감탄스러울 만큼 놀랍지만 무관심한 하느님이 있을 수 있을까?

"어떻게 하는 거야?" 오언이 물러서지 않고 물었다. "무릎을 꿇어야 해?"

"그런 건 상관없어."

하지만 오언은 이미 무릎을 꿇었고, 양 옆구리에서 주먹을 불끈 쥐었다. 그러고는 머리를 숙이지 않은 채 강한 의지로 얼굴을 든 상태를 유지했다.

"일어나, 오언!" 내가 거칠게 말했다. "그래봤자야. 안 돼, 소용없다니까, 오언, 일어나, 착하지, 내 동생."

오언은 눈도 뜨지 않고 불쑥 내 쪽으로 주먹 쥔 손을 내뻗었다. 기도의 말을 궁리하느라 오언의 얼굴은 몇 차례 절실하고 은밀하게 찡그려졌는데, 매번 찡그릴 때마다 그 표정이 내 눈에는 책망과 뭔가의 폭로로 느껴져 가죽을 벗긴 살처럼 쳐다보기가 힘들었다. 누군가가 신앙을 갖는 것을 그렇게 가까이에서 지켜보는 것은 누군가의 손가락이 잘려나가는 것을 보는 것만큼이나 쉬운 일이 아니었다.

선교사들도 놀라움과 수치심을 함께 느끼는 이런 시간들을 경험할까?

변화와 의식

남자애들의 증오는 위험했다. 그들의 증오는 날카롭고 노골적이었고, 7학년 읽기 책에 나오는 돌에서 뽑아낸 아서왕의 검처럼 기적 같은 생득권이었다. 여자애들의 증오는 그에 비하면 뒤죽박죽 혼란스럽고 눈물로 가득하고 까다롭고 방어적이었다. 남자애들은 바퀴에 칼이 달려 있기를 바라기라도 했다는 듯 자전거를 타고 돌진하여 상대가 있었던 자리의 공기를 어떤 후회도 없이 당당하게 갈랐다. 그러고는 뭐라고 말할 것이다.

그애들이 부드럽게 말한다. "안녕, 갈보들."

그애들이 유쾌한 목소리로 역겹다는 듯 말한다. "야, 네 구멍은 어디 있어?"

그애들의 입에서 나오는 말은, 자신이 원하는 대로 살고자 하는 상대의 자유를 빼앗고, 상대를 그애들이 쳐다본 수준으로 끌어내렸다. 분명 그것만으로도 그애들을 낄낄거리게 만들기엔 충분한 것 같았다. 내 친구 나오미와 나는 그애들을 피하려고 길을 건너가기엔 자존심이 너무 강해서 서로에게 "저런 말은 들을 가치도 없어" 하고 말해주었다. 이따금은 우리도 되받아 소리치곤 했다. "가서 소 여물통에 그 조동아리나 씻지 그래, 너희한테는 깨끗한 물도 아깝거든!"

학교가 끝났지만 나오미와 나는 집에 돌아가고 싶지 않았다. 우리는 라이시엄극장에서 상영하는 영화의 광고와 사진관 진열창에 걸려 있는 신부들을 구경한 뒤 시청 건물 안의 방 하나에 꾸며져 있는 도서관에 갔다. 시청 중앙문의 한쪽 옆 유리창에 LA D ES REST RO M*이라는 글자가 붙어 있었다. 반대쪽 옆에는 PUBL C RE DING ROOM**이라는 글자가 붙어 있었다. 빠진 글자는 결코 다시 채워지지 않았다. 사람들도 빠진 글자 없이 읽는 법에 길들여져 있었다.

문 옆으로 밧줄이 내려와 있었다. 둥근 지붕 아래 매달린 종에서 내려온 밧줄로, 그 옆에는 노랗게 변색된 안내판이 있었다. 부적절하게 사용할 시 벌금 100달러. 농부의 아내들이 스카프를 하

* LADIES REST ROOM. '여자 화장실'을 말함.

** PUBLIC READING ROOM. '공개 열람실'을 말함.

고 덧신을 신은 채 여자 화장실 창가에 앉아 남편이 자신들을 데려갈 때를 기다렸다. 도서관에 사서인 벨라 피픈 말고 누가 있었던 적은 거의 없었다. 그녀는 돌처럼 귀가 먹었고 소아마비 때문에 한쪽 다리를 절었다. 의회가 그녀를 도서관 사서로 일하게 해준 건 그녀가 제대로 다닐 수 있는 다른 직장이 없었기 때문이다. 그녀는 대부분의 시간을 데스크 뒤쪽에 튼 자신의 둥지에서 보냈다. 그곳에는 쿠션과 아프간 담요와 비스킷 통과 핫플레이트와 찻주전자가 있었고, 예쁜 리본들이 헝클어져 있었다. 그녀의 취미는 바늘꽂이를 만드는 것이었다. 결과물은 늘 똑같았다. 리본을 옷처럼 걸쳐 입은 큐피인형이었다. 리본이 후프 스커트처럼 실제 바늘꽂이를 가려주었다. 그녀는 주빌리에서 결혼하는 모든 여자에게 그 바늘꽂이를 선물로 주었다.

한번은 내가 그녀에게 뭔가를 어디서 찾으면 되는지 물었다. 그러자 그녀가 데스크를 돌아 기어나오더니 심하게 절룩거리며 서가로 걸어가 책 한 권을 들고 돌아왔다. 그녀가 그 책을 건네며 귀가 먼 사람의 크고 외로운 목소리로 말했다. "아름다운 책이 있네."

『바바라 워스의 승리』라는 책이었다.

도서관에는 그런 책들이 한가득 있었다. 표지가 칙칙한 청색이나 녹색, 갈색으로 된 낡은 책으로, 표지는 빳빳함이 사라지고 약간 말랑해져 있었다. 그런 책에는 종종 게인즈버러*의 그림 속

복장을 한 여성들이 묽은 수채화로 그려진 권두 삽화가 있었고, 그 밑에는 도로시 아가씨는 장미정원에서 혼자만의 시간을 가지면서, 이 수수께끼 같은 대화의 의미를 좀더 생각해보기로 했다(p.112), 같은 글귀가 쓰여 있었다.

제프리 파놀.** 마리 코렐리.*** 『다윗 가문의 왕자』.**** 사랑스럽고 그립고 초라한 옛친구들. 그 책들은 이미 다 읽은 것들이라 더는 집어들지 않았다. 또 어떤 책들은 책등만 봐도, 제목의 글자 하나하나가 둥글려진 형태만 봐도 무슨 책인지 알았지만 손을 대거나 꺼내본 적은 없었다. 『시골 전도사로 보낸 사십 년』. 『평화와 전쟁에서 여왕이 사랑한 사람』. 그런 책은 거리에서 매일, 매년 얼굴을 마주쳐도 얼굴 이상은 알지 못하는 사람들이나 다름없었다. 심지어 주빌리에서도 그런 일은 일어날 수 있었다.

나는 도서관에 가면 행복했다. 인쇄된 페이지들로 이루어진 벽과 수많은 창조된 세계들의 증거—이런 것들에 내 마음은 편안해졌다. 나오미는 정반대였다. 나오미는 많은 책들의 무게에

---

* 토머스 게인즈버러(1727~1788). 영국 화가로 주로 초상화를 그렸다.

** 1878~1952. 영국 작가로 조지왕 시대와 영국 섭정시대를 배경으로 마흔 편이 넘는 로맨스 소설을 썼다.

*** 1855~1924. 영국 작가로 1886년에 첫 소설 『두 세계의 사랑』을 펴내면서 문학적 성공을 거두었다.

**** 미국 작가 조지프 홀트 잉그러햄(1809~1860)의 소설.

짓눌렸고, 이에 압박감을 느끼고 의혹을 품었다. 예전에는 나오미도 책—여자애들이 읽는 미스터리 책—을 읽었지만 그 습관은 이미 버린 지 오래였다. 이런 일은 주빌리에서는 다반사였다. 책을 읽는 것은 껌을 씹는 것과 같아, 어른의 삶이 요구하는 심각한 일이나 만족감을 주는 다른 일이 나타나면 독서 습관은 가볍게 버려졌다. 결혼하지 않은 여자들은 대체로 그 습관을 지속했지만 남자가 그러면 창피한 일이었다.

그래서 내가 책을 보는 동안 나오미를 얌전히 있게 하려면, 그런 내용이 담겨 있을 거라고는 차마 믿기 어려운 그런 책을 찾아줘야 했다. 나오미는 벨라 피픈은 한 번도 사용하지 않은 작은 계단식 사다리에 앉았고, 나는 나오미에게 녹색 표지의 두꺼운 『라브란스가의 딸 크리스틴』*을 갖다주었다. 나는 크리스틴이 밀짚 위에 쭈그리고 앉아 몇 시간, 몇 페이지에 걸쳐 피를 흘리고 진통을 겪으면서 첫아기를 낳는 장면을 찾아주었다. 그걸 건네면서 나는 약간의 슬픔을 느꼈다. 나는 중요한 사람이건 아니건 늘 누군가를 배반하고 있었지만, 잘 지내려면 이것이 유일한 방법 같았다. 나는 이 책이 궁금하지 않았다. 전혀 궁금하지 않았다. 내가 11세기에 살고 싶고 심지어 크리스틴처럼 밀짚 위에서 아기를 낳고 싶고—물론 내가 그 시절에 살았다면 말이지

* 1928년 노벨문학상을 받은 노르웨이 작가 운세트가 쓴 삼부작 역사소설.

만—특히 엘룬 같은 결점 많고 어둡고 외로운 기수騎手를 애인으로 두고 싶은 마음이 있었다 해도 말이다.

나오미는 그 부분을 다 읽은 뒤 내게 와서 물었다. "크리스틴이 꼭 결혼을 해야 해?"

"응."

"그럴 줄 알았어. 여자가 결혼하면 아기를 낳다가 죽거나, 죽다 살아나거나, 그렇지 않으면 출산과 관련된 문제가 생겨. 아기가 언청이거나 내반족이거나 머리가 어떻게 되거나. 우리 엄마가 다 봤대."

나는 그 말을 믿지 않았지만 굳이 반박하지는 않았다. 나오미의 엄마는 간호조무사였다. 나는 나오미 엄마의 권위—혹은 나오미가 주장하는 그애 엄마의 권위—에 기초한 이야기들, 아기가 큰그물막*을 쓴 채 태어나면 범죄자가 된다거나, 인간 남자와 양이 성교를 하여 인간의 얼굴에 양의 꼬리가 달린 북슬북슬하고 쪼글쪼글한 생명체가 태어났지만 죽어서 어딘가 병에 보관되어 있다거나, 미친 여자들이 옷걸이로 자신을 음란하게 해쳤다는 이야기를 계속 들어왔다. 나는 이런 이야기를 내 기분 상태가 즐거운지 두려운지에 따라 믿거나 믿지 않았다. 나는 나오미의 엄마를 좋아하지 않았다. 그녀의 목소리는 떽떽거리는 쇳소리였

* 태아가 종종 머리에 쓰고 나오는 양막의 일부.

고 눈은—나오미의 눈처럼—툭 튀어나온데다 색깔이 옅었다. 그녀는 나더러 생리를 시작했는지 물었다. 하지만 출생과 죽음에 관련된 일을 하는 사람, 그 일에 뒤따르는 건 뭐든—흘린 피, 고기 같은 태胎, 소름 돋는 부패의 장면—보고 다루는 일을 맡은 사람, 그 일을 정말로 맡아서 하는 사람이라면 그 사람의 말은 그게 어떤 내용이든 귀기울여 들을 수밖에 없다.

"이 책에 그걸 하는 부분도 나와?"

나는 어떻게든 문학의 정당성을 나오미의 성에 차게 입증하려고—목사가 종교가 얼마나 실용적이고 즐거운 것인지를 보여주려고 안간힘을 쓰는 것처럼—그 책의 여기저기를 뒤져 크리스틴과 엘룬이 헛간에 몸을 피하는 부분을 찾아냈다. 하지만 나오미는 만족하지 않았다.

"이 부분이 둘이 그걸 한다는 걸 암시한단 거야?"

내가 크리스틴의 생각 부분을 짚어서 보여주었다. 이 구역질나는 게 노래마다 나오던 그거였어?

우리가 도서관에서 나왔을 때는 날이 저물고 있었고, 농부들의 썰매도 시내에서 빠져나가고 있었다. 나오미와 나는 빅토리아 스트리트로 가는 썰매에 올라탔다. 그 썰매를 모는 농부는 목도리를 칭칭 둘렀고 커다란 털모자를 쓰고 있었다. 헬멧을 쓴 고대 스칸디나비아인 같았다. 그는 우리를 돌아보며 내리라고 욕을 했지만, 우리는 큰그물막을 머리에 쓰고 태어난 범죄자처럼 장난기 섞인 반항심이 솟구치고 간이 커져서 내리지 않고 버텼다. 우리는 썰매 난간에 배를 누른 채 매달렸고 발로는 눈발이 흩날리게 눈을 지치다가 메이슨 스트리트 모퉁이에 이르러서야 눈밭에 몸을 풀썩 날렸다. 우리는 책을 챙기고 호흡을 가다듬은 뒤 서로에게 소리쳤다.

"이 못된 녀석들 내리지 못해!"

"이 못된 녀석들 내리지 못해!"

우리는 내심 누가 길에서 우리가 외치는 소리를 들어주기를 바라면서도 한편으로는 들을까봐 두렵기도 했다.

나오미는 메이슨 스트리트에 살았다. 나는 리버 스트리트에 살았다. 그게 우리가 친구가 된 근본적인 이유였다. 내가 처음 시내로 이사왔을 때 나오미의 집이 내가 학교 가는 길목에 있어 나오미가 아침마다 나를 기다리곤 했다. "넌 왜 그렇게 걸어?" 나오미가 물으면 나는 "내가 어떻게 걷는데?" 하고 대답했다. 그러면 나오미는 턱이 칼라에 닿게 고개를 푹 숙인 채 주위는 안중에도 없이 지그재그로 희한하게 걸어갔다. 나는 기분이 나빴지만 웃어넘겼다. 하지만 나오미는 이런 지적질을 밥 먹듯이 했다. 나는 그애가 나를 친구로 생각한다는 것을 알고는 깜짝 놀랐지만 한편으로는 신이 났다. 이전에 나는 친구가 없었다. 친구는 자유를 빼어갔고 어떤 면에서는 거짓말을 하게 만들었지만, 또한 삶을 확장시키고 삶에 공명을 일으켰다. 비명을 지르고 욕을 하고 눈밭에 몸을 던지는 건 혼자 할 수 있는 일이 아니었다.

게다가 우리는 서로를 너무 많이 알게 되어 이제 친구 관계를 끝낼 수도 없었다.

나오미와 나는 학급위원에 이름도 같이 올렸는데, 그건 우리가 학교 수업이 끝난 뒤 남아서 칠판을 깨끗이 닦고 빨간색, 흰색, 파란색 칠판지우개를 밖으로 가져가 벽돌 벽에 탕탕 쳐서 부채꼴 모양의 분필자국을 남긴다는 걸 의미했다. 우리는 교실로 돌아오다 교무실에서 흘러나오는 낯선 음악을 들었다. 패리스 선생님이 노래를 하고 있었고, 우리는 기억이 났다. 오페레타. 그 때문일 것이다.

매년 3월 학교에서 오페레타를 무대에 올렸다. 이 행사는 어떤 다른 힘을 작동시켜 한동안 모든 것을 바꿔놓았다. 오페레타 책임자는 패리스 선생님과 보이스 선생님이었는데, 패리스 선생님은 그 외에는 학기중에 특별히 다른 일을 하지 않고 3학년 학급만 가르쳤으며 매일 아침 우리가 교실로 들어갈 때 피아노로 〈터키행진곡〉을 연주했다. 보이스 선생님은 연합교회 오르간 연주자로 일주일에 이틀씩 음악을 가르치러 학교에 왔다.

보이스 선생님은 가르치는 방식이 일반적인 선생님과 달라 관심을 끌었지만, 한편으로는 그 때문에 우리의 존경을 받지 못했다. 그는 키가 작고, 부드러운 콧수염을 길렀으며, 눈은 빨아먹은 캐러멜처럼 둥글고 촉촉했다. 또한 그는 영국인이었고, 전쟁

초기에 침몰한 아테니아호*에서 살아남아 캐나다로 건너온 사람이었다. 북대서양에서 구명보트에 타고 있는 보이스 선생님을 상상해보라! 주빌리에서는 겨울에 자신의 차에서 학교로 달려오기만 해도 숨을 헐떡이며 성질을 부리는데 말이다. 그는 교실에 레코드플레이어를 가져와 〈1812년 서곡〉 같은 곡을 틀어주면서 그 음악을 들으면 무슨 생각이 나는지, 어떤 느낌이 드는지 물었다. 사실에 기반을 둔 정확한 답을 요구하는 질문에만 익숙해 있던 우리는 음담패설을 들은 것처럼 바닥 판자를 내려다보며 키득키득 웃고 몸을 바르르 떨었다. 그는 우리를 못마땅하게 쳐다보며 말했다. "너희 마음속에는 아무것도 떠오르지 않나보구나. 차라리 안 듣는 편이 낫겠다는 거지." 그러고는 교사로서는 지나치게 섬세하고 개인적인 제스처로 어깨를 으쓱했다.

패리스 선생님은 주빌리 토박이였다. 그녀도 이 학교에 다녔으니, 학생들이 날마다 줄을 서서 밟고 올라간 탓에 두 군데가 움푹 꺼진 이 긴 계단을 그녀 또한 다른 선생님이 연주하는 〈터키행진곡〉(이 곡은 틀림없이 태곳적부터 연주되었을 것이다)에 맞추어 행진해 올랐을 것이다. 그녀의 이름은 다들 잘 알고 있었다—엘리너였다. 그녀는 나오미의 집과 가까운, 메이슨 스트리

* 2차대전 당시 독일 잠수정에 의해 격침된 영국 증기선으로 승객과 승무원을 합쳐 약 백이십 명이 사망했다.

트의 보도에 인접한 작은 집에서 살았고, 연합교회에 다녔다. 겨울 동안에는 일주일에 한 번씩 저녁 시간에 스케이트도 타러 갔다. 그녀는 짙은 청색의 벨벳 옷을 입었는데, 그런 옷을 살 수 없어서 그녀가 직접 만들어 입었다. 가장자리는 하얀색 모피로 처리했고, 옷에 어울리는 흰색 털모자와 털토시도 했다. 짧은 스커트는 풍성하게 퍼졌고, 옅은 청색 태피터 천을 안감으로 댔으며, 무용수들이 신는 흰색 타이츠를 신었다. 그런 의상은 상당히 많은 것을 알려주는데, 그것도 한 가지 이상의 점에서 그랬다.

패리스 선생님은 젊지도 않았다. 1920년대 스타일 단발로 자른 머리는 헤나 염색을 했다. 볼에는 늘 볼연지를 두 곳에 찍었고, 입술선은 미소 짓는 형태로 그렸다. 스케이트를 탈 때는 하늘색 안감이 드러나게 원형으로 빙빙 돌며 스커트를 펄럭였다. 그럼에도 그녀는 메마르고 목석같고 순진해 보였으며, 어쨌거나 스케이트를 타는 동작도 자신을 드러낸다기보다는 교사처럼 기술을 보여주는 느낌이었다.

그녀는 모든 옷을 직접 만들어 입었다. 목선은 하이넥, 소매는 단아한 느낌의 긴소매로 했고, 페전트 드로스트링이나 리크랙*을 달아 꾸몄다. 턱 아래나 손목에는 거품이 인 듯한 모양의 하얀 레이스 프릴을 달았고, 작은 거울이 박혀 환한 빛을 반사하는

* 지그재그로 된 납작한 끈.

단추를 이용하기도 했다. 사람들은 그녀를 비웃었지만 그녀가 주빌리에서 태어난 사람이 아니라는 듯 많이 비웃지는 않았다. 우리집에서 하숙하는 펀 도허티가 말했다. "가엾기도 해라, 남자를 잡으려고 저러는 건데. 하지만 모두 자기 식대로 그럴 권리는 있으니까, 그렇고말고."

그게 그녀의 방식이었다면 성과는 없었다. 해마다 그녀와 보이스 선생님 사이에 가상의 로맨스 혹은 스캔들이 만들어졌다. 오페레타를 준비하는 동안에만 그랬다. 사람들은 둘이 피아노 의자에 꼭 붙어앉아 있는 걸 봤다거나, 그의 발이 페달을 밟은 그녀의 발을 슬쩍 찌르는 걸 봤다거나, 그가 그녀를 엘리너라고 부르는 걸 들었다는 이야기를 하곤 했다. 하지만 그녀의 얼굴을 쳐다보면 바로크양식으로 만들어낸 그 모든 소문은 산산이 부서졌다. 작고 앙상한 얼굴에, 빰은 남의 시선을 의식한 듯 볼연지를 발라 생기를 불어넣었고, 입꼬리는 깜박거리는 쉼표 같았으며, 눈동자는 놀란 듯 반짝거렸다. 그녀가 뭘 찾는지는 몰라도 그게 보이스 선생님일 리는 없었다. 펀 도허티의 말에도 불구하고 심지어 그 대상이 남자일 것 같지도 않았다.

그녀에게는 오페레타가 열정의 대상이었다. 눈송이가 아련하게 흩날리는 어느 오후 두시경 그녀가 보이스 선생님과 함께 교실로 들어왔던 그 첫 순간에 그녀는 그 열정을 신중하게 불태웠다. 우리는 그때 졸음과 싸워가며 칠판에 적힌 것을 옮겨 쓰고 있었고, 모든 것이 매우 고요해서 건물 저 아래 수도관에 물이 콸콸 흘러가는 소리까지 다 들을 수 있었다. 보이스 선생님이 악보를 나눠주었고, 패리스 선생님이 모두에게 일어나 노래를 불러보라고 거의 속삭이듯 말했다.

화려한 코트를 입은 존 필을 아시오?
동틀 무렵 나타나는 존 필을 아시오?
머나먼 곳에 가 있는 존 필을 아시오?
아침에 사냥개들과 말을 데리고 나타나는 그 사람을 아시오?*

교장선생님이자 우리 담임인 매케나 선생님은 칠판에 계속 수업 내용을 적는 것으로 이에 대한 자신의 생각을 보여주었다. 나일 계곡은 이 지역을 둘러싼 세 개의 사막인 리비아, 누비아, 아라비아 사막 덕분에 침략을 받지 않았다. 그가 어떤 태도를 보이든 그건 중요하지 않았다. 결국 그는 손을 놓을 수밖에 없었기 때문이다. 오페레타는 점점 커져서 그의 규정과 시간표 전부를 성냥개비로 만든 울타리처럼 밀어내고 말 터였다. 지금 패리스 선생님과 보이스 선생님은 아주 요령 있게, 의식을 거행하듯 교실 안을 발끝

* 19세기에 만들어진 노래 〈D'ye Ken John Peel〉. 노래의 주인공 존 필(1776?~1854)은 영국의 사냥꾼이다.

걸음으로 돌아다니며 학생 한 명 한 명의 목소리를 들으려고 머리를 숙였다. 이런 식으로 계속되지는 않을 것이다. 당장은 오페레타 전체가 두 사람의 머릿속에 있을 뿐이지만 때가 되면 밖으로 풀려나올 테고, 그러면 오페레타는 서커스 풍선처럼 둥그렇게 부풀 것이다. 우리는 그저 계속 버티기만 하면 될 것이다.

그들이 부드러운 손짓으로 몇 명을 가리키며 앉으라고 지시했다. 나는 앉는 쪽에 속했고, 나오미도 앉는 것을 보며 다행으로 여겼다. 그들은 남은 아이들에게 다시 노래를 불러보게 했고, 일부 아이들에게는 줄에서 나오라고 손짓했다.

오페레타 캐스팅은 예측하기 어려운 일이었다. 휴전기념일에 양귀비꽃 화환을 전몰장병기념비로 가져가는 것에서, 청소년 적십자단 공연을 무대에 올리는 것, 묘한 분위기의 텅 빈 복도를 통과하여 선생님들의 편지를 전달하는 것에 이르기까지 다른 경우에는 대체로 누가 뽑힐지 예측할 수 있었다. 누구는 대부분 뽑혔고, 누구는 이따금 뽑혔고, 누구는 어떤 상황에서도 절대 뽑히지 않았다. 그 명단의 맨 위에는 마저리 쿠츠와 그웬 먼디가 있었다. 마저리의 아버지는 변호사이자 지방의회 의원이었다. 그웬 먼디의 아버지는 장의사였고 가구점을 운영했다. 어느 누구도 그애들의 지위에 반발하지 않았다. 청소년 적십자단의 임원을 뽑는 자유선거에서 우리는 뭐가 적절할지에 대한 탁월한 감각으로 주저 없이, 우리 손으로 그애들을 뽑았다. 여러 해 동안 그애들은 타운과 학교가 제공하는 호의에 에워싸여 지내면서 선발되기에 더욱 적합한 아이들이 되었다—자신감과 사회성이 있고 신중하고 친절한 아이들이 된 것이다. 신뢰감을 주지 않는 아이들, 학급임원이 되면 독불장군이 되는 아이들, 전몰장병기념비로 걸어가면서 발을 헛디디는 아이들, 선생님들의 편지를 들고 가면서 뭔가 소문낼 게 없나 훔쳐보는 아이들은 이따금 뽑히는 아이들, 즉 욕심은 있지만 애매한 아이들이었다—섹스에 대해서는 전문가인 앨마 코디나 나오미와 나 같은 아이들이 여기에 속했다.

마저리와 그웬처럼 확실하지만 다른 쪽으로 확실해서 결코 뽑히지 않는 아이들이 있었다. 엉덩이가 너무 커서 의자—남자애들이 의자에 펜촉을 꽂아놓곤 했다—밖으로 살이 삐져나올 만큼 엄청나게 뚱뚱한 뷸라 보스라는 이름의 여자애, 절대 말을 하지 않고 신장병 때문에 종종 결석을 하는 이탈리아 여자애, 몹시 연약하고 금방이라도 울 것 같은 알비노병을 앓는 남자애가 있었다. 그 남자애 아버지가 작은 식료품점을 해서, 그애는 학교에 다니는 내내 검드롭, 치킨본, 리커리스휩스 같은 과자를 우리에게 주면서 그 시간을 버텨냈다. 그런 애들은 교실 뒤쪽에 앉았고, 그애들에게는 책을 읽어보라고 시키지도 않았다. 또한 그애들은 칠판 앞에 불려 나가 산수 문제를 풀지도 않았다. 밸런타인데이에는 카드를 딱 두 장 받았다. (그웬과 마저리가 보내는 것인데, 그 둘은 소문이 퍼지는 걸 두려워하지 않고 누구에게나 카드를 보낼 수 있었다.) 그애들은 꿈결 같은 신성한 고독을 누리며 한 해 두 해, 한 학년 다음 학년을 보냈다. 이탈리아 여자애가 우리 중에서 가장 먼저 죽음을 맞이하는 사람이 되었다. 우리가 고등학교에 다니고 있을 때였다. 그때 우리는 그애를 기억할 것이고, 깜짝 놀라면서 뒤늦은 자부심을 느낄 것이다.

"그애가 우리 반이었다니까."

노래를 잘하는 목소리는 어디에서나 발견할 수 있었다. 뷸라 보스나 이탈리아 여자애, 알비노 남자애한테서는 발견하지 못했지만 가능할 수도 있었다. 그만큼 가까이 있었다. 왜냐하면 패리스 선생님과 보이스 선생님 사이에서 트로피 같은 존재가 된 아이가 바로 내 뒤에 앉아 있던 남자애였기 때문이다. 그 아이는 명단에 굳이 넣는다면 가끔 뽑히는 아이들 중에서도 맨 밑에나 들어갈 아이였다. 프랭크 웨일스.

내가 놀란다는 건 말이 안 됐다. 매일 아침 그애가 내 뒤에서 〈신이시여 국왕 폐하를 지켜주소서〉를 부르는 걸 들었기 때문이다. 일주일에 한 번씩 보이스 선생님이 오는 날에는 〈존 필〉 〈불어라 봄바람〉 〈목마른 수사슴이 시원한 샘을 찾듯〉〔나는 오랫동안 hart(수사슴)가 heart(심장)인 줄 알았다〕을 불렀는데, 그때 그애 목소리를 들었다. 그애의 목소리는 아직 훼손되지 않은 소프라노였고, 남을 의식하지 않았으며, 솔직히 인간의 목소리라기보다는 플루트 소리처럼 고요하고 고립된 느낌을 주었다. (그 애는 나중에 오페레타에서 자신의 역할을 위해 리코더를 배웠는데, 리코더 소리가 그애 목소리의 연장선처럼 들렸다.) 정작 그 애는 자기가 그런 목소리를 가졌다는 사실에는 관심도 없고 그 사실을 알고 있지도 않았다. 그애가 노래를 멈추면 그 목소리도 완전히 사라져서 그 목소리와 그애를 연결시키기조차 힘들었다.

내가 정말로 프랭크 웨일스에 대해 아는 거라곤 그애가 철자법을 아주 잘 틀렸다는 것밖에 없었다. 그애는 자기가 쓴 걸 내게 건네면서 틀린 걸 표시해달라고 했다. 나중에는 칠판 앞으로 나가 틀린 단어를 세 번씩 쓰기도 했지만, 태도는 온순했고 덤덤해 보였다. 그런 방법이 그에게 효과가 있는 것 같지는 않았다. 얼마나 엉망으로 쓰는지 그것이 비딱한 반항행위, 화를 표출하는 고집스러운 농담이 아니라고 믿기에는 너무 심한 정도였지만, 어떻게 이런 일이 가능한지를 말해주는 다른 점을 그에게서 찾아낼 순 없었다. 철자법만 제외하면 그애는 똑똑하지도, 멍청하지도 않았다. 지중해가 어디 있는지는 알았을 가능성이 높지만, 사르가소해가 어디 있는지는 몰랐을 것이다.

그애가 돌아왔을 때 나는 내 자에 "어떤 파트를 맡았어?"라고 써서 자를 빌려주는 척하면서 그애에게 건넸다. 교실은 휴전지대여서 남자애들과 여자애들 사이에는 중립적이고 비밀스러운 의사소통만 가능했다.

그애는 자의 반대쪽에 이렇게 썼다. 필이 분은 사람.

그래서 나는 우리가 하게 될 오페레타가 〈피리 부는 사람〉인 걸 알았다. 나는 저택 장면도 없고 기다리는 여자들도 없고 아름다운 의상도 없다는 데 실망했다. 그럼에도 한 파트를 맡고 싶은 생각은 간절했다. 패리스 선생님이 '소작농들의 웨딩댄스'에서 춤을 출 아이들을 뽑으러 왔다.

"머리를 꼿꼿이 들고 있을 수 있고 발놀림이 좋은 여학생 넷이 필요해. 마저리 쿠츠, 그웬 먼디, 또 누가 있을까?" 그녀의 눈이 이 줄 저 줄 훑다가 몇 명의 앞에서, 그리고 머리를 꼿꼿이 들고 앉아 있는 내 앞에서도 멈췄다. 나는 어깨도 쫙 폈고 얼굴 표정도 밝게 했지만 자존심을 지키느라 꼭 하고 싶다는 내색은 하지 않은 채 책상 밑에서 행운을 바라는 나만의 표시로 손가락을 힘껏 꼬고 있었다. "앨마 코디 그리고—준 개닛. 이제 무대 막이 떨어지지 않게 춤을 출 수 있는 남학생 넷……"

나는 그 순간 고통에 휩싸였다. 내가 무대 뒤쪽으로 밀려나 군중의 한 명이 되어야 한다니? 무대에는 아예 오르지도 못한다니? 어떤 아이들은 무대에 오르지도 못할 것이다. 그런 아이들은 무대 아래, 보이스 선생님이 연주하는 피아노 옆으로 여러 줄로 배열해놓은 벤치에 앉아 있어야 할 것이다. 코러스로 선발된 저학년 학생들과 함께 검은색 스커트에 흰색 블라우스나 흰색 셔츠에 검은색 바지로 통일한 옷을 입고서. 나는 〈집시 공주〉 〈케리 댄서〉〈훔친 왕관〉을 올렸던 그 삼 년 동안 거기 앉아 있었다. 〈피리 부는 사람〉을 공연하는 내내 이탈리아 여자애, 뚱보 여자애, 그리고 알비노 남자애가 그 자리에 앉아 있을 건 뻔한 일이었다. 하지만 그게 나여서는 안 돼! 나여서는 안 된다고! 나는 나를 무대에 오르지 못하게 하는 그런 끔찍하고 부당한 일이 일어났다는 걸 믿을 수 없었다.

나오미도 파트를 맡지 못했다. 집으로 돌아가는 길에 둘이 이 문제에 대해 말하지는 않았지만, 우리는 오페레타와 관련된 건 뭐든 비꼬았다.

"네가 패리스 선생님을 해봐. 내가 보이스 선생님을 해볼게. 아, 나의 진실한 사랑, 나의 작은 벌새, 〈피리 부는 사람〉의 음악을 들으면 불타오르는 열정 때문에 미쳐버릴 것 같아요. 당신이 그토록 말라빠졌으니, 나는 언제쯤 당신의 등뼈가 으스러지게 당신을 내 품에 안을 수 있을까요?"

"나는 그렇게 말라빠지지 않았어요. 나는 굉장히 아름다워요. 그런데 당신의 콧수염 때문에 내 몸에 두드러기가 일어나는군요. 당신의 부인은 어쩌죠? 오, 내 사랑?"

"나의 사랑스러운 천사여, 괴로워하지 말아요. 아내를 바퀴벌레가 득실득실한 어두운 옷방에 가두고 문을 잠가버릴 테니."

"하지만 당신 아내가 빠져나올까봐 겁이 나요."

"그런 일이 생긴다면 비소를 먹이고 몸을 잘게 썰어 토막을 낸 뒤 변기에 넣고 물을 내려버리겠소. 아니, 욕조에 넣고 잿물로 녹여버릴 거요. 아내의 이를 때운 금을 녹여 우리의 아름다운 결혼반지를 만듭시다."

"오, 당신은 정말 로맨틱해요. 오, 내 사랑."

그런데 나오미가 엄마로 뽑혀버렸다. 대사는 "아, 내 귀여운 딸 마르타, 너는 어째서 아침마다 춤을 추고 돌아다녔던 거니. 내가 네 머리를 땋아주려고 할 때마다 말이야! 그러니 내가 널 야단쳤던 거지! 아, 춤추는 네 모습을 지금 볼 수만 있다면!"이었다. 마지막 장면에도 대사가 있었다. "아, 얼마나 감사한지. 앞으로 절대 이웃들에 대한 말은 하고 다니지 않을 거야. 다시는 험담이나 하는 쩨쩨한 여자가 되지 않을 거야!" 나는 나오미가 키가 작고 약간 통통한 편이라서 뽑힌 거라고 믿었다. 그런 몸매는 엄마처럼 보이게 꾸미기가 쉬웠다. 나는 집에 혼자 돌아가야 했다. 대사가 있는 역할을 맡은 아이들은 학교가 끝난 뒤 남아서 연습을 했다. 엄마가 내게 물었다. "오페레타는 어떻게 돼가?" 내가 파트를 맡았는지 물어보는 말이었다.

"아직 진행된 건 없어요. 파트는 아직 뽑지 않았고요."

저녁을 먹은 뒤 나는 메이슨 스트리트로 걸어가 패리스 선생님의 집 앞을 지나갔다. 뭘 해보겠다는 생각 같은 건 없었다. 나는 사람들이 밟고 다녀 다져진 눈밭 위를 아무 소리도 내지 않고 서성였다. 패리스 선생님은 블라인드를 올려놓지 않았다. 올려놓았다면 그녀답지 않은 행동이었을 것이다. 그녀의 집은 작아서 거의 장난감 집 같았다. 파란색 덧창에 꼭대기가 뾰족한 지붕, 작은 박공널, 문과 창문의 위쪽에 가장자리가 스캘럽 무늬로 처리된 판자를 댄 것이 특징인 흰색 집이었다. 그녀는 부모님이 돌아가셨을 때 물려받은 유산으로 그 집을 직접 지었다. 영화에서나 이런 집—다시 말해 매력적이고 색다른 느낌을 줄 의도로, 실생활이 아니라 놀이를 목적으로 지어진 듯한 집—을 종종 봤지, 주빌리에서는 볼 수 있는 집이 아니었다. 시내의 다른 집들과 비교하면 그녀의 집은 어떤 비밀도, 어떤 모순도 없어 보였다. 사람들은 그저 "아주 예쁜 집이긴 한데, 진짜 집 같지가 않아" 하고 말할 뿐이었다. 그들은 그것에 대해 뭘 믿지 않을지에 대한 것 이상은 말할 수 없었을 것이다.

물론 내가 할 수 있는 일은 없었고, 잠시 후 나는 집으로 돌아갔다.

다음날 패리스 선생님이 준 개닛을 데리고 교실로 들어오더니 그애를 곧장 내 책상으로 데려왔다. 그러고는 말했다. "일어서, 델." 내가 그 말을 듣지 않아도 미리 알아서 일어섰어야 한다는 투였다—그녀는 점점 오페레타식 태도에 빠져들고 있었다. 그러더니 우리 둘이 서로 등을 대고 서게 했다. 나는 준의 키가 그 역할에 맞지 않는다는 걸 눈치챘지만 너무 큰 건지 작은 건지 알 수 없어 내 키를 줄일 수도 키울 수도 없었다. 패리스 선생님이 우리 머리에 손을 얹었다가 무겁게 손을 뗐다. 그녀가 너무 바짝 붙어서서 내 코에 후추 같은 땀냄새가 훅 끼쳤다. 그녀는 손을 약간 떨고 있었다. 흥분했는지 흥얼거리는 노랫소리가 조그맣고 위험스럽게 흘러나왔다.

"반 인치나 크구나, 준. 너를 엄마로 꾸미면 어떨지 한번 보자."

나오미와 나 그리고 다른 아이들이 조심스럽고도 멀뚱하니 시선을 교환했다. 매케나 선생님이 얼굴을 찡그린 채 교실 안을 날카롭게 훑어보았다.

"네 파트너는 누구야?" 나중에 우리가 코트보관실에서 서로 먼저 부츠를 찾겠다고 소란을 피울 때 나오미가 내게 소곤거렸다. 우리는 질서를 지킨다는 명목으로 교실에서 줄을 맞춰 나가 자기 코트를 찾은 뒤 다시 교실로 돌아와 각자의 자리에서 입어야 했다.

"제리 스토리." 내가 말해주었다. 나는 내 짝으로 정해진 파트너가 썩 마음에 들지 않았다. 하지만 그애가 내게 적절한 짝으로 여겨지는 모양이었다. 그웬 먼디와 마저리 쿠츠는 각각 머리 힐, 조지 클라인과 파트너가 되었다. 그애들은 똑똑하고 운동도 잘하고 필요한 순간에는 예의를 지킬 줄도 알아서 우리 반 남학생들 중에 그웬과 마저리의 짝이 될 만한 아이들이었다. 앨마 코디는 키가 크고 팔다리가 흐느적거리며 바보스럽고 무모한, 연합교회 목사의 아들 데일 매크로플린과 파트너가 되었다. 데일은 두꺼운 안경을 썼는데, 한쪽 눈이 방향을 못 잡고 자꾸 옆으로 돌아갔다. 그애는 벌써 학교 뒤쪽 자전거 보관소에서 바이얼릿 툼스와 삽입 섹스 비슷한 걸 했다. 내 파트너가 된 제리 스토리는 두상 전체가 어린아이 같은 곱슬곱슬한 머리카락으로 뒤덮여 있고, 눈은 창피함을 모르는 고전압 두뇌의 영향 때문인지 툭 튀어나와 있었다. 그애는 과학 시간에 손을 들고 지겨운 코맹맹이 소리로 자기가 화학 실험 기구로 어떤 실험을 했는지를 설명했다. 그는 모든 것—원소, 식물, 강, 지도에 표시된 사막—의 이름을 알았다. 사르가소해가 어디 있는지도 알았을 것이다. 우리가 춤을 연습한 시간 내내 그애는 내 얼굴을 한 번도 쳐다보지 않았다. 그애의 손에 땀이 찼다. 내 손도 마찬가지였다.

"어머머, 뭐야!" 나오미가 말했다. "이제 애들이 다 네가 그애를 좋아하는 줄 알겠다."

그러든 말든. 이제는 오페레타가 학교에서 유일한 관심사가 되었다. 전쟁중에는 전쟁이 벌어지기 전에 사람들이 무슨 생각을 했고 무슨 걱정을 했고 어떤 것이 뉴스가 되었는지 상상할 수 없는 것처럼, 이제 우리가 오페레타로 말미암아 흥분되고 어수선하고 긴장된 분위기로 뒤덮이기 이전의 학교를 기억하는 것은 불가능했다. 우리는 학교 수업이 끝난 뒤 춤 연습을 했고, 수업 시간에도 교무실에서 연습을 했다. 나는 이전에는 교무실에 들어가본 적이 없어서, 크레톤사라사 천으로 만든 커튼이 달린 작은 식기장, 찻잔들, 핫플레이트, 아스피린 병, 울퉁불퉁한 가죽 카우치를 보니 기분이 묘했다. 선생님들과 그런 평범한, 심지어 초라하고 가정적인 물건을 연결시키기가 쉽지 않았다.

있을 법하지 않았던 광경들이 계속 나타났다. 교무실 천장에는 맨홀 같은 것이 있었는데, 어느 날 우리가 연습을 하러 교무실에 들어갔을 때 다른 누구도 아닌 매케나 선생님이 거기 들어가 있는 것이 아닌가. 매케나 선생님은 맨홀 밖으로 먼지 묻은 갈색 바지를 입은 다리와 엉덩이를 내놓은 채 몸을 꿈틀거리며 발판 사다리를 짚으려고 애쓰고 있었다. 그가 판지상자를 내리자 패리스 선생님이 받아들며 소리쳤다. "맞아요, 그거예요, 그거! 아, 이제 찾았네. 여기 어떤 것들이 들었는지 한번 볼까!"

그녀가 끈을 홱 잡아당겨 끊자 빨간색과 파란색으로 염색한 한랭사가 쏟아져나왔다. 크리스마스트리에 매다는 반짝이 금줄과 은줄로 만든 고리가 가장자리에 장식되어 있었다. 금박지, 은박지를 씌운 왕관도 나왔다. 녹슨 색깔의 벨벳 궁정 예식용 반바지, 가장자리에 술이 달린 노란색 페이즐리 무늬의 숄, 종이 같은 태피터 천으로 만든 먼지 묻은 궁정 드레스도 있었다. 매케나 선생님은 고맙다는 말도 듣지 못한 채 바지에 묻은 먼지를 떨면서 있었다.

"오늘 춤 연습은 없어. 남학생들은 나가서 하키를 하도록 해." (그녀는 남자애들이 학교 건물에 없을 때는 하키를 하고 있을 거라고 상상했다.) "여학생들은 여기 남아서 쓸 만한 거 고르는 걸 돕고. 여기 있는 것 중에 중세 독일 마을에 어울리는 게 뭐가 있을까? 글쎄, 글쎄. 이 드레스는 너무 화려하고. 어쨌거나 무대에 입고 올라가면 대번에 부스러질 거야. 이 드레스는 〈훔친 왕관〉을 할 때 가장 예뻤는데. 이 궁정 바지는 시장한테 맞을까? 이걸 보니 생각나, 이걸 보니 생각나—시장의 체인 목걸이를 만들어야겠어! 프랭크 웨일스의 의상도 만들어야겠네. 지난번 〈피리 부는 사람〉을 할 때는 주인공 의상이 두 배로 커야 했는데. 누가 했더라? 누구였는지도 잊어버렸네. 뚱뚱한 애였는데. 목소리만 보고 뽑았거든."

"오페레타는 전부 몇 편이나 있어요?" 선생님들에게 스스럼이 없는 그웬 먼디가 공손하고 사근사근한 목소리로 물었다.

"여섯 편." 패리스 선생님이 운명론자처럼 말했다. "〈피리 부는 사람〉. 〈집시 공주〉. 〈훔친 왕관〉. 〈아라비안나이트〉. 〈케리 댄서〉. 〈나무꾼의 딸〉. 이걸 돌아가면서 한 번씩 다 하고 다시 같은 곡을 할 때쯤이면 무대에 오를 아이들도 완전히 새로 뽑아야 하고, 얼마나 와줄지 모르는 관중도 지난 공연은 다 잊어버린 뒤고." 그녀는 빨간 안감을 댄 검은색 벨벳 망토를 골라 탈탈 턴 뒤 자신의 어깨에 걸쳐보았다. "이건 〈집시 공주〉에서 피어스 머리가 캡틴을 맡았을 때 입었던 거야. 기억나니? 아니지, 당연히 기억 못하겠지. 1937년이었으니까. 그애는 공군에 입대했다 사망했어." 그녀는 무심하게 말했다. 그가 이미 〈집시 공주〉에서 캡틴 역을 한 다음인데 그에게 또다른 일이 일어난 것이 그렇게 중요하겠는가? "그애가 이 옷을 입을 때마다 몸을—이렇게—흔들어서 안감이 다 보였어." 그녀가 빼기듯 몸을 흔들었다. 우리의 감탄을 끌어내서 우리를 몰입하게 만들려는 듯 그녀의 무대와 안무 지시는 죄다 일부러 멋을 부린 것처럼 과장되게 느껴졌다. 그녀는 우리에게 모욕적인 말을 했고, 우리가 쉰 살 먹은 관절염 환자처럼 춤춘다고 나무랐으며, 우리 신발 안에 폭죽을 넣겠다는 말까지 서슴지 않았다. 하지만 그녀는 아름다운 춤, 불꽃같은 춤을 출 잠재력이 우리에게 있다는 듯, 어느 누구도, 심지어 우리 자신도 우리에게 있는 줄 몰랐던 것을 자신이 끌어낼 수 있다는 듯 우리 주위를 끊임없이 돌아다녔다.

보이스 선생님이 프랭크 웨일스에게 리코더를 가르치기 위해 악기를 가지러 들어왔다. 그러다가 마침 그녀의 몸동작을 보았다.

"콘 브리오."* 그가 영국인답게 놀라움을 차분하게 드러내며 말했다. "콘 브리오, 미스 패리스!"

패리스 선생님은 그 동작의 정신을 지켜 도도하게 절했고, 우리는 그녀의 행동을 물끄러미 바라보았다. 심지어 그 순간에는 그녀의 뺨이 돋는 해처럼 붉어져 볼연지 색깔마저 흡수했지만

* '생기 있게'라는 뜻의 이탈리아어.

우리는 이것이 보이스 선생님과는 아무 상관 없는 일이고 오로지 그 동작의 즐거움 때문이라는 사실까지 이해했다. 우리는 콘브리오를 잘 외워뒀다가 써먹기로 했다. 그게 무슨 뜻인지도 몰랐고 관심도 없었다. 그저 우스꽝스럽게 들리고—외국어는 그 자체로 우스꽝스러웠다—극적인 폭발력이 있다는 것만 알았다. 우리는 그게 먹힐 것임을 알아차렸던 것이다. 패리스 선생님은 오페레타 공연이 끝나고 한참 지나서까지도 자신을 격려하듯 습관처럼 콧노래를 흥얼거리며("청년 음유시인이—안녕, 얘들아!—전쟁터로 떠나버렸네—") 학교 복도를 통과하거나 존 스트리트 언덕을 오르내렸고, 우리를 지나쳐 갈 때마다 주변 어딘가에서 늘 누군가가 정체를 숨기고 내뱉는 이 말을 들어야 했다. 콘브리오, 미스 패리스. 이 말만 들으면 패리스 선생님은 발끈하는 것 같았다. 그 말 때문에 흥분했다.

우리는 시청에 가서 연습을 하기 시작했다. 시청 강당은 기억하던 대로 크고 냉기가 돌았으며, 무대막은 기억하던 대로 진청색의 낡은 벨벳이었는데 가장자리에 금술이 달려 있어 장엄한 느낌을 주었다. 겨울이라 날이 어둑해 등은 켜져 있었지만 강당 저 뒤쪽까지는 아니었다. 패리스 선생님은 이따금 그쪽으로 사라져서는 "이 뒤에서는 한마디도 들리지 않아! 한마디도! 뭐가 무서워? 강당 뒤쪽에 앉은 사람들이 돈을 돌려달라고 아우성치는 소릴 듣고 싶어?" 하고 외치곤 했다.

그녀는 절망의 정점에 다다르고 있었다. 손에는 늘 바느질 도구를 들고 다녔다. 어느 날 그녀가 나더러 오라고 손짓을 하더니, 시장 역을 맡은 아이가 쓸 벨벳 모자에 달고 있던 꼰 금실 한 가닥을 주었다. 그러고는 워커 가게로 가서 그 색깔에 맞는 실을 4분의 1야드 사오라고 했다. 그녀는 몸을 바르르 떨었고, 그러자 그녀의 흥얼거리는 소리가 더욱 또렷하게 들렸다. "꾸물거리지 말고." 그녀가 중요한 약을 사오라는 심부름을 시키듯, 혹은 1개 부대를 구할 전갈을 들려 보내듯 내게 말했다. 그래서 나는 코트 단추도 잠그지 않고 쌩하니 밖으로 달려나갔다. 주빌리는 갓 내린 눈에 뒤덮여 있었다. 거리는 고요했고 양털처럼 하얬다. 내가 뒤로하고 나온 시청 강당의 무대는 광적인 몰입에 의해 불이 지펴져 모닥불처럼 환하게 느껴졌다. 진짜도 아니고 솔직히 필요한 것도 아니지만 일단 믿기 시작하면 우리가 가진 그 어떤 것보다 중요한 것이 되는 그런 것을 만드는 데 바치는 몰입이었다.

우리는 오페레타 덕분에 단조로운 삶의 일과에서 해방되었고, 매케나 선생님이 선발되지 않은 아이들에게 철자 말하기 시합과 암산을 시키고 있는 교실은 뒤에 두고 떠나온 슬프고 어두운 장소로 기억에 남았다. 이제 우리 모두는 패리스 선생님과 한편이었다. 부분부분 나눠서 연습하던 오페레타가 합쳐졌다. 이제는 오페레타의 전체가 보였다. 나는 그 이야기에 감동을 받았고, 그건 지금도 마찬가지다. 나는 피리 부는 사람이 얼마나 고립되어 지냈고, 힘을 지녔지만 무력하고 비극적인 인물이었는지 생각했다. 어떤 배반도 정말로 그를 놀라게 할 수는 없었을 것이다. 세상이 그를 이용한다는 사실에 그는 커다란 마음의 상처를 입었고, 험프리 보가트처럼 자신의 고단한 명예를 지켰다. 그의 복수(물론 바뀐 결말이 망쳐놓았지만)조차 원한에 가득한 것이 아니라, 더 큰 정의를 이루기 위한 거의 부드러운, 지독히 부드러운 복수처럼 보였다. 아무리 가르쳐도 철자법이 늘지 않는 프랭크 웨일스였지만 연기에 있어서만큼은 노력 없이도 수월하고 자연스럽게 자기 배역에 녹아들어가는 것 같았다. 그애는 무대에서도 평소처럼 내성적이고 무심해 보였는데, 이것이 그 역할에는 딱이었다. 나는 처음으로 그애가 어떤 애인지, 어떻게 생긴 애인지 알게 되었다—머리 모양은 길고 좁았고, 짧게 깎은 짙은 색 머리는 빳빳한 모질의 현관매트처럼 보였으며, 이번 경우에는 그렇지 않지만 얼굴이 광대 얼굴로 꾸며도 될 만큼 우울해 보였다. 목 뒤쪽에는 오래된 종기 흉터가 여럿 보였고 새 종기도 돋고 있었다. 체형도 얼굴처럼 호리호리했고, 키는 우리 반 남학생 평균이었다—나보다 1인치 작을 거라는 이야기다. 걸을 때는 빠르고 편안한 느낌으로 걸었는데, 사람들 눈에 띄지 않을 필요도, 이목을 끌어야 할 필요도 없는 사람의 걸음걸이였다. 옷은 팔꿈치가 나달나달해진 청회색 스웨터를 날마다 입고 다녔는데, 이 뿌연 색깔이 내게는 평범하고 과묵하고 신비해 보여서 그애의 색깔, 그애 자아의 색깔로 느껴졌다.

나는 그애를 사랑하고 있었다. 나는 피리 부는 사람을 사랑했다. 나는 프랭크 웨일스를 사랑했다.

나는 누군가에게 그애에 대한 이야기를 하고 싶었고, 그래서 객관적이고 비판적인 태도를 가장하며 엄마에게 말했다.

"그애는 목소리는 좋은데 키가 별로 안 커요. 무대에서 돋보일 것 같지는 않아요."

"그애 이름이 뭔데? 웨일스? 코르셋을 팔던 여자의 아들인가? 내가 웨일스 부인한테서 코르셋을 사곤 했는데—그 여자한테 슬렌더-이즈 제품이 있었거든. 지금은 그 제품을 안 팔아. 유제품 공장을 지나, 베그스 스트리트에 살았어."

"그애 엄마가 맞겠네요." 나는 프랭크 웨일스의 가족과 우리 가족, 그애의 삶과 내 삶 사이에 이런 접점이 있었다는 생각에 기분이 묘하게 좋아졌다. "엄마가 그 아줌마 집에 갔었어요? 아니면 그 아줌마가 우리집에 왔었어요?"

"내가 갔지. 우리가 그 집에 찾아가야 했어."

나는 그 집이 어땠는지, 응접실에 사진은 있었는지, 그애 엄마는 어떤 이야기를 했는지, 그애 엄마가 자식들에 대한 이야기는 했는지 묻고 싶었다. 엄마와 그 아줌마가 서로 친구가 되어 각자 가족 이야기를 하기를 바란다면, 웨일스네 엄마가 그날 밤 저녁을 먹으면서 "오늘 아주 훌륭한 부인이 코르셋을 맞추러 와서는 자기 딸도 너하고 같은 반이라고 하더라" 하고 말하기를 바란다면 그건 너무 지나칠 것이다. 그런다고 무슨 소용이 있겠는가? 그애가 듣는 데서 내 이름이 언급되고, 그애 눈앞에 내 모습이 떠오른다고 해서?

요즘 시청 강당의 분위기는 나를 더욱 이런 상태로 몰아갔다. 남학생들과 여학생들 사이의 의례적인 적대감이 여기저기에서 깨지고 있었다. 적대감이 유지될 수가 없었고, 유지된다고 해도 저류에 혼란스러운 친근함이 흐르는 장난스러운 방식이었다.

나오미와 나는 집으로 걸어가면서 5센트짜리 토피바를 먹었는데, 추운 날씨에는 깨물기도 어려울 만큼 아주 딱딱했고 그만큼 씹기도 어려웠다. 우리는 그걸 입안 가득 넣고 조심조심 씹으면서 말했다.

"짝이 제리 스토리가 아니어도 좋다면 넌 누가 네 짝이면 좋겠어?"

"글쎄."

"머리? 조지? 데일?"

나는 고개를 힘껏 흔들고는 토피 맛이 남은 침을 시끄럽게 꿀꺽 삼켰다.

"프랭크 웨일스지." 나오미가 악마처럼 말했다.

"맞는지 틀렸는지만 말해줘." 나오미가 말했다. "어서. 나라면 누군지 말해주겠다."

"그애라도 괜찮아." 내가 조심스럽게, 나지막한 목소리로 말했다. "프랭크 웨일스."

"음, 나는 데일 매크로플린도 괜찮아." 나오미의 말은 도전적이면서도 매우 놀라웠다. 그애는 나보다 자기 비밀을 훨씬 잘 숨겼기 때문이다. 나오미가 눈밭 위로 고개를 쭉 빼고 침을 흘리면서 토피바를 씹어먹었다. "알아. 내가 미친 거지." 나오미가 마침내 말했다. "나는 그애가 진짜 좋아."

"나도 프랭크 웨일스가 진짜 좋아." 내가 전적으로 인정했다. "나도 미쳤나봐."

그뒤부터 우리는 맨날 그 두 남자애 이야기만 했다. 우리는 그애들을 치매라고 불렀다. 그러니까 치명적인 매력이 있다는 뜻이었다.

"저기 네 치매가 간다. 기절하지 마."

"네 치매한테 종기에 바르는 노그제마 연고 좀 갖다주지 그래?"

"네 치매가 너를 보고 있는 것 같은데, 사팔뜨기라서 확실히 말하기는 어려워."

우리는 눈썹을 치키거나 가슴팍에서 손가락을 꼼지락거리거나 팡, 오, 팡(우리가 무대에서 그애들 가까이에 서 있게 되면) 하고 입을 벙긋거리는 암호체계를 개발했다. 분노, 이중 분노(데일 매크로플린이 앨마 코디와 이야기를 나누면서 앨마의 목에 대고 그의 두 손가락을 튕길 때), 황홀(데일이 나오미의 겨드랑이 쪽을 간질이며 "비켜, 버터볼!" 하고 말할 때).

나오미는 자전거 보관소에서 일어났다는 그 사건에 대해 말하고 싶어했다. 데일 매크로플린과 그 행위를 했다는 천식환자 바이얼릿 툼스는 타운에서 다른 데로 이사한 뒤였다.

"이사한 게 잘한 거지. 여기선 망신살이 뻗쳤어."

"그게 다 그애 잘못은 아니잖아."

"아니야. 그애 잘못이었어. 그런 건 여자 잘못이야."

"데일이 그애를 누르고 있었다면 어떻게 그애 잘못일 수가 있어?"

"누르고 있었을 리 없어." 나오미가 고집스럽게 말했다. "왜냐하면 누르면서 동시에 그걸 집어넣을 수는 없으니까. 어떻게 그럴 수가 있어?"

"직접 물어보는 건 어때? 네가 알고 싶어한다고 내가 말해줄게."

"우리 엄마가 그건 여자 잘못이라고 했어." 나오미가 내 말은 무시한 채 말했다. "책임은 여자한테 있대. 우리 생식기는 안에 들어가 있고 남자 생식기는 밖에 나와 있어서 우리가 남자보다 충동을 더 잘 억제할 수 있대. 남자는 스스로 어떻게 하지 못한대." 나오미는 불길한 일을 예감하는 듯하면서도 묘하게 관대한 목소리로 그 사실을 알려주었는데, 바짝 다가온 세상에 만연한 무질서와 신비로운 잔인함을 인정하는 목소리였다.

이런 맥락으로 이어지는 대화는 물리칠 수 없는 유혹이었지만, 그래도 리버 스트리트를 따라 걸어가면서 나는 종종 내 비밀은 나 혼자 간직했더라면 더 좋았을걸, 하고 생각했다. 우리 모두가 자신의 비밀은 혼자 간직할 걸 그랬다고 생각하는 것처럼. "프랭크 웨일스는 아직 발기가 안 될 거야. 변성기가 안 왔잖아." 나오미 말에—이 또한 틀림없이 자기 엄마한테 들은 이야기일 것이다—나는 흥미가 일었지만, 프랭크에 대한 내 감정에 잘못된 꼬리표가 붙고 내 감정의 방향이 전혀 예상치 않았던 쪽으로 돌려진 듯 마음이 어지러웠다. 나는 내가 프랭크 웨일스에게 바라는 게 뭔지 정말로 몰랐다. 나는 그애에 대한 공상에 빠졌고 그 공상은 종종 되풀이되었다. 나는 그애가 오페레타 공연이 끝난 뒤 나하고 같이 집으로 걸어서 돌아가는 것을 상상했다. (남자애들—어떤 남자애들—하고 여자애들—어떤 여자애들—이 그날 밤 같이 집으로 걸어서 돌아갈 거라는 소문이 퍼지고 있었지만 나오미와 나는 그런 가능성에 대해서는 이야기도 꺼내지 않았다. 우리는 정말로 바라는 것에 대해서는 말하기를 꺼렸다.) 우리가 주빌리의 더없이 고요한 거리를 걸어갈 때 가로등 아래 우리의 그림자는 소용돌이치듯 흔들리며 눈밭에 내려앉는다. 그리고 거기, 사람들이 없는 아름답고 어두운 시내에서 프랭크가 생생하나 있을 법하지 않은, 하지만 시원하고 부드러운 노래로 나를 감싼다. 혹은 좀더 현실적인 꿈에서라면 아직 들어본 적 없는 그의 존재라는 음악으로 나를 감싼다. 그애는 뾰족한 모자, 거의 광대 모자 같은 것을 쓰고 있을 테고, 패리스 선생님이 만들어준, 여러 색깔을 이어붙였으나 전체적으로는 파란 느낌이 나는 망토를 두르고 있을 것이다. 나는 잠들기 직전에 혼자 이런 꿈을 지어내곤 했고, 그러면 신기할 정도로 마음이 편안해지고 마음속에 큰 평화와 안도감이 찾아왔다. 그러고 나면 눈을 감고 꿈의 물결을 타고 진짜 꿈속으로 들어갔다. 하지만 그 꿈은 결코 친절하지 않았고 별것 아니지만 곤혹스러운 문제들, 그러니까 양말을 잃어버린다든가 8학년 교실을 찾을 수 없다든가 강당 무대에 올라가 춤을 추다가 머리장식 쓰는 걸 깜박 잊은 사실을 깨닫는 그런 공포의 사건들로 가득했다.

드레스 리허설에서 패리스 선생님은 모두가 듣게 외쳤다. "차라리 내가 시청에서 뛰어내리는 게 낫겠어! 당장이라도 뛰어내리고 싶은 마음이야! 너희 모두 책임을 떠맡을 준비는 된 거니?" 그녀가 손가락을 벌려 뺨에 대고 쭉 내리그었는데 손톱자국이 길게 팰 것만 같았다. "뒤로-뒤로-뒤로. 지난 십오 분은 잊어버려! 지난 삼십 분은 잊어버려! 처음부터 다시 시작!" 보이스 선생님은 아주 편안한 미소를 지으며 피아노로 도입부 코러스를 연주했다.

그리고 그날 밤이 되었다. 시간이 되자 사람들이 몰려들어왔다. 어둠과 반향음만 존재하던 자리에 부스럭거리거나 기침하는 소리가 들렸고, 옷을 차려입고 기대감에 부푼 사람들이 와서 앉아 있었다. 무대는 우리가 익숙해 있던 것보다 훨씬 밝았고, 판지로 만든 집의 앞면과 분수 때문에 훨씬 비좁았다. 모든 일이 순식간에 일어났고, 어느 순간 끝나 있었다. 다 지나갔다. 어떻게 했는지는 중요하지 않았다. 그래야만 했다. 돌이킬 수 없었다. 어떤 것도 돌이킬 수 없었다. 숱한 연습 끝에 마침내 오페레타를 정말로 무대에 올린다는 게 믿어지지 않았다. 보이스 선생님은 연미복을 입고 있었는데, 사람들이 우스꽝스러워 보인다고 말했을 것이다.

분장실은 무대 바로 아래의 대회의실—뒤쪽 계단을 통해 무대와 연결되었다—에 줄을 치고 시트 천을 걸어 몇 개로 나누어 만들었다. 패리스 선생님은 새로 만들어 입은 선홍색 페플럼 드레스 위에 앞치마를 두른 채 눈썹과 입술에 색조 화장을 했고, 눈가에는 빨간 점들을 찍었고, 귓불에는 오커를 찍어 발랐고, 머리카락에는 옥수수 녹말을 묻혔다. 대소동이 일어났다. 의상의 가장 중요한 부분에 문제가 생겼기 때문이었다. 누군가가 시장 아내의 드레스 밑단을 밟아 허리 부분이 뜯어졌다. 앨마 코디는 긴장해서 아스피린 네 알을 먹었더니 몽롱한데다 식은땀이 난다며 바닥에 주저앉아서는 기절할 것 같다고 말했다. 분장실의 시트 몇 장이 떨어졌다. 남자애들이 속옷만 입은 여자애들을 봤고, 그 반대의 경우도 생겼다. 코러스를 맡은 아이들은 대회의실에 들어오지 않기로 되어 있었지만 검은색 스커트와 흰색 블라우스를 입은 채 당당하게 들어와 줄을 섰고, 패리스 선생님은 그 사실을 알아차리지 못하고 그애들 얼굴에 화장까지 해주었다.

그녀는 많은 것을 알아차리지 못했다. 우리는 그녀가 지난주 내내 그랬던 것처럼 성질을 부릴 거라고 예상했다. 하지만 그런 일은 일어나지 않았다. "선생님, 술 취한 거 아니야?" 엄마로 보일 수 있게 커틀*을 입고 사과 같은 뺨을 한 나오미가 내게 말했다. "술냄새가 났어." 나는 와일드 로즈 화장수와 후추 냄새 같은 희미한 땀냄새 말고는 아무 냄새도 맡지 못했는데, 패리스 선생님은 반짝반짝 빛이 났고—드레스 재킷의 가장자리에 서커스 밀리터리 스타일로 스팽글을 둘러 박았다—그녀답지 않게 부드럽게 말하고 이 모든 소란을 너그럽게 받아들이면서 그 사이를 사뿐사뿐 돌아다녔다.

"스커트에 핀을 꽂아 고정시켜, 루이스." 그녀가 시장 아내에게 말했다. "지금으로선 그 방법밖에 없어. 객석에서는 알아차리지 못할 거야."

알아차리지 못할 거라니! 아주 작은 부분까지 꼼꼼히 챙기던

* 중세 유럽에서 여성이 입던 길고 낙낙한 가운.

그녀가, 엄마들에게 세 번이나 뜯고 깁는 일을 하게 만든 그녀가!

"너같이 덩치 크고 건강한 여자애는 아스피린 여섯 알을 먹어도 끄떡없을 거야." 그녀가 앨마 코디에게 말했다. "일어나, 우리 아가씨!"

무용수들은 빨간색, 노란색, 녹색, 파란색의 밝은 색깔 면 스커트를 입었고, 자수를 놓은 흰색 드로스트링 블라우스를 입었다. 앨마는 창피하지도 않은지 블라우스의 드로스트링을 풀어 가슴 윗부분을 드러내놓고 있었다. 패리스 선생님은 그걸 보고도 미소만 짓고는 스쳐지나갔다. 뭔가 바라던 일이 있었다면 지금 일어날 수도 있을 것 같았다.

춤이 시작될 무렵, 중세 양식의 높다란 마분지 고깔모자에 노란색 그물을 감아 베일처럼 살짝 내려뜨린 내 머리장식이 조금씩 미끄러지기 시작하더니 처참하게 한쪽으로 흘러내리는 참사가 일어났다. 나는 목이 비틀어진 사람처럼 목을 기울인 채 끝까지 그 자세로 춤을 춰야 했다. 이를 악물고 무표정한 미소를 지으면서.

〈신이시여 국왕 폐하를 지켜주소서〉를 부르고 나서 막이 내리자 우리는 사진을 찍기 위해 코트도 걸치지 않고 무대의상을 입은 그대로 거리로 쏟아져나가 사진관으로 달려갔다. 우리는 지금은 쓰이지 않는 사진 배경인 세피아 색조의 폭포와 이탈리아식 정원 사이에 옹기종기 모여 기다렸다. 데일 매크로플린이 의자를 찾아냈다. 주로 가족사진을 찍을 때 아버지들은 앉고 아내와 자식들이 빙 둘러서는 의자였다. 데일이 거기 앉았고, 대담하게도 앨마 코디가 그의 무릎에 앉았다. 앨마는 힘없이 그의 목에 몸을 기댔다.

"기운이 없어서 그래. 지금 쓰러질 것 같아. 내가 아스피린을 네 알이나 먹은 거 알고 있었어?"

마침 나는 그애들 앞에 서 있었다. "앉아, 앉아." 데일이 유쾌하게 말하고는 나를 끌어당겨 앨마 위에 앉히는 바람에 앨마가 비명을 질렀다. 데일이 긴 다리를 쫙 벌렸고, 우리 둘은 바닥에 쿵 떨어졌다. 모두 웃었다. 그 순간 내 모자와 베일도 바닥에 떨어졌고, 데일은 그걸 집어올려 내 얼굴이 베일에 가려지도록 모자 앞뒤를 바꾸어 내 머리에 씌웠다.

"그렇게 하니까 정말 예쁜데. 하나도 안 보여."

나는 모자의 먼지를 떨어내고 원래 방향으로 쓰려고 했다. 그때 위엄 있어 보이지만 허름한 무대의상을 입은 프랭크 웨일스가 독사진을 찍고 나서 불쑥 커튼 사이로 나타났다.

"무용수들! 다음!" 사진사의 아내가 커튼 사이로 고개를 내밀며 신경질적으로 외쳤다. 나는 모자를 제대로 쓰려고 씨름하다 제일 마지막으로 들어갔다. "내 안경에 비춰봐." 데일이 말했고, 나는 안경에 비친 내 모습 너머 그애의 외로운 사팔뜨기 눈이 신경쓰였지만 시키는 대로 했다. 데일이 음흉한 표정을 짓고 있었다.

"얘는 네가 집에 데려다줘야지." 그가 프랭크 웨일스에게 말했다.

프랭크 웨일스가 대답했다. "누구?"

"얘." 데일이 내 쪽으로 고갯짓을 했다. 데일의 안경에 비친 내 머리가 흔들거렸다. "얘 몰라? 네 바로 앞자리에 앉잖아."

나는 이 일로 놀림거리가 될까봐 두려웠다. 겨드랑이에서 땀이 흐르기 시작했다. 그건 창피를 당할까봐 두려울 때 어김없이 나타나는 첫번째 신호였다. 내 얼굴이 데일의 바보 같은 눈동자에서 표류하고 있었다. 내 꿈속의 한복판에 이런 식으로 던져지는 건 너무 버겁고 위험한 일이었다.

하지만 프랭크 웨일스는 곰곰이 생각하더니 누구보다 용감하게 말했다. "그렇게 했을 거야. 얘가 그렇게 먼 데 살지만 않았으면."

프랭크는 내가 플래츠 로드에 살던 때, 학교까지 먼길을 걸어오는 걸로 반에서 유명하던 그때를 생각한 것이었다. 지금은 내가 타운에 산다는 걸 모르는 건가? 그애한테 그 사실을 알려줄 시간도 없고, 방법도 없었다. 게다가 그애가 나를 쳐다보며 조용히 생각에 잠긴 듯 코를 킁킁거리고 웃으면서 농담이었다고 말할 위험이 크진 않아도 여전히 존재했고, 나는 그 위험을 감수할 생각이 전혀 없었다.

"무용수들 전부 들어와!" 사진사의 아내가 외쳤고, 나는 냉큼 돌아서서 그녀를 따라 커튼 안으로 들어갔다. 처음에 느꼈던 실망감은 사라지고, 나는 곧 감사한 마음에 흠뻑 젖어들었다. 프랭크의 말이 칭찬과 양해의 말인 것처럼 자꾸 내 마음속에서 메아리쳤다. 억양은 부드러웠고, 그건 당연한 말이라는 듯, 그 사실을 인정한다는 듯 사랑스러운 목소리였다. 내가 공상에 빠져들 때 느끼는 드문 평화가 사진을 찍는 중에 나를 찾아왔고, 그 느낌은 추운 바깥 공기를 통과하여 시청 대회의실에까지 따라왔다. 그리고 우리가 옷을 갈아입는 동안에도, 심지어 나오미가 "네가 춤출 때 머리를 들고 있던 모습 때문에 모두 우스워 죽더라. 꼭 목이 부러진 꼭두각시 인형 같았다니까. 하지만 너라고 어쩔 수 있었겠어" 하고 말하는 동안에도 그 느낌은 머물러 있었다. 나오미는 기분이 안 좋아 보였고 점점 더 나빠지는 것 같았다. 나오미가 내 귀에 대고 소곤거렸다. "너, 내가 데일 매크로플린에 대해 말했던 거 기억하지? 사실 다 거짓말이었어. 네 비밀을 털어놓게 하려고 일부러 그랬던 거야, 하하."

패리스 선생님은 기계적으로 무대의상을 집어올려 개고 있었다. 그녀의 선홍색 드레스 앞자락에 흘러내린 옥수수 녹말 때문에 옷 안에서 뭔가가 붕괴된 것처럼 가슴이 오목하게 들어가 보였다. 그녀는 "여학생들은 구두에 달았던 장미리본을 떼어내서 거기 두고 가. 뭐든 언젠가 쓸 날이 있을 테니까"라고 말할 뿐 좀처럼 우리를 쳐다보지도 않았다.

내가 강당 건물 앞으로 돌아나가자, 엄마가 펀 도허티와 깃발춤 의상을 입은(저학년은 오페레타의 커튼이 올라가기 전에 깃발춤이나 리듬밴드 연주 같은 시시한 공연을 했다) 오언과 함께 기다리고 있는 모습이 보였다. 오언은 가져가도 좋다는 허락이 내려진 깃발을 눈더미에 꽂고 있었다.

"뭐하느라 그렇게 오래 걸렸니?" 엄마가 말했다. "멋진 공연이었어. 그런데 목에 경련이 일어났던 거니? 무대 전체에서 〈신이시여 국왕 폐하를 지켜주소서〉를 부를 때 모자 벗는 걸 잊어버린 애는 웨일스 씨네 아들밖에 없더구나." 엄마는 이런 평범하고 사소하고 잡다한 온갖 이야기를 늘어놓았다.

오페레타가 끝난 뒤에는 어떻게 됐느냐고? 일주일 만에 그 일은 관심 밖으로 사라져버렸다. 돌려줄 무대의상 일부가 코트보관실에 걸려 있기는 했지만 1월에 뒤쪽 포치에 비스듬히 놓여 누렇게 시들어가는, 반짝이 장식이 붙어 있는 크리스마스트리를 보는 것 같았다. 쳐다보면 들뜬 기대와 노력으로 가득했던 시간이 떠올랐지만 이제는 잘못된 자리에 놓여 있는 느낌이었다. 매케나 선생님의 단단한 땅이 우리의 발밑을 든든하게 받치고 있었다. 우리는 뒤처진 수업을 따라잡기 위해 날마다 산수 문제 열여덟 개를 풀어야 했고, "공부하는 시간을 놓친 만큼 코를 숫돌에 대고 갈듯 열심히 해야 한다" 같은 말을 귀에 못이 박히게 들어야 했다. 코를 숫돌에 대고 갈듯, 어깨를 바퀴에 대고 밀듯, 발을 페달에 대고 밟듯—매케나 선생님이 즐겨 쓰던 이 진부하고 뻔한 표현들이 이제는 신기하게도 마음을 흡족하게 채워주었다. 우리는 집에 책을 잔뜩 싸들고 가야 했고, 온타리오주와 오대호 전체—세계지도 중에서 가장 그리기 어려웠다—를 그리거나 「론펄 경의 환시」*를 배우면서 시간을 보냈다.

모두 자리가 바뀌었다. 싹 정리된 책상과 주변 아이들의 교체만으로도 확실한 자극이 되었다. 프랭크 웨일스는 이제 교실 반대쪽에 앉았다. 어느 날 관리인이 긴 사다리를 들고 와서 핼러윈 때 매달아놓은 전등 안에 보이던 뭔가를 치웠다. 우리는 모두 그것이 콘돔이라고 믿으면서 그 뭔가와 데일 매크로플린의 이름을 연관시켜 생각했다. 그 뭔가는 여전히 신기하긴 해도 불미스럽지는 않은 낡은 양말 한 짝으로 밝혀졌다. 이제는 환상을 몰아내야 할 시간 같았다. 매케나 선생님이라면 압정을 박아야 할 때야,** 이렇게 말했을 것이다.

물론 내 사랑은 계절이 바뀌어도 전혀 사그라들지 않았다. 내 공상도 계속되긴 했지만 지난 일에서 파생된 게 다였다. 내 공상을 키울 새로운 먹이는 전혀 없었다. 계절의 변화는 내 마음에도

---

* 제임스 러셀 로웰이 1848년에 발표한 긴 운문 우화. 원탁의 기사 중 한 명인 론펄 경이 긴 꿈을 꾼 뒤 성배를 찾는 여행을 포기한 이야기를 통해 작가 자신의 성배에 대한 생각을 들려준다.

** '정말로 중요한 문제를 다뤄야 할 때'라는 뜻의 숙어.

변화를 일으켰다. 내게는 봄이 아니라 겨울이 사랑을 위한 시간 같았다. 겨울에는 우리가 살아가는 공간이 크게 축소된다. 우리가 살아가는 그 작고 닫힌 공간에서 환상적인 희망이 피어난다. 하지만 봄은 장소에 대한 평범한 지리적 사실을 드러낼 뿐이었다. 길게 뻗은 갈색 길, 금이 간 발밑의 오래된 보도, 겨울 눈보라에 부러져 마당에서 치워야 하는 나뭇가지. 봄은 정확히 사물 간의 거리를 있는 그대로 드러냈다.

우리 반 아이들 대부분은 고등학교에 진학했지만 프랭크 웨일스는 학교를 마친 뒤 주빌리세탁소에 일자리를 구했다. 이 시대에는 세탁소에 트럭이 없었다. 대부분의 사람들이 옷을 직접 찾아갔고 일부만 배달을 해주었다. 타운에서 그 일부를 나르는 것이 프랭크 웨일스의 일이었고, 학교에서 돌아오는 길에 우리는 이따금 그 일을 하고 있는 프랭크와 마주쳤다. 그는 비즈니스맨 혹은 일하는 남자들이, 책임을 져야 하는 세계에 아직 들어가지 않은 사람들에게 말하는 것처럼 빠르고 진지하고 정중하게 인사를 건넸다. 그는 언제나 팔꿈치 쪽이 살짝 굽어지게 팔을 들어 옷을 어깨 높이로 들고 다니며 맡은 일을 해냈다. 그가 그 일을 시작했을 때는 아직 키가 다 자라지 않았기 때문이다.

그를 볼 수 있다는 희망을 품고 한동안—내 생각에 대략 여섯 달 동안—여전히 두근거리는 가슴으로 주빌리세탁소에 갔지만, 그는 한 번도 가게 앞쪽에 나와 있지 않았다. 그곳에는 늘 주인 아저씨와 그의 아내만 나와 있었는데, 둘 다 키가 작고 지쳐 보였으며, 드라이클리닝 용액이 몸에 묻었거나 핏속으로 흘러들어간 것처럼 피부 색깔이 파르스름해 보였다.

패리스 선생님은 와와나시강에서 익사했다. 그 사건은 내가 고등학교에 다닐 때 일어났다. 〈피리 부는 사람〉 공연을 올린 뒤 삼사 년밖에 지나지 않았을 때였다. 그 소식을 들었을 때 나는 패리스 선생님이 지나간 옛 시간 속에, 가장 순진하고 원시적인 감정과 오해된 인식의 수준에 존재하고 있는 듯한 느낌을 받았다. 나는 그녀가 그 시간 속에 갇혀버린 거라고 생각했고, 그녀가 이런 연기를 해냈다는 사실이 놀라웠다. 그게 연기였다면 말이다.

가능성이 커 보이지는 않았지만, 패리스 선생님이 시멘트 다리 근처의 타운 북쪽 강둑길을 걷다가 미끄러져 강물 속에 빠졌는데 살아나오지 못한 것일 수도 있었다. 주빌리의 〈헤럴드-어드밴스〉가 지적했듯 알려지지 않은 누군가가 그녀를 집밖으로 데리고 나와 강물에 밀어 빠뜨렸다는 것도 불가능한 추측은 아니었다. 그녀가 집에서 나간 건 저녁 시간이었고, 문도 잠그지 않고 불도 다 켜놓은 채였다. 기묘하고 조용한 범죄는 밤에 일어난다는 생각에 사로잡힌 사람들은 한결같이 살인이었다고 믿었다. 또다른 사람들은 착하고 두려운 마음에서 그 사건을 사고라고 믿었다. 이 두 가지 가능성에 대해 논쟁과 토론이 벌어졌다.

자살이라고 믿은 사람들은—결국은 대부분이 그렇게 믿었지만—이 문제에 대해 말하는 걸 썩 내켜하지 않았다. 어째서 말해야 하는가? 말할 것은 아무것도 없었다. 그 사건은 어떤 설명도 없이, 그리고 설명이 있을 거라는 희망도 없이 맑고 푸른 하늘처럼 더없이 오만하게 미스터리로 남았다. 더 밝혀질 것은 없었다.

패리스 선생님, 벨벳 스케이트 의상을 입고 스케이트 타는 사람들 사이를 누비는 그녀는 발랄하게 깐닥거리는 모피 모자 때문에 어디에 있건 늘 눈에 띄었다. 패리스 선생님, 콘 브리오. 시청 대회의실에서 얼굴에 분장을 해주던 패리스 선생님, 발견되기 전까지 엿새 동안 얼굴을 아래로 하고 와와나시강에 아무 저항 없이 떠 있던 패리스 선생님. 그런 모습들을 사진처럼 한자리에 걸어둘 그럴듯한 방법은 없지만—마지막 모습이 진실이라면 그 모습이 다른 나머지 모습을 바꾸면 안 되는 걸까?—이제 그 모습들은 함께 있어야 할 것이다.

〈피리 부는 사람〉〈집시 공주〉〈훔친 왕관〉〈아라비안나이트〉〈케리 댄서〉〈나무꾼의 딸〉.

그녀는 이 오페레타들을 몸이 떨리고 지칠 정도로 노력을 기울여 빚어낸 뒤 거의 아무렇지 않게 손에서 놓아 거품처럼 띄워 올렸고 그 기억은 서서히 빛이 바랬지만, 우리의 변형된 유년의 자아와 그녀의 패하지 않은 짝사랑은 영원히 그 안에 갇혔다.

보이스 선생님. 사람들이 말했듯 이곳을 한 번도 편안하게 느낀 적이 없는 것 같았던 그는 주빌리를 이미 떠나 런던—그 런던이 아니라 온타리오주 서부에 있는 중간 규모의 도시라는 설명을 덧붙여야 할 것 같다—에서 교회 오르간을 연주하고 음악을 가르치는 일을 했다. 그가 거기서는 꽤 잘 지내고 있으며 그곳에는 그와 비슷한 사람들이 있다는 소식도 들려왔다.

소녀와 여자들의 삶

중심가에 눈이 너무 높이 쌓여서 우체국 앞 차도와 보도 사이의 눈더미를 파서 아치 모양 통로를 냈다. 이 풍경이 담긴 사진이 주빌리의 〈헤럴드-어드밴스〉에 실렸고, 사람들은 그 사진을 오려내어 잉글랜드나 오스트레일리아 혹은 토론토의 덜 혹독한 기후에 살고 있는 친척과 친지들에게 보냈다. 우체국의 빨간 벽돌 시계탑이 눈 위로 솟아 있었고, 이 상황이 꾸며낸 게 아니라는 걸 말해주기 위해 두 여자가 아치 통로에 서 있었다. 그들은 우체국에서 일하는 사람들이었는데, 둘 다 코트의 단추를 잠그지 않고 있었다. 한 사람은 우리집에서 하숙하는 펀 도허티였다.

엄마도 그 사진을 오려두었는데, 펀 도허티가 그중 한 명이었기 때문이다. 엄마는 나더러 그걸 가지고 있다가 나중에 내 아이들에게 보여주라고도 했다.

"이런 건 절대 구경하지 못할걸." 엄마가 말했다. "그때쯤이면 눈을 기계로 쓸어 담아 없앨 테니까. 아니면 사람들이 온도가 조절되는 투명한 돔 아래 살게 되거나. 계절 같은 건 없어질 거야."

엄마는 미래에 대한 이 모든 불확실한 정보를 다 어디서 주워 모은 걸까? 엄마는 주빌리 같은 타운은 콘크리트 돔이나 버섯 모양 구조물로 대체되어 타운 간 이동은 무빙 스카이웨이로 하고, 시골에는 공중에 리본 같은 넓은 보도가 있고 그 아래의 하나로 합쳐진 땅에서는 끊임없이 농작물이 자라는 시대가 오기를 고대했다. 지금 우리가 알고 있는 것과 똑같은 것은 아무것도 없을 테고, 프라이팬도, 헤어핀도, 인쇄된 종이도, 만년필도 남아 있지 않을 것이다. 엄마는 그런 건 하나도 그리워하지 않을 것이다.

나는 엄마가 내 아이들에 대해 언급했다는 것 때문에도 놀랐다. 나는 아이를 낳을 생각이 전혀 없었기 때문이다. 내가 추구한 것은 영예였다. 나는 어느 분야에서 혹은 언제쯤 명성을 얻게 될지는 전혀 알지 못했지만 명성을 얻어야 한다는 사실을 뼛속 깊이 확신한 채 망명자 혹은 스파이처럼 주빌리 거리를 돌아다녔다. 엄마는 이런 내 확신을 공유했고 줄곧 내 편이었지만 이제 나는 그 문제를 더이상 엄마와 상의할 수 없게 되었다. 엄마는 경솔했고, 엄마의 기대는 너무 뻔한 형태가 되고 말았다.

펀 도허티. 신문 속의 그녀는 두 손으로 요염하게 겨울 코트의 칼라 전체를 올려 잡고 있었는데, 그날 그 옷을 입고 일하러 나갔던 건 순전히 운이었다. “저 코트를 입으니 내가 수박만해 보이네요.” 그녀가 말했다.

체임벌린 씨가 그녀와 함께 사진을 쳐다보면서 팔찌 때문에 주름이 잡힌 그녀의 손목 윗부분의 살을 꼬집었다.

“질긴 껍질, 질기고 늙은 수박이네요.”

“어쩜 그런 얄미운 소리를 해요.” 펀이 말했다. “난 진심이라고요.” 그녀의 목소리는 덩치에 비해 작고 애처롭고 이용당하는 사람의 목소리처럼 들렸지만, 어쨌거나 사근사근하고 순종적이었다. 엄마가 삶을 공략하기 위해 발달시켰던 그 모든 자질—예리함, 똑똑함, 결단력, 감별력—을 펀은 반대로 발달시킨 것 같았다. 그녀의 불평은 어디로 튈지 알 수 없었고 동작은 느렸으며 기분이 좋을 때도 무심해 보였다. 피부는 까무잡잡했는데, 올리브색은 아니고 칙칙하고 어두워 보였고 동전만한 갈색 반점이 있었다. 햇볕 좋은 날 나무 아래 땅이 어룽거리는 것을 보는 느낌이었다. 치아는 네모나고 하얗고 약간 돌출되어 있었고, 이 사이가 조금 벌어져 있었다. 이 두 가지 특징은 어느 쪽도 그 자체로는 딱히 매력적이지 않았지만 그녀에게 악동 같고 관능적인 느낌을 부여했다.

그녀한테는 루비 색깔의 아주 예쁜 새틴 실내복이 있었는데, 그걸 입고 앉으면 배와 허벅지가 불룩해져서 그 모양이 꼭 과일처럼 보였다. 그녀는 일요일 아침마다 그 옷을 입고 우리집 식사실에서 담배를 피우고 차를 마시면서 교회에 갈 시간이 될 때까지 앉아 있었다. 무릎 부분에서 옷이 벌어지면서 정전기가 일어난 하얀 레이온—드레스잠옷이었다—이 드러났다. 나는 드레스잠옷이 불편했다. 잠자는 동안 옷자락이 말려올라갈 뿐 아니라 다리 사이를 가려주지도 않았기 때문이다. 더 어렸을 때 나오미와 나는 깜짝 놀랄 만큼 적나라한 생식기를 드러낸 남자와 여자를 그리곤 했다. 여자의 성기는 통통하고 호저의 등처럼 바늘 같은 털이 숭숭 나게 그렸다. 드레스잠옷을 입으면 그 불온한 부분을 의식하지 않을 수 없지만 파자마 바지로는 얌전하게 가릴 수 있었다. 엄마는 일요일 아침식사 시간에 커다란 줄무늬 파자마 바지와 빛이 바래가는 녹슨 색깔의 기모노가운을 입고 식탁에 앉았다. 술 장식이 달린 끈을 묶는 기모노가운이었다. 발에는 양모 양말에 밑창을 기운 슬리퍼를 신었다.

이런 차이에도 불구하고 펀 도허티와 엄마는 친구였다. 엄마는 세상에 대한 사람들의 경험, 배우는 것이나 문화를 즐기는 것이면 뭐든 해보는 것, 그리고 주빌리에서는 미심쩍은 시선을 받는 의견들을 가치 있게 여겼다. 펀이 줄곧 우체국에서만 근무한 것은 아니었다. 그렇지 않았다. 한때 그녀는 성악을 배웠었다. 왕립음악원에서 공부했다. 지금은 연합교회 성가대에서 노래했다. 부활절에는 〈내 주는 살아 계시고〉를, 결혼식 때는 〈왜냐하면〉과 〈오 내게 약속해줘요〉 〈에덴동산 너머에서 나직이 들려오는 목소리〉를 불렀다. 토요일 오후에는 우체국이 문을 닫았기 때문에 우리 엄마와 함께 메트로폴리탄 오페라 방송을 들었다. 엄마한테 오페라 책이 있었다. 엄마가 그 책을 꺼내 줄거리를 따라가면서 어떤 아리아인지 알아냈다. 아리아에는 번역문이 붙어 있었다. 엄마가 펀에게 이것저것 물어봤지만 펀은 기대만큼 많이 알지 못했다. 심지어 지금 듣는 오페라가 어떤 것인지도 헷갈리는 것 같았다. 이따금 펀은 팔꿈치를 식탁에 올린 채 몸을 숙이고 노래했는데, 계속 그 자세로 느긋이 있었던 게 아니라 느닷없이 팔을 올려 그런 자세를 취했다. 그녀는 외국 단어를 무시하듯 "도—다—도, 다, 도, 다 도-도—" 하며 노래를 불렀다. 노래할 때의 목소리에서 느껴지는 힘과 진지함은 언제나 놀라웠다. 그녀는 실생활에서는 아예 무신경해 보이던 웅장하고 고무된 감정을 풀어놓는 것이 쑥스럽지 않은 것 같았다.

"처음부터 오페라 가수가 되고 싶었어요?" 내가 물었다.

"아니야. 그냥 우체국에서 일하는 여자가 될 생각이었어. 음, 그랬기도 하고, 아니었기도 해. 그 일을 하려면 트레이닝이 필요했어. 그런데 나한텐 그럴 야망까진 없었어. 그게 내 문제였던 것 같아. 나는 언제나 즐기며 사는 걸 더 좋아했거든." 그녀는 토요일 오후에는 바지를 입었고, 발톱에 색깔을 칠한 통통한 발가락이 드러나는 샌들을 신었다. 그녀는 거들을 입지 않아 임신한 사람처럼 불룩 나온 배 위에 담뱃재를 떨어뜨렸다. "담배를 피웠더니 목소리가 망가졌어." 그녀가 생각에 잠겨 말했다.

펀이 노래하는 스타일에 사람들이 감탄하긴 했지만, 주빌리에서는 자랑할 만한 수준보다 털끝만큼 더 잘하는 걸로 여겨졌고, 이따금 아이들은 거리에서 그녀를 흉내내어 고음으로 빽빽 소리를 질러댔다. 엄마는 이것을 학대라고 생각했다. 엄마는 빈약한 근거를 통해 그런 학대 상황을 구성했는데, 남는 군수품을 파는 가게를 운영하는 유대인 부부나 세탁소를 운영하는 쪼그라들고 말없는 중국인을 찾아내서 상대를 어리둥절하게 만들 정도의 연민을 보이거나 그들에게 우정을 들먹이며 큰 소리로 천천히 말하면서 접근하는 경우들이 그랬다. 그들은 우리 엄마를 어떻게 대해야 할지 몰랐다. 펀이 학대받는 대상이 아니라는 사실은 나도 알 수 있었다. 하지만 내 대고모들, 그러니까 아빠의 고모들은 펀의 이름을 말할 때 그 안에 빨아먹다가 뱉어야 하는 돌멩이라도 든 것처럼 이상하게 발음했다. 그러던 어느 날 나오미가 내게 말해주었다. "펀 도허티가 아기를 낳은 적이 있대."

"아니야." 내가 반사적으로 그녀를 방어하며 말했다.

"낳았대. 열아홉 살에. 그래서 음악원에서 쫓겨난 거래."

"네가 어떻게 알아?"

"우리 엄마가 아니까."

나오미의 엄마는 각지에 스파이를 두고 있었고, 오래전에 출산을 돕고 임종을 지킨 경험이 있어 끊임없이 정보를 입수했다. 그녀는 이 집 저 집 간호를 하고 돌아다니면서 물밑에서 진공청소기를 돌리는 것처럼 다른 누구도 알아낼 수 없는 정보를 쏙쏙 빨아들였다. 나는 나오미와 이 문제에 대해 싸워야 한다고 생각했다. 펀은 우리집 하숙인이었기 때문이다. 더구나 나오미는 끊임없이 우리집 사람들에 대한 이야기를 했다. ("네 엄마는 무신론자야." 그애가 얄밉게 말하면 나는 "아니, 그렇지 않아. 엄마는 불가지론자야"라고 고쳐주었다. 나는 논리적으로 설명하면서 나오미가 알아듣기를 기대해봤지만 나오미는 뭐가 달라, 뭐가 달라, 하며 같은 말만 반복할 뿐이었다.) 나오미의 아빠도 이상하고 인정받지 못하는 종파에 속해 있어서 의치도 끼지 않은 채 예언을 늘어놓으며 시내를 누볐지만, 나는 마음이 여려서 그랬는지 겁이 나서 그랬는지 그걸 들먹여 앙갚음을 하지는 않았다.

나는 펀이 근처에 있을 때 신문이나 잡지에 실린 아기 사진에 눈길을 주면서 "어머나, 귀엽지 않아요?" 하고 말을 붙였다. 그러고는 자책감이나 모성애의 그리움 같은 게 일렁이는지 펀을 유심히 살펴보았다. 언젠가 그녀가 탤컴파우더나 고기를 갈아 만든 이유식 광고를 보고 울컥해 텅 빈 두 팔을 뻗으며 기어코 눈물을 터뜨리기라도 할 것처럼.

더욱이 나오미는 펀이 체임벌린 씨와 결혼한 부부처럼 모든 걸 다 한 사이라고 했다.

무엇보다 펀을 우리집에 하숙인으로 들인 것도 체임벌린 씨라고 했다. 우리는 그의 어머니에게서 이 집을 빌린 것이었는데, 그녀는 눈멀고 몸져누워 와와나시 카운티 병원에서 삼 년째 지내는 중이었다. 펀의 어머니도 같은 병원에 입원해 있었다. 사실 두 사람이 처음 만난 것도 병원에 들렀던 어느 날이었다고 했다. 당시 그녀는 블루리버 우체국에서 일하고 있었다. 체임벌린 씨는 주빌리 라디오 방송국에서 일했고, 주택에서 거주하는 번거로움을 피하기 위해 방송국 건물의 작은 아파트에 살고 있었다. 엄마는 단호한 목소리로 그를 "펀의 친구"라고 불렀는데, 이 경우 친구라는 단어는 친구 이상의 의미가 아니라는 것을 강조하려는 듯했다.

"두 사람은 서로 친구 사이로 지내는 걸 좋아해." 엄마가 말했다. "두 사람 다 딴짓에는 관심이 없어."

딴짓은 로맨스를 의미했다. 추잡한 짓을 의미했다. 섹스를 의미했다.

나는 나오미가 했던 말을 엄마한테 꺼내보았다.

"펀 아줌마랑 체임벌린 아저씨랑 결혼한 거나 마찬가지래요."

"뭐라고? 무슨 말이니? 누가 그러든?"

"모두 다 아는걸요."

"나는 몰라. 그러니 모두는 아니지. 내가 듣는 데서는 아무도 그런 말을 하지 않았어. 나오미가 그랬니?"

나오미는 우리집에서 환영받는 존재가 아니었고, 그애의 집에서는 내가 그랬다. 우리 각각은 나쁜 씨앗을 옮길 수 있는 존재로 의심받았다—내 경우에는 무신론 때문이었고, 나오미의 경우에는 지나친 성적 관심 때문이었다.

"이 타운에는 저속한 풍조가 만연해서 누구든 절대 가만히 내버려두지 않는구나. 펀 도허티가 참한 여자가 아니라면," 엄마는 폭넓은 논리로 결론을 내렸다. "내가 펀을 우리집에 들였을 것 같니?"

그해, 우리가 고등학교에 간 해에 나오미와 나는 섹스를 주제로 거의 날마다 토론을 했지만 우리는 한 가지 목소리만 냈을 뿐 어느 정도 이상은 결코 솔직해지지 못했다. 그 목소리는 음란하면서도 경멸감이 묻어나오는 광적인 호기심의 목소리였다. 일 년 전만 해도 우리는 우리를 열정의 희생양으로 생각하는 걸 즐겼다. 하지만 지금 우리는 방관자, 기껏해야 냉정하고 키득거리는 실험자였다. 우리한테는 나오미가 자기 엄마의 낡은 혼수함 속 좀약을 넣어둔 아주 좋은 담요 밑에서 찾아낸 책 한 권이 있었다.

첫 관계를 할 때에는 조심해야 한다. 우리는 소리 내어 읽었다. 특히 남자의 성기가 비정상적으로 클 때는 더욱 조심해야 한다. 윤활제로 바셀린을 쓰면 도움이 될 수 있다.

"버터를 쓰는 게 더 낫겠어. 맛이 더 좋잖아."

임신 말기에는 허벅지 사이를 이용한 성교가 종종 대안이 될 수 있다.

"그때도 그걸 한다는 거야?"

후위 섹스는 여성이 상당히 비만일 경우에 권한다.

"펀," 나오미가 말했다. "그 아저씨가 펀한테 그렇게 하는 거야. 펀도 상당히 뚱뚱하잖아."

"우웩! 이 책 구역질나."

우리는 남자의 성기가 발기하면 14인치까지 길어질 수 있다는 내용도 읽었다. 나오미가 씹던 껌을 뱉어 손바닥 사이로 굴린 뒤 길게 늘이고 한쪽 끝을 위로 들어 대롱거리게 했다.

"체임벌린 아저씨, 신기록 수립자!"

그뒤부터 나오미가 우리집에 놀러오면, 그리고 마침 체임벌린 씨도 와 있으면 우리 중 하나가 혹은 둘 다 껌을 씹는 중이었을 경우 그걸 꺼내 굴린 뒤 천진난만한 표정으로 들고 있었다. 심지어 어른들도 우리 행동을 알아차려서 체임벌린 씨는 "재미있는 놀이를 찾아냈구나" 하고 말했고 엄마는 "그만해, 더럽잖아" 하고 말했다. (껌이 더럽다는 뜻이었다.) 우리는 체임벌린 씨와 펀을 쳐다보며 정열, 음탕함, 욕망의 낌새가 보이지는 않는지, 스커트 속으로 손이 들어가지는 않는지 살폈다. 소득은 없었다. 내가 속으로 바랐던 것보다 내가 그들을 방어한 대로가 더 사실처럼 보였다. 나오미만큼 나도 그들이 끙끙거리며 음란한 행동을 하고 삐걱거리는 침대에서 뒹구는 상상을 즐겼었기 때문이다(나오미의 말로는 그들이 호수를 구경하러 터퍼턴으로 드라이브를 하러 갈 때마다 관광객이 묵는 오두막에서 그걸 한다고 했다). 나는 역겨웠지만 그렇다고 그 사실이 내 즐거움을 몰아내지는 않았다. 그 두 감정은 사실상 불가분의 관계에 있었다.

체임벌린 씨, 즉 아트 체임벌린은 주빌리 라디오 방송에서 뉴스를 읽었다. 또한 훨씬 심각하고 조심스러운 발표도 했다. 그는 프로다운 좋은 목소리를 가지고 있어서, 일요일 오후, 지역 장례식장 업체의 후원을 받아 방송되는 〈전몰장병을 기리며〉라는 프로그램에서 그의 목소리는 오르간 음악에 다크초콜릿이 흘러들어갔다 빠져나오는 것처럼 반겨졌다. 그는 이따금 펀이 이 프로그램에서 노래를 부를 수 있게 해주었다. 펀은 성가—〈나는 방황하며 궁금해하네〉—도 불렀고, 성가는 아니지만 애절한 곡—〈완벽한 하루의 끝〉—도 불렀다. 주빌리 라디오 방송에 출연하는 건 어려운 일이 아니었다. 나만 해도 〈토요일 아침 청소년 파티〉에서 코믹한 시를 낭송했고, 나오미는 〈성 마리아 성당의 종〉을 피아노로 연주했다. 라디오를 켤 때마다 아는 사람의 목소리를 들을 가능성이 컸고, 적어도 이 곡은 누구를 위해 들려드린다는 멘트에서 아는 사람의 이름을 들을 수 있었다. ("칼 오티스 씨 부부의 결혼 28주년을 기념하여 이 곡을 들려드립니다. 아들 부부인 조지와 에타, 세 손자인 로레인, 마크, 로이스, 그리고 포터필드 로드에 사는 오티스 부인의 여동생 빌 타운리 부인이 신청

해주셨네요.") 나도 전화를 걸어 베니 아저씨의 마흔번째 생일을 축하하는 음악을 신청했다. 엄마는 엄마 이름이 나오는 게 싫다고 했다. 엄마는 토론토 방송국 프로그램을 더 좋아했는데, 우리는 그 방송을 통해 메트로폴리탄 오페라, 광고가 없는 뉴스, 퀴즈 프로그램을 들었다. 퀴즈 프로그램에서 엄마는 네 명의 신사와 붙었는데, 목소리로 판단하건대 그들 모두 뾰족한 턱수염을 조금 길렀을 것 같았다.

체임벌린 씨는 광고도 읽었다. 그는 노련하고 성의 있게 크로스약국에서 파는 빅스 점비제, 브런즈윅호텔에서의 일요일 저녁식사, 죽은 가축을 처리해주는 리 위커트 앤드 선즈를 이용해보라고 권했다. "죽은 가축은 잘 있어요, 병사님?" 펀이 그를 보고 인사하면, 그는 펀의 엉덩이를 가볍게 툭 친다. "그 서비스가 필요한 사람은 당신이라고 그들에게 말해줘야겠어요!" "그 서비스는 당신한테 더 필요할 것 같은데요." 펀이 대꾸했지만 악의는 별로 느껴지지 않았다. 그는 의자에 털썩 주저앉아 자신이 마실 차를 따르는 엄마를 쳐다보며 싱긋 웃었다. 푸른색과 초록색이 섞인 그의 옅은 눈동자는 아무 표정 없이 그저 그 색깔만 돋보였는데, 너무 예뻐서 그 색깔로 드레스를 만들어 입고 싶을 정도였다. 그는 늘 피곤해했다.

체임벌린 씨의 흰 손과 직선으로 자른 손톱, 잘 빗어넘겼지만 점점 숱이 빠지는 회색 머리, 옷태를 망치기는커녕 오히려 셔츠와 타이, 정장과 한 벌이라고 해도 될 만큼 옷과 같은 소재로 만들어진 듯한 몸 등 남자에게서 보는 이런 모습이 내게는 어색했다. 베니 아저씨만 해도 기관지가 손상되어 비쩍 마르고 가슴이 좁았으며, 뭔가 위험한 일이나 계획된 폭력, 혼란을 일으킬 만한 것을 예상하게 하는 표정이나 움직임이 있었다. 아빠한테도 그런 게 있었지만, 아빠의 방식은 절제되어 있었다. 하지만 기성품인 담배를 재떨이에 톡톡 떠는 체임벌린 씨는 전쟁에 참전한 사람이었다. 더욱이 탱크군단에 속해 있었다. 체임벌린 씨가 우리를 보러 온—실제로는 펀을 보러 왔지만 그 사실을 노골적으로 티 내지는 않았다—날 마침 아빠도 집에 와 있으면 아빠는 그에게 전쟁에 관한 질문을 하곤 했다. 두 사람이 전쟁을 보는 시각이 다르다는 건 확실했다. 아빠는 전쟁에는 총체적인 계획이 있으며 그 계획은 캠페인을 통해 드러나고 실패하든 성공하든 목적이 있다고 보았다. 체임벌린 씨는 전쟁을 이야기들의 복합체로 보았고, 특별한 방향성이 있는 건 아니라고 생각했다. 그는 자신의 이야기를 희화화해 들려주었다.

한 예로 그는 우리에게 자신이 처음 전투에 투입됐을 때 얼마나 큰 혼선이 빚어졌었는지 말해주었다. 몇몇 탱크가 숲으로 들어갔다가 방향을 되돌린다는 것이 독일군이 진격해올 것으로 예상되던 엉뚱한 길로 나왔다. 따라서 그들이 처음 포격한 탱크는 아군의 탱크였던 것이다.

"발사!" 체임벌린 씨가 미안한 기색도 없이 유쾌하게 말했다.

"그 탱크 안에 군인들이 있었어요?"

그는 내가 무슨 말만 하면 늘 비웃는 듯 놀란 표정을 지으며 쳐다보았는데, 이번에도 다르지 않았다. 누가 보면 내가 그의 앞에서 물구나무라도 선 줄 알았을 것이다. "음, 있었다고 해도 놀랄 일은 아니지!"

"그러면…… 죽었어요?"

"그 군인들한테 무슨 일이 일어나긴 했지. 그 사람들이 돌아다니는 걸 다시는 보지 못했으니까. 휙 가버렸어!"

"자기편한테 맞은 거네요, 정말 끔찍해요." 엄마는 아연실색해서 말했지만 평소에 비해 확신에 찬 목소리가 아니었다.

"전쟁터에서는 그런 일이 일어난단다." 아빠가 이런 것에 반대하는 것은 여성의 천진무구함을 드러낼 뿐이라는 듯 조용히, 좀 무겁게 말했다. 체임벌린 씨는 그저 웃기만 했다. 그러고는 계속해서 전쟁의 마지막날에 그들이 뭘 했는지 말했다. 그들은 병영 취사장을 폭파하면서 일제히 자신들의 총을 들어 그곳에 갈겼고, 그렇게 그들이 즐길 수 있는 마지막 불길을 즐겼다.

"한 무리의 꼬마들 같네요." 펀이 말했다. "전쟁을 할 만큼 자라지 않은 꼬마들 이야기 같아요. 바보같이 한바탕 즐겁게 논 것처럼 들려요."

"그게 내가 늘 추구하는 것 아니던가요? 즐겁게 사는 것."

한번은 그가 피렌체에 갔었다는 이야기도 나왔는데, 그가 전쟁을 하러 이탈리아로 갔으니 놀랄 일은 아니었다. 하지만 엄마는 자세를 똑바로 하더니 의자에서 살짝 엉덩이를 떼기까지 했고 몸을 바르르 떨 정도로 관심을 보였다.

"피렌체에 갔었다고요?"

"네, 부인." 체임벌린 씨가 시큰둥하게 대답했다.

"피렌체, 피렌체에 갔었단 거죠." 엄마는 어리벙벙하면서도 신이 나는지 반복해서 말했다. 나는 엄마의 느낌이 어땠을지 알 것 같았지만 그 감정을 너무 많이 드러내지는 않기를 바랐다. "그 생각은 미처 하지 못했어요." 엄마가 말했다. "물론 피렌체가 이탈리아에 있는 줄은 알았지만 신기하네요……" 엄마가 이렇게 말한 건 우리의 대화 주제였던 이탈리아, 전쟁이 일어났던 그 이탈리아가 다른 역사적인 일이 일어났던 장소이기도 했기 때문이다. 그곳은 옛 교황들이 살았던 곳이었다. 그리고 메디치 가문, 레오나르도 다빈치, 첸치 가문, 사이프러스나무, 단테 알리기에리의 나라였다.

엄마가 미래에 대해 열광적이라는 사실을 생각하면 엄마의 그런 반응이 좀 이상해 보이겠지만, 엄마는 과거에 대해서도 흥분했다. 엄마는 서둘러 응접실로 들어가 백과사전의 예술과 건축 부록을 들고 돌아왔다. 조각과 그림과 건물의 사진이 가득한 책으로, 그 사진들은 대부분 박물관의 뿌옇고 서늘한 회색 조명 아래에서 찍은 것들이었다.

"여기 있네요!" 엄마가 식탁 위에 책을 펴서 그의 앞에 올려놓았다. "체임벌린 씨가 갔다는 피렌체예요. 여기 나온 미켈란젤로의 다비드상도 봤어요?"

벌거벗은 남자. 모두 볼 수 있게 드러난 그의 몸에 달린 대리석으로 된 그것. 아래로 처진 백합의 꽃잎 같은 그것. 그런 걸 남자에게, 그리고 우리 모두에게 보여줄 사람이 스스럼없고 겁이 날 만큼 순진한 우리 엄마 말고 누가 있겠는가? 애써 웃음을 참느라 편의 입이 불룩해졌다.

"그건 못 봤는데요, 못 봤어요. 피렌체는 조각상 천지예요. 이것도 유명하고 저것도 유명하고. 그런 걸 보려고 고개를 돌릴 필요도 없어요."

나는 그가 이런 주제로 대화를 나눌 만한 사람이 아니라는 걸 알았다. 하지만 엄마는 포기하지 않았다.

"그래도 청동 문은 봤겠죠? 청동으로 만든 웅장한 문이요. 그걸 완성하는 데 예술가가 평생을 바쳤대요. 여길 봐요, 여기요. 그 사람 이름이 뭐더라…… 기베르티. 기베르티예요. 그는 자신의 인생 전체를 바쳤어요."

체임벌린 씨는 어떤 것은 봤다고 했고 어떤 것은 보지 못했다고 했다. 그는 상당한 인내심을 발휘하여 쳐다보다가 자신은 이탈리아를 좋아하지 않았다고 말했다.

"글쎄요, 이탈리아는 아마 괜찮았던 것 같아요. 문제는 이탈리아인이었어요."

"이탈리아인이 퇴폐적이라고 생각한 건가요?" 엄마가 아쉽다는 듯 물었다.

"퇴폐적인지는 모르겠어요. 그들이 어떤 사람들인지 모르겠더라고요. 그들은 생각이란 게 없어요. 이탈리아에 있을 때였는데, 거리에서 한 남자가 다가오더니 나한테 자기 딸을 팔겠다는 거예요. 그런 일이 계속 일어났어요."

"딸을 뭣 때문에 파는데요?" 내가 순진함을 가장해 뻔뻔하고 단순한 태도로 천연덕스럽게 물었다. "노예로 파는 거예요?"

"어떤 면에서는 그렇겠지." 엄마가 말하고는 마지못해 미켈란젤로와 청동 문에 대해 단념하며 책을 덮었다.

"델보다 나이가 더 많지도 않았어요." 체임벌린 씨가 역겹다는 듯 말했지만 어렴풋이 그의 역겨움은 꾸며낸 거라는 느낌이 들었다. "어떤 애들은 델만큼도 안 컸어요."

"거기 애들은 일찍 성숙해요." 펀이 말했다. "기후가 더운 지방에서는요."

"델. 이 책을 갖다놔." 엄마가 놀란 목소리로 말했는데, 그 목소리가 솟구치는 새의 파닥거리는 날갯짓소리처럼 들렸다.

뭐, 나는 이미 들은 뒤였다. 나는 식사실로 돌아가지 않고 2층으로 올라가 옷을 벗었다. 그러고는 분홍색과 흰색 꽃무늬가 흩

뿌려진 엄마의 검은색 레이온 잠옷가운을 입었다. 선물로 받은 것이었는데 실용적이지 않다며 엄마는 절대 입지 않았다. 엄마의 방에서 나는 소름이 돋았지만 큰맘 먹고 삼면거울을 쳐다보았다. 나는 내 옷의 어깨심을 떼어내 그걸로 젖가슴을 보강했다. 내 가슴은 크기가 아이스크림선디 접시에 놓이는 종이고깔에 딱 맞을 만큼 넓고 납작했다. 화장대 옆쪽 전등은 아까 켜두었다. 불빛이 버터스카치 캔디 색깔의 유리를 통과해 그윽하고 따스하게 흘러나와 내 피부를 은은하게 비춰주었다. 나는 넓고 둥근 이마와 주근깨가 난 분홍색 피부, 달걀처럼 천진한 내 얼굴을 쳐다보았고, 내 눈은 눈앞에 보이는 나를 다른 나로 바꿔 상상했다. 내숭을 떨고 크림처럼 보드라운 나로. 타닥거리며 타는 덤불 같은 옅은 갈색의 가는 머리는 진흙색보다는 좀더 금색을 띤 풍성한 웨이브 머리로. 델보다 나이가 더 많지도 않았어요, 내 머릿속에서 들리는 체임벌린 씨의 목소리가 내 살을 레이온 실크처럼 건드리고 나를 휘감았고, 나는 위험한 욕망에 사로잡힌 느낌이 들었다. 나는 피렌체에 사는 여자애들을, 로마에 사는 여자애들을, 남자가 돈으로 살 수 있는 내 또래의 여자애들을 생각했다. 이탈리아인의 검은색 겨드랑이 털, 입가에 돋은 검은색 솜털을 생각했다. 기후가 더운 지방에서는 일찍 성숙해요. 가톨릭 신자들. 남자가 여자에게 돈을 주고 그걸 한다. 그는 뭐라고 말할까? 그가 옷을 벗겨줄까, 아니면 여자가 직접 옷을 벗기를 바랄까? 그는 바지를 다 내릴까, 아니면 지퍼만 열고 그걸 가리킬까? 내가 상상할 수 없는 건 실행의 단계, 즉 가능하고 잘 알려진 정상적인 행위와 마술 같고 짐승 같은 행동 사이에 놓인 그 다리에 관한 것이었다. 나오미 엄마의 책에 그런 내용까지는 나오지 않았다.

주빌리에는 창녀 세 명이 사는 집이 있었다. 그 집을 운영하는 매쿼드 부인까지 치면 셋이라는 말이다. 매쿼드 부인은 적어도 예순은 된 여자였다. 그 집은 중심가의 북쪽 끝, 접시꽃과 민들레가 흐드러진 마당 안에 있었고, 그 옆에는 B.A. 주유소가 있었다. 햇볕 좋은 날에는 젊은 여자 둘이 이따금 밖으로 나와 캔버스 의자에 앉아 있었다. 나오미와 나는 그 앞을 일부러 몇 번 지나갔고, 딱 한 번 그들을 보았다. 그들은 무늬가 있는 드레스에 슬리퍼를 신고 하얀 맨다리를 드러내고 있었다. 그들 중 하나는 〈스타 위클리〉를 읽고 있었다. 나오미는 그 여자의 이름이 페기라고 했고, 어느 밤 게이라 댄스홀의 남자 화장실에서 남자들이 꼬드기는 말에 넘어가 선 자세로 남자들을 차례로 상대했다고 했다. 그것이 가능한가? (나는 이런 이야기를 예전에도 들은 적이 있었는데, 이런 위업을 달성하고 견뎌낸 주인공이 매쿼드 부인이고, 장소가 게이라 댄스홀이 아니라 블루아울 카페의 뒤쪽 벽이었다는 것만 달랐다.) 나는 신문지 위로 갈색쥐 색깔이 도는 부드러운 새둥지 같은 곱슬곱슬한 머리만 보이는 페기보다 이런 페기를 봤다면 더 좋았을 거라고 생각했다. 그녀의 얼굴을 봤으면 더 좋았을 텐데. 나는 뭔가를 기대했었다—어른거리는 타락의 기운이나 늪지의 가스처럼 뿜어져나오는 어떤 기운을. 나는 한편으로 그녀가 신문을 읽는다는 사실에 놀랐고, 아마 그 신문에 실린 내용을 그녀도 우리와 마찬가지로 똑같이 이해할 거라는 사실에, 그리고 그녀도 먹고 마시는 엄연한 사람이라는 사실에 놀랐다. 나는 그녀를 인간의 기능을 벗어나 완벽한 타락의 상태로 옮겨간 존재, 성자와는 반대의 극단에 있지만 비슷하게 고립된 알 수 없는 존재라고 생각했던 것이다. 그곳의 평범해 보이는 것들—〈스타 위클리〉, 걷어놓은 물방울무늬 커튼, 매춘업소의 창가에 놓아둔 깡통에서 희망적으로 자라나는 제라늄—이 내게는 일부러 감질나게 만들려는 속임수처럼 보였다. 수치심을 모르는 그런 행위, 즉 욕망을 불태우는 폭발을 덮고 있는 평범한 일상의 겉모습 같은 속임수 말이다.

나는 서늘한 레이온 위로 골반뼈를 문질렀다. 내가 이탈리아에서 태어났다면 내 육신은 이미 사용되었고 타박상을 입었을 것이며 아는 몸이 되어 있었을 것이다. 그게 내 잘못은 아닐 것이다. 내 잘못이 아닌 이유로 창녀가 된다는 생각이 나를 잠시 다른 세상으로 데려갔다. 그것이 내 힘으로 어쩔 수 없는 최종적인 일이라는 사실, 그리고 야망이나 불안과는 무관하다는 사실 때문에 그 생각은 편안하고 매혹적이었다.

이런 일이 있은 뒤로 나는 뚝뚝 끊어지는 불완전한 형태의 공상을 만들어냈다. 상상 속에서 나는 그날 거울에 비치던 그 모습대로 엄마의 검은색 꽃무늬 잠옷가운을 입고 있는데, 어깨 쪽이 끌어내려져 있고 체임벌린 씨는 그런 나를 쳐다보고 있다. 이어, 나는 가운을 벗기로 작정한 뒤 그에게 실오라기 하나 걸치지 않은 내 몸을 보여준다. 그런 일이 어떻게 일어날 수 있느냐고? 평소에 우리와 함께 지내는 사람들이 집에 없어야 했다. 엄마는 백과사전을 팔라고 내보냈다. 남동생은 농장으로 쫓아버렸다. 내가 학교에 가지 않고 집에 있는 방학이어야 할 것이다. 편은 우체국에서 아직 돌아오지 않았다. 지옥 불처럼 뜨겁고 정적이 흐르는 날, 늦은 오후의 뜨거운 열기 속에서 나는 이 잠옷가운만 입고 아래층으로 내려온다. 나는 가만히 앉아 있는 체임벌린 씨에게는 눈길도 주지 않고 부엌 개수대 앞에서 물을 한 잔 마신다—그러고 나면? 오로지 이날을 위해 우리집에 들어와 있던 낯선 개 한 마리가 내게 달려들어 가운을 끌어내린다. 아니면 내가 돌아서다가 의자 못에 옷이 걸려 옷 전체가 발치로 주르륵 미끄러져내린다. 중요한 건 그게 우연이어야 한다는 점이었다. 내 쪽에서 꾸며서도 안 되고, 체임벌린 씨 쪽에서 그래서도 당연히 안 된다. 옷이 흘러내린 순간부터는 그 공상이 더 나아가지 않았다. 사실 거기까지도 잘 나아가지 않았고, 준비 단계에서 머뭇거리며 세부 내용을 다져나갈 때가 더 많았다. 알몸이 드러나는 순간은 확실하게 구성되지 않았고, 섬광처럼 지나갔다. 체임벌린 씨의 반응에 대해서는 상상할 수가 없었다. 그의 모습도 뚜렷하게는 그려볼 수 없었다. 그의 존재는 반드시 필요했지만 형체는 흐릿했다. 내 공상의 한쪽 귀퉁이에서 그는 형체를 알아보기 어려웠지만 그 존재감은 강력했고, 형광등의 푸른 불빛처럼 윙윙 전기음을 내고 있었다.

우리가 나오미 아빠의 방 앞을 지나 아래층으로 뛰어내려가는데, 그가 우리를 붙잡았다.

"꼬마 숙녀들, 내 방에 들어와 잠깐 얘기 좀 할까. 편하게 있어."

그때는 봄이었고, 바람이 부는 노란 빛깔의 저녁 무렵이었다. 그런데도 그는 방안에 둔 둥근 양철 난로에 쓰레기를 넣어 태우고 있었다. 덥고 냄새가 났다. 그가 손수 빤 양말과 속옷이 벽에 친 줄에 널려 있었다. 나오미와 나오미의 엄마는 그를 함부로 대했다. 지금처럼 엄마가 집에 없을 때 나오미는 아빠의 저녁식사로 스파게티 캔을 따서 접시에 쏟아부었다. "데우지 않아?" 내가 물으면 나오미가 이렇게 대답한다. "귀찮게 왜? 어차피 아빤 구별도 못할 텐데."

그 방 바닥에는 책자들이 쌓여 있었는데, 그가 믿는 종교와 관련이 있는 것들 같았다. 가끔은 나오미가 우체국에서 그 책자들을 가져오기도 했다. 나오미는 엄마한테 들은 말에서 미루어 짐작하여 아빠의 신앙을 아주 경멸했다. "예언, 죄다 예언뿐이야." 나오미가 말했다. "지금까지 지구의 종말을 벌써 세 번이나 예언했어."

우리는 침대보도 없이 거칠하고 지저분한 담요만 놓여 있는 침대 모서리에 걸터앉았고, 그는 우리 맞은편의 흔들의자에 앉았다. 그는 나이가 많았다. 나오미의 엄마가 그를 간호하다 결혼까지 하게 되었다. 그는 대체로 길게 뜸을 들이며 말했는데, 침묵하는 동안 상대를 잊은 것은 아니고, 나머지 생각이 상대의 이마에 쓰여 있기를 기대라도 하는 듯 자신의 옅은 눈동자를 이마에서 떼지 못했다.

"성경의 한 부분을 낭독해주마." 그가 다정하지만 굳이 할 필요가 없는 말이라는 듯, 반대하는 사람들이 있다는 건 알고 있지만 그 사실을 외면하기로 결심한 사람의 태도로 말했다. 그는 이미 표시된 곳이 있는 큰 활자의 성경책을 펼쳐 나이든 사람의 꿰뚫는 듯한 목소리로 성경 구절을 읽어나갔다. 가끔 어색한 데서 말을 끊었는데, 어디서부터 어디까지를 묶어 읽을지가 쉽지 않아 그런 것 같았다.

하늘나라는 열 처녀가 저마다 등불을 가지고 신랑을 맞으러 나간 것에 비길 수 있다.

그 가운데 다섯은 미련하고 다섯은 슬기로웠다.

미련한 처녀들은 등잔은 가지고 있었으나 기름은 준비하지 않았다.

한편 슬기로운 처녀들은 등잔과 함께 기름도 그릇에 담아 가지고 있었다.

신랑이 늦도록 오지 않아 처녀들은 모두 졸다가 잠이 들었다.

그런데 한밤중에 '저기 신랑이 온다. 어서들 마중나가라!' 하는 소리가 크게 들렸다.

이 소리에 처녀들은 모두 일어나 제각기 등불을 챙겼다.

미련한 처녀들은 그제야 슬기로운 처녀들에게 '우리 등불이 꺼져가니 기름을 좀 나누어다오' 하고 청했다.

물론 어떻게 됐느냐 하면—나는 그제야 이전에 이 부분을 전부 들었던 것이 기억났다—슬기로운 처녀들은 기름이 충분하지 않을까봐 기름을 조금도 나누어주지 않았고, 미련한 처녀들은 나가서 기름을 사오느라 신랑이 오는 순간을 놓쳤으며 그들이 돌아왔을 때는 문도 잠겨 있었다. 나는 이 우화를 좋아하지 않았는데, 이 우화가 신중함, 준비성, 뭐 그런 것과 연관되어 있다고 생각했기 때문이다. 하지만 나는 나오미의 아빠가 이 부분을 섹스에 관한 것이라고 믿고 있다는 것을 알 수 있었다. 나는 나오미를 곁눈질했는데, 나오미는 이런 주제만 나오면 늘 입가를 쪼록 빨아들여 얼굴을 우스꽝스럽게 만들었기 때문이다. 하지만 나오미는 내 은밀한 기쁨인 바로 그것—단어들의 시적인 흐름, 고풍스러운 표현—이 역겹다는 듯 완강하고 참담한 표정을 짓고 있었다. 슬기로운 처녀들에게 청했다. 늦도록 오지 않아. 저기 신랑이 온다. 나오미는 이 모든 게 언짢은지 처녀라는 단어에도 재미를 느끼지 못하는 것 같았다.

그의 이 빠진 입이 다물어졌다. 그의 입이 아기 입처럼 교활하면서 순진해 보였다.

"지금은 여기까지만. 때가 되면 생각해보렴. 소녀들이 배울 점이 있을 거야."

"멍청한 영감탱이." 나오미가 계단에서 말했다.

"난 좀…… 안쓰러워."

나오미가 내 콩팥 쪽을 쿡쿡 찔렀다.

"어서 여기서 나가자. 아빠가 다른 것도 찾아낼지 몰라. 아빤 눈알이 빠질 때까지 성경을 읽거든. 충분히 그러고도 남지."

우리는 서둘러 밖으로 나와 메이슨 스트리트로 달려갔다. 이 길고 환한 저녁 시간에 우리는 시내 곳곳을 돌아다녔다. 라이시엄극장, 블루아울 카페, 당구장 앞에서 어슬렁거렸다. 우리는 전몰장병기념비 옆 벤치에 앉았고, 지나가는 차가 빵빵 경적을 울리면 손을 흔들어주었다. 그들은 우리가 다리만 길었지 아직 어리석은 아이들이란 사실에 실망해서 그냥 지나갔다. 그들은 차창 밖을 내다보며 웃음을 터뜨렸다. 우리는 시청에 있는 여자 화장실—바닥은 젖어 있고 시멘트 벽에는 물방울이 맺혀 있었으며 독한 암모니아 냄새가 났다—로 가서 골이 빈 못된 여자애들만 자기 이름을 써놓는 화장실 문짝에 우리 반 여자애 이름 두 개를 써놓고 왔다. 우리 반에서 여왕으로 군림하고 있는 마저리 쿠츠와 그웬 먼디였다. 우리는 이름을 립스틱으로 쓴 뒤 그 밑에 야한 그림을 조그맣게 그려놓았다. 우리는 왜 그렇게 한 걸까? 우리가 예외 없이 알랑거리며 기분을 맞춰주어야 했던 그애들을 미워한 걸까? 아니다. 맞다. 우리는 그애들의 면역력이, 좋은 환경에서 자라서 호기심이 없는 것이, 그게 뭐건 그애들을 주빌리 삶의 수면 위에 계속 떠 있게 하는 그것이 미웠다. 그애들은 자선을 베풀고, 사람들이 자신들의 기분을 맞춰주는 대로 살다가 여학생클럽에 가입하고, 여기서 멀리 떨어진 더 부유한 지역의 의사나 변호사와 약혼하고 결혼할 것이다. 우리는 그애들이 시청 화장실에 들어가는 걸 상상할 수 없었기 때문에 그애들을 미워했다.

우리는 그렇게 한 뒤 그 행동이 범죄인지 아닌지 긴가민가하면서 달아났다.

우리는 서로를 부추겼다. 화장지에서 오려낸 꽃처럼 파리한 불빛을 쏟아내는 고요한 가로등 아래를 걸어가며, 불이 켜지지 않은 창문 앞을 지나가며 우리는 그 창문으로 세상이 지켜봐주기를 바라면서 무모한 도전을 했다.

"뇌성마비에 걸린 것처럼 해봐. 도전."

나는 대번에 사지를 뒤틀고 머리를 옆으로 기울인 뒤 흰자위를 드러내며 성난 목소리로 알아들을 수 없는 말을 끊임없이 지껄였다.

"한 블록 가는 동안이야. 누구를 만나건 신경쓰면 안 돼. 그만두면 안 돼. 도전."

우리는 나이 지긋한 닥터 코머를 만났다. 그는 막대처럼 말랐고 위엄이 있었으며 멋지게 차려입고 다녔다. 그가 걸음을 멈추더니 지팡이를 톡톡 치며 못마땅한 기색을 내비쳤다.

"이게 다 무슨 짓이니?"

"발작이 일어났어요, 선생님." 나오미가 애처롭게 말했다. "걸핏하면 이렇게 발작을 일으켜요."

불쌍하고 무력하고 고통받는 사람들을 놀리는 것. 악취미, 몰인정함, 그것에서 오는 즐거움.

우리는 공원으로 갔다. 그곳은 방치되고 버려진 세모꼴의 땅으로 거대한 삼나무들 때문에 무척 우울한 분위기가 감돌아서 아이들이 놀기에는 적합하지 않았고, 산책을 하러 나온 사람들에게도 매력적인 곳은 아니었다. 주빌리 사람들이 풀과 흙과 나무를 더 많이 보겠다고 굳이 거기까지 걸어갈 이유가 뭐가 있겠는가? 똑같은 풍경이 곳곳에서 타운으로 밀고 들어왔는데? 차라리 시내를 걸어다니며 가게를 구경하고, 두 배로 넓은 보도에서 사람들을 만나고, 활기찬 희망을 느끼는 쪽을 택할 것이다. 나오미와 나는 커다란 삼나무를 타고 오르다 나무껍질에 쓸려 무릎이 까졌다. 우리가 더 어렸을 때는 그럴 필요가 전혀 없었는데 지금은 나뭇가지들 틈 사이로 땅바닥이 기우뚱 드러나 보이자 비명이 터져나왔다. 우리는 손깍지를 끼거나 발목을 걸어 나뭇가지에 매달렸다. 그러고는 개코원숭이를 흉내내며 조잘거렸다. 타운 전체가 우리 밑에서 입을 쩍 벌리고 충격받을 준비를 한 채 드러누워 있는 것 같았다.

계절 특유의 소리들이 들렸다. 보도에 나온 아이들은 폴짝폴짝 뛰놀면서 맑고 경건한 목소리로 노래를 불렀다.

> 산 위에 한 여인이 서 있네.
> 모르는 여인인데 누굴까.
> 그녀가 입은 건 전부 금과 은.
> 그녀에게 필요한 건 오로지 신발 한 켤레!

공작의 울음소리가 들렸다. 우리는 나무에서 툭 내려온 뒤 공작을 보려고 달려갔다. 공원을 지나고 강으로 이어지는 이름 없는 불쌍한 거리를 지나갔다. 공작은 타운의 쓰레기차를 모는 포크 차일즈라는 남자가 키우는 것이었다. 거리에는 아예 보도가 없었다. 우리는 부드러운 진창에서 아른아른 빛을 반짝거리는 웅덩이를 피해 걸어갔다. 포크 차일즈는 집 뒤의 헛간에서 공작을 키우고 있었다. 헛간에도, 집에도 페인트칠은 되어 있지 않았다.

잎을 다 떨군 오크나무 아래에서 공작들이 돌아다니고 있었다. 봄이 가고 새봄이 왔다 한들 우리가 어떻게 그 공작을 잊을 수 있겠는가?

암컷은 쉽게 잊힌다. 암컷이 돌아다니는 마당은 색깔이 칙칙하다. 하지만 수컷은 우리를 실망시키지 않는다. 수컷의 놀랍고도 본질적인 색깔들. 가슴과 목은 파랗고, 잉크 얼룩 같은 무늬가 있는 어두운 깃털은 열대 해수면 아래의 부드러운 해조류 같다. 한 마리가 꼬리를 펼치자 색칠한 새틴 같은 눈면 눈동자들이 드러난다. 제왕 같고 백치 같은 작은 머리. 추운 봄의 영광, 주빌리의 경이.

다시 시작된 소리는 이 아래 있는 공작들이 내는 소리가 아니었다. 우리는 소리에 이끌려 눈을 들어 위를 쳐다보았다. 흰 공작 한 마리가 꼬리를 완전히 펴고 나무에 올라앉아 있었다. 어떻게 그것을 더 일찍 보지 못했는지 믿기 어려웠다. 꼬리가 바위에 떨어지는 물처럼 나뭇가지 사이로 흘러내려와 있었다. 순수한 흰색, 순수한 축복. 하지만 공작은 저 위에 숨어 이처럼 광적이고 비난하는 듯한 소리를 소란스럽게 내지르고 있었다.

"공작이 괴성을 지르는 건 섹스 때문이야." 나오미가 말했다.

"고양이도 그래." 내가 농장에서 들었던 소리를 떠올리며 말했다. "수고양이는 그걸 할 때 뭣같이 비명을 지르던데."

"너라면 안 그러겠어?" 나오미가 말했다.

그 순간 우리는 자리를 떠야 했다. 포크 차일즈가 공작들 사이로 나타났기 때문이다. 그는 빠른 걸음으로 비틀비틀 걸어왔다. 우리는 그가 옛날에 집에 돌아가지도 못할 만큼 취해 도랑에 누워 있다가 동상에 걸려 발가락을 전부 절단했다는 걸 알고 있었다. 그가 침례교회에 다니기 전의 일이었다. "안녕, 사내놈들아!" 그가 우리에게 소리를 질렀다. 그의 오래된 인사법, 그의 오래된 농담이었다. 안녕, 사내놈들아! 안녕, 계집애들아! 그는 쓰레기차 운전석에서 소리를 질렀다. 그는 음산한 거리든 화창한 여름의 거리든 모든 거리에서 소리를 질렀지만, 어느 누구로부터도 대답을 듣지 못했다. 우리는 달렸다.

우리집 앞에 체임벌린 씨의 차가 서 있었다.

"안으로 들어가자." 나오미가 말했다. "그 아저씨가 펀 아줌마한테 뭘 하는지 보고 싶어."

아무것도 하지 않았다. 펀은 식사실에서 꽃무늬 시폰 드레스를 입어보고 있었다. 도나 칼링의 결혼식에서 독창을 할 때 입을 옷으로, 드레스 만드는 걸 엄마가 도와주고 있었다. 펀이 펼치다 만 커다란 파라솔처럼 엄마 앞에서 빙글빙글 도는 동안 엄마는 재봉틀 앞 의자에 옆으로 돌아앉아 있었다.

체임벌린 씨는 진짜 술을 마시고 있었다. 물을 탄 위스키였다.

주빌리에서는 금주법이 시행중이어서 그가 포터필드까지 차를 몰고 가서 사온 것이었다. 나는 나오미에게 식기장에 술병을 놓아둔 걸 보여주는 것이 자랑스럽기도 하고 부끄럽기도 했다. 나오미네 집에서 술은 절대 찾아볼 수 없을 것이었기 때문이다. 엄마가 그의 음주를 용서해준 이유는 그가 전쟁을 겪었기 때문이었다.

"사랑스러운 두 꼬마 숙녀가 왔구나." 체임벌린 씨가 진지함이라고는 찾아볼 수 없는 목소리로 말했다. "봄 느낌과 우아함이 넘치는데. 바깥에 있다 들어와서 그런지 싱싱해 보여."

"우리도 술 주세요." 내가 나오미 앞에서 과시하듯 말했다. 하지만 그는 웃으며 술잔 위를 손으로 막았다.

"어디 갔다 왔는지 말해줄 때까지는 안 돼."

"공작을 보려고 포크 차일즈 씨 댁에 갔다 왔어요."

"공-작*을 보러 갔어. 예쁜 공-작을 보러 갔어." 체임벌린 씨가 노래를 불렀다.

"우리도 술 주세요."

"델, 예의바르게 행동해야지." 엄마가 입에 핀을 잔뜩 문 채 말했다.

"그냥 어떤 맛인지 궁금해서 그래요."

---

* pea-cocks. 여기서 cocks에는 남자의 성기라는 뜻도 있다.

"공짜로는 안 되겠는데. 네가 나한테 묘기 같은 걸 보여줄 것 같지도 않고, 쭈그려앉아 착한 개처럼 애걸할 것 같지도 않고."

"물개 흉내를 낼 수 있어요. 제가 물개가 되는 걸 보실래요?"

나는 물개 흉내를 내는 걸 좋아했다. 완벽하게 잘해내지 못할까봐, 제대로 해내지 못할까봐 걱정한 적은 한 번도 없었다. 누가 나를 바보로 생각할까봐 두려워한 적도 없었다. 심지어 학교에서 청소년 적십자단의 장기자랑 시간에도 물개 흉내를 냈다. 모두 웃었다. 그건 감탄의 웃음이라서 큰 위로가 되었고, 모든 것을 용서해주는 것 같아 영원히 물개 흉내를 내라고 해도 그럴 수 있을 것 같았다.

나는 무릎을 꿇고 팔꿈치를 옆구리에 붙인 뒤 손을 지느러미 발처럼 움직이며 물개 울음소리를 냈다. 나는 멋지게 빽빽거리며 울어댔다. 그 울음소리는 메리 마틴이 나오는 옛날 영화를 보고 따라 한 것인데, 그 영화에서 메리 마틴은 터키색 수영장 옆에서 노래를 부르고 물개들은 합창을 했다.

체임벌린 씨는 유리잔을 내 입 쪽으로 천천히 내렸다가 내가 울음소리를 멈출 때마다 다시 자기 쪽으로 가져갔다. 나는 그의 의자 옆에 무릎을 꿇고 있었다. 펀은 내게 등을 돌리고 두 팔을 위로 올리고 있었다. 엄마는 펀의 허리 쪽 옷감에 핀을 꽂느라 머리가 가려 보이지 않았다. 이전에 이미 물개를 구경할 만큼 구경한 나오미는 드레스 만들기에 흥미를 보이며 펀과 우리 엄마를 쳐다보고 있었다. 체임벌린 씨가 마침내 자신이 들고 있던 유리잔에 내가 입을 댈 수 있도록 해주었다. 그러더니 다른 손으로 아무도 볼 수 없는 행동을 했다. 그가 내 블라우스의 축축한 겨드랑이 부분을 손으로 문지르더니, 이어 내가 입고 있던 소매 없는 점퍼드레스의 헐렁한 진동 부분 안으로 손을 쑥 집어넣은 것이다. 그의 손이 면 블라우스를 입은 내 젖가슴을 빠르고 세게 문질렀다. 힘이 어찌나 셌던지 보드라운 젖가슴 살이 그의 손에 밀려올라가 납작하게 눌렸다. 그는 바로 손을 뺐다. 나는 찰싹 후려 맞았을 때처럼 얼얼했다.

"맛이 어땠어?" 나오미가 나중에 내게 물었다.

"오줌맛."

"오줌은 먹어본 적도 없으면서." 나오미는 얼떨떨해하면서도 재빨리 상황을 살폈다. 나오미는 비밀 냄새를 기가 막히게 잘 맡았다.

나는 나오미에게 그 일을 털어놓으려고 했지만 그러지 않았다. 그냥 가슴에 품고 있었다. 말을 하면 그 행위를 똑같이 재연해야 할 것이다.

"어떻게? 처음 시작할 때 손을 어떻게 했다고? 네 점퍼드레스 안으로 어떻게 들어갔다고? 문질렀어, 아니면 쥐어짜듯 잡았어, 아니면 둘 다? 손가락으로, 아니면 손바닥으로? 이렇게?"

타운에 치과의사가 한 명 있었다. 귀머거리 사서의 오빠인 닥터 피픈으로, 그는 여자의 안쪽 치아를 들여다볼 때 여자의 다리에 손을 올린다는 이야기가 있었다. 나오미와 나는 그 건물 창문 아래로 지나갈 때면 큰 소리로 말하곤 했다. "피픈 선생님한테 치료받고 싶지 않니? 필리 피픈 선생님 말이야. 빈틈없는 분이라던데!" 그건 우리가 체임벌린 씨를 두고 하는 장난과 같았다. 농담거리로 삼고, 불미스러운 상황을 바라고, 덫에 가둘 계략을 꾸미는 것이다. 하지만 그건 내가 원하는 게 아니었다.

"아름다웠어." 나오미가 말했는데 피곤한 것 같았다.

"뭐가?"

"그 공작. 나무에 앉아 있던 거."

나는 나오미가 그런 것에 대해 아름답다, 라는 단어를 사용한다는 사실에, 그애가 그걸 기억하도록 내버려두었다는 사실에 놀랐고 좀 언짢았다. 나는 그애가 어떤 방식으로 행동하게 하고 어떤 것들을 인식하게 하는 데는 익숙했지만 그 외의 다른 것에 대해서는 아니었다. 게다가 나는 그날 집으로 달려오면서 공작에 대한 시를 쓰겠다고 이미 생각하고 있었던 것이다. 그애가 그 생각을 하게 두다니. 마치 무단 침입을 당한 것 같은 느낌이 들었다. 내 마음의 그 부분에는 그애건 어느 누구건 들여보낼 수 없었다.

나는 2층 침실로 올라간 뒤 시를 쓰기 시작했다.

베일을 드리운 이 밤에 나무에서 울고 있는 건 뭐지?
울음 우는 공작일까, 겨울의 유령일까?

이게 가장 잘 쓴 부분이었다.

나는 또한 체임벌린 씨를, 그리고 그의 손을 생각했다. 그의 손은 그가 이전에 그의 눈, 목소리, 웃음, 이야기를 통해 보여준 그 어떤 모습과도 달랐다. 그건 이해될 수 있는 곳에 주어지는 신호 같았다. 부적절한 위반행위였지만, 그 자체로 완벽하게 확실했고 권위적이었으며 정서적인 면은 전혀 없었다.

다음번에 그가 찾아왔을 때 나는 그가 그 행위를 더 쉽게 할 수 있도록 해주었다. 어두운 현관에서 그가 고무 신발을 신는 동안 나는 그에게 바짝 붙어 섰다. 그러고는 매번 그 신호를 기다렸고 그 행위를 받아냈다. 그는 팔을 꼬집고 쓰다듬는다거나 어깨를 감싸안는다거나 하는 그런 아빠 같고 동지 같은 행동은 하지 않았다. 그의 손은 번개처럼 무지막지하게 젖가슴으로, 엉덩이로, 허벅지로 돌진했다. 이건 내가 기대했던 섹스 커뮤니케이션의 형태와 같았다—점잖은 얼굴로 살아가는 세상에서 일어나는 섬광 같은 광기, 꿈결 같고 무자비하고 경멸스러운 돌파구였다. 나는 프랭크 웨일스에 대한 감정을 통해 키워나가던 사랑이나 위로, 다정함에 대한 생각을 폐기했다. 이제는 그 모든 일이 희미하고 더없이 유치하게 느껴졌다. 섹스의 은밀한 폭력성에는 친절, 선의, 사람의 문제를 넘어서는 인식이 존재하는 것이다.

내가 섹스를 하겠다는 계획을 세우고 있었던 것은 아니었다. 한 번의 번개가 꼭 어딘가에 이르러야 할 필요가 있는 건 아니지만, 다음 번개로 이어졌다.

어쨌거나 체임벌린 씨가 나를 향해 자동차 경적을 울렸을 때 내 무릎은 힘이 풀렸다. 그는 학교에서 반 블록 떨어진 곳에서 나를 기다리고 있었다. 그날 나오미는 내 옆에 없었다. 편도선염 때문이었다.

"친구는?"

"아파요."

"저런. 집에 태워줄까?"

차에 올라타자 나는 몸이 떨렸다. 혀가 말랐다. 입안이 다 말라 말을 제대로 할 수 없을 정도였다. 이런 게 욕망일까? 알고 싶은 소망과 앎에 대한 두려움은 고통과 맞먹는 것일까? 사람이나 환경의 보호막 없이 그와 단둘이만 있으니 확실히 기분이 달랐다. 그가 이처럼 환한 대낮에 자신의 차 안에 앉아 뭘 하고 싶어 할 수 있겠는가?

그는 내게 어떤 행동도 시도하지 않았다. 하지만 리버 스트리트로 차를 몰지도 않았다. 그는 겨울이 만든 웅덩이를 피해가며 침착하게 골목길을 돌아다녔다.

"만약 내가 뭔가 부탁을 하면, 네 생각엔 네가 그 부탁을 들어줄 수 있는 아이 같니?"

"좋아요, 해보세요."

"어떤 부탁일 것 같아?"

"모르겠는데요."

그는 유제품 공장 뒤쪽의 밤나무 밑에 차를 세웠다. 밤나무는 씁쓸한 느낌의 노란색이 감도는 녹색 잎사귀를 막 돋아낸 참이었다. 여기서?

"혹시 펀의 방에는 들어가봤니? 집이 비었을 때 그 방에 들어갈 수 있어?"

나는 강간을 예상하고 있다가 서서히 정신을 차렸다.

"나를 위해 그 방에 들어가서 펀이 가진 걸 좀 조사해줄 수 있을까? 나한테는 흥미가 있는 건데. 너는 그게 뭘 것 같니, 응? 나한테 흥미를 일으킬 게 뭘 것 같아?"

"뭔데요?"

"편지야." 체임벌린 씨의 목소리가 갑자기 낮아졌다. 그는 볼 수 있지만 나는 볼 수 없는 어떤 상황 때문에 우울해졌는지 그의 목소리가 딱딱해지고 있었다. "펀이 간직하고 있는 옛날 편지를 찾아봐줘. 서랍에 있을 거야. 옷방에 있을 수도 있고. 오래된 상자에 넣어뒀을 수도 있어. 꾸러미로 묶어서. 여자들은 잘 그러잖아."

"누구한테 받은 편진데요?"

"나지. 누구라고 생각한 거니? 너는 읽을 필요 없고. 그냥 서

명만 봐. 쓴 지 좀 된 거라 종이에서 오래된 표시가 날 거야. 모르겠구나. 펜으로 썼던 걸로 기억하는데, 그러면 아직 읽을 만할 거야. 여기. 내 글씨체를 보여줄게. 도움이 될 거야." 그가 조수석 쪽 서랍에서 봉투 한 장을 꺼내 그 위에 델은 나쁜 아이다라고 썼다.

나는 그 봉투를 내 라틴어 책 속에 끼워넣었다.

"펀은 이걸 보면 안 돼. 글씨체를 알아볼 거야. 네 엄마가 봐서도 안 되고. 내가 쓴 게 무슨 뜻인지 궁금해할 테니까. 엄마가 깜짝 놀랄 거야. 그렇지 않겠니?"

그는 집까지 나를 태워주었다. 나는 리버 스트리트 모퉁이에서 내리고 싶다고 했지만 그는 안 된다고 했다. "그렇게 하면 우리가 뭔가 숨긴 것처럼 보일 거야. 나한테 어떻게 알려줄래? 내가 저녁을 먹으러 오는 일요일 밤은 어때? 내가 너한테 숙제했느냐고 물어볼게! 찾았다면, 네, 하고 대답해. 찾아봤는데도 없었다면, 아니요, 하고 대답하고. 뭔가 이유가 있어서 찾아볼 기회가 없었다면 숙제가 있는지 없는지 잊어버렸다고 대답하고."

그는 내게 그 말을 반복하게 했다. "네, 는 찾았다는 말이고, 아니요, 는 못 찾았다는 말이고, 잊어버렸어요, 는 찾아볼 기회가 없었다는 말이에요." 이런 연습에 나는 모욕감을 느꼈다. 나는 기억력이 좋기로 유명했기 때문이다.

"좋아. 잘해보자." 그는 지나가던 누군가가 우리가 탄 차를 봤더라도 알아차리지 못할 만큼 손을 내리더니 아플 정도로 내 다리를 주먹으로 세게 두드렸다. 나는 책을 챙겨 차에서 내렸다. 혼자 남은 뒤에도 허벅지가 계속 얼얼했다. 나는 봉투를 꺼내 그가 쓴 걸 읽었다. 델은 나쁜 아이다. 체임벌린 씨는 내 안에 누가 써주기를 기다리는 반역의 정서와 관능에 대한 범죄적인 탐닉이 존재함을 아무런 어려움 없이 금세 알아차린 것이다. 젖가슴을 눌러도 내가 소리지르지 않을 것임을, 그 일을 엄마한테 일러바치지 않을 것임을 알았던 것이다. 지금은 내가 이 대화를 펀한테 일러바치지 않고 그가 요구한 대로 스파이 노릇을 해줄 것임을 알았던 것이다. 나 자신의 진정한 모습을 그가 봐버린 걸까? 나는 각도기와 컴퍼스를 사용하고 라틴어 문장〔진을 치고 훔친 적군의 말을 도살하면서 베르킨게토릭스는 다음날 있을 전투를 준비했다〕을 옮겨 쓰면서 따분한 학교생활을 계속했지만, 그러면서도 봄의 밀처럼 왕성한 내 타락의 본성과, 그의 손길이 닿은 곳마다 보이지 않는 멍의 꽃을 피우는 내 몸을 내내 의식하고 있었다. 배구 시합을 끝내고 파란 운동복을 입은 채 피부가 벗겨질 만큼 독한 비누로 씻은 뒤 나는 여자 화장실의 거울을 쳐다보며 내가 어떤 음탕함의 세계로 초대받은 것인지, 내가 어떤 기만적인 행위까지 할 수 있는지를 생각하며 발그레한 얼굴을 쳐다보고 남몰래 미소를 지었다.

토요일 아침에 엄마가 농장에 청소를 하러 갔을 때 나는 펀의 방에 들어갔다. 나는 여유 있게 방안을 둘러보았다. 베개 위에는 코알라가 앉아 있었고, 화장대 위에는 엎질러진 파우더, 말라비틀어진 데오도란트 찌꺼기가 남은 병들, 연고, 나이트크림, 오래된 립스틱, 뚜껑이 들러붙어 열리지 않는 매니큐어가 있었다. 그리고 스카프를 여러 겹 두른 듯 스커트 자락이 층층이 내려오는 드레스를 입은 한 여인이 포동포동 살이 찌고 털북숭이 같은 아기를 안고 있는 사진이 한 장 있었는데, 여자는 아마 펀의 엄마일 것이고 아기는 펀일 것이었다. 나비 소매 옷을 입었고 장미 다발을 안았으며 곱슬머리가 층층이 나풀거리는 걸 보면 부드러운 초점 조명을 받은 이 아기는 틀림없이 펀이었다. 다른 스냅사진들도 가장자리가 말려올라간 채 거울 주변에 붙어 있었다. 멋들어진 밀짚모자에 흰 바지를 입고 자기가 카메라보다 더 잘 안다는 듯 카메라를 쳐다보는 체임벌린 씨의 사진도 있었다. 펀은 지금처럼 뚱뚱하지는 않았지만 그때도 살은 찐 편으로, 반바지를 입은 채 휴가철의 어느 숲속 통나무 위에 앉아 있었다. 체임벌린 씨와 펀—옷에 코르사주를 달고 있었다—이 멋지게 차려입고서 〈닻을 올려라〉가 상영되는 영화관 차양 밑을 걷는 모습을 낯선 도시의 거리 사진가가 찍은 사진도 있었다. 어느 흐린 날 터퍼턴의 공원에서 찍은 우체국 직원들의 야유회 장면도 있었는데, 바지를 입은 펀이 즐거운 표정으로 야구방망이를 들고 있었다.

나는 어떤 편지도 찾아내지 못했다. 서랍도 다 뒤지고 옷장 선반도 다 뒤지고 침대 밑, 심지어 여행가방까지 다 뒤졌지만 없었다. 그 대신 고무줄로 묶어둔 종이 세 뭉치를 찾았다.

한 뭉치에는 행운의 편지 한 통과, 같은 내용의 시를 베껴 쓴 종이가 여러 장 들어 있었는데, 연필이나 잉크로 썼고, 각기 다른 글씨체였으며, 일부는 타자하거나 등사판 인쇄를 한 것이었다.

이 기도는 이미 세계를 여섯 바퀴 돌았습니다. 그 시작은 영국의 와이트섬에 사는 어떤 선지자가 꿈속에서 이 기도를 처음 보면서부터였습니다. 이 편지를 여섯 장 써서 여섯 명의 친구에게 보내십시오. 그리고 첨부된 기도를 써서 첨부된 명단의 맨 위에 있는 여섯 명 앞으로 보내십시오. 이 편지를 받고 난 후 여섯째 날부터 당신은 이 기도의 글을 세계 각지에서 받게 될 것이며, 이 사슬을 끊지 않는다면 이 기도는 당신에게 행운과 축복을 가져다줄 것입니다. 만약 이 사슬을 끊는다면 이 편지를 받은 날부터 정확히 여섯 달 동안 슬프고 불행한 일이 일어날 것입니다. 절대 이 사슬을 끊지 마십시오. 말미에 있는 비밀의 단어를 절대 빠뜨리지 마십시오. 이 기도를 통해 행복과 행운이 온 세계로 퍼져나가고 있습니다.

오, 주님, 기도합니다.

평화와 사랑을 오늘 이 친구에게 소나기처럼 내려주소서.

그(그녀)의 고통을 치유해주시고 그(그녀)의 심장에 축복을 내려주소서.

그(그녀)를 평화와 사랑의 근원에서 절대 떨어져나가지 않도록 해주소서.

KARKAHMD

또다른 뭉치는 얼룩이 묻은 인쇄물 여러 장을 모아둔 것이었는데, 중간중간 흐릿해진 회색 삽화가 끼워져 있었다. 처음에는 그것이 관장제 비닐백에 튜브가 뒤엉켜 달려 있는 거라고 생각했지만, 내용을 읽은 뒤에는 여자와 남자의 해부학적 기관에 질좌약, 탐폰, 콘돔(이 적절한 용어는 전부 내게 생소한 것이었다)을 끼우는 중이거나 착용한 단면도인 것을 알게 되었다. 나는 이 삽화들을 보면서 깜짝 놀라지 않을 수 없었고 몸의 한곳에서 강한 불편감을 느끼며 인쇄물을 읽기 시작했다. 노스캐롤라이나에 사는 어느 불쌍한 농부의 아내가 아홉번째 자식을 갖게 된 사실을 알고는 마차 밑에 몸을 던진 이야기, 임신이나 출산을 하다, 혹은 모자핀, 뜨개바늘, 공기방울로 낙태를 시도하다 무참히 실패하여 합병증 때문에 빈민가 공동주택에서 죽어가는 여자들에 대한 이야기를 읽었다. 인구 증가에 대한 통계치나 여러 지방에서 산아제한에 찬성 혹은 반대하는 법이 통과된 사실, 산아제한에 찬성하다 감옥살이를 한 여자들에 대한 이야기는 대충 읽거나 건너뛰었다. 마침내 이런 장치를 사용하는 방법을 알려주는 부분이 나왔다. 나오미 엄마의 책에도 이런 내용을 다룬 장이 있었지만 거기까지는 읽지 않았었다. '삽입의 사례와 여러 종류'에 빠져 있었기 때문이다. 지금 피임용 발포성 질정과 젤리, 그리고 '질'이라는 단어의 쓰임에 대해 알고 나자 나는 그 과정 전체가 힘든 것, 길들여지는 것으로, 어쩐지 연고, 반창고, 병원과 관련이 있는 것으로 느껴졌다. 의사 앞에서 어쩔 수 없이 옷을 벗어야 할 때의 역겹고 바보가 된 듯한 무력감 같은 게 느껴졌다.

세번째 뭉치는 타자한 시들이었다. 어떤 시에는 「홈메이드 레몬 과즙」 「트럭 운전사 아내의 탄식」 같은 제목이 붙어 있었다.

> 남편, 사랑하는 남편, 내가 어떻게 하면 좋을까요?
> 나는 당신이 내게 단단한 만족감을 안겨주길 바라고 있어요.
> 하지만 당신은 집에 있지도, 깨어 있지도 않군요.
> (내 보지에 당신의 큰 자지를 넣어주기만 하면 되는데!)

나는 어른들이 이런 단어들을 알고 기억하고 있다는 사실에 놀랐다. 시들의 탐욕스러운 진행과 부끄러운 줄도 모르고 타자된 짧은 단어들의 뭉치는 모닥불에 등유를 끼얹은 듯 거센 욕망의 불길을 일으켰다. 시들은 반복적이었고 공을 들인 것이었다. 얼마 지나자 이런 시를 쥐어짜는 데 필요한 기계적인 노력이 느껴졌고, 그래선지 무겁게 읽혔다. 게다가 당황스러울 만큼 지루해졌다. 하지만 단어 자체는 여전히 섬광 같은 힘을 뿜어냈다. 특히 퍽fuck이라는 단어가 그랬다. 그건 담장이나 보도에 낙서가 되어 있어도 제대로 쳐다볼 수조차 없었던 단어였다. 이전에는 그것이 인정사정없이 안으로 밀고 들어와 으스대듯 움직이는 그 최면적인 행위를 차분히 생각해본 적이 없었다.

체임벌린 씨가 숙제는 다 했는지 물었을 때 나는 아니라고 대답했다. 저녁 내내 그는 내 몸에 손을 대지 않았다. 하지만 월요일에 학교 밖으로 나왔을 때 그가 거기 있었다.

"친구는 아직 아프니? 안됐구나. 하지만 멋진데. 멋지지 않아?"

"뭐가요?"

"새들도 멋지고. 나무도 멋지고. 네가 나랑 드라이브를 하는 것도, 나를 위해 작은 조사를 해주는 것도 멋지지." 그는 어린애 같은 목소리로 말했다. 그와 함께라면 악이란 것도 결코 엄청난 것이 아닐 것이다. 그의 목소리는 뭘 해도, 그 어떤 걸 해도 농담으로 넘겨버리는 것이 가능하다는 암시를 풍기고 있었다. 그 농담은 이 세상에서 살아가는 근엄하고 죄의식을 느끼는 모든 사람, 도덕적이고 감정적인 모든 사람, '자기 자신을 심각하게 바라보는' 그 모든 사람들에 대한 것이었다. 그게 그가 사람들에게 참을 수 없어하는 점이었다. 그의 작은 미소를 보니 혐오감이 들었다. 그의 자기만족이 그 끝을 알 수 없는 무책임함까지 뻗어나가 있었다. 혹은 그보다 더 나쁜 경우였다. 그렇다고 그를 따라가는 것에 대해, 그게 뭐건 그가 하려고 작정한 것을 하는 것에 대해 내가 다시 생각해봤다는 말은 아니다. 여기서 그의 도덕적 인품은 내게 중요하지 않았다. 어쩌면 오히려 시커먼 인품이어야 했을 것이다.

나는 펀의 음란한 시의 뭔가가 일으킨 흥분에 완전히 사로잡혀 있었다.

"잘 찾아봤어?" 그가 일상적인 목소리로 말했다.

"네."

"아무것도 못 찾았어? 서랍은 다 뒤져봤니? 화장대 서랍은? 모자 상자, 여행가방도? 옷방도 샅샅이 살펴봤고?"

"여기저기 다 찾아보고 또 찾아봤어요." 내가 얌전히 대답했다.

"없애버렸나보구나."

"펀이 감상적이지는 않은가봐요."

"감 뭐라고? 그 대단한 단어가 뭘 뜻하는지 모르겠구나, 꼬마 아가씨."

우리는 타운을 빠져나가고 있었다. 4번 고속도로를 타고 남쪽으로 달리다가 첫번째 곁길로 빠졌다. "아름다운 아침이구나."

체임벌린 씨가 말했다. "내가 실수를 했어—아름다운 오후, 아름다운 하루야." 나는 차창 밖을 내다보았다. 내가 알고 있는 시골 풍경은 그의 존재, 그의 목소리, 지금 우리가 함께 하려고 하는 일을 예측하는 데서 오는 압도적인 감정 때문에 이미 달라 보였다. 일이 년 동안 나는 나무, 들판, 풍경을 바라보며 은밀하고도 강렬한 기쁨을 느꼈다. 가끔 어떤 기분에 빠져들면 풀더미, 가로장 울타리, 돌무더기를 만져보면서 뭔가를 느끼곤 했는데, 그건 내가 하느님과 연관시켜 생각할 때 바랐고 감지했던 순수하고 무한한 감정이었다. 물론 다른 사람과 함께 있을 때는 그렇게 할 수 없었다. 하지만 지금 체임벌린 씨와 함께 있으니 자연 전체가 비천해지고 미칠 듯이 에로틱해진 것 같았다. 지금은 연중 가장 풍요롭고 녹음이 짙은 때였다. 도랑에는 데이지, 해란초, 버터컵이 빈약한 싹을 틔웠고, 웅덩이에는 이름 없는 희미한 금색 덤불이 가득했다. 콸콸 흐르는 개울은 어슴푸레한 빛을 흘렸다. 내 눈에는 이 모든 곳이 이곳저곳에 방대하게 자리잡은 숨기 좋은 장소로 보였고, 저만치 쟁기로 갈아놓은 들판은 부끄러움을 모르는 매트리스처럼 분연히 일어서고 있었다. 오솔길, 숲속의 공터, 틀림없이 소가 드러누웠을 짓눌린 풀밭이 어떤 단어나 압력처럼 명확하고 다급하게 유혹하는 듯 느껴졌다.

"차를 타고 가는 동안 네 엄마를 만나지 않아야 할 텐데."

나는 엄마를 만나는 건 가능하지 않다고 생각했다. 우리 엄마가 끌어안고 사는 현실은 내가 방금 들어간 현실과는 그 층위가 달랐다.

체임벌린 씨는 도로를 벗어나 시골길로 들어섰다. 시골길은 곧 끝났고, 우리 앞에는 반쯤 숲으로 변한 들판이 나타났다. 차가 멈추고 나를 유예 상태에 머물게 해준 소리들과 움직임의 따스한 흐름도 끊기자 나는 조금 움찔했다. 지금 무슨 일인가가 현실이 되려 하고 있었다.

"개울까지 조금 걸을까."

그는 그의 쪽에서, 나는 내 쪽에서 문을 열고 내렸다. 나는 그를 따라 가시나무 사이로 비탈을 내려갔다. 가시나무는 꽃이 피어 있었고 발효하는 냄새가 났다. 담뱃갑, 맥주병, 치클릿 통이 풀밭에 나뒹구는 걸 보니 사람들이 지나다닌 길이었다. 어린 나무와 관목이 우리를 막아주었다.

"여기서 잠깐 쉬었다 갈까?" 체임벌린 씨가 무미건조하게 말했다. "물가라 땅이 질척해지는데."

개울 위쪽으로 반쯤 그늘진 곳에 이르자 나는 추위를 느꼈고, 내게 무슨 일이 일어날지 알고 싶은 마음이 너무나 격렬했던 나머지 내 다리 사이에서 느껴지던 뜨거운 열기와 춤추는 듯한 근질거림도 거기에 얼음조각을 대놓았던 듯 사라지고 무감각해져 있었다. 체임벌린 씨가 재킷 앞자락을 열고 바지 벨트를 느슨하게 풀더니 지퍼를 내렸다. 그가 손을 넣어 커튼처럼 거기를 가린 속옷의 그 부분을 벌리면서 "우와!" 하고 외쳤다.

그것이 대리석으로 된 다비드상의 그것과는 전혀 다르게 앞으로 쑥 튀어나왔는데, 나는 책에서 읽어 그것이 이렇게 된다는 건 알고 있었다. 그것의 앞쪽에는 머리 같은 것이 있었다. 생긴 건 버섯 같고 색깔은 불그스름한 자주색이었다. 예컨대 지적인 표현력을 지닌 손가락이나 발가락과 비교하면 무디고 어리석게 보였고, 하물며 팔꿈치나 무릎과 비교해도 그랬다. 무섭게 보이려고 그러는지 체임벌린 씨는 거기 서서 나를 빤히 쳐다보며 그걸 드러내 보이려고 손으로 바지를 벌려 잡고 있었지만, 그게 무섭게 보이지는 않았다. 그것은 상처가 난 곳처럼 피부가 벗겨져 보이고 뭉툭하고 색깔이 흉측했지만 내 눈에는 다치기 쉽고 갖고 놀기 좋고 순진한 것으로 보였다. 강한 주둥이를 가진 짐승의 기괴하고 단순한 외모가 어느 정도는 선의를 보증하는 것처럼 말이다. (아름다움의 대체적인 정의와는 반대다.) 하지만 그걸 봐도 아무런 감흥도 일어나지 않았다. 나하고는 아무 상관이 없는 것 같았다.

하지만 체임벌린 씨는 여전히 나를 지켜보면서 미소 띤 얼굴로 자신의 손으로 그것을 잡았고 펌프질을 하듯 손을 위아래로 움직이기 시작했는데, 너무 꽉 잡지는 않고 통제되고 효율적인 리듬에 따라 움직였다. 그의 얼굴이 부드러워졌다. 여전히 내게 고정되어 있던 그의 눈이 점점 흐릿해졌다. 그는 천천히, 거의 실험하듯 손을 움직이는 속도를 높였다. 리듬이 점점 거칠어졌다. 그는 몸을 굽혔고, 그의 미소가 커지며 입이 크게 벌어졌다. 그는 눈을 약간 위로 치떴다. 그의 호흡이 점점 커지고 흔들렸으며, 그의 손은 더욱 맹렬히 움직였다. 그가 신음했고, 불쑥불쑥 고통이 올 때는 허리를 거의 반으로 꺾었다. 그가 허리를 구부린 자세에서 얼굴을 내 쪽으로 쑥 내밀었는데, 앞이 보이지 않는 것 같았고 얼굴은 막대에 꽂아놓은 가면처럼 흔들거렸다. 그의 입에서 흘러나온 소리는 그 자신도 어쩔 수 없는, 마지막 저항을 하는 인간이 낼 법한 소리였지만, 한편으로 연극적이고 있을 법하지 않은 소리였다. 꽃을 피운 고요한 나뭇가지에 에워싸인 채 이루어진 그 모든 행위는 외부의 힘에 의해 일어난 것 같았고, 인디언 춤처럼 환상적이고 예측할 수 있는 느낌으로 과장되어 있었다. 나는 무언가에 홀려 극도의 희열에 도달한 육체에 대해 읽은 적이 있었지만, 거기 표현된 내용이 지금 여기서 일어나는 행위의 끔찍하고 몽매한 노력, 의도적인 광기와 일치하는 것 같지는 않았다. 나는 그가 자신이 원하는 곳에 이제라도 도달하지 못하면 죽을지도 모른다고 생각했다. 그 순간 그가 새로운 종류의 신음소리를 냈는데, 지금까지의 소리 가운데 가장 절박했고 가장 컸다. 그 소리는 누군가가 그의 성대를 때린 것처럼 진동했다. 이 소리가 기적처럼 잦아들더니 그에게서 뭔가가 쑥 빠져나온 것처럼 평화와 감사의 흐느낌으로 바뀌었다. 하얀 액체, 정액이 빠져나와 내 스커트 단에 튀었다. 그는 숨을 몰아쉬면서 휘청하더니 기지개를 켰고, 바지 안으로 잽싸게 그걸 다시 집어넣었다. 그가 손수건을 꺼내 자기 손을 닦은 뒤 내 스커트를 닦아주었다.

"너한텐 다행이지? 안 그래?" 그가 나를 보고 웃었는데, 아직 호흡이 잠잠해지지 않은 채였다.

그런 발작 같은 행동, 그런 노출을 한 뒤에 남자란 존재는 어떻게 자기 주머니에 다시 손수건을 넣고 지퍼를 확인한 뒤 왔던 길로 돌아갈 수 있을까—아직 얼굴은 상기되고 눈에는 핏발이 서 있는데?

그는 시동을 걸기 전에 잠시 흥분을 가라앉히면서 차 안에서 딱 한마디만 했다.

"볼만했지, 안 그래?" 이게 그의 말이었다.

풍경은 성교를 끝낸 뒤처럼 멀고 의미 없이 느껴졌다. 체임벌린 씨도 약간 움츠러들고 걱정이 되었던 것 같았다. 우리가 타운으로 다시 들어갈 때 나더러 차 바닥 쪽으로 몸을 숙이라고 한데다, 길을 빙 돌아 CNR 역 근처 내리막길의 한적한 곳에 나를 내려주었기 때문이다. 하지만 그가 코코넛을 톡톡 쳐 확인해보듯 주먹으로 내 사타구니 쪽을 친 걸 보면 그는 평소와 다름없는 그 자신인 듯했다.

그것이 체임벌린 씨의 마지막 모습이 되었다. 그럴지도 모른다는 걸 눈치챘어야 했는데. 나는 한낮에 집에 돌아왔고, 펀이 식탁에 앉아 있는 것을 보았다. 식탁에는 점심이 차려져 있었고, 펀은 엄마가 부엌에서 감자 으깨는 기구보다 더 시끄럽게 목청을 높여 하는 말을 듣고 있었다.

"사람들이 떠들어대는 말은 상관하지 말아요. 당신은 결혼도 안 했잖아요. 약혼도 안 했고. 다른 사람은 신경쓸 일이 아니지. 자기 인생은 자기 거예요."

"내 연애편지 볼래?" 펀이 말하고는 내 코밑에서 편지를 팔락거렸다.

펀에게. 내 힘으로는 어쩔 수 없는 상황 때문에 오늘 저녁에 내 충직한 폰티악을 타고 서부 어딘가로 떠나게 됐어요. 내가 아직 가보지 않은 곳이 너무 많은데 이렇게 울타리 안에 갇혀 살아서는 안 될 것 같아요. 캘리포니아, 알래스카, 어디로 갈지는 모르지만, 가서 아마 엽서를 보내겠지요. 언제나 그랬듯 착한 여자로 살면서 우표에 침을 묻히고 수증기를 쬐어 편지봉투를 열다보면 100달러 지폐를 발견할지도 몰라요. 우리 어머니가 돌아가시면 집으로 돌아가겠지만 오래 있지는 않을 거예요. 잘 지내길, 아트.

델은 나쁜 아이다를 썼던 글씨체와 같았다.

"남의 우편물에 손을 대면 연방법에 걸려요." 엄마가 들어오며 말했다. "그다지 위트 있게 쓴 편지 같지는 않네요."

엄마는 통조림 당근, 으깬 감자, 미트로프를 나눠주었다. 계절에 상관없이 우리는 낮에는 푸짐한 식사를 했다.

"어쨌거나 이 일 때문에 식욕이 떨어지지는 않았어요." 펀이 한숨을 쉬며 말했다. 그러고는 케첩을 쏟아부었다. "그 사람을 차지할 수도 있었어요. 오래전에 내가 그럴 생각만 있었다면요. 그 사람이 편지로 결혼 이야기를 꺼낸 적이 있었거든요. 그 편지를 가지고 있었어야 했는데. 그랬으면 그를 혼약 불이행으로 몰아붙일 수도 있었을 거예요."

"하지 않은 게 다행이에요." 엄마가 활기 넘치는 목소리로 말했다. "아니면 지금 당신이 어디 있겠어요?"

"뭘 하지 않은 거요? 혼약 불이행으로 몰아붙이지 않은 거요, 아니면 결혼하지 않은 거요?"

"결혼하지 않은 거요. 혼약 불이행은 여자한테는 명예롭지 못한 일이잖아요."

"오, 내가 결혼의 위험에 처했던 건 아니었어요."

"당신한테는 노래가 있었잖아요. 인생의 관심사가 있었잖아요."

"나는 대체로 너무 좋은 시간을 보내면서 살았어요. 결혼하면 그 순간 좋은 시간도 끝이라는 사실을 알 만큼은 결혼에 대해 알았고요."

펀이 말한 좋은 시간이라는 건 레이크쇼 파빌리온에 춤을 추러 다니고, 터퍼턴에 있는 리전시호텔에서 술을 곁들여 저녁식사를 하고, 토요일 밤에는 다른 사람의 차를 타고 이 술집 저 술집을 돌아다닌 것을 의미했다. 엄마도 그런 즐거움을 이해해보려고 했지만, 엄마는 사람들이 박람회장에서 놀이기구를 탄 뒤 토하면서도 다시 타는 것을 이해하지 못하는 것처럼 이것도 이해하지 못했다.

펀은 오페라가 그려내는 게 무엇인지 알았음에도 슬픔에 빠져 지내는 사람은 아니었다. 그녀는 남자들은 늘 떠난다고, 그들에게 지겨움을 느끼기 전에 그들이 먼저 떠나주는 게 더 낫다고 감정을 드러냈다. 하지만 그녀의 말수가 아주 많아졌다. 어쨌거나 그녀가 조용했던 적은 없었다.

"아트만큼 식습관이 안 좋은데." 그녀가 저녁을 먹으면서 오언에게 말했다. "아트도 노란색 채소는 손도 대지 않으려고 했어. 그래서 내가 이렇게 말하곤 했지. 아트가 어렸을 때 그 사람 엄마가 노로 두들겨 팼어야 했다고."

"아트와는 체격이 정반대이신데요." 우리 아빠에게는 이렇게 말했다. "그 사람이 정장을 맞출 때 힘든 점은 몸길이는 긴데 다리가 짧은 거거든요. 터퍼턴의 랜섬에서만 그 사람한테 맞는 옷을 찾을 수 있었어요."

"꼭 한 번 그 사람이 화내는 걸 봤어요. 같이 파빌리온에 춤추러 갔을 때였는데, 어떤 남자가 같이 춤추자고 하길래 그 남자하고 일어섰죠. 내가 달리 어쩌겠어요. 그랬는데 그 남자가 곧바로 내 목에 얼굴을 갖다대더니 내가 초콜릿 아이싱이라도 되는 것처럼 마구 빨아대지 뭐예요! 그러자 아트가 그 남자한테 이랬죠. 침 흘릴 상대가 필요해도 내 여자친구한테는 안 돼. 내가 이 여자를 원하는 것 같거든! 그러더니 그를 확 밀쳤어요. 그 사람이 그랬다니까요!"

나는 펀이 엄마에게 무슨 말인가를 하고 있는 방으로 들어갔고, 그곳에는 부자연스럽고 대답을 기다리는 듯한 침묵이 흐르고 있었다. 엄마는 궁지에 빠진 사람처럼 작정한 듯 연민을 보이며 비참한 얼굴로 이야기를 듣고 있었다. 엄마가 뭘 어떻게 할 수 있었겠는가? 펀은 엄마에게 좋은 친구, 어쩌면 유일한 친구였을 텐데. 하지만 엄마는 자신이 듣게 될 거라고는 전혀 예측하지 못했던 말도 들었다. 엄마는 체임벌린 씨를 그리워했을 것이다.

"그 사람은 당신을 하찮게 대했어요." 엄마가, 어깨를 으쓱하며 모호한 웃음을 짓는 펀에게 말했다. "정말이에요. 사실이 그래요. 내가 누군가에 대해 내린 평가가 그렇게 빨리 곤두박질친 적은 없었어요. 그래도 라디오에서 다른 사람들이 읽는 뉴스를 들을 때는 그 사람이 그립네요."

주빌리 방송국에서는 러시아인의 이름이 수두룩하게 나오는 뉴스를 예전처럼 당황하지 않고 읽을 사람을 찾아내지 못했다. 한번은 〈전몰장병을 기리며〉 방송에서 누가 〈인간 소망의 기쁨이신 예수〉를 틀어주며 바흐를 바치라고 읽은 적도 있었다. 그걸 듣고 엄마는 펄펄 뛰었다.

나는 나오미에게 체임벌린 씨에 대한 이야기를 전부 털어놓을 생각이었지만 이제는 다 끝났다. 나오미는 병에서 회복된 뒤 몸무게가 15파운드나 줄었고, 인생에 대한 시각이 완전히 달라졌다. 솔직한 성격도 통통한 몸매와 함께 사라졌다. 쓰는 말도 순화되었다. 무모한 면도 싹 없어졌다. 나오미는 자신을 가냘픈 존재로 새롭게 바라보았다. 나무 아래에 스커트를 쫙 펼치고 앉은 채 우리가 배구하는 걸 지켜보았고, 열이 없는지 확인하려고 계속 이마를 짚었다. 자신과 병에 대한 생각에만 빠져 있느라 심지어 체임벌린 씨가 사라진 것에도 관심을 보이지 않았다. 체온이 40도까지 올라갔었다고 했다. 대화에서는 섹스의 역겨운 점에 대한 내용이 사라졌는데 그애의 마음에서도 분명히 사라진 것 같았다. 하지만 닥터 윌리스에 대해서는, 그가 나오미의 다리를 직접 스펀지로 닦아줬다거나, 아팠을 때 어쩔 수 없이 그에게 몸을 보여주었다는 등 상당히 많은 이야기를 했다.

그래서 나는 체임벌린 씨가 한 행동을 우스우면서도 무서운 이야기로 꾸며 들려주면서 마음의 짐을 더는 기회를 얻지 못했다. 나는 이 일을 어떻게 해야 할지 알지 못했다. 그의 역할을 이전으로 되돌릴 수는 없었다. 내 공상 속에서 그에게 한 가지만 생각하는 단순하고 정력적이며 자상한 호색한의 역할을 맡길 수는 없었다. 타락에 대한 내 믿음이 약해졌다. 어쩌면 그 작은 문은 공상 속에서가 아니면 그 어디에서도 그처럼 달콤하고 쉽게 열리지 않았을 것이고, 사고와 인격에서 완전히 자유로워진 육신을 자기탐닉이나, 광적이고 나쁜 행위를 마음대로 해도 좋은 방종 속에 던져넣지도 못했을 터였다. 오히려 체임벌린 씨는 내게 사람들이 벅차게 끌어안고 살아가는 것은 이런 것—극복의 대상이 아니라 황홀경 속에 빠뜨려야 하는 육신, 자기 자신에 대한 완고한 수수께끼와 어둡고 뒤틀린 부분—임을 보여주었다.

매년 6월이면 연합교회 뒤쪽 잔디밭에서 딸기 저녁식사 행사가 열렸다. 펀이 우리 엄마의 도움을 받아 만든 꽃무늬 시폰 드레스를 입고 노래했다. 지금은 허리 부분이 꽉 끼었다. 체임벌린 씨가 떠난 뒤로 펀은 살이 쪄서, 지금은 투실한 느낌이 아니라 정말로 피둥피둥해져 끓는 물에 넣고 익힌 푸딩처럼 부풀어 있었다. 반점이 있던 피부는 더이상 칙칙하지 않고 살이 터서 빛이 날 정도였다.

그녀가 횡격막 주변을 쓰다듬었다. "어쨌거나 내가 슬픔 때문에 수척해졌다는 말은 못하겠죠? 숱기가 터지면 사람들이 쑥덕거리겠지만."

그녀의 하이힐이 보도에서 또각거리는 소리가 들렸다. 녹음이 짙은 흐리고 조용한 저녁에는 나무 밑을 걸어가는 발걸음 소리가 멀리까지 퍼져나갔다. 연합교회 행사장에 모인 사람들의 떠들썩한 소리가 우리집 계단까지 밀려왔다. 엄마도 모자를 쓰고 속이 비치는 여름 드레스를 입고 거기 가고 싶었을까? 주빌리에서는 엄마의 불가지론과 사람들과 교제하기 좋아하는 엄마의 성격이 종종 갈등을 일으켰는데, 이곳에서는 사교생활과 종교생활이 일치하는 경향이 있었기 때문이다. 펀이 엄마에게 같이 가자고 했었다. "교적에 이름이 있잖아요. 결혼했을 때 신자가 됐다고 하지 않았나요?"

"그때는 생각이 여물지 않았을 때였고요. 지금 가면 위선자가 돼요. 나는 신자가 아니에요."

"거기 오는 사람들이 전부 신자인 줄 알아요?"

나는 도서관에서 빌려온 『개선문』을 베란다에서 읽고 있었다. 도서관에서는 자금이 좀 있으면 새 책을 구입했는데, 대부분 의사의 아내인 윌리스 부인의 추천을 받았다. 윌리스 부인은 대학 학위가 있었지만 아마 의회에서는 그 취향을 신뢰하지 않았던 모양이다. 사람들은 항의하면서 그 문제는 벨라 피픈에게 맡겨두라고 했다. 실제로 서가에서 치워진 책은 한 권—『헉스터』—뿐이었다. 나는 치워지기 전에 이미 읽었다. 엄마는 그 책을 집어들고 몇 페이지를 넘긴 뒤 슬픈 표정을 지었다.

"단어를 활자화시켜서 이런 식으로 쓰는 줄은 정말 몰랐네."

"광고업에 대한 책이에요. 얼마나 부패했는지에 대한 내용이요."

"부패한 게 그것만은 아니지, 안타까운 일이야. 다음번엔 변보는 법까지 알려주겠네. 그걸 왜 빼놓겠어? 『사일러스 마너』*에는 그런 내용이 전혀 없어. 고전에는 그런 게 없어. 고전 작가들은 훌륭해서 그런 걸 필요로 하지 않았어."

나는 예전에 『라브란스가의 딸 크리스틴』 같은 역사소설을 즐겨 읽었지만 이제는 취향이 바뀌었다. 지금은 현대 작품들을 읽었다. 서머싯 몸이나 낸시 밋퍼드 같은 작가들이었다. 나는 주빌리에서는 사회 최고위층에 속하는 사람들인 약사, 치과의사, 가게 주인을 경멸하는 돈 많고 작위 있는 사람들에 대해 읽었다. 그리고 발렌시아가, 스키아파렐리 같은 이름을 알게 되었다. 술에 대해서도 알게 되었다. 위스키소다. 진토닉. 친차노, 베네딕틴, 그랑 마니에르. 런던, 파리, 싱가포르에 있는 호텔, 거리, 레스토랑의 이름도 알았다. 이런 책에서는 사람들이 같이 자면서 줄곧 그것만 했지만, 뭘 하는지에 대한 묘사는 엄마가 생각한 것만큼 자세하지 않았다. 한 책에서는 섹스 때의 삽입을 기차가 통과하는 터널(자신이 기차 전체라고 가정하고)에 비유했는데, 폭발하듯 터널을 빠져나오면 드높고 축복받은 아름다운 산의 풀밭

* 1861년에 발표된 조지 엘리엇의 작품.

이 나타나고 자신이 하늘에 있는 것처럼 느껴진다고 했다. 책에서는 늘 그것을 다른 것과 비유만 했지 그 자체가 뭔지에 대해서는 절대 알려주지 않았다.

"거기선 못 읽어." 엄마가 말했다. "그런 햇빛에는 못 읽어. 이리로 내려와."

그래서 나는 계단을 내려갔지만, 엄마는 내가 책을 읽기를 바랐던 것이 전혀 아니었다. 엄마는 그저 같이 있어줄 사람이 필요한 것이었다.

"저기, 라일락꽃이 지려고 하네. 우리도 농장에 가봐야겠다."

보도 옆의 우리집 앞마당에 줄지어 핀 자주색 라일락꽃이 색깔이 옅어져 보드랍고 잘 찢어지고 녹슨 색깔의 얼룩이 생긴 수세미처럼 변해 있었다. 저 너머 길에는 벌써부터 먼지가 날렸고, 판자를 대놓은 공장 건물 앞에 야생 블랙베리 덤불이 길게 뻗어 자라고 있었다. 거기에 쓰인 커다란 글자는 아직 읽을 만했는데, 빛이 바랬지만 여전히 허영을 드러내고 있었다. 먼디 피아노.

"펀이 안됐어." 엄마가 말했다. "펀의 삶이 안됐어."

엄마의 슬프고 비밀스러운 말투가 내게는 경고처럼 들렸다.

"아마 오늘밤 새 남자친구를 찾을 거야."

"무슨 말이에요? 펀 아줌마가 새 남자친구를 찾고 있는 건 아니잖아요. 남자친구는 사귈 만큼 사귀었고요. 펀 아줌마는 〈당신이 가는 곳은 어디든〉을 부를 거예요. 목소리가 아름다우니까요."

"점점 살이 찌고 있잖아."

엄마는 장중하고 희망에 찬 목소리로 설교하듯 말했다.

"내 생각엔 처녀들, 여자들의 삶에 변화가 일어나고 있어. 분명히 그래. 하지만 그 변화를 가능하게 하는 건 우리 손에 달려 있어. 지금까지 여자들이 한 건 모두 남자들과 관계된 것뿐이었어. 우리한테는 여태 그게 전부였어. 정말로, 집에서 기르는 짐승만큼이나 우리 삶이라는 게 없었다고. 그가 새로운 힘을 발휘하여 열정을 쏟아낼 때, 그는 그의 개보다 조금 더 가깝게, 그의 말보다 조금 더 사랑스럽게 당신을 안아줄 것이다. 테니슨이 쓴 거야. 사실이 그래. 사실이 그랬어. 하지만 너도 아이를 낳고 싶겠지."

엄마가 나에 대해 아는 건 그만큼이었다.

"하지만 나는 네가…… 머리를 쓰는 삶을 살면 좋겠어. 머리를 써야지. 마음을 딴 데 빼앗기지 말고. 남자 때문에—마음을 빼앗겨서—실수를 하게 되면 네 삶은 네 것이 아니게 될 거야. 모든 여자들이 늘 그래왔듯 너도 짐을 짊어지게 될 거야."

"요즘은 산아제한을 하고 있어요." 내가 엄마에게 상기시켜주었고, 엄마는 놀란 눈으로 나를 쳐다보았다. 주빌리 〈헤럴드-어드밴스〉에 글을 써 보내서 우리 가족을 공공연히 당황스럽게 한 건 엄마였는데 말이다. "와와나시 카운티에서 공공구제 대상인 모든 여성에게 예방 장치를 나누어주어 가족 수가 증가하는 것을 방지할 수 있게 도와야 한다." 학교에서 남자애들이 내게 소리를 질렀었다. "야, 엄마가 프로플라스틱proplastic* 장치를 언제 나눠준대?"

"그것만으로는 안 돼. 물론 그건 참 다행스러운 일이지만. 그리고 종교도 있어. 이 세상의 고통을 덜어준다는 모든 것이 그렇듯 종교도 그것의 적이야. 내가 지금 정말로 하려는 말은 자기존중이야. 자기존중."

나는 그 말의 요점을 파악하지 못했지만 만약 파악했다면 대번에 반박하려 했을 것이다. 엄마가 그토록 진지하게, 그토록 완고한 희망을 담아 말해준 거라면 나는 뭐든 반박하려 했을 테니까. 나는 내 삶에 대한 엄마의 걱정이 필요했고 그것을 당연하게 여겼지만, 그것이 밖으로 드러나는 건 참을 수 없었다. 나는 또한 엄마의 말이 여자들, 처녀들에게 건네는 다른 모든 충고와 다르지 않다고 느꼈다. 여자가 피해를 입기 쉬운 존재임을 가정하고 건네는 충고, 남자는 바깥세상으로 나가 온갖 경험을 다 해보고 원하지 않는 것은 훌훌 털어낸 뒤 자랑스럽게 돌아올 수 있지만 여자라면 어느 정도 조심성 있게 행동하고 엄숙하게 호들갑을 떨고 자기보호를 하는 것이 필요하다는 충고. 나는 그런 것을 생각해보기 전에 이미 남자들과 똑같이 할 거라고 결심했다.

* '예방(prophylactic)'이라는 단어를 잘못 발음한 것이다.

세례

우리가 고등학교 3학년이 되었을 때 나오미는 상업반으로 옮겼다. 나오미는 라틴어, 물리, 대수학에서 갑자기 해방되어 학교 건물 3층으로 올라갔다. 그곳의 경사진 지붕 아래에서는 하루종일 타닥타닥 타자기 소리가 들렸고, 벽에는 비즈니스 세계의 삶을 준비시키는 격언이 액자에 넣어져 걸려 있었다. 시간과 열정이 나의 자본이다. 그걸 낭비한다면 나는 어떤 것도 얻지 못할 것이다. 생소한 단어와 추상적인 공식이 잔뜩 쓰인 칠판과, 전투와 난파선과 무모하면서도 품위 있는 신화 속 모험을 그린 어두컴컴한 그림을 쳐다보던 아래층 교실에서 거기로 올라가자 시원하고 일상적인 빛 속으로, 바쁘게 돌아가는 진짜 세상 속으로 들어간 것 같았다. 대부분이 안도감을 느꼈다. 나오미도 좋아했다.

그해 3월 나오미는 유제품 공장 사무실에 일자리를 구했다. 학교는 더이상 다니지 않았다. 나오미가 내게 네시 이후에 사무실로 놀러오라고 했다. 나는 어떤 세상을 경험하게 될지 잘 모르는 채 그곳에 갔다. 나오미가 카운터 뒤에서 내게 얼굴을 찡그려 보일 거라고 생각했다. 나는 할머니들 특유의 떨리는 목소리로 이렇게 말할 참이었다. "이게 뭐하자는 거지? 어제 여기서 달걀 한 판을 샀는데 죄다 상해 있잖아!"

사무실은 오래된 유제품 공장 앞에 증축한 건물로 치장벽토가 발려 있었다. 형광등, 새 철제 캐비닛과 책상—나는 본능적으로 내가 이 장소에 맞지 않는다는 걸 느꼈다—이 보였고, 타자기와 계산기를 능숙하게 두드리는 소리가 들렸다. 나오미 옆에는 다른 여자 둘이 일하고 있었는데, 이름이 몰리와 칼라라는 것을 나중에 알게 되었다. 나오미의 손톱은 코럴색이었다. 머리를 매만진 모양새가 제법 그럴듯했다. 나오미는 분홍색과 초록색의 격자무늬 스커트에 분홍색 스웨터를 입고 있었다. 새로웠다. 나오미는 나를 보자 방긋 웃고는 타자기 위로 손가락을 꼼지락거려 최소한의 인사만 한 뒤 엄청나게 빠른 속도로 타자기를 두들겼고, 나는 알아들을 수 없는 대화를 중간중간 동료 직원들과 즐겁게 나누었다. 이렇게 몇 분이 흐른 뒤 나오미가 내게 큰 소리로 다섯시에 일이 끝난다고 말했다. 나는 집에 가야겠다고 말했다. 몰리와 칼라가 나를 쳐다보는 것이, 내 벌게진 손에 묻은 잉크를, 흘러내린 내 털목도리를, 흐트러진 머리카락을, 여학생처럼 책을 안아든 모습을 쳐다보는 것이 느껴졌다.

예쁘게 치장하고 다니는 여자들을 보면 나는 소스라치게 놀랐다. 내 몸에서 냄새가 날까봐 걱정돼 그애들 근처에는 가고 싶지도 않았다. 서로 다른 물질로 만들어진 것처럼 그애들과 나 사이에 근본적인 차이가 있는 것 같았다. 그애들의 시원한 손에는 얼룩이 묻어 있지도, 땀이 차 있지도 않았다. 머리는 매만진 그대로 형태가 유지되었고, 겨드랑이가 축축하지도 않았다—그애들은 드레스에 거무스름하게 생긴 창피한 반달 얼룩을 가리느라 팔꿈치를 옆구리에 붙이고 있어야 하는 게 어떤 건지도 몰랐다. 코텍스 생리대로는 감당이 안 돼 허벅지 안쪽에서 똑똑 흘러내릴지도 모르는, 덤처럼 찔끔찔끔 흘러나오는 피 때문에 더럭 겁먹는 일도 그애들은 절대, 절대 없을 것이다. 정말로 없을 것이다. 그애들은 생리조차 분별 있게 할 것이다. 자연은 그애들을 위해 존재했고 그애들을 배신하지 않았다. 그렇다고 내 촌스러움이 그애들처럼 멋지게 바뀔 것 같지도 않았다. 너무 늦었다. 그러기에는 그 간극이 너무 깊었다. 하지만 나오미는? 그애도 나와 같은 아이였다. 한때는 손가락에 사마귀가 퍼진 적도 있었다. 무좀에 걸려 고생한 적도 있었다. 둘이 동시에 저주에 걸린 날에는 덤블링—반 아이들이 다 보는 데서 한 번에 한 명씩—을 할 때 생리대가 빠져나오거나 피가 흐를까봐 두려워서, 하지만 빠지겠다는 말을 하는 건 부끄러워서 둘이 같이 화장실에 숨기도 했었다. 그런데 손톱에 매니큐어를 바르고 파스텔 색조의 스웨터를 입은 나오미는 지금 어떤 사람인 척하는 거지?

나오미는 곧 몰리, 칼라와 좋은 친구가 되었다. 나오미가 우리집에 놀러왔을 때나 나를 자기집으로 불렀을 때, 그애의 대화는 다이어트, 피부 관리, 샴푸 방법, 옷, 다이어프램*(몰리는 결혼한 지 일 년이 됐고, 칼라는 6월에 결혼할 예정이었다)에 관련된 것뿐이었다. 내가 나오미의 집에 있을 때 이따금 칼라가 오기도 했다. 칼라와 나오미는 늘 빨래 이야기를 했는데, 스웨터나 속옷을 빠는 이야기였다. 머리 감는 이야기도 했다. 이런 식이었다. "카디건을 빨았어!" "그랬어? 찬물에 빨았어, 미지근한 물에 빨았어?" "미지근한 물에 빨았는데, 괜찮을 것 같아." "목 부분은 어떻게 했어?" 나는 거기 앉아 내 스웨터는 얼마나 더러운지, 내 머리카락에는 기름기가 얼마나 흐르는지, 내 브래지어 색깔은 얼마나 변했는지에 대해 생각했다. 심지어 한쪽 끈은 안전핀을 꽂아 고정해놓기까지 했다. 나도 그런 모습에서 탈피해야 했겠지만, 집으로 돌아온 뒤에도 브래지어 끈을 깁거나 스웨터를 빨지는 않았다. 내가 스웨터를 빨면 어쨌거나 늘 크기가 줄어들었고 목 부분은 늘어졌다. 나도 내 수고가 충분하지 않은 것은

* 질에 끼우는 피임용 기구.

잘 알고 있었지만 내가 어떻게 하든 스웨터는 줄어들고 목은 늘어질 운명이라는 치명적인 예감이 들었다. 이따금 나도 머리를 감은 뒤 잠도 잘 수 없게 무시무시한 철제 컬 핀으로 말아보기도 했다. 때때로 거울 앞에서 몇 시간을 보내면서 고통스럽게 눈썹을 뽑거나, 내 옆모습을 바라보거나, 잡지에서 추천한 대로 장점은 강조하고 단점은 가리려고 짙은 색과 옅은 색의 파우더로 얼굴에 음영을 줘보기도 했다. 광고, F. 스콧 피츠제럴드, 라디오에서 흘러나오는 무시무시한 노래—내가 결혼할 여자는 아기방처럼 부드럽고 분홍색인 여자여야 해—에 이르기까지 모든 것이 나도 배워야 한다고, 그래야 한다고 말하고 있었지만, 지속적인 관심을 쏟아야 하는 일은 내가 할 수 있는 것이 아니었다. 털을 뽑지 않은 자에게 사랑은 없었다.

머리를 감는 것에 대해 더 말하자면, 그 무렵 나는 잡지에 실린 글 한 편을 읽고 있었다. 주제는 주로 섹스 경험에 관련된 남녀의 근본적인 사고방식 차이에 관한 것이었다(제목만 보면 섹스에 대해 굉장히 많은 내용이 담겨 있을 것 같지만 실제로는 그렇지도 않았다). 그 글을 쓴 사람은 뉴욕의 유명한 정신과의사이자 프로이트의 제자였다. 그는 남녀의 사고방식 차이를 알려면 공원 벤치에 앉아 보름달을 바라보는 젊은 남자와 여자의 생각을 비교하면 된다고 했다. 남자는 우주와 그 방대함과 신비함을 생각하고, 여자는 '머리를 감아야겠어' 하고 생각한다는 것이다. 이 글을 읽고 나는 화가 치밀었다. 잡지를 내려놓아야 할 정도였다. 그 즉시, 내가 그 여자처럼 생각하지 않는다는 게 분명했다. 내가 살아 있는 한 보름달을 봐도 머리를 감겠다는 생각은 절대 떠오르지 않을 것이었다. 이 글을 엄마한테 보여주면 엄마는 "오, 남자들의 화딱지 나는 헛소리야. 여자들은 뇌가 없다는 거지"라고 말할 것임을 나는 알고 있었다. 엄마 말은 내게 설득력이 없었다. 그 점은 뉴욕의 정신과의사도 당연히 알 것이다. 그리고 엄마 같은 여자들은 소수였다. 나도 그 사실은 알 수 있었다. 더욱이 나는 엄마처럼 되고 싶지는 않았다. 숫처녀처럼 통명스럽고 순진한 엄마처럼은. 나는 남자가 나를 사랑해주기를 바랐으며, 또한 달을 쳐다보며 우주를 생각하고 싶었다. 옴짝달싹 못하고 궁지에 몰린 기분이었다. 선택지가 없는데 선택을 해야 하는 상황처럼 느껴졌다. 나는 더 읽고 싶은 마음이 조금도 없었지만, 어렸을 때 동화책에서 검푸른 바다에 드높이 솟구친 고래의 그림을 보고 빠져들었듯이 다시 그 글에 빠져들었다. 나는 신경을 곤두세우고 페이지를 이리저리 옮겨다니며 살펴보다가 다음과 같은 주장이 눈에 띄어 읽기 시작했다. 여자에게는 모든 것이 개인적인 문제가 된다. 여자는 어떤 개념이든 그 자체에 대해서는 관심이 없고, 반드시 그 개념을 자신의 경험으로 전환해야 한다. 예술작품을 보더라도 여자는 항상 자신의 인생 또는 자신의 공상을 본다. 마침내 나는 그 잡지를 바깥으로 가지고 나가 반으로 찢어 쓰레기통에 쑤셔넣었고, 그 글은 잊어버리려 애썼다. 그후에도 나는 잡지에서 '여성성이 돌아오고 있다!'는 제목의 글과 '남자처럼 되려고 하는 것이 당신의 문제인가?'라는 제목의 십대에게 던지는 질문을 봤는데, 그때도 뭔가가 나를 물어뜯으려고 하는 것처럼 그 페이지를 얼른 넘겨버렸다. 나는 남자가 되고 싶다는 생각을 해본 적이 한 번도 없었다.

나오미는 몰리와 칼라를 통해, 그리고 일하는 여성이라는 새로운 지위를 통해, 나오미와 나는 그런 게 있는 줄도 몰랐던 주빌리의 한 사회의 일원이 되어갔다. 이 사회에는 가게나 사무실 혹은 은행 두 곳에서 근무하는 여자들, 결혼해서 최근에 직장을 그만둔 일부 여자들이 포함되었다. 미혼이고 남자친구가 없는 여자들은 어울려 춤을 추러 갔다. 터퍼턴에 가서 함께 볼링을 쳤다. 결혼을 하거나 아기를 낳으면 서로 선물 파티를 해주었다(아기 선물 파티는 새로운 풍습으로 자리를 잡았고, 나이든 일부 여자들은 이를 못마땅하게 여겼다). 서로의 관계는 스캔들이 될 만한 고백으로 가득했음에도 온갖 미묘한 격식과 예의, 교양의 울타리 안에서 보호를 받았다. 그 사회는 학교 같지 않았다. 잔인한 행동도, 비열한 행동도 하지 않았고, 상스러운 언어를 쓰지도 않았다. 하지만 항상 복잡한 원한 관계가 완곡하게 언급되었고, 그들 모두가 알고 말하지만 그들만의 비밀로 지켜져 나머지 사람들은 알지 못하는 위기—임신, 낙태, 남자에게 차인 일—

가 늘 존재했다. 그들의 가장 순수한 말이나 위로의 말, 비위를 맞추는 말이 사실은 다른 것을 의미할 수도 있었다. 그들은 타운 사람들 대부분이 도덕적 일탈로 여길 일에 대해서는 서로에게 관대했지만, 옷이나 헤어스타일이 자기들과 다른 것은, 그리고 선물 파티에서 샌드위치 껍질을 잘라내지 않는 것은 용납하지 못했다.

돈을 벌기 시작하면서 나오미도 이런 여자들이 결혼할 때까지 하는 관행을 따르기 시작했다. 여러 가게들을 돌아다니면서 자신이 가져갈 것들을 모아들였고, 그 물건들 값으로 한 달에 얼마씩 지불했다. 철물점에서는 냄비와 팬 세트를, 보석가게에서는 은식기 한 상자를, 워커 가게에서는 담요와 수건 세트, 리넨 시트 두 장을 사들였다. 그 전부가 결혼해서 살림을 시작할 때 쓸 것들이었다. 내가 알기로 그애가 뭔가에 대해 그토록 확고한 계획을 세운 건 이번이 처음이었다. "너도 언젠가는 시작해야 해." 나오미가 조바심을 내며 말했다. "뭘 가지고 결혼하려고 그래? 달랑 접시 두 개랑 낡은 행주 하나?"

나오미는 토요일 오후에 가게를 돌며 돈을 지불하고 미래의 소유물을 구경하러 가면서 나보고 같이 가자고 했다. 그리고 자기가 몰리처럼 물을 쓰지 않는 요리를 하려는 이유와 시트의 품질을 제곱인치당 실의 가닥수로 판단하는 방법에 대해서도 말했다. 나는 나오미의 따분하면서도 이렇게 집중하는 새 모습에 놀라고 겁이 났다. 나오미는 나보다 한참 앞서 있는 것 같았다. 나는 그애가 가려는 곳에 가고 싶은 마음이 없었지만, 그애는 정말로 가고 싶은 것 같았다. 나오미의 준비는 착착 진행되고 있었다. 나도 그렇다고 말할 수 있었을까?

내가 토요일 오후에 정말로 하고 싶었던 건 집에서 메트로폴리탄 오페라를 듣는 것이었다. 이 습관은 펀 도허티가 우리집에 하숙을 하면서부터 시작된 것으로, 펀과 엄마는 함께 오페라를 듣곤 했다. 지금 펀 도허티는 주빌리를 떠나 윈저에서 일하고 있었고, 우리에게 이따금 디트로이트로 놀러가서 나이트클럽에 갔다거나, 경마장에 갔다거나, 오페레타회 사람들과 같이 노래를 불렀다거나, 즐거운 시간을 보냈다는 이야기 같은 모호하고 유쾌한 내용의 편지를 보내왔다. 나오미가 펀에 대해 말했다. "펀 도허티는 그냥 웃음거리였지 뭐." 그애는 새로 올라선 유리한 고지에서 말하고 있었다. 나오미는 물론이고 다른 여자들도 확실하게 결혼을 목표로 하고 있었다. 흠 없는 노처녀건 펀처럼 신중한 모험가건, 그들은 노처녀에게는 어떤 연민도 보이지 않았다. 펀이 왜 웃음거리였다는 거지? 나는 궁금해 안달이 났지만, 나오미는 반짝거리는 옅은 색 눈을 부릅뜨고 나를 쳐다보면서 이 말만 반복했다. "웃음거리였다고, 그냥 웃음거리였다니까!" 나오미는 마치 어설픈 이단 교리에 맞서 자명하고 아름다운 교리를 설파하려는 사람 같았다.

엄마는 더는 오페라에 관심을 보이지 않았다. 엄마는 등장인물과 플롯에 대해 알았고 유명한 아리아를 식별할 수 있었다. 더 배울 것이 없었다. 이따금 엄마는 외출을 했다. 그리고 여전히 백과사전을 팔러 돌아다녔다. 이미 한 세트를 구입한 사람에게는 매년 발행되는 증보판을 사라고 설득했다. 하지만 엄마는 건강하지 않았다. 처음에는 흔하지 않은 질병에 연달아 걸렸다—발바닥 무사마귀, 눈병, 선腺 비대증, 이명, 코피, 피부가 비늘처럼 일어나는 원인 불명의 발진까지. 엄마는 끊임없이 의사를 찾아갔다. 한 증상이 좋아지면 다른 증상이 나타났다. 그런데 엄마에게 정말로 일어나고 있었던 것은 기력 감퇴, 쇠약증이었고, 그건 어느 누구도 예상하지 못했던 일이었다. 하지만 계속 그런 것은 아니었다. 여전히 엄마는 이따금 신문사에 편지도 써 보냈다. 독학으로 천문학 공부도 했다. 하지만 가끔은 침대에 드러누워 퀼트 담요를 덮어달라고 나를 불렀다. 나는 늘 대충 덮어주었다. 그러면 엄마는 다시 불러 무릎과 발을 잘 감싸달라고 했다. 그러고는 짐짓 심통 난 아이 같은 목소리로 "엄마한테 키스해줘" 하고 말하곤 했다. 그러면 나는 엄마의 관자놀이에 메마르고 성의 없는 딱 한 번의 키스를 해치운다. 엄마의 머리숱은 점점 많이 줄어들었다. 관자놀이에 하얗게 드러난 피부는 건강하지 않고 아픈 느낌을 주었는데, 나는 그게 싫었다.

어쨌거나 나는 〈람메르모르의 루치아〉 〈카르멘〉 〈라트라비아타〉를 들을 때는 혼자 있는 게 더 좋았다. 어떤 악절을 듣다보면 너무 흥분돼 가만히 앉아 있을 수가 없었다. 나는 일어나 라디오에서 흘러나오는 노래를 마음속으로 따라 부르며 식사실을 빙빙 돌았고, 나 자신을 끌어안고 팔꿈치를 으스러지게 눌렀다. 눈에는 눈물이 그렁그렁 차올랐다. 순식간에 형성된 판타지가 내 안에서 끓어올랐다. 나는 연인을, 폭풍이 치듯 격렬한 상황을, 파국이 예정되어 있지만 열정으로 가득한 우리의 가슴을 뒤흔들어 놓는 환희를 상상했다. (내가 지금 잡지 기사에서 여자들이 예술작품을 보며 한다고 했던 그것을 하고 있다는 생각은 단연코 떠오르지 않았다.) 관능적인 굴복. 남자에게가 아니라 운명에, 진정 어둠에, 죽음에 굴복하는 것. 결국에는 그중에서 〈카르멘〉을 가장 좋아하게 되었다. Et laissez moi passer!* 나는 입을 벌리지 않고 중얼중얼 노래했다. 섹스에 굴복하는 것보다 더 유혹적이고 더 멋진 그 무언가에 대한 굴복을 상상하고 몸을 떨었다—그건 영웅이, 애국자가, 카르멘이 제스처의 중요성에, 이미지의 중요성에, 자기가 만들어낸 자기의 최종적인 중요성에 굴복하는 것이었다.

오페라를 들으면 허기가 졌다. 오페라가 끝나면 나는 부엌으로 가서 달걀프라이를 넣은 샌드위치를 만들고, 소다크래커 사

* '그리고 나를 지나가게 해줘요!'라는 뜻.

이에 꿀과 땅콩버터를 발랐다. 또한 코코아, 콘시럽, 브라운슈거, 코코넛, 호두 썬 것을 섞은 진하고 은밀하고 느끼한 음식을 만들었는데 이건 스푼으로 떠먹어야 했다. 그걸 게걸스럽게 먹으면 처음에는 허기가 가셨지만 곧 자위행위를 하고 난 뒤처럼 우울해졌다. (자위행위. 나오미와 나는 나오미 엄마의 책에서 그것에 대해 읽었는데, 동유럽 소작농들은 당근으로, 일본 여자들은 추가 달린 구 모양의 도구로 했다고 쓰여 있었다. 상습적으로 자위하는 사람은 눈과 피부만 봐도 알 수 있는데, 눈은 흐리멍덩하고 피부색은 간의 거죽 색깔 같다고 했다. 우리는 그 내용 전부가 이상하고 웃기고 구역질난다고 생각하면서도 그런 증상을 보이는 사람은 없는지 살피면서 주빌리를 돌아다녔다—우리가 섹스에 대해 알아낸 모든 것 때문에 우리는 점차 섹스를 웃음거리, 혹은 놀러갔다가 병에 걸려 돌아오는 카니발 같은 것으로, 혹은 우리끼리 말했듯 웃다가 병에 걸리는 카니발 같은 것으로 여기게 되었다. 하지만 지금 우리는 그런 이야기를 전혀 하지 않았다.) 이따금 과식을 하고 나면 나는 하루이틀 단식을 했고, 모든 것을 빠르게 순환시키면 칼로리가 축적되지 않을 거라고 생각해 미지근한 물에 엡솜 소금을 타서 그것만 잔뜩 마셨다. 나는 정말로 뚱뚱해진 건 아니고 그저 충분히 커지고 충분히 탄탄해졌을 뿐이었다. 그래서인지 주인공의 넉넉한 비율이 부드럽고 에로틱하게 묘사되는 책을 좋아했고, 갈망의 대상이 되는 여자가 한결

같이 날씬하게 그려지는 책을 읽으면 걱정이 되었다. 그러면 위로를 얻기 위해 '굵고 매끈한, 대리석 같은 팔다리를 가진 정부'에 대한 시행 하나를 혼자 읊조리곤 했다. 나는 그 부분이 마음에 들었다. 정부mistress라는 단어가 좋았다. 그 단어는 풍성하게 퍼지는 스커트 같고 어딘지 격식 있게 느껴졌다. 정부는 너무 날씬해서는 안 되는 것이다. 백과사전의 미술 부록에서 세잔의 〈목욕하는 여인들〉 복제본을 본 뒤부터는 유리에 비친 내 알몸을 보는 게 좋았다. 내 허벅지 안쪽이 떨렸다. 투명한 포장용기 안에 든 코티지치즈처럼.

한편 나오미는 가능성을 찾아 주위를 두리번거렸다.

버트 매슈스라는 남자가 유제품 공장 사무실에 정기적으로 들렀다. 그는 스물여덟이나 아홉쯤 되는 미혼으로 걱정이 있는 듯하면서도 유쾌한 얼굴을 하고 있었고, 머리는 쭈글쭈글한 두피에 모피 모자를 뒤로 밀어 쓴 것 같았다. 그는 가금류 검사관이었다. 나오미는 그가 몰리와 칼라에게 했다는 말을 혐오스럽다는 듯 내게 전해주었다. 그는 몰리에게 걸핏하면 아직 임신하지 않았는지 물어보면서, 몰리의 배를 옆에서 보려고 슬금슬금 자리를 옮긴다고 했다. 칼라에게는 곧 떠날 신혼여행에 대한 충고를 해주었다. 그는 나오미를 "버터 타르트"라고 불렀다. 그는 차를 몰고 가다가 길에서 나오미를 보면 경적을 울린 뒤 속도를 늦췄고, 그러면 나오미는 고개를 홱 돌리며 말했다. "오, 맙소사,

저 바보 좀 어떻게 해줘!" 나오미는 가게 창문에 비친 자신의 모습을 바라보며 꿈이라도 꾸는 듯 멍하니 얼굴을 찡그렸다.

버트 매슈스는 나오미가 그를 만나러 게이라 댄스홀에 가도 좋다는 허락을 받아낼 수 없다는 데 10달러를 걸었다. 나오미는 갈 생각이라고 했다. 그 10달러 때문에, 그리고 그에게 보여주기 위해서. 나오미의 엄마가 가도 좋다는 허락을 해주지 않을 거란 말은 사실이었지만, 나오미의 엄마는 간호해야 할 환자 때문에 타운에 없었고 아빠에 대한 걱정은 할 필요가 없었다. "그 남자," 나오미는 늘 이렇게 말했다. "그 남자는 노망이 들었어." 나오미는 그 단어를 발음할 때의 임상적인 느낌을 즐기는 듯했다. 그는 성경책과 종교와 관련된 문학책을 들고 자신의 방에 틀어박혀 예언을 정리하며 시간을 보냈다.

나오미는 우리 엄마한테는 같이 라이시엄극장에 간다고 말하고 나도 같이 갔다가 밤에는 자기집에서 자고 가면 좋겠다고 했다. 나는 그 방법밖에 없겠다고 생각했는데, 나오미가 그걸 원해서라기보다 내가 정말로 게이라 댄스홀을 싫어하고 두려워했기 때문이다.

타운 북쪽에서 0.5마일 떨어져 있는 게이라 댄스홀은 고속도로변에 있었다. 겉은 초콜릿 색깔의 모조 통나무로 되어 있고, 유리도 없는 창문에는 낮 동안 합판 덧문을 꽉 닫아놓았다가 춤추는 시간이 되면 열고 다른 것에 받쳐두었다. 내가 차를 몰아 엄마와 함께 그 길을 지나갈 때면 엄마는 차 안에서 이렇게 말하곤 했다. "저기 있는 소돔과 고모라 좀 봐!" 그러면서 엄마는 게이라 댄스홀을 그런 곳들과 비교하며 비슷한 운명을 맞을 거라 예견한 장로교회의 설교 내용을 언급했다. 그때 엄마는 소돔과 고모라는 부자연스러운 관행에 빠져들었기 때문에 비교가 타당하지 않다는 점을 지적했다. (엄마가 펀 도허티에게 이 점을 설명하자, 펀 도허티는 스스럼없지만 묘한 태도로 "음, 자연스럽거나 부자연스럽거나, 보기 나름 아니겠어요?" 하고 말했다.) 지금 엄마는 곤란한 입장에 처해 있었다. 원칙적으로 엄마는 장로교회의 관점을 조롱해야 옳았지만 게이라 댄스홀의 광경이 엄마에게도 장로파 신자들이 느끼는 것과 똑같은 냉정하고 암울한 감정을 일으켰다는 걸 나는 확실히 알 수 있었다. 그리고 나도 게이라 댄스홀을 엄마와 같은 시선으로 바라보았다—컴컴하게 닫힌 창, 딱지가 앉은 듯 쓰레기가 흩어져 있는 들판, 음침하고 이런저런 소문이 자자한 곳으로.

모두가 뒤쪽 소나무숲에는 콘돔이 오래된 뱀허물처럼 흩어져 있다고 말했다.

어느 금요일 밤, 우리는 꽃무늬 풀 스커트 드레스를 입고 걸어서 고속도로로 나갔다. 나는 최선을 다했다. 목욕도 하고 면도도 하고 데오도란트도 뿌리고 머리 손질도 했다. 허벅지에 닿는 느낌이 거칠하고 따끔따끔한 크리놀린*도 입었고, 허리 부분을 눌러줄 롱라인 브래지어도 했다. 하지만 실제로는 그것 때문에 배와 가슴 사이의 살이 접혀 불룩하게 튀어나온 바람에 그 위에 플라스틱 벨트를 단단히 조여매야 했다. 허리가 25인치가 되도록 벨트를 조여매서 그 밑에 땀이 찼다. 목과 얼굴에는 베이지색 화장품을 페인트처럼 철썩철썩 발랐다. 입술은 케이크 위의 아이싱 꽃처럼 빨갛게, 그리고 그만큼 두껍게 칠했다. 샌들을 신고 있어서 길가 돌멩이가 자꾸 신발 안으로 들어왔다. 나오미는 하이힐을 신고 왔다. 6월의 그 무렵은 공기가 따스하고 부드러웠고, 벌레들은 날개를 비벼 앵앵 소리를 냈고, 검은 소나무밭 뒤로 하늘은 복숭아 색깔을 펼쳐냈다. 춤을 추러 갈 필요만 없었다면 세상을 보는 것만으로도 충분히 기분좋은 순간이었다.

나오미가 대충 주차장으로 쓰는 포장이 되지 않은 맨땅을 앞장서서 가로질렀고, 이어 노란 알전구 하나만 달랑 켜진 계단을 올라갔다. 나오미도 나처럼 겁을 먹었을 수 있지만 티를 내지는 않았다. 나는 그애의 경멸스러운 하이힐, 비스킷처럼 허옇고 근육이 발달한, 의도적으로 드러낸 맨 종아리에서 시선을 떼지 않았다. 남자들이 계단 근처에서 서성거리고 있었다. 나이가 많은 남자도 있고 적은 남자도 있었다. 나는 차마 그들의 얼굴을 쳐다볼 수가 없었고, 그래서 쳐다보지 않았다. 그저 어둠 속에서 그

* 스커트를 풍성하게 해주는 속 받침대.

들이 피우는 담배나 벨트 버클, 번쩍거리는 병만 쳐다보았다. 그들이 가볍고 편안하지만 경멸스럽고 묘하게 두려움을 일으킬 게 틀림없는 이야기를 하고 있는 장소 앞을 지나가면서 나는 숨을 참을 때처럼 귀를 막으려 애썼다. 내 예전의 자신감—까불고 우쭐거리던 어린 시절의 거짓 자신감—에 무슨 일이 생긴 걸까? 그 자신감은 깡그리 사라져버리고 없었다. 예컨대 체임벌린 씨와 함께 있을 때 내가 얼마나 대담했었는지를 떠올리면 이제는 향수가 느껴졌고 믿어지지 않았다.

나이든 뚱뚱한 여자가 손목에 자주색 잉크로 도장을 찍어주었다.

나오미는 대번에 무대 근처에 서 있던 버트 매슈스를 발견하고 그리로 갔다. "여기서 만나게 될 줄은 정말 몰랐는데요." 나오미가 말했다. "엄마가 보내줬어요?"

버트 매슈스가 나오미를 데리고 춤을 추러 갔다. 사람들은 2피트 높이의 목조 무대에서 춤을 추고 있었고, 난간에는 색색의 조명등이 주렁주렁 매달려 있었다. 그뿐 아니라 네 모서리 기둥을 감고 올라가 춤추는 사람들의 머리 위에서 대각선으로 교차하는 줄에 걸린 조명등 때문에 무대는 마치 흙과 톱밥의 바닥 위에 떠 있는 불 켜진 배처럼 보였다. 이 조명과 핫도그, 햄버거, 청량음료와 커피를 파는 주방 같은 곳의 열린 창문에서 흘러나오는 불빛을 제외하면 그곳은 어두컴컴했다. 사람들이 흐릿하게 한 덩

어리가 되어 서 있었고, 흘린 음료수 때문에 발밑의 톱밥은 축축하고 냄새가 났다. 한 남자가 내 앞으로 다가오더니 종이컵을 내밀었다. 나는 그가 나를 다른 사람으로 착각한 거라고 생각하며 고개를 가로저었다. 하지만 곧 그냥 받을 걸 하는 생각이 들었다. 그가 내 옆에 있다가 춤을 추자고 했을 수도 있었는데.

나오미는 두 번 춤을 춘 뒤 버트 매슈스와 또다른 남자를 데리고 돌아왔다. 그 남자는 말랐고, 여우 같은 얼굴에 얼굴색도 머리색도 붉었다. 몸이 길고 구부정한데 머리를 앞으로 내밀고 있어 꼭 쉼표처럼 보였다. 그는 음악이 시작되자 춤 신청도 하지 않고 내 손을 잡고 무대로 이끌었다. 그의 춤이 멋지고 독창적이어서 나는 깜짝 놀랐다. 그는 나를 끊임없이 던지듯 밀었다가 다시 끌어당겼고, 자신도 두 손가락을 튕기며 휙휙 돌았다. 그는 이 모든 동작을 웃지도 않고 지독히 심각하고 적의를 품은 표정으로 해냈다. 나는 그의 춤뿐 아니라 그의 대화도 따라잡기 위해 애써야 했다. 그가 춤을 추다 우리가 서로 가까워지는 예측할 수조차 없는 그 짧은 시간 동안 대화까지 시도했기 때문이다. 그는 네덜란드인의 억양으로 말했지만 사실은 네덜란드인이 아니었다. 그 무렵 네덜란드 이민자들이 주빌리 근처의 농장 몇 개를 차지해서 그들의 따뜻하고 순진한 억양이 지역 내에서 통하는 일부 농담이나 짧은 유행어에서 들리곤 했다. 그가 그런 문구 하나를 빌려 애원하듯 내게 눈을 흘기며 말했다. "긴장 풀고 나랑

춤춰요.” 나는 그가 무슨 말을 하는지 이해하지 못했다. 틀림없이 나는 그와 춤을 추고 있었다. 혹은 그 혼자 추고 있었다. 그것도 누구보다 긴장을 풀고 추고 있지 않은가? 그가 한 말은 전부 이런 식이었다. 나는 말은 다 들었지만 그 의미를 파악하지 못했다. 그는 농담을 한 것이었겠지만 표정은 한결같이 진지했다. 하지만 그는 기괴한 방식으로 눈동자를 움직였고, 차갑고 나른한 목소리로 나를 “베이비”라고 불렀는데, 그렇게 부르면 나는 내가 아닌 전혀 다른 사람이 된 것 같았다. 나한테 떠오른 생각이라곤 그가 자신과 춤추고 있다고 생각하는 이 여자에 대해 알아내서 그 여자—아담한 몸집에 산뜻하고 발랄하고 교태를 잘 부리는 여자—인 척하는 것이었다. 하지만 그를 만족시키기 위해 내가 애썼던 모든 것, 모든 동작, 모든 표정은 때를 놓친 것 같았다. 그는 뭔가 다른 것에 마음이 가 있었을 것이다.

우리는 밴드가 휴식을 취하기 위해 연주를 중단하기 전까지 춤을 추었다. 나는 춤이 끝나서 기뻤고 그가 나를 떠나지 않아서 기뻤다. 나는 내가 얼마나 서툰지 그가 알아차리고 다른 여자에게 휙 가버릴까봐 걱정하고 있었다. 그는 나를 무대에서 데리고 내려오더니 주방 창문으로 이끌었다. 우리는 사람들 틈에서 이리저리 떠밀렸지만 마침내 그가 종이컵에 담긴 진저에일 두 잔을 사는 데 성공했다.

“좀 마셔요.” 그는 네덜란드인의 억양을 버리고, 지치고 현실로 돌아온 목소리로 명령하듯 말했다. 나는 내 것을 좀 마셨다. "두 컵 다요." 그가 내게 말했다. "나는 진저에일은 안 마셔요." 우리는 플로어를 가로질렀다. 이제는 내 눈에도 사람들의 얼굴이 들어오기 시작했고, 아는 얼굴이 보여 그들에게 웃어주면서 나도 여기 와 있다는 사실에, 나를 남자가 데리고 다닌다는 사실에 어색하면서도 뿌듯함을 느꼈다. 우리는 버트와 나오미가 있는 쪽으로 갔다. 버트가 위스키 플라스크를 꺼내며 말했다. "상등병, 어떻게 해드릴까요?" 그가 컵 두 개에 위스키를 좀 따랐다. 나오미는 수영하다 방금 물에서 나온 사람처럼 반짝거리며 내게 웃어주었다. 나는 더웠고 목이 말랐다. 나는 위스키를 탄 진저에일을 서너 모금 만에 꿀꺽꿀꺽 다 비웠다.

"대단한데요." 버트 매슈스가 말했다.

"물고기처럼 잘 마시는데." 나오미는 내가 대견한 듯 말했다.

"그렇다면 진저에일은 필요 없겠네요." 버트가 말하고는 내 컵에 위스키를 따라주었다. 나는 새로 얻은 내 명예를 더욱 높이고 싶어서 맛은 크게 신경쓰지 않고 쭉 들이켰다. 버트는 이제 더 춤추고 싶지 않다고 툴툴댔다. 등이 뻐근하다고 했다. 나하고 같이 있던 남자—그때 알았는지 나중에 알았는지 모르겠지만 이름이 클라이브였다—가 기관총소리처럼 놀랍고 요란한 웃음을 껄껄껄 터뜨리며 버트의 벨트 버클을 주먹으로 치는 척했다.

"어쩌다 등이 뻐근해졌어, 응? 어쩌다 등이 뻐근해졌어?"

"저기 그냥 누워 있었어요, 장교님." 버트가 응석을 부리듯 높은 목소리로 말했다. "그런데 그 여자가 다가오더니 내 위에 올라앉는 거예요. 내가 뭘 어쩔 수 있었겠어요?"

"추잡한 이야기는 하지 말아요." 나오미가 행복한 듯 말했다.

"추잡하다니? 내가 무슨 말을 했길래? 내 등을 어루만져주고 싶어요, 자기? 나오미, 내 등을 만져줄 거예요?"

"당신의 바보 같은 등짝이 어떻게 되건 내가 무슨 상관이에요. 나가서 바르는 약이나 사와요."

"내 등에 발라줄 거죠, 응……" 그가 나오미의 머리카락에 코를 대고 킁킁거리며 말했다. "……내 등에 잘 발라줄 거죠?"

색색의 조명이 흐릿해졌고, 쫙 늘어뜨린 고무 밴드처럼 위아래로 움직였다. 사람들의 얼굴이 귀에서 귀까지 좀 팽창한 듯 보였는데, 그것이 음란한 느낌을 주었다. 잘 닦인 볼록한 표면에 비친 얼굴을 쳐다보는 느낌이었다. 또한 머리도 몸과 비율이 맞지 않게 커 보였다. 나는 머리들이—내가 유심히 쳐다본 건 아니었지만—몸에서 똑 떨어져나와 보이지 않는 쟁반에 놓여 둥둥 떠다니는 장면을 상상했다. 지각의 변화라는 면에서 볼 때 그것이 내가 술에 취한 정도였다. 내가 그런 경험을 하는 동안 클라이브는 종이 냅킨에 싼 핫도그와 진저에일 한 박스를 사왔다. 우리는 모두 댄스홀에서 나왔고, 나는 클라이브와 함께 차의 뒷좌석에 앉았다. 그는 나를 감싸안고 무장한 내 가슴과 배 사이를 좀 거칠게 간질였다. 고속도로를 달리는데 속도가 굉장히 빠르게 느껴졌다. 버트와 클라이브는 화음을 맞춰 가성으로 노래를 불렀다. "해가 뜨지 않아도 상관없어. 저녁이면 내 사랑과 함께 있으니." 차창은 죄다 열려 있었고, 바람과 별이 휙휙 지나갔다. 나는 행복했다. 나는 이제 무엇에 대해서도 책임을 느끼지 않았다. 취했나봐, 하는 생각이 들었다. 우리는 주빌리로 진입했다. 중심가를 따라 늘어선 건물들이 보였고, 그 건물들이 내게 뭔가 일시적이고 장난스러우며 있을 법하지 않지만 즐거운 세상의 속성에 관련된 메시지를 주는 것 같았다. 나는 클라이브에 대해서는 잊고 있었다. 그가 허리를 굽혀 내 얼굴에 자신의 얼굴을 밀착시켰고, 거대하고 축축하고 차갑고 구겨진 행주 같은 혀를 내 입안에 밀어넣었다.

우리 차는 브런즈윅호텔 뒤에서 멈췄다.

"여기가 내가 사는 곳이에요." 버트가 말했다. "여기가 내 행복한 보금자리죠."

"우리는 못 들어가요." 나오미가 말했다. "호텔에서 여자는 룸에 들여보내주지 않을걸요."

"한번 해보죠."

우리는 뒷문으로 들어가 계단을 올라간 뒤 복도를 따라 걸었다. 복도 끝에 빨간 액체가 든 거품 모양 용기가 빛을 뿜고 있었는데, 지금 내 상태에서는 완벽하게 아름다워 보였다. 우리는 침실로 들어가 갑자기 뜨겁게 쏟아지는 불빛 속에서 서로 떨어져 앉았다. 버트는 침대에 앉았다가 나중에는 드러누웠다. 나오미는 스커트가 단정하게 퍼지도록 의자에 앉았고, 나는 찢어진 낮은 쿠션의자에 앉았다. 클라이브는 차가운 라디에이터 위에 앉았지만 방충망을 창문에 똑바로 끼워맞추려고 곧바로 일어섰다. 그러고는 위스키를 자신이 사온 진저에일과 좀 섞어 우리에게 따라주었다. 우리는 핫도그를 먹었다. 나는 차를 세우고 호텔로 들어온 게 실수였음을 깨달았다. 내 행복이 조금씩 새어나가고 있었다. 술을 좀더 마시면서 그 행복이 돌아오기를 바랐지만 몸이 붓고 둔해진 느낌이었고, 특히 손가락과 발가락이 그랬다.

클라이브가 나를 쳐다보며 날카롭게 물었다. "여자에게도 동등한 권리가 주어져야 한다고 생각하죠?"

"네." 나는 그 말에 고무되어 정신을 가다듬으려 애썼고, 토론을 하게 될 수도 있을 것 같아 얼마간 의무감마저 느꼈다.

"그럼 여자도 사형에 처해야 한다고 생각한다는 거예요?"

"사형은…… 해서는 안 된다고 생각해요. 하지만 그 제도를 시행한다면…… 네, 여자도 그래야죠."

클라이브가 총알같이 대꾸했다. "여자도 남자처럼 교수형에 처해야 한다는 거로군요?"

나는 뒤로 넘어갈 듯 웃었지만 기분은 나빴다. 책임감이 되살아나고 있었다.

거기서부터 버트와 클라이브의 농담이 시작되었다. 농담은 죄다 진지하게 시작되어 한동안은 성찰이나 유익한 일화처럼 이어졌기 때문에 웃을 타이밍에 멍청하게 입을 헤벌쭉 벌리고 있지 않으려면 방심해서는 안 되었다. 나는 웃을 순간에 웃지 않으면 너무 순진해서 농담을 이해하지 못하거나 기분이 상한 걸로 비칠까봐 걱정이 되었다. 처음의 농담에서 그랬던 것처럼 나오미와 나는 이런 농담을 곧바로 받아칠 필요가 있었다. 그렇게 하려면 다음에 무슨 말이 나올지 알고 있었다는 듯 눈을 가느스름히 뜨고 애매한 미소를 지은 채 그 농담을 따라가다가 짜증이 나고 별로 내키지 않지만 그래도 참아준다는 느낌으로 마지못해 대꾸하는 방법을 써야 했다. 그래야 그때 내가 받았던 바보가 되는 느낌을 받지 않을 수 있었다. 이렇게 농담이 오가는 도중에 버트가 나오미에게 말했다. “여기 침대로 올라와요.”

“아니요, 괜찮아요. 나는 여기가 좋아요.” 나오미는 이제 술도 거부하면서 호텔 유리잔에 담뱃재만 톡톡 떨었다.

“침대에 거부감 있어요? 여기가 탄력이 더 좋아요.”

“그럼 그 탄력 혼자 실컷 즐기세요.”

클라이브는 좀처럼 가만있지를 않았다. 방안을 뛰어다니면서 혼자 훅훅 권투를 하고, 농담을 몸으로 보여주고, 침대에 앉아 있는 버트에게 덤볐다. 마침내 버트도 벌떡 일어나 같이 싸우는 시늉을 했다. 둘은 조금씩 거리를 좁혀가며 주먹질을 했고, 웃으면서 무릎으로 침대에서 통통 튀어올랐다. 나오미와 나는 뻗었던 발을 끌어당겨야 했다.

"한 쌍의 머저리들." 나오미가 말했다.

버트와 클라이브는 어깨동무를 하고 무대에 선 듯 우리를 정중하게 바라보는 것으로 소란을 마무리했다.

"입은 옷을 보니 당신은 틀림없이 카우보이로군요." 버트가 말하자 클라이브가 되받아 노래했다. "입은 옷을 보니 당신도 카우보이로군요……"

"우리가 입은 옷을 보면 우린 둘 다 카우보이……"

"이봐, 얼뜨기." 버트가 오싹하게 말했다.

"응?"

"자넨 네 살인가, 다섯 살인가?"

"나도 모르지. 난 내 나이가 네 살인지 다섯 살인지 몰라."

"이봐, 얼뜨기? 여자에 대해선 좀 알아?"

"모르-지."

"그럼 네 살이야."*

우리는 웃었고, 나오미가 말했다. "저건 터퍼턴에서 한 킨즈멘 민스트럴 쇼**에 나왔던 거야. 이전에 들은 적 있어."

---

* 원문에서 이 대화는 흑인 영어로 진행된다.

** 민스트럴 쇼는 백인이 얼굴에 검은 칠을 하고 코미디, 춤, 음악, 연기 등을 선보이던 쇼로, 주로 흑인을 조롱하는 내용으로 이루어져 있었다.

"화장실을 좀 써야겠어요." 나는 그렇게 말하고 일어섰다. 어쨌거나 나는 그 순간에도 취한 상태였을 것이다. 평소 같았으면 남자들 앞에서는 절대 그런 말을 하지 않았을 테니까.

"허락해드리리다." 버트가 관대한 척 말했다. "얼른 가보시오. 이 방에서 나가는 걸 허락해드리리다. 복도 끝까지 가서, 뭐라고 돼 있더라, 아무튼 그 문으로 들어가요……" 그는 나를 뚫어져라 쳐다보더니 얼굴을 거의 내 가슴까지 들이밀었다. "아, 이제 알겠네—숙녀용."

나는 화장실을 찾아냈고, 나중에 생각해보니 문도 닫지 않고 썼다. 방으로 돌아오는 길에 여전히 붉은 액체가 담긴 거품 모양의 용기가 보였고, 그 너머로 복도 끝의 불빛이 보였다. 나는 버트의 방 앞을 지나 그쪽으로 걸어갔다. 불빛을 지나자 비상구로 통하는 문이 있었는데 밤공기가 따뜻해선지 열려 있었다. 우리가 있는 곳은 호텔의 3층, 맨 꼭대기 층이었다. 나는 문밖으로 나가다가 발을 헛디뎌 난간 너머로 굴러떨어질 뻔했지만 다시 균형을 잡은 뒤 허리를 굽혀 어렵사리 샌들을 벗었다. 발을 헛디딘 건 샌들 탓이었다. 나는 계단을 끝까지 내려갔다. 맨 아래 계단에서 땅까지는 6피트 정도 되어 보였다. 나는 먼저 신발부터 아래로 던졌고, 이런 생각을 한 내가 아주 똑똑하게 느껴졌다. 나는 맨 아래 계단에 앉아 가능한 한 몸을 낮췄다가 풀쩍 뛰어 딱딱한 땅에 착지했다. 떨어진 곳은 호텔과 라디오 방송국 사이의 골목이었다. 신발을 다시 신으면서 나는 마음의 갈피를 잡을 수 없었다. 원래는 호텔방으로 돌아가려 했었다. 지금은 어디로 가야 할지 떠오르지 않았다. 리버 스트리트에 있는 우리집에 대해서는 까맣게 잊었고, 우리가 지금 외곽의 플래츠 로드에 살고 있다고 생각했다. 마침내 나오미의 집이 떠올랐다. 계획을 잘 세우면 거기 갈 수 있겠다고 생각했다.

브런즈윅호텔 벽의 벽돌에 몸을 부딪히며 걷다보니 건물 뒤쪽이 나왔다. 이어 다이애거널 로드를 걸어갔고—처음에 반대쪽을 향해 출발하는 바람에 다시 방향을 바꿔야 했다—길 양옆을 살피지도 않고 중심가를 건넜다. 밤이 이슥해서 어느 쪽으로도 지나가는 차는 없었다. 우체국 시계탑도 흐릿한 달처럼 보여 시간을 알 수 없었다. 중심가에서 벗어나자 보도의 땅이 너무 딱딱해서 나는 사람들의 집 앞마당으로, 풀밭으로 걸어가기로 했다. 나는 다시 신발을 벗었다. 그러고는 내가 새로 발견한 이 사실, 보도로 걸으면 발이 아프고 풀밭은 부드럽다는 사실을 모두에게 알려줘야겠다고 생각했다. 그전에는 왜 이런 생각을 한 사람이 없었지? 나는 메이슨 스트리트에 있는 나오미의 집에 도착했고, 뒷문을 잠그지 않았다는 사실은 까맣게 잊은 채 앞쪽 계단으로 올라가 문을 열려고 해봤지만, 문은 열리지 않았다. 그래서 처음에는 공손하게 문을 두드렸고, 이어 더 세게, 더 시끄럽게 문을 두드렸다. 나는 나오미가 틀림없이 안에 있을 거라고, 그애가 문

두드리는 소리를 듣고 문을 열어줄 거라고 생각했다.

불이 켜지지도 않았는데 문이 열렸다. 나오미의 아버지가 잠옷 상의만 입은 채 맨다리에 하얀 머리로, 벌떡 일어선 시체처럼 어두운 현관에 희멀겋게 나타났다. 내가 말했다. "나오미는……" 그 순간 기억이 났다. 나는 돌아서서 비틀비틀 계단을 내려갔고 곧장 리버 스트리트로 걸어갔다. 리버 스트리트의 집도 동시에 기억이 났던 것이다. 그때부터 나는 좀더 신중해졌다. 소용돌이처럼 집어삼키는 깊은 빛과 어둠 속에서 나는 어쩌지도 못하고 베란다의 그네의자에 드러누워 핫도그 냄새를 풀풀 풍기며 잠이 들었다.

나오미의 아버지는 다시 잠들지 않았다. 그는 컴컴한 부엌에 앉아 나오미가 돌아오기를 기다렸고, 나오미가 오자마자 자신의 벨트로 팔, 다리, 손, 때릴 수 있는 곳이면 어디든 다 때렸다. 그는 부엌바닥에 나오미의 무릎을 꿇린 뒤 나오미가 다시는 술을 입에 대지 않겠다고 하느님께 기도하게 했다.

나는 어떻게 됐느냐 하면, 이른새벽에 한기를 느끼며 메슥거리고 욱신거리는 몸으로 눈을 떴고, 아슬아슬하게 베란다를 피해 우리집 옆의 우엉이 자란 땅에 먹은 것을 게워냈다. 뒤쪽 문은 항상 열려 있었다. 나는 위스키 냄새를 없애기 위해 부엌 개수대에 머리를 집어넣고 머리카락을 헹궜고, 무사히 침실로 올라갔다. 엄마가 일어났을 때 나는 나오미의 집에 갔다가 몸이 아파 밤중에 돌아왔다고 둘러댔다. 그러고는 하루종일 침대에 누워 있었는데, 머리는 지끈거리고 속은 울렁거리고 기운이 하나도 없었다. 그리고 실패와 안도의 감정을 동시에 느꼈다. 나는 어렸을 때 좋아하던 것들—오래된 스칼릿 오하라 램프, 하늘거리는 물방울무늬 커튼을 고정시켜주는 푸른색과 흰색의 금속 꽃모양 핀—을 보자 다시 기운이 나는 것 같았다. 그리고 『샬럿 브론테의 삶』을 읽었다.

내 방 창문으로 보이는 CNR 철로 너머의 나지막이 자란 풀밭이 왕포아풀 때문에 자주색으로 보였다. 아직 수위가 꽤 높은 와와나시강과 은빛 버드나무도 조금 보였다. 나는 19세기의 삶을 꿈꾸었다. 산책과 공부, 청렴, 예의, 처녀성, 평화.

나오미가 내 방으로 올라와 씩씩거리며 목소리를 죽여 말했다. "맙소사, 다들 거기 있는데 너 혼자 가버리다니, 널 죽이고 싶었어."

"아파서 그랬어."

"이 지긋지긋한 못된 친구 같으니. 네가 그렇게 대단한 것 같아? 너도 알겠지만 클라이브는 바보가 아니야. 그 남잔 직업도 괜찮아. 보험회사 손해사정사라고. 넌 도대체 어떤 남자랑 사귀려고 그러는 건데? 고등학생?"

그러더니 나오미는 벨트로 맞은 자국을 보여주면서 자신의 아빠 이야기를 꺼냈다.

"네가 우리집에 나랑 같이 돌아갔다면 아빠도 창피해서 이렇게까진 안 했을 거야. 그런데 내가 밖에 나간 걸 아빠가 어떻게 알았지?"

나는 아무 말도 하지 않았다. 나오미의 아빠도 말하지 않았다. 그는 아마 뒤죽박죽 헷갈렸거나 내가 유령인 줄 알았을 것이다. 나오미는 다음 주말에도 버트 매슈스와 데이트할 예정이었다. 그녀는 이런 일 따윈 상관하지 않았다.

"아빠는 화가 나면 얼굴이 새파래질 때까지 나를 때릴 거야. 하지만 나는 평범하게 살 거야."

평범하게 산다는 게 뭘까? 그건 유제품 공장 사무실에 취직한 여자들의 삶을 의미했다. 결혼과 출산 때의 선물 파티, 리넨과 냄비와 팬과 은제 포크, 그런 복잡한 여성적인 질서를 의미했다. 그 질서를 전복시키면 게이라 댄스홀의 삶이 되었다. 밤중에 컴컴한 길에서 술에 취한 채 드라이브를 즐기고, 남자들의 농담을 듣고, 남자들을 참아주면서도 경계심을 잃지 않은 채 그들과 싸워 그들을 붙잡는다—그런 삶의 한쪽 면이 존재하려면 반드시 반대쪽이 존재해야 했고, 그 양쪽 면을 모두 취하고 익숙해짐으로써 여자는 결혼에 이르는 길에 올라서는 것이다. 다른 길은 없었다. 하지만 나는 그렇게는 할 수 없을 것 같았다. 절대. 샬럿 브론테가 되는 편이 더 나았다.

"얼른 일어나서 옷 입어. 같이 시내에 가자. 그러는 편이 너한테 좋아."

"몸이 너무 아파."

"다 큰 애기처럼 왜 이래. 원하는 게 뭐야? 평생 구멍 안에서 기어다닐래?"

우리의 우정은 그날부터 희미해졌다. 서로 집에 놀러가는 것도 어색해졌다. 이듬해 겨울 우리는 길에서 마주쳤는데, 나오미는 가장자리에 모피를 댄 새 코트를 입고 있었고 나는 교과서를 잔뜩 끌어안고 있었다. 나오미가 자신의 근황을 알려주었다. 나오미는 대개 포터필드나 블루리버, 터퍼턴 출신의, 나는 이름도 들어본 적 없는 남자와 데이트를 하고 있었다. 버트 매슈스는 금세 지난 일이 되었다. 그의 역할은 결국 처녀들을 처음 그 세계로 데려가는 것이었다. 그는 어리고 미숙한 여자들만 쫓아다녔는데, 말만 능글맞았지 실제로 여자들을 귀찮게 하거나 말썽에 휘말리게 하지는 않았다. 클라이브는 자동차 사고가 나서 한쪽 다리의 무릎 아래쪽을 절단해야 했다고, 나오미가 전해주었다. "다들 그렇게 물고기처럼 술을 마셔대고 바보처럼 차를 몰아대니 놀랄 일도 아니지." 나오미가 말했다. 나오미는 물고기처럼 마셔대고 바보처럼 차를 모는 것이 개탄스럽지만 필요하고 용납되는 행동인 것처럼 엄마들 특유의 체념과 심지어 자부심을 드러내며 말했다. 얼마간 시간이 지나자 나오미는 이렇게 새로운 근황을 알려주는 것도 그만두었다. 우리는 주빌리에서 마주쳤지만 인사를 건네는 것 말고는 서로 할말이 없었다. 학교에서 가르쳐주는, 세상과는 동떨어진 온갖 쓸모없고 특수한 지식에서는 내가 나오미보다 훨씬 앞서 있었지만, 나오미는 나보다 훨씬 앞서나가 내가 진짜 세상이라고 생각하며 막연히 걱정하는 그 세상에 가 있는 것 같았다.

나는 학교에서 A를 받았다. A는 아무리 받아도 모자랐다. 나는 A를 많이 받았지만 하나를 집에 가져갈 때마다 곧바로 다음 A를 생각하기 시작했다. A는 손으로 만질 수 있고 쇠처럼 무거운 것으로 느껴졌다. 나는 바리케이드처럼 내 주변에 A를 쌓아올렸고, 하나라도 놓치면 위험한 금이 가는 것처럼 느껴졌다.

고등학교 중앙현관에는 1914~1918년과 1939~1945년 전투 중에 사망한 학생들의 영예로운 이름이 기록된 명판이 걸려 있었고, 그 주변에 방패 모양의 목조판이 걸려 있었다. 학년별로 하나씩 있었다. 이 방패판에 해마다 각 학년에서 1등을 차지한 학생의 이름이 적힌 작은 은색 이름표가 꽂혔고, 그 이름은 그들이 직장이나 엄마라는 역할 속으로 사라져 희미해질 때까지 그 자리에 남았다. 내 이름도 거기 꽂혔지만 매년은 아니었다. 이따금 제리 스토리한테 졌기 때문이다. 그의 아이큐는 주빌리 고등학교뿐 아니라 와와나시 카운티의 어느 고등학교 학생들보다 더 높았다. 내가 그 정도나마 그를 앞설 수 있었던 유일한 이유는, 그가 과학에 심취한 나머지 '암기 과목'이라고 부르던 과목들(프랑스어와 역사)과 영문학은 참을성을 가지고 공부하지 않거나 이따금 까맣게 잊어버렸기 때문이다. 그는 영문학을 개인적인 모욕처럼 여기며 짜증을 냈다.

제리 스토리와 나는 함께 흘러갔다. 우리는 복도에서 대화를 나누었다. 우리는 서서히 악의 없는 농담과 어려운 단어와 어느 누구와도 나눌 수 없는 광범위한 주제로 대화를 넓혀갔다. 우리의 이름이 작은 학교 신문에 함께 실렸다. 등사기로 찍어 거의 읽기조차 힘든 신문이었다. 사람들 모두 우리를 완벽한 한 쌍으로 보는 것 같았다. 아이들은 우리를 '브레인 트러스트'*나 '퀴즈 키즈'로 불렀는데, 그 별명에는 얄밉지만 참아준다는 느낌이 담겨 있었다. 제리는 이런 걸 나보다 더 잘 참을 줄 알았다. 우리는 사람들이 우리를 동물원에 유일하게 남은 희귀종처럼 한 쌍으로 묶는다는 사실이 우울했고, 사람들이 우리 둘을 똑같다고 여기는 것이 억울했다. 우리는 그렇게 생각하지 않았기 때문이다. 나는 제리가 나보다 천배는 더 괴짜라고 생각했고, 나보다는 덜 매력적이라고 생각했다. 제리는 내 두뇌와 그의 두뇌를 같은 카

* The Brains Trust. 프랭클린 루스벨트가 1932년에 처음 대통령 선거에 출마했을 때 그의 자문단을 일컫던 표현.

테고리에 넣는 것은 카테고리에 대한 어떤 인식도 없음을 보여주는 일이라고 생각하는 것이 분명했다. 그건 토스카니니와 지역 군악대 지휘자를 두고 둘 다 재능이 있다고 말하는 것이나 다름없었다. 우리가 미래에 대한 대화를 나눌 때 그가 솔직히 말했다. 내가 1급 기억력에 여성의 특별할 것 없는 언어적 재능을 지녔고, 논리력은 상당히 취약하며, 추상적인 사고 능력은 거의 없다고 말이다. 주빌리 안에서는 내가 대부분의 사람들에 비해 훨씬 더 똑똑한 게 사실이지만 그 때문에 눈이 멀어 주빌리 밖의 지적인 경쟁 사회에서 곧 한계에 부딪힐 거라는 사실을 잊어서는 안 된다고도 했다. ("나라고 다른 건 아냐." 그가 심각하게 덧붙였다. "나는 늘 보는 눈을 잃지 않으려고 노력해. 나만 해도 주빌리고등학교에서는 제법 잘나 보이지. 하지만 MIT에 가면 어떻게 보일까?" 그는 자신의 미래에 대해 말할 때 원대한 야망에 가득차 있었지만, 그 야망을 냉소적으로 드러내는 신중함을 보였고, 그 야망에 냉정한 자기권고라는 울타리를 쳤다.)

나는 그의 평가를 군인처럼 받아들였다. 그 말을 믿지 않았기 때문이다. 다시 말해, 그의 말이 전부 사실이라는 걸 나는 잘 알고 있었지만, 내 생각에 나는 그가 볼 수 없는 영역, 즉 그의 평가 방식은 미칠 수 없는 영역에서 아직 충분히 강하다고 느끼고 있었다. 나는 그의 지적 능력에 대해서는 감탄하지 않았는데, 사람들은 늘 자기와 유사한—더 클 때긴 하지만—능력에 대해서만 감탄하기 때문이다. 내가 보기에 그의 지적 능력은 용도가 분명하지 않은 장비를 가득 들여놓은 서커스 텐트 같았고, 내가 텐트 안에 없을 때 그는 그 장비로 굉장하지만 지루한 묘기를 부렸다. 나는 이런 내 생각을 그에게 들키지 않으려고 조심했다. 그가 나에 대해 말한 것은 분명 진심이었다. 하지만 나는 똑같이 진심을 말할 마음이 없었다. 왜냐고? 그건 내가 그에게 여자가 남자에게 느끼는 것과 똑같은 것, 즉 여리고 자만하고 폭군 같고 터무니없는 면을 느꼈기 때문이었다. 나는 그 문제에 개입한 뒤의 결과를 감당할 생각이 없었다. 나는 무관심했고, 거의 경멸했지만, 그 사실은 그에게 숨겼다. 나는 내가 눈치 있고 심지어 친절하다고 생각했을 뿐 자존심이 강하다는 생각은 추호도 하지 않았다.

우리는 같이 영화도 보러 갔다. 고등학교 댄스파티에도 같이 가서 주위를 의식하며 서툴게 춤을 췄다. 그러면서 서로 짜증이 났고, 사귀는 사이인 척하는 것이 창피했다. 우리는 어쨌거나 그런 사이로 보이는 것이 필요하다고 느꼈고, 결국 이 상황에서 살아남는 법은 이 상황을 놀림거리로 만드는 것임을 깨달았다. 우리의 구원은 패러디나 스스로 놀림감이 되는 것이었다. 사이가 가장 좋을 때 우리는 십팔 년 동안 같이 살아온 부부라기보다는 유쾌하고 편안하며 이따금 잔인한 동지 쪽에 가까웠다. 그는 나를 가지라고 불렀다. 그건 펀 도허티가 두고 간 자줏빛 와인색 태피터 드레스를 수선한 내 끔찍한 드레스를 기념하여 붙인 별명이었다. (전쟁이 끝난 뒤 여우 사업이 망하는 바람에 우리집은 갑자기 평소보다 더 가난해졌다.) 나는 엄마가 수선을 하는 동안 그 드레스가 보기에 괜찮은 드레스로 변모하기를 바랐다. 심지어 영화 〈길다〉의 광고판에서 리타 헤이워스가 입은 드레스처럼 좀 넓은 편인 내 골반을 육감적으로 빛내줄 거라는 생각까지 했었다. 나는 그 옷을 입은 뒤 내가 바라던 대로라고 애써 되뇌었지만, 제리가 얼굴을 찡그리고 과장되게 숨을 꼴깍 삼킨 뒤 유쾌하게 "가지!" 하고 꽥 소리를 지른 순간 진실을 깨달았다. 그 즉시 나는 그 드레스를 그가 말한 대로 우스꽝스럽게 생각하려고 애썼고, 거의 성공했다. 심지어 우리는 거리에서 즉흥적인 연기를 하기도 했다.

"어제 저녁 주빌리 무기고에서 열린 한겨울 갈라 댄스파티에는 3대째 내려오는 유명한 비료 공장 집안의 자손인 제리 스토리 군과 은색여우 제국의 상속녀인 아름다운 델 조던 양이 참석하였고, 그 둘은 독창적이고 뭐라고 표현할 수 없는 스타일의 춤으로 보는 이들의 시선을 황홀하게 했습니다……"

우리가 같이 보러 갔던 영화 가운데 상당수는 전쟁에 관한 것이었다. 전쟁은 우리가 고등학교에 입학하기 일 년 전에 끝났다. 나중에 우리는 헤인스 레스토랑에도 갔는데, 우리는 그곳을 더 좋아했지만 같은 학교에 다니던 다른 아이들은 거의 모두 주크박스를 틀고 핀볼을 할 수 있는 블루아울을 더 좋아했다. 우리는 커피를 마셨고 멘톨 담배를 피웠다. 칸막이 자리들 사이사이에는 높다란 짙은 색 목재 파티션이 세워져 있었는데, 그 위쪽에는 짙은 금색 유리로 된 부채꼴 채광창이 나 있었다. 제리는 종이 냅킨을 기하학적 모양으로 접거나 스푼에 둘둘 감거나 나달나달하게 찢으면서 전쟁에 대해 말했다. 그는 바탄에서의 죽음의 행진*과 일본의 포로수용소에서 사용한 고문 방법, 도쿄 폭격, 그리고 드레스덴의 파괴에 대해 말해주었다. 그는 끔찍한 잔혹행위와 전사자 수에 대해서도 설명을 쏟아냈다. 그 모든 행위는 조금의 저항도 받지 않고, 절제된 흥분과 집요한 호기심 속에서 자행되었다. 그는 지금 미국과 러시아에서 개발중인 무기에 대해서도 말했다. 그의 말을 들으면 그 파괴적인 힘이 우주 자체의 힘처럼 피할 수 없고 굉장한 위력을 가졌으며 물리치려 해봤자 소용없는 것처럼 느껴졌다.

"그리고 생물전이란 게 있는데—선페스트가 부활할 수도 있어—해독제가 없는 질병을 만들어내서 보관하고 있대. 신경가스—그건 사람을 반쯤 바보로 만드는 약을 이용해서 인구 전체를 통제하겠다는 건데……"

그는 다시 전쟁이 일어날 것이며 우리 모두 몰살될 거라고 확

* 태평양전쟁 초기인 1942년 4월 9일, 일본군이 칠만 명의 미군과 필리핀군 전쟁포로에게 필리핀 바탄반도 남쪽 끝 마리벨레스에서 산페르난도까지 88킬로미터를 강제로 행진하게 한 것을 말함.

신했다. 똑똑한 청년이 쓴 안경 너머의 총명하고 타협하지 않는 시선이 거대한 재앙을 내다보고 있었다. 그것도 곧 그렇게 될 거라고 했다. 나는 관습적인 공포심과 여자들의 자신 없는 논리로 대응했고, 그것이 그를 자극했는지 그는 나와는 더욱 반대 입장에 서면서 나를 더 겁주고 내 논리를 따질 필요가 있다는 태도를 보였다. 이건 그에게 어려운 일이 아니었다. 그는 진짜 세상과 접촉하고 있었고, 원자 분열을 어떻게 일으키는지에 대해서도 알고 있었다. 내가 접촉하고 있는 유일한 세상은 책의 도움을 받아 나 자신이 만들어낸, 내게 특유하고 자양분이 되는 세상이었다. 하지만 나는 물러서지 않았다. 너무 지루하고 짜증이 나서 이렇게 말했다. 알겠다고, 그런데 그게 사실이라면 왜 아침에 일어나서 학교에 가느냐고? 그 전부가 사실이라면 어째서 위대한 과학자가 되려고 하느냐고?

"세상이 끝난다면, 희망이 전혀 없다면, 그런 건 뭣하러 해?"

"내가 노벨상을 받을 시간은 아직 있으니까." 그는 나를 웃기려고 일부러 삐딱하게 말했다.

"십 년 뒤에?"

"이십 년은 줘야지. 대부분의 위대하고 획기적인 성과는 35세 이하의 남자들이 이뤄내거든."

그는 이 비슷한 말을 한 뒤에는 늘 중얼거리듯 말했다. "농담인 거 알지?" 그가 의미한 건 전쟁이 아니라 노벨상에 대해서였다. 우리는 자기 자랑을 하거나 자신에 대해 원대한 희망을 품으면 초자연적인 엄청난 위험이 뒤따른다는 주빌리의 믿음에서 벗어나지 못했다. 하지만 우리 둘을 진정으로 끌어당겨 함께 묶어주는 것은 이런 희망이었다. 부정하면서도 인정해주고, 조롱하면서도 존중해주는 이런 희망.

일요일 오후마다 우리는 우리집 뒤쪽에서 출발해 철로를 따라 긴 산책을 했다. 우리는 와와나시강이 크게 굽어 도는 곳을 지나 구각교까지 걸어갔다가 돌아왔다. 영혼이란 것이 있건 없건, 우주가 궁극적으로 알 수 있는 것이건 아니건, 우리는 안락사와, 유전자를 이용한 인구제한에 대해 이야기했다. 우리는 어떤 것에도 의견이 일치하지 않았다. 우리가 산책을 시작한 건 가을이었고, 곧 겨울이 왔다. 우리는 머리를 숙이고 손을 주머니에 찔러넣은 채 눈보라 속을 걸으며 논쟁을 계속했다. 곱고 따가운 눈발이 우리 얼굴을 때렸다. 논쟁하다 지치면 주머니에서 손을 빼고 균형을 잡기 위해 양팔을 벌린 채 기우뚱거리며 철로 위를 걸었다. 제리는 다리가 길고 연약했으며 머리는 작았다. 곱슬머리에 눈은 동그랗고 반짝거렸다. 그는 안쪽에 양털을 댄 귀마개가 있는 격자무늬 모자를 썼는데, 내 기억에 6학년 때 이후로 계속 그 모자를 쓰고 다녔을 것이다.

다른 아이들처럼 나도 예전에는 그를 놀렸었다. 그와 함께 있는 걸 나오미 같은 아이한테 들키면 이따금 여전히 부끄러웠다.

하지만 지금 생각하면 그가 숙명론적으로, 심지어 용맹스럽게 주빌리에서의 자신의 역할, 불합리하지만 그에게 필요하고 만족을 주는 그 역할을 받아들이면서 전형에 순응하는 그 방식에는 감탄스러우면서도 묘하게 가혹한 품위가 있었다. 내게는 절대 불가능한 일이었다. 그가 댄스파티에 나타나 위험이 가득한 댄스플로어로 나를 데리고 나가 경련을 일으키듯 이리저리 끌고 다닌 것도, 해마다 의무적으로 하는 야구시합에 나가 헛방망이질을 해댄 것도, 사관후보생들과 함께 행진을 한 것도 이런 정신에서였다. 그는 자신의 행동이 결코 받아들여지지 않고 오히려 웃음만 살 것을 알고 있었고, 그럼에도 평범한 남자인 척하지 않으면서 평범한 남자가 할 만한 행동을 하는 것으로 스스로 제물이 되었다. 그가 다른 방식으로 행동할 수는 없었을 것이다. 그는 보이는 모습 그대로였다. 내 경우에는 자연스러운 경계가 훨씬 모호했고, 보호색을 찾을 수 있다면 얼마든지 그 색깔을 흡수했지만, 나는 제리처럼 사는 게 더 평온할 거라는 사실을 차츰 깨닫기 시작했다.

그는 내가 싫다는데도 우리집에 저녁을 먹으러 왔다. 나는 그가 우리 엄마와 대면하는 게 싫었다. 그가 똑똑하다는 건 잘 알려져 있었고, 나는 엄마가 흥분해서 좀 지나친 행동을 하지 않을까 걱정이 되었다. 아니나 다를까였다. 엄마는 제리에게 상대성이론에 대한 설명을 시켜놓고 고개를 끄덕이거나 북돋워주거나 그에게 덤벼들기라도 할 것처럼 소리를 질러대며 이해했다는 표시를 했다. 한번은 그의 설명이 앞뒤가 잘 맞지도 않았는데 말이다. 나는 누군가의 앞에서는 늘 그랬듯 식사에 대해 트집을 잡았다. 고기는 너무 익은 것 같았고, 감자는 약간 단단했고, 통조림에서 꺼낸 콩은 너무 차가웠다. 일요일이라 플래츠 로드에서 지내던 아빠와 오언도 와 있었다. 이제 오언은 플래츠 로드에 아예 눌러살면서 점점 시골뜨기가 되어가고 있었다. 제리가 이야기하는 동안 오언은 음식물을 쩝쩝거리며 단순하고 무식하고 사내다운 경멸의 표정을 지은 채 아빠를 쳐다보았다. 아빠는 이런 표정에는 반응을 보이지 않았고, 그저 엄마의 열광적인 반응이 당황스러웠던지 뭐라고 조금 말하기만 했을 뿐이었다. 아빠는 그거면 그 두 사람에게 충분하다고 생각했을 것이다. 나는 모두에게 화가 났다. 나는 오언과 아빠가 제리를 남자의 세계에 들어가지 못한 괴짜로 여긴다는 걸 알았다—비록 아빠는 그런 생각을 드러내지 않을 테고, 그것이 세상을 바라보는 한 가지 방식일 뿐임을 알고 있었겠지만 말이다. 제리가 무엇을 알고 있는지는 그들에게 중요하지 않았다. 내가 보기에 그들은 너무 어리석어서 그가 힘을 지녔다는 것을 이해하지 못하고 있었다. 제리에게는 우리 가족 역시 인간들의 거대한 집합의 일부에 불과해서 우리에게 뭔가를 설명한다는 것 자체가 가치 없는 일이었을 것이다. 그 역시 그들이 힘을 지닌 것을 이해하지 못했다. 어디를 봐도 서로에 대한 충분한 존중은 찾아볼 수 없었다.

"사람들이 아무 배경지식 없이 몇 가지 질문을 하는 걸로 다 알 수 있다고 생각하는 걸 보면 좀 웃겨."

"그럼 웃으면 되잖아." 내가 샐쭉해서 말했다. "너 편한 대로 해."

하지만 엄마는 제리가 마음에 들었는지, 그때부터 그가 오기를 잠복하듯 기다렸다가 실험실에서 만들어진 생명체나 인간을 대신하는 기계에 대한 그의 의견을 듣고 싶어했다. 나는 엄마가 끊임없이 해대는 열띤 질문에 그가 얼마나 난감하고 우울했을지 알 것 같았다. 그가 내가 쌓아놓은 책 중에서 맨 위에 있던 『천사여, 고향을 보라』*—도서관에 반납하려던 참이었다—를 집어들어 책을 편 뒤 한 부분을 무미건조한 목소리와 어리둥절한 표정으로 읽었을 때 내가 느꼈던 기분이 바로 그렇지 않았던가?

"돌, 나뭇잎, 문—오, 상실감에 빠져, 바람이 불면 슬퍼하네, 유령이여……" 나는 그 책이 위험에 처한 것처럼 홱 낚아챘다. "무슨 뜻이야?" 그가 이성적으로 말했다. "나한텐 그냥 바보 같은 소리로 들려. 설명 좀 해줘봐. 진지하게 들어볼게."

"수줍음을 많이 타는 아이더구나." 엄마가 말했다. "머리는 뛰어나지만 자신을 더 잘 표현하는 법을 배워야겠어."

* 미국 작가 토머스 울프의 4대 장편소설 중 첫 작품으로 1929년에 출판되었다.

차라리 그의 집에서 저녁을 먹는 게 더 속 편했다. 그의 엄마는 과부였는데, 아버지는 교사였었다. 그는 외아들이었다. 그녀는 고등학교의 사무직원이어서 나는 이미 그녀를 알고 있었다. 그들은 다이애거널 로드에서 두 세대가 사는 연립주택의 한쪽에 살았다. 행주는 최고급 리넨 손수건처럼 잘 개고 다려서 레몬향이 나는 서랍 안에 넣어두었다. 디저트로는 세 가지 색깔의 젤로푸딩을 만들어 먹었는데, 통조림 과일을 잔뜩 넣어 모스크 모양으로 만든 것이었다. 저녁을 먹고 나면 제리는 일주일에 한 번씩 우편으로 받아보는 체스 문제를 풀기 위해(내가 말한, 전형에 순응하는 그의 순수하고 인상적인 모습을 보여주는 한 예다) 응접실로 들어갔고, 우리의 대화에 방해를 받지 않으려고 유리문도 닫았다. 나는 설거지한 접시를 잘 닦았다. 제리의 엄마가 그의 아이큐에 대해 말했다. 그게 희귀한 물건—고고학적인 의미가 있는 발견물, 어쩌면 어마어마한 가치가 있지만 두려움을 불러일으킬 수 있어 잘 포장해 서랍 안에 넣어둬야 하는 뭔가—인 것처럼 말했다.

"너도 아이큐가 아주 좋던데." 그녀가 안심시키듯 말했다(그녀는 학교의 모든 기록을 다 볼 수 있었는데, 사실 그 기록을 보관하는 사람이 그녀였다). "하지만 제리의 아이큐는 인구 전체의 상위 1퍼센트, 그중에서도 상위 4분의 1에 들어간다는 건 너도 알고 있지. 정말 놀라운 일 아니니? 내가 걔 엄마인 거야, 책임감이 얼마나 큰지 몰라!"

나도 그렇다는 데 동의했다.

"대학에 가면 공부하는 데 몇 년이 걸릴지 몰라. 박사학위도 받아야 할 거고. 그뒤에는 박사후 과정까지 밟는다더라. 그게 다 뭔지는 모르겠지만. 아무튼 한참 걸려."

그녀의 차분한 어조로 보건대 나는 그녀가 이제는 비용에 대해 말할 거라고 생각했다.

"그러니까 너는 그런 고생길에 뛰어들면 안 돼." 그녀가 딱딱하게 말했다. "제리는 결혼을 할 수가 없어. 내가 허락하지 않을 거야. 여자가 애를 갖는 바람에 젊은 남자가 자기 인생을 희생하는 경우를 많이 봤는데, 그건 옳지 않은 것 같아. 너나 나나 학교에서 다 봤잖아. 내가 말하는 애들이 어떤 애들인지 너도 알 거야. 속도위반. 그게 주빌리 스타일이잖니. 나는 동의하지 않아. 절대 못해. 그게 남자 책임이니까 남자가 자기 앞날을 희생해야 한다는 데 나는 절대 동의하지 않아. 너는 어떠니?"

"저도요."

"그럴 줄 알았어. 너는 아주 똑똑한 아이니까. 다이어프램은 가지고 있니?" 그녀는 그 말을 번개처럼 내뱉었다.

"아니요." 내가 멍하게 대답했다.

"하나 구하지 그러니? 요즘 여자애들은 그걸 쓴다던데. 처녀성은 다 과거의 유물이야. 받아들여야 한다면 그래야지. 그게 좋다 나쁘다 그런 말은 안 하겠지만 시곗바늘을 되돌릴 수는 없잖니, 안 그래? 네 엄마가 너한테 그걸 알려줘서 끼우게 해야 하는데. 나한테 딸이 있다면 그렇게 할 거야."

그녀는 나보다 키가 훨씬 작았고, 통통하고 아담한 몸집의 영리한 여자였다. 부풀린 머리는 노란 튤립 색깔이었는데 뿌리 부분은 회색인 게 보였다. 그녀는 색깔을 맞춘 밝은 원색의 귀걸이와 브로치, 목걸이를 했다. 그녀는 담배를 피웠고, 제리에게도 집에서 담배를 피워도 좋다고 허락해주었다. 그들은 항상 동지처럼, 남편과 아내처럼 어느 담배가 누구의 담배인지를 놓고 옥신각신 다투었다. 나는 그녀의 사고방식이 아주 현대적일 거라는 데 대해서는 이미 마음의 준비가 되어 있었다. 지적인 면에서는 우리 엄마처럼 현대적이지 않고—누가 그렇겠는가?—일상적인 문제에 대해서만 훨씬 현대적일 거라고 생각하고 있었다. 하지만 이런 문제에 대해서까지는 준비가 되어 있지 않았다. 우리 엄마가 나한테 다이어프램에 대해 알려줘서 그걸 끼우게 해야 한다는 말을 그녀가 늘어놓는 동안 나는 그녀 머리카락의 회색 뿌리를 내려다보며 엄마에 대해 생각했다. 엄마는 산아제한 찬성 캠페인에 공공연하게 참여했지만 나한테 그런 이야기를 해줘야 한다는 생각은 아예 하지도 않았다. 엄마는 섹스란 꼭 해야 하는 게 아니면 어떤 여자도—어떤 지적인 여자도—순순히 하지 않을 거라고 굳게 믿는 사람이었다. 나는 엄마라면 이러는 편이 더 맞는다고 생각했다. 엄마라면 제리의 엄마처럼 비상식적으로 수용하거나 야한 쪽으로 실용적이기보다는 이러는 편이 더 어울렸다. 나는 엄마라는 사람이 자기 아들이 여자와 하게 될 친밀한 행위에 대한 말을 꺼내는 것에 거부감이 들었다. 게다가 나는 제리 스토리와 친밀한 행위를 한다는 생각 자체에 거부감을 느꼈다. 그렇다고 이따금 그런 일이 일어나지 않았다는 말은 아니다.

왜 거부감이 들었을까? 이상한 일이었다. 우리의 대화가 끊기면 대번에 불편한 마음이 들었다. 서로 맞잡은 손은 축축했고, 우리 둘 다 속으로는 틀림없이 예의와 격식을 차린 이 상태로 얼마나 오래 있어야 하는지를 고민했을 것이다. 우리는 젖은 모래자루처럼 서로에게 기댔는데, 싫지는 않았지만 즐겁지도 않았다. 어디서 읽거나 들은 대로 우리의 입은 서로에게 열려 있었지만 뜨거워지지 않았다. 우리의 혀는 거칠었고, 불행한 살덩이나 다름없었다. 제리가 내게 관심—이 특별한 관심—을 보일 때마다 나는 점점 짜증이 났지만 그 이유는 몰랐다. 하지만 나는 어쨌거나 시큰둥하게 받아주었다. 우리는 각자가 알아낸 것을 해볼 수 있는 유일한 상대였다.

호기심은 우리를 상당히 멀리까지 데려갔다. 어느 겨울 저녁 그의 집 응접실에서—그의 엄마는 이스턴스타* 회합에 참석하러 가서 집에 없었다—제리가 내게 옷을 완전히 벗으라고 요구했다.

"내가 왜 그래야 해?"

"교육적이지 않을까? 나는 진짜로 벗은 여자를 본 적이 없거든."

매력적이지 않은 생각은 아니었다. 그리고 '벗은 여자'라는 말에 나는 속으로 기분이 좋아졌는데, 내가 풍만한 여자, 보물을 나눠주는 여자가 된 것 같았기 때문이다. 더구나 나는 내 몸이 내 얼굴보다 더 예쁘고, 옷을 벗은 것이 입은 것보다 더 예쁘다고 생각했다. 나는 종종 내 벗은 몸을 다른 사람에게 보여주고 싶었다. 그리고 나는 우리 사이가 좀더 가까워지는 단계가 되면 제리에 대한 내 감정이 변하기를, 내가 그를 기꺼이 받아들이기를 바라는 마음이 있었다—좀더 정확히 말하면 그 가능성에 대한 호기심이 일었다. 나는 욕망에 대해서는 다 알고 있지 않은가? 나는 오래된 부부의 권태기 같은 상태에 처해, 몸을 이용해 그 말할 수 없는 괴로움을 풀려고 했다.

하지만 응접실에서는 하지 않을 것이다. 옥신각신 다투면서 자꾸 늦어지다가 마침내 그가 2층 자신의 방으로 올라가자고 했다. 계단을 올라가면서 나는 우리가 지금 일곱 살이나 여덟 살인데 어디론가 가서 같이 팬티를 내리기로 한 것처럼 찌릿하고 진지한 흥분을 느꼈다. 그런데 제리가 방의 블라인드를 내리다가 테이블에 놓여 있던 램프를 쳐서 떨어뜨렸고, 그걸 본 나는 돌아

* 프리메이슨과 유사한 단체로, 1800년대 중반에 미국에서 시작되었다.

서서 계단을 다시 내려갈 뻔했다. 상대가 사랑하는 사람이 아니라면 이런 타이밍에 서투른 행동만큼 분위기를 깨는 건 없다. 하지만 나는 계속 기분좋은 상태를 유지하기로 했다. 나는 그가 램프를 집어올리고 램프갓을 제대로 씌우는 걸 도와주었고, 고장나지 않았는지 램프를 한번 켜볼 때도 화내지 않았다. 나는 등을 돌린 채 입고 있던 옷을 전부 벗고—그는 나를 도와주지도 내 몸에 손을 대지도 않았는데, 나는 그편이 좋았다—침대에 드러누웠다.

나는 바보가 된 기분이 들었고, 눈앞이 어질어질했다.

그는 놀랐는지 침대 옆에 서서 나를 내려다보며 살짝 코믹한 표정을 짓고 있었다. 내가 그의 몸에 대해 그랬던 것처럼 그도 내 몸을 부적절하고 실현할 수 없는 대상으로 느꼈을까? 그는 나라는 존재를 자의식 때문에 욕망이 복잡해지지 않는 편안한 여자, 예리한 대답을 하지 않는 여자, 많은 단어를 알고 있지 않은 여자, 혹은 우주의 질서에 대해서는 아무 관심도 없는, 언제라도 부둥켜안고 뒹굴 수 있는 그런 여자로 바꿔놓고 싶었을까? 우리는 둘 다 키득키득 웃었다. 그는 가시에 손을 대보듯 내 젖꼭지 한쪽에 손가락을 댔다.

이따금 우리는 신문 연재만화 〈포고〉를 보고 대충 만들어낸 사투리로 대화를 나누었다.

"당신은 확실히 여자치고 정말 잘생겼네요."

"내 몸에 있어야 할 건 다 제자리에 있는 것 같지요, 안 그래요?"

"그건 나한테 있는 오래된 설명서를 꺼내봐야 알 것 같은데요."

"이 늙고 작은 세번째 젖 때문에 그러는 건 아니지요?"

"여자라면 다 그 늙고 작은 세번째 젖을 가진 거 아니었어요? 난 밖으로 나돌지 않고 좀 조용히 살았거든요."

"맙소사, 당신은 어쩜……"

"쉿……"

바깥에서 그의 엄마의 목소리가 들렸다. 그의 엄마는 그녀를 집까지 태워다준 사람에게 작별인사를 하고 있었다. 차문이 닫혔다. 이스턴스타 회합이 평소보다 일찍 끝났거나, 우리가 2층에 올라가기 전에 옥신각신 다투는 데 생각보다 시간을 더 썼을 것이다.

내가 옷을 움켜잡으려고 하는데 제리가 나를 침대에서 끌어당겨 방밖으로 끌어냈다. "옷방에," 내가 소곤거렸다. "옷방에—숨어서—옷을 입을게!"

"조용히 해." 그도 소곤거렸는데, 목소리는 격앙되었고 거의 눈물을 글썽거리는 것 같았다. "조용히, 조용히 좀 해." 그의 얼굴이 새하얗게 질렸다. 그는 떨고 있었지만, 제리 스토리라는 걸 생각하면 이건 강한 모습이었다. 나는 옷을 입어야 한다고 그를 설득하는 한편 버둥거리면서 그를 반대쪽으로 끌어당기며 저항했지만, 그는 나를 앞으로 끌어당겨 뒤쪽 계단으로 내려가게 했다. 그의 엄마가 앞문을 열던 바로 그 순간—그녀가 유쾌하게 "집에 아무도 없-어?" 하고 외치는 소리가 들렸다—그가 지하실 문을 열어 나를 그 안으로 밀어넣은 뒤 문고리를 잠가버렸다.

나는 뒤쪽 지하실 계단에 혼자, 잠긴 문 뒤에서, 알몸으로 서 있었다.

그가 나한테 주위를 살필 시간을 주려고 불을 켰다가 얼른 껐다. 그래봤자였다. 지하실은 그전보다 더 어둡게 느껴졌다. 나는 조심해서 계단에 앉았고, 내 벗은 엉덩이에 차갑고 거칠거칠한 나무가 느껴졌다. 나는 가만히 앉아 이곳에서 빠져나갈 수 있는 방법을 궁리했다. 어둠에 익숙해지면 창문을 찾아 열 수 있을지도 몰랐다. 하지만 난 벌거벗었는데 그게 다 무슨 소용인가? 어쩌면 몸에 두를 만한 낡은 커튼이나 선반에 까는 방수포를 찾을 수 있을지 모르지만 그 차림으로 어떻게 집에 돌아가겠는가? 아직 밤 열시도 안 됐을 시간에 어떻게 주빌리를, 그것도 중심가를 가로지를 수 있겠는가?

그의 엄마가 잠들었을 때 제리가 나를 꺼내주러 오는 것은 가능했다. 그가 그렇게 한다면, 오기만 해봐라, 그를 죽여버릴 것이다.

나는 그들이 응접실에서, 이어 부엌에서 대화를 나누는 소리를 들었다. 제리와 그의 엄마가 대화를 나누고 있었다. "예뻐지라고 그애한테 수면 시간을 주고 싶다고?" 그의 엄마가 말하는 소리, 이어 웃는 소리가 들렸는데, 다정하게 들리지는 않았다. 그는 자기 엄마를 부를 때 이름으로 불렀다. 그녀의 이름은 그레타였다. 나는 그게 가식적이고 건강하지 않다고 생각했다. 포트와 컵이 달그락거리는 소리가 들렸다. 저녁 코코아 한 잔과 구운 건포도를 먹는 중일 것이다. 그동안 나는 구멍 같은 지하실에 갇혀 알몸으로 추위에 떨고 있었다. 제리건 그의 아이큐건 다 무슨 소용인가. 지능은 뛰어나도 그는 저능아다. 게다가 그의 엄마가 지극히 현대적이고 요즘 여자애들 중 처녀는 아무도 없다는 걸 너무도 잘 알고 있는 사람이라면, 내가 왜 여기 떠밀려 숨어 있어야 하는가? 나는 그 둘이 정말로 미웠다. 문을 쾅쾅 두드릴까 하는 생각도 했다. 제리는 그런 꼴을 당해도 쌌다. 그러고는 그의 엄마한테 내가 속도위반을 했으니 결혼해야 한다고 말해버리는 것이다.

눈이 어둠에 약간 익숙해졌을 때 계단 위쪽에서 휙 하는 소리와 뚜껑 닫히는 소리가 들렸다. 마침 나는 그 방향을 쳐다보고 있었는데, 지하실 천장에 뭔가 양철 같은 것이 삐죽 튀어나와 있는 것이 보였다. 빨랫감을 던져넣는 통로였는데, 옅은 색깔의 물체가 거기서 날아내려와 둔탁한 소리를 내며 시멘트 바닥에 툭 떨어졌다. 나는 그것이 제리의 엄마가 빨래를 하려고 던져넣은 더러운 옷 꾸러미가 아니라 내 옷이기를 기도하면서 계단을 조심조심 내려가 차가운 시멘트 바닥을 가로질렀다.

그건 내 블라우스, 스웨터, 스커트, 팬티, 브래지어, 스타킹이 맞았다. 심지어 아래층 벽장에 걸어놓았던 내 재킷까지 있었다. 떨어지는 소리가 크게 나지 않게 그것들로 내 신발을 둘둘 말아 놓았다. 내 가터벨트만 빼고 모든 게 다 돌아왔다. 그게 없으면 스타킹을 신을 수 없었기 때문에 나는 스타킹을 돌돌 말아 브래지어 안에 쑤셔넣었다. 그 무렵엔 주위가 꽤 잘 보여서 빨래용 개수대와 그 위의 창문이 보였다. 창문 아래쪽에 잠금 고리가 걸려 있었다. 나는 개수대 위로 올라가 잠금 고리를 풀고 밖으로 기어나가 눈 속을 통과했다. 부엌에는 라디오가 켜져 있었는데, 내가 내는 소리가 들리지 않게 하려고 그랬거나, 어쩌면 그저 열시 뉴스를 듣기 위해 켜놓은 것일 수도 있었다.

나는 추운 거리를 맨다리로 뛰어서 집으로 돌아왔다. 그 침대에 알몸으로 누워 있었다고 생각하니 이제는 화가 치밀었다. 내 몸을 본 사람이 다른 누구도 아닌 제리, 키득거리고 겁을 집어먹고 사투리로 대화를 나눴던 제리였다니. 나를 봉헌한 상대가 그런 놈이었다니. 나는 결코 진정한 사랑을 얻지 못할 것이다.

다음날 학교에서 제리가 갈색 종이봉투를 들고 내게 다가왔다.

"실례합니다만, 아가씨." 그가 〈포고〉 사투리로 부드럽게 말했다. "아가씨의 소지품이 나한테 하나 있는 것 같아서요."

물론 내 가터벨트였다. 그 순간 나는 그를 미워하는 걸 그만두었다. 학교가 끝난 뒤 존 스트리트 언덕을 내려가면서 우리는 지난밤에 있었던 일을 엄청나게 웃긴 장면으로 바꿔버렸다. 무성 영화에 나오는 바보나 제정신이 아닌 사람들의 뭔가로.

"내가 아래층으로 잡아끄니까 너는 반대쪽으로 그만큼 세게 잡아끌더라……"

"네가 나를 어떻게 할 작정인지 몰랐으니까. 나는 네가 나를 간통하다 걸린 여자처럼 거리로 내팽개칠 줄 알았지……"

"내가 너를 지하실 아래로 떠밀었을 때 네 표정이 어땠는지 네가 봤어야 했는데."

"네 엄마 목소리가 들렸을 때 네 얼굴은 어땠는데."

"우리 엄마가 들어온 타이밍이 얼마나 기가 막히던지." 이번에 제리는 우리가 이따금 흉내내던 영국 억양을 시도하며 말했다. "공교롭게도 옷을 벗은 젊은 여자 사람이 내 침대에 누워 있는 그 순간이라니. 내가 본격적으로 탐험을 시작하려고 하는 딱 그 순간……"

"너는 아무것도 시도하려고 하지 않았어."

"글쎄."

우리는 그쯤에서 그만두었고, 이 재앙 같은 사건이 있은 뒤 우리 사이는 신기하게도 그전보다 훨씬 더 좋아졌다. 이제는 서로의 몸을 조심스러우면서도 친근하게 다루었고, 더이상은 요구하지 않았다. 가망 없는 긴 포옹을 하지도 않았고, 입안에 혀를 집어넣지도 않았다. 우리에게는 다른 고민거리들이 있었다. 장학금 시험에 필요한 서류를 작성해야 했고, 몇 군데 대학의 요람을 받아둔 상태였다. 우리는 6월을 기다리고 있었다. 그때가 되면 기쁨과 두려움이 뒤섞인 마음으로 시험을 칠 것이다. 우리의 삶에 닥친 그 어떤 것과 비교해도 그 시험만큼 중요한 것은 없었다. 시험 문제는 교육부에서 봉인하여 송부하고, 우리가 보는 앞에서 고등학교 교장선생님이 봉인을 뜯는다. 공부를 했다는 말 정도로는 그 훈련에 쏟아부은 우리의 노력을 절반도 설명하지 못할 것이다. 우리는 운동선수처럼 훈련에 몰두했다. 우리가 바랐던 것이 고득점이나 장학금을 받아 대학에 들어가는 것만은 아니었다. 우리가 바랐던 건 가능한 한 가장 높은 점수를 받는 것, 영광, 영광, 맨 꼭대기에 있는 정점의 A, 마침내 얻는 안도감이었다.

나는 저녁을 먹고 나면 응접실에 처박혔다. 봄이 오고 있었고, 해가 떠 있는 시간이 점점 길어졌다. 내가 불을 켜두는 시간도 더 길어졌다. 하지만 나는 어떤 것도 의식하지 못했다. 뭔지 의식하지 못하면서 그 방, 나의 감옥 혹은 예배당인 그곳에 사물들이 존재한다는 것만 알아차렸을 뿐이었다. 그 방에는 이은 자리가 밀짚 색깔이고 무늬가 희미해진 러그가 있었고, 묘비처럼 놓여 있는 고장난 낡은 라디오가 있었는데, 라디오 다이얼은 로마와 암스테르담과 뉴멕시코를 약속하고 있었다.* 또한 이끼로 덮이고 양치식물이 자란 듯한 소파와 그림 두 점이 있었다. 한 점은 진줏빛 호수를 배경으로 어두운 자태를 드러내고 있는 시용성을 그린 것이고, 또 한 점은 서로 짝이 아닌 의자 두 개를 붙여 그 위에 누워 있는 어린 소녀를 그린 것이었다. 장밋빛 불빛 아래 부모는 어두운 배경에서 울고 있었고, 소녀 옆의 의사는 침착하지만 낙관적이지는 않은 표정이었다. 나는 동사와 날짜와 전쟁과 어족에 대한 내용을 머릿속에 집어넣으면서 이 모든 것을 응시했고, 그러자 거기에 중요한 의미와 충고의 힘이 실렸다. 이 모든 평범한 형체와 무늬가 실제로는 내가 익힌 사실이나 관계가 표면적으로 드러난 것이며, 내가 완전히 익히고 나면 그것들은 아름답고 순결하고 순종적이 될 것처럼 말이다. 이 방에서 나는 몇 시간 동안 기도를 한 뒤의 수녀처럼, 혹은 가혹하고 헌신적인 사랑을 한 뒤의 애인처럼 생각 자체가 불가능할 정도로 지쳐 하얗게 뜬 얼굴로 밖으로 나갔다. 그러고는 중심가로, 헤인스 레스토랑으로 어슬렁어슬렁 걸어갔다. 그곳에서 제리와 열시에 만나기로 했기 때문이다. 앰버유리를 끼운 부채꼴의 채광창 아래에서 우리는 커피를 마시고 담배를 피웠고 대화를 조금 나눴다. 그렇게 천천히 수면 위로 올라오면서 우리는 서로의 초췌하고 경직된 표정을 이해하고 인정했다.

---

* 그 시절에는 큰 도시에만 송신기가 있었고 라디오방송을 들을 수 있는 도시명이 라디오에 표시되어 있었다.

사랑에 대한 내 욕구는 약삭빠른 치통처럼 땅 밑으로 꺼져버렸다.

그해 봄 시청에서 부흥회가 열렸다. 역사를 가르치는 뷰캐넌 선생님이 학교 계단 맨 위에 서서 예수님에게 오시오라고 쓰인 배지를 나눠주고 있었다. 그는 장로교회의 장로였고, 부흥회의 선두에 섰던 침례교회 신자는 아니었다. 부흥회는 교회들이 공동으로 마련한 행사였다. 가톨릭교회와 아마도 성공회교회—신자수가 너무 적어 중요하지도 않았다—를 제외한 타운의 모든 교회들이 부흥회를 지지하고 있었다. 전국 각지에서 부흥회를 다시 중요하게 여기기 시작하던 무렵이었다.

"너는 이런 행사에는 관심이 없지, 델." 뷰캐넌 선생님이 딱히 물어보는 것도 아닌, 특유의 밋밋하고 슬픔에 잠긴 목소리로 말했다. 그는 키가 크고 무표정하고 비쩍 말랐으며, 머리는 세기의 전환기에 자전거를 타던 사람처럼—정말로 그랬다고 해도 될 만큼 그는 나이가 많았다—이마 한복판에서 가르마를 탔고, 종양 때문에 절제 수술을 해서 위가 반밖에 남아 있지 않았다. 그가 얼굴을 거의 표시 나지 않게 씰룩거리며 아이러니하다는 듯 내게 미소를 지어 보였다. 그가 한동안 역사적으로 두각을 나타내다 결국에는 과욕을 부려 자멸한 인물들(파넬*이 좋은 예가 될 것이다)에 대해 말할 때 짓던 바로 그 미소였다. 그래서 나는 반대로 말해야 할 것 같은 의무감에 이렇게 말해버렸다. "아뇨, 저도 주세요, 감사합니다."

"갈 거야?" 제리가 물었다.

"당연히 가야지."

"뭐하러?"

"과학적 호기심 때문에."

"호기심을 가져봤자 전혀 의미 없는 일도 있어."

부흥회가 열린 곳은 우리가 오페레타 공연을 올렸던 시청 2층이었다. 부흥회는 5월의 첫 주에 열렸다. 날씨가 갑자기 풀렸다. 해마다 홍수가 일어난 직후에는 늘 이랬다. 여덟시도 안 됐는데 강당은 벌써 북적거렸다. 7월 12일 퍼레이드**나 킨즈멘 박람회에서나 볼 법한 인파였다—도시 사람도 상당히 많았지만 시골에서 온 사람들이 훨씬 더 많았다. 흙탕물을 뒤집어쓴 차들이 중심가와 골목길을 따라 줄지어 세워져 있었다. 어떤 남자들은 세련된 검은색 정장을 입고 왔고, 어떤 여자들은 모자를 쓰고 왔

---

* 찰스 스튜어트 파넬(1846~1891). 아일랜드의 정치 지도자이자 독립운동가로, 내연의 관계였던 캐서린 오셰이와의 일로 정치적 생명이 끝났다.

** 1795년 아일랜드 신교도가 조직한 비밀결사인 오렌지당(黨)에 의해 시작된 축제로, 명예혁명(1688)과 나중에 윌리엄 3세가 되는 신교도 빌럼이 가톨릭 왕 제임스 2세를 보인강 유역에서 격파한 것(1690)을 기념하는 행사다.

다. 깨끗한 오버올을 입은 남자들과 무늬 있는 헐렁한 드레스를 입은 여자들도 보였는데, 그들은 운동화를 신었고 햄처럼 불그스름한 맨살을 드러낸 굵은 팔로 퀼트 담요에 감싼 아기를 안고 있었다. 남녀 어르신들은 부축을 받으며 의자까지 안내를 받았다. 시골 부엌바닥에서 발굴된 사람들처럼 그들은 곰팡이가 핀 것 같은 옷을 입고 있었다. 나는 사람들을 쳐다보기만 해도 누가 어디 출신인지를 알아낼 수 있을지 궁금해졌다. 제리와 나는 과학실 창밖으로 사람들을 가득 실은 스쿨버스 세 대—남아메리카의 산악도로를 덜컹거리며 넘어온 듯 낡고 삐걱거리는 요란한 색깔의 버스들로, 꼭 차창 밖으로 암탉들이 날개를 파닥이는 게 보일 것 같았다—를 쳐다보며, 사회학자처럼 고상하고 점잔 빼는 어조로 말장난을 했다.

"블루리버 출신은 차림새가 훌륭하고 굉장히 존경받을 만한 사람들로 보이는군요. 그 지역에는 근면하고 성실한 네덜란드인들이 많이 살고 있죠. 그들은 치과에도 다닌다고 하던데요."

"거의 도시 수준이군요."

"세인트오거스틴 출신은 그냥 평범하네요. 농사를 짓는 사람들이죠. 치아가 크고 노랗네요. 오트밀 포리지를 많이 먹는 것 같습니다."

"제리코밸리 출신은 정신박약에 잠재적인 범죄자들이에요. 아이큐가 100을 넘는 일이 없어요. 눈은 사팔뜨기에 발은 내반족이고요……"

"구개파열……"

"기형적으로 솟은 어깨……"

"근친혼 때문인 것 같은데요. 아버지와 딸이 같이 자고요. 할아버지와 손녀가 같이 잡니다. 남매가 같이 자고, 어머니와 아버지가 같이 잡니다……"

"어머니와 아버지가 같이 잔다고?"

"우와, 사람들이 뭘 하려고 저 밖에 모였는지 생각하니 정말 끔찍해."

좌석이 모두 찼다. 나는 마지막 줄 의자 뒤쪽으로 가서 섰다. 사람들이 계속해서 입장하고 있었고, 강당 양옆으로도 바글바글했다. 내 뒤쪽 공간도 채워지고 있었다. 청년들은 창턱에 올라가 앉았다. 창문은 가능한 만큼 높이 열어놓았지만 실내는 아주 더웠다. 회반죽을 바른 뒤 징두리 벽판을 두른 벽은 오래되어 금이 가고 얼룩이 생겨 있었는데, 그 벽에 나지막이 햇살이 비치고 있었다. 그 강당이 그렇게 허름한지는 그날 처음 알았다.

연합교회의 매크로플린 목사가 시작기도를 했다. 목사의 아들 데일은 오래전에 가출했다. 지금 데일은 어디에 있을까? 최근에 누가 듣기로는 골프장에서 잔디를 깎는다고 했다. 나는 주빌리에서 평생을 산 것처럼 느껴졌다. 사람들이 떠나고 돌아오고 결혼하고 인생을 시작하는 동안 나는 계속 학교에 다닌 것 같았다. 나오미도 유제품 공장에서 일하는 여자들과 함께 나타났다. 그들은 모두 똑같은 머리 모양을 했는데, 양쪽 귀 뒤에서 머리를 조그맣게 묶고 나비 리본을 맸다.

남자 둘 여자 둘, 이렇게 니그로 네 명이 무대 위로 올라가자 사람들이 목을 쭉 빼고 쳐다보았고, 실내는 곧 조용해졌다. 나를 포함해 강당에 있던 많은 사람들은 지금까지 니그로를 한 번도 본 적이 없었다. 기린이나 마천루, 원양선을 보지 못했듯 말이다. 마르고 피부색이 말린 자두처럼 검은 남자는 깜짝 놀랄 만큼 목소리가 쩌렁쩌렁했다. 그가 베이스였다. 테너는 피부색이 노랗고 뚱뚱한 남자로, 얼굴에는 미소가 떠올라 있었고 너그러워 보였다. 여자 둘은 통통하고 허리를 바짝 졸라맸는데, 피부는 커피색이고 에메랄드그린과 일렉트릭블루 색깔의 화려한 옷을 입고 있었다. 그들은 노래를 부르면서 목과 얼굴이 땀범벅이 되었다. 그들이 노래를 부르는 동안, 몇 주 전부터 전신주와 가게 창문에 붙은 포스터로 익숙해져 얼굴만 봐도 대번에 알아볼 수 있는 부흥회 목사—다만 사진에서보다 더 작고 더 피곤하고 얼굴도 더 검어 보였다—가 겸손하게 무대로 올라와 설교대 뒤에 섰다. 그는 이 순간을 즐기는 온화한 표정으로 노래 부르는 사람들을 쳐다보면서 그들의 노래가 비처럼 내린다는 듯 얼굴을 들어 올렸다.

한 남자가, 어떤 청년이 강당 반대쪽에서 나를 빤히 쳐다보고 있었다. 낯익은 얼굴은 아니었다. 키가 아주 큰 편은 아니었고 피부는 가무잡잡했다. 야윈 얼굴에 눈이 움푹 들어갔고, 뺨은 길쭉하고 홀쭉했다. 표정은 심각했고, 가만히 있어도 거만해 보였다. 니그로들의 노래가 끝나자 창문 밑에 서 있던 그가 자리를 옮겨 강당 뒤쪽의 군중 속으로 사라졌다. 나는 순간적으로 그가 내 옆으로 올 거라고 생각했다. 하지만 이내 말도 안 된다는 생각이 들었다. 서로를 알아보는 그런 순간은 오페라에서나, 감상적이고 마음을 뒤흔들어놓는 나쁜 노래에서나 가능한 일이었다.

모두 일어서서 땀으로 축축해진 엉덩이에서 면옷을 잡아떼며 첫번째 찬송가를 부르기 시작했다.

하루가 끝나갈 무렵 우리는
집시 소년이 혼자 누워 죽어가는 텐트 안으로
구원의 소식을 안고 가네요.
그 소년은 어느 누구도 이런 이야기를
해주지 않았다고 해요.

나는 그가 오기를 간절히 바랐다. 제발 그가 내 옆에 오게 해달라고 내 전부를 집중해 순백색의 기도를 올렸다. 그러면서 속으로 지금 그가 내 뒤쪽을 돈다, 지금 그가 문을 향해 걸어간다, 그가 계단을 내려온다, 그렇게 혼잣말을 하고 있었다.

뒤쪽에 있던 사람들의 목소리가 흐트러진 것을 듣고 나는 그가 나타난 것을 알았다. 사람들이 자리를 비켜주었는지 한 사람이 들어온 것이 느껴졌지만 노랫소리는 들리지 않았다. 나는 면 셔츠, 햇볕에 탄 피부, 비누, 기계오일의 희미하고 뜨거운 냄새를 맡았다. 그의 팔이 내 어깨를 스치더니(사람들이 말하는 대로, 불같았다) 그가 내 옆으로 파고들었다.

우리는 둘 다 무대만 똑바로 쳐다보았다. 침례교 목사가 부흥회 목사를 소개했고, 그는 대화를 나누듯 친근하게 이야기를 시작했다. 잠시 후 나는 손을 내 앞의 의자 등받이에 올렸다. 꼬마 여자애가 거기 앉아 몸을 숙인 채 무릎에 생긴 딱지를 뜯어내고 있었다. 그는 의자 등받이의 내 손에서 2인치쯤 떨어진 곳에 자신의 손을 올렸다. 그러자 내 몸의 모든 감각이, 모든 희망, 모든 삶, 모든 잠재력이 그 손안으로 흘러들어가는 것 같았다.

설교대 뒤에 서서 아주 부드럽게 설교를 시작했던 부흥회 목사는 서서히 열이 오르는지 무대를 돌아다니기 시작했다. 그의 어조는 점점 강렬하고 처절하고 비통하게 변했다. 그는 이따금 비탄에서 빠져나와 무대를 한 바퀴 돈 다음 청중을 똑바로 쳐다보며 사자처럼 포효했다. 그는 자신이 남아메리카에서 선교를 하던 시절에 밧줄다리를 보고 그것을 그림으로 그렸다고 했다. 바닥을 모를 만큼 깊은 협곡 위에 걸려 있는 그 다리는 약하고 흔들렸으며, 협곡은 불구덩이나 다름없었다. 그곳은 '불의 강'이었다. 저 아래 '불의 강'에 빠져 비명을 지르고 신을 모독하는 말을 쏟아내며 죽어가지만 결코 완전히 죽지는 않는 고통받는 무리를 목사가 열거하기 시작했다. 정치가, 폭력배, 도박꾼, 술꾼, 간음자, 영화배우, 금융가, 그리고 하느님을 믿지 않는 자가 거기 속했다. 그는 우리 모두에게 지옥 불 위에서 흔들리는 저마다의 밧줄다리가 있으며, 밧줄다리의 한쪽 끝은 반대쪽인 천국의 강둑에 묶여 있다고 했다. 하지만 천국은 불구덩이 속에서 포효하는 소리와 몸부림치는 육신 때문에, 그리고 우리를 둘러싸고 치솟는 죄의 연기 때문에 우리가 들을 수도, 볼 수도, 가끔은 상상할 수도 없는 곳이었다. 그 밧줄다리의 이름은 무엇인가? 주님의 은총이었다. 주님의 은총이라는 그 다리는 놀랍도록 튼튼한 다리였다. 하지만 우리의 죄가, 우리가 말과 행동과 생각으로 저지르는 그 죄가 그 다리에 조금씩 흠집을 내고 그 다리를 조금씩 마모시키는 것이다.

여러분의 밧줄 가운데 어떤 것은 더이상 버티지 못합니다! 여러분의 밧줄 가운데 어떤 것은 돌이킬 수 없는 지점도 거의 다 지났습니다. 죄로 마모되고 죄로 갉아먹혀 한 오라기밖에 남지 않았습니다! 오직 한 오라기가 여러분이 지옥 불에 떨어지지 않게 버텨주고 있는 겁니다! 여러분 모두는 알고 있습니다. 여러분 자신의 다리가 어떤 상태인지 모르는 사람은 아무도 없을 겁니다! 한 번만 더 지옥의 과일을 베어 물면, 밤과 낮 하루만 더 죄를 지으면 끝입니다. 한번 끊어지면 또다른 다리는 없습니다! 하지만 여러분이 원한다면 한 오라기로도 버틸 수 있습니다. 하느님은 성경 시대에 모든 기적을 다 행하신 게 아닙니다! 단연코 아닙니다. 가슴에서, 나 자신의 경험에서 말할 수 있는 것은, 하느님은 지금 여기, 우리 한가운데에서 기적을 행하고 계시다는 겁니다. 하느님을 붙잡고 심판의 그날까지 놓지 마십시오. 그러면 어떤 악도 두려워할 필요가 없습니다.

평소에 이런 말을 들었다면 나는 사람들이 그 말을 어떻게 받아들이는지를 살피는 데 관심을 두었을 것이다. 대체로 침착하고 즐겁게, 자장가를 듣는 것처럼 마음의 흔들림 없이 평온하게 있었을 것이다. 매크로플린 목사는 눈을 내리깐 채 온유한 얼굴로 무대 위에 앉아 있었다. 그런 권고는 그의 방식이 아니었다. 침례교 목사는 오페라 단장이 지음직한 큼지막한 미소를 짓고 있었다. 노인들이 "아멘!" 하고 합창을 하면서 몸을 약간 움직였다. 영화배우, 정치가, 간음자는 구원을 받지 못한다는 발상이 대부분의 사람들에게는 향유를 바른 듯 기분좋게 들리는 것 같았다. 불이 켜졌다. 벌레 몇 마리가 창가로 날아왔다. 일찌감치 부화한 것들이었다. 이따금 벌레를 잽싸게 후려치는 안쓰러운 소리가 들렸다.

하지만 내 관심은 온통 의자 등받이에 놓인 두 손에만 쏠려 있었다. 그가 손의 위치를 조금 옮겼다. 나도 조금 옮겼다. 한번 더. 우리의 살이 살짝, 하지만 분명하게 닿을 때까지 옮겨갔다가 떨어졌다. 우리 손은 다시 닿았고, 그 상태로 가만히 있다가, 꼭 맞댄 상태가 되었다. 이제 그렇다면. 우리의 새끼손가락이 미묘하게 서로의 손가락을 비볐고, 이윽고 그가 자신의 손가락을 서서히 내 손가락에 포갰다. 망설임 끝에 나는 손을 살짝 벌렸고, 그의 새끼손가락이 내 넷째 손가락을 건드렸다. 내 넷째 손가락이 그의 손가락에 잡혔고, 그렇게 격식을 갖춘 피할 수 없는 단계에 따라, 신중하지만 확실한 동작으로 그의 손이 내 손 전체를 덮었다. 그는 뜻을 이루자 의자 위에서 맞잡은 손을 들어 우리 사이로 내렸다. 감사의 마음이 벅차오르며 나는 천사가 된 기분이었고, 진정 또다른 수준의 존재로 거듭난 것 같았다. 이제는 나를 알아봤다는 표시도 더는 필요하지 않았고, 이보다 더한 친밀함도 가능하지 않을 것 같았다.

사람들이 마지막 찬송가를 불렀다.

이야기를 들려주고 싶어요.
내 이야기는 하느님의 영광에 관한 거예요.
그 오래된 이야기를 들려주고 싶어요……

니그로들이 찬송을 주도했다. 권고의 설교를 했던 키 작은 흑인을 제외한 그들 모두가 두 팔을 높이 쳐들고 목청껏 노래를 불렀다. 사람들은 몸을 좌우로 흔들며 노래를 불렀다. 양파나, 말, 돼지 배설물 냄새가 뒤섞인 땀냄새가 코를 찔렀고, 우리가 무언가에 붙잡히고 묶인 채 어딘가로 옮겨진다는 느낌이 들었다. 지치고 슬픔에 잠긴 행복이 구름처럼 솟아올랐다. 나는 뷰캐넌 선생님이나 다른 교회 사람들이 찬송가 악보를 나눠줄 때 받지 않았지만 가사를 암기해서 불렀다. 나는 어떤 찬송가라도 불렀을 것이다.

하지만 찬송가가 끝나자 그는 내 손을 놓고 가버렸다. 그도 예수님을 믿는다는 결심을 하고 서약서에 서명함으로써, 혹은 그 서약을 갱신함으로써 그날 저녁을 마무리하라는 초대에 응하여 강당 앞쪽으로 몰려가는 사람들 틈에 끼어 가버린 것이다. 그때는 그가 정말로 그럴 마음에 가버렸다는 생각은 하지 못했다. 나는 그가 누군가를 찾으러 간 거라고 생각했다. 사람들이 와르르 움직이는 통에 그를 순식간에 놓쳐버렸다. 나는 돌아서서 강당 밖으로 나갔고, 계단을 내려가 그가 없는지 몇 번이나 주위를 두리번거렸다(하지만 나를 쳐다보는 그와 눈이 마주친다면 다른 누구를 찾는 척해야겠다고 마음먹고 있었다). 나는 창문 안을 들여다보면서 중심가를 서성거렸다. 그는 나오지 않았다.

금요일 저녁에 일어난 일이었다. 주말 내내 그가 내 마음에서 떠나지 않았다. 어느 순간에건 무슨 생각을 하고 있건 그 밑에는 그에 대한 생각이 서커스 그물처럼 펼쳐져 있었다. 나는 그 생각을 놓아버렸다가 다시 그 속으로 굴러떨어지기를 끊임없이 반복했다. 내 손에 닿았던 그의 살결의 감촉을 정확히 살려내려고 애썼고, 그의 손가락이 누르던 다양한 힘도 정확히 기억해내려고 애썼다. 나는 내 앞에 손을 펴들었고, 이 손이 말해주는 것이 얼마나 적은지를 생각하며 놀랐다. 박물관에 전시된, 왕들이 썼다는 물건만큼이나 모호하게 느껴졌다. 나는 그 냄새를 분석해 친근한 요소와 친근하지 않은 요소를 가려내려고 해보았다. 그가 내 옆에 와서 선 뒤로는 그를 제대로 볼 수 없었기 때문에, 그를 처음 봤을 때 강당 반대쪽에 있던 모습도 떠올려보았다. 가무잡잡하고 경계하는 듯하고 완고한 얼굴. 그의 얼굴은 격렬함과 달콤함, 자존심과 복종, 폭력, 자기만족 등 온갖 가능성을 다 담고 있는 듯 보였다. 그뒤로도 나는 그의 얼굴에서 그 처음보다 더 많이 보지는 못했는데, 그 순간 그 모든 것을 다 보았기 때문이다. 내가 사랑하게 될, 하지만 결코 파악하거나 설명할 수 없을 그의 모든 것을.

나는 그의 이름을 몰랐고, 그가 어디 사는지, 그를 다시 만날 수 있을지 없을지도 알지 못했다.

월요일에 학교 수업이 끝난 뒤 나는 제리와 함께 존 스트리트 언덕을 걸어내려왔다. 차 한 대가 우리를 향해 빵빵 경적을 울리길래 쳐다보니 왕겨 먼지를 뒤집어쓴 낡은 트럭에서 그 얼굴이 내다보고 있었다. 그 얼굴은 한낮의 햇살 속에서도 전혀 달라 보이지 않았고, 그 느낌도 줄어들어 있지 않았다.

"백과사전 때문에," 내가 제리에게 말했다. "저 사람이 엄마한테 줄 돈이 있어. 저 사람하고 이야기 좀 해야 해. 너 먼저 가."

기대는 했지만 바라지는 못했던 그의 등장에 나는 현기증을 느끼며 트럭에 올라탔다. 신화 속 인물이 현실세계로 들어온 것이다.

"학생일 거라고 생각했어."

"거의 마쳤어." 내가 냉큼 대답했다. "13학년이야."

"너를 보다니 운이 좋은걸. 다시 목재소에 돌아가야 하거든. 지난번에는 왜 나를 기다리지 않았어?"

"넌 어디 갔었는데?" 나는 그를 보지 못한 것처럼 말했다.

"강당 앞쪽에 내려가야 했거든. 거기 사람들이 얼마나 많았는지 몰라."

그 순간 나는 "앞쪽에 내려가야 했거든"이라는 말이 서약서에 서명을 하거나 부흥회 목사를 통해 구원을 받기 위해 갔다는 의미란 걸 깨달았다. 이런 말을 더 분명하게 하지 않는 것이 그의 방식이었다. 그는 꼭 필요하지 않으면 절대 설명하지 않았다. 트럭에서 대화를 나눈 그 첫번째 오후와 더 나중에 그에 대해 알아낸 것이라고 해봤자 몇 가지 연결된 단순한 사실들에 불과했고, 그것도 주로 내가 물어봐서 알아낸 것이었다. 그의 이름은 가닛 프렌치였고, 사는 곳은 제리코밸리에서 더 가면 나오는 어느 농장이었지만, 여기 주빌리에 있는 목재소에서 일하고 있었다. 그는 이 년 전에 사 개월 동안 감옥살이를 했는데, 포터필드에 있는 어느 맥줏집 밖에서 큰 싸움이 벌어졌을 때 그도 가담했기 때문이었다. 그 싸움에서 한 남자는 한쪽 눈을 실명했다고 했다. 감옥살이를 할 때 침례교 목사가 찾아와 그를 개종시켰다. 그는 8학년을 마친 뒤 학교를 그만두었지만 교도소의 허락을 받아 고등학교 수업 몇 개를 들었는데, 그러면 바이블 대학에 진학해 침례교 목사가 될 수 있을 거라고 생각했기 때문이었다. 그는 이 목표에 대해 말하며 지금은 급하지 않다고 했다. 그는 스물세 살이었다.

그가 내게 맨 처음 같이 가자고 한 곳은 침례교 청년단체 회합이었다. 어쩌면 그가 같이 가자고 하지는 않고 그저 "그럼 저녁 먹은 뒤에 데리러 갈게" 하고 말했을 것이다. 그러고는 우리집에서 그 짧은 거리를 차로 달려, 어리둥절해서 말도 못하는 나를, 주빌리에서 아마도 매춘업소만 빼고 나 자신도 내가 가리라고는 절대 예상하지 못했던 그 장소로 데려갔다.

봄이 지나가고 여름이 될 때까지 나는 월요일 밤마다 그곳에 갔다—하지만 결코 적응하지 못했고, 조난사고에서 떠밀려 올라온 사람처럼 늘 놀라고 외로운 마음으로 침례교회의 중간에서 약간 뒤쪽 자리에 앉아 있었다. 그는 나한테 거기 가고 싶은지, 가면 어떤 생각을 하는지, 뭐 하나 물어본 적이 없었다. 그저 꼭 한 번 이렇게 말했을 뿐이었다. "침례교회가 없었다면 나는 아마 또다시 감방에 갔을 거야. 내가 아는 건 그것뿐이고 그거면 나한테 충분해."

"교도소에는 왜 또?"

"그렇게 술 마시고 싸우는 버릇이 들어 있었으니까."

침례교회의 신자석 등받이 뒤쪽에는 반들반들 검은색으로 변한 오래된 껌조각이 쇠처럼 단단히 붙어 있었다. 교회에서는 구정물로 씻은 부엌이나 난로 뒤에 널어 말린 걸레에서 나는 것 같은 쿰쿰한 냄새가 풍겼다. 청년들이 전부 젊지는 않았다. 교회에는 몽크 정육점에서 피 묻은 흰색 앞치마를 두른 채 토막 낸 날고기를 그라인더에 철썩철썩 집어넣거나 커다란 톱으로 소고기의 다리 부위를 써는 일을 하는 캐디 매케이그라는 여자도 있었다. 그녀는 주인인 네덜란드인 몽크처럼 기골이 장대하고 성격이 화통했다. 그녀는 교회에 꽃무늬 오건디 드레스를 입고 와서 풍금을 북북 쳐댔다. 머리는 짧게 쳐서 불그스름한 목이 드러났고, 성격은 온순하고 배려심이 있었다. 그리고 시골에서 올라온 키가 작고 얼굴이 원숭이 같은 형제도 있었는데, 그들의 이름은 아이번과 오린 월폴이었다. 그들은 곡예 동작을 할 줄 알았다.

그리고 펀 도허티와 우체국에서 같이 일하던 여자가 한 명 있었는데, 가슴은 컸고 얼굴은 꾸미지 않았다. 펀이 늘 거룩한 베티라고 부르던 여자였다. 체인웨이 가게에서 일하는 여자들도 왔는데, 먼지투성이인 체인웨이 특유의 해쓱한 얼굴빛을 하고 있었다. 그 여자들은 급료를 가장 적게 받았고, 주빌리의 가게들에서 일하는 여자들 중 사회적 계급도 가장 낮았다. 누구인지는 기억나지 않지만 그들 중 하나가 아기를 낳았을 거라고 했다.

가닛은 회장이었다. 이따금 그가 확고하고 예의를 갖춘 목소리로 기도를 이끌었다. "하늘에 계신 우리 아버지……" 5월의 이른 열기는 이미 사라졌고 차가운 봄비가 창문을 씻어내렸다. 나는 지금 당장 깨어나야 하는 꿈에 빠져 있다는 묘한 확신이 들었다. 우리집 응접실 테이블에는 내 책들이 펼쳐져 있고 시 「안드레아 델 사르토」*가 놓여 있을 것이다. 내가 나오기 전에 읽고 있던 그 시가 여전히 내 머릿속에서 맴돌았다.

평범한 회색이 전부 은빛으로 변하네.
황혼 속에서는 너와 나 모두 똑같지……

---

* 영국 시인 로버트 브라우닝이 이탈리아의 피렌체파 화가 사르토(1486~1530)에 대해 쓴 시.

예배식이라고 부르는 시간이 끝난 뒤 우리는 교회 지하층으로 내려갔다. 그곳에 탁구대가 있었다. 탁구 파트너는 이미 정해져 있었다. 캐디 매퀘이그와 체인웨이에서 일하는 여자 하나가 집에서 가져온 샌드위치 포장을 풀고 핫플레이트에서 코코아를 만들었다. 가닛은 사람들에게 탁구를 가르쳤고, 탁구채를 들 힘도 없어 보이는 체인웨이 여자들을 격려했으며, 지하층으로 내려오자마자 정육점에서의 모습처럼 다시 활기를 띠는 캐디 매퀘이그와 농담을 나누었다.

"작은 풍금 의자에 앉아 있는 걸 보니 걱정이 되던데, 캐디."

"무슨 말이야? 뭐가 걱정되는데?"

"그 작은 풍금 의자에 앉아 있는 거. 의자가 너무 작아 보이더라."

"그 의자가 어디 사라질 위험에라도 처했단 말이야?" 그녀는 격노한 듯 큰 소리로 말했지만 목소리는 유쾌했고 얼굴은 신선한 고기처럼 붉었다.

"이런, 캐디. 그런 생각은 전혀 못했는데." 가닛이 유감스럽다는 듯 풀죽은 얼굴로 말했다.

나는 모두에게 웃어주었지만 속으로는 질투도 나고 이런 건 딱 질색이기도 해서, 코코아 컵도 다 씻고 교회 불도 다 꺼지고 이 모든 일이 다 끝나, 가닛이 어서 나를 트럭으로 데려가기만을 기다렸다. 그러면 우리는 포크 차일즈의 집 앞을 지나 쭉 이어지는 진흙길로 드라이브를 하러 갈 것이다("내가 포크 씨를 알아. 차가 진흙탕에 빠지면 포크 씨가 체인을 빌려줘서 빠져나갈 수 있게 해줄 거야." 가닛이 말했다. 포크도 물론 침례교회 신자라 나는 포크와 이런 평등한 관계, 사회적 관계를 이루었다고 생각하니 마음이 차분하게 가라앉고 이제는 그가 아주 친근하게 느껴지기까지 했다). 지금 당장은 아무것도 중요하지 않았다. 그 저녁 시간의 비현실적인 느낌, 길게 이어지는 당혹감과 따분함도 가닛의 트럭에 올라타서 낡고 갈라진 의자와 가금류 사료의 냄새를 맡는 순간, 가닛의 걷어올린 소매와 드러난 팔뚝과 운전대를 잡은 그의 여유로워 보이면서도 긴장을 늦추지 않는 손을 쳐다보는 순간, 어느새 말끔히 사라졌다. 닫힌 차창에 쏟아지는 검은 비가 우리에게 피신처를 만들어주었다. 비가 그치면 차창을 내려 근처의 보이지 않는 강에서 떠밀려오는 역한 냄새를 머금은 부드러운 공기를 느낄 것이고, 길가에 댄 트럭 바퀴에 짓뭉개진 박하풀 냄새를 맡을 것이다. 우리는 차머리를 덤불숲 깊이 밀어넣었고, 보닛에는 스크래치가 생겼다. 트럭이 마지막으로 조그맣게 툭 부딪히는 소리를 내며 멈춰 서면, 그 소리는 원한 것을 이루라는 신호, 허락의 신호처럼 들렸다. 농밀한 밤을 희미하게 가르던 트럭의 라이트가 꺼지면 가닛은 늘 똑같은 한숨을 내쉬며, 베일에 가려지고 심각해 보이는 똑같은 표정으로 나를 돌아보았다. 우리는 그 땅을 지나 시골로 넘어가곤 했는데, 그곳은 완벽하게 안전한 장소였다. 즐거움을 안겨주지 않는 동작이란 없었다. 실망이란 가당치 않았다. 둥둥 떠 있는 느낌, 나른하고 보호받는 느낌, 동시에 무한한 힘을 지닌 듯한 느낌을 예전에 받은 적이 있었다면 내가 열이 나고 아팠을 때뿐이었다. 우리는 아직 섹스까지는 하지 않고, 맴돌고 물러서고 망설이기만 했다. 그건 두려웠기 때문도, '너무 멀리 가지'(그런 시골에서, 그것도 가넛과 그런 노골적인 행위를 하는 것은 생각하기도 힘든 일이었다) 않기로 정했기 때문도 아니었다. 그건 큰 즐거움이 우리를 기다리고 있기는 하지만 의자 등받이에 올렸던 우리의 손이 하던 게임처럼 서두르지 말아야 한다는 의무감, 수줍게, 격식을 갖춰, 일시적인 후퇴를 해야 한다는 의무감을 느꼈기 때문이었다. 그런데 바로 그 단어, 즐거움이 이제는 다른 의미를 갖게 되었다. 예전에 나는 그 단어를 절제된 자기탐닉을 가리키는 부드러운 단어라고 생각했었다. 하지만 이제 그 단어pleasure는 폭발하듯 첫 음절의 두 모음에서 불꽃놀이처럼 솟구쳤다가 고원高原에 이른 것 같은 마지막 음절에서 파르르 떨리는 몽롱한 울림을 주며 끝났다.

강가에서 그런 시간을 보낸 뒤 집으로 돌아가면 이따금 새벽까지 잠을 이루지 못했다. 긴장이 풀리지 않아서라고 생각할 수도 있었지만 그 때문은 아니었다. 그건 내가 받은 대단한 선물, 그런 멋진 보너스—손목을, 팔오금을, 어깨를, 젖가슴을 누르던 입술, 복부를, 허벅지를, 다리 사이를 만지던 손—를 그냥 흘려보낼 수 없어 곱씹어 느껴야 했기 때문이다. 선물. 다양한 키스, 혀를 맞대기, 애원하고 고마워하는 소리들. 대담함, 드러냄. 젖꼭지를 적나라하게 덮은 입은 천진함과 무방비를 천명하는 것 같았는데, 아기의 입을 모방했기 때문이 아니라 어리석게 보이는 것을 두려워하지 않았기 때문이다. 섹스는 내게 오로지 굴복으로만 비쳤다. 그 굴복은 여자가 남자에게가 아니라 인간이 육신에게 하는 것이며, 겸손에 대한 순수한 믿음과 자유의 행위였다. 나는 투명하고 따스하고 저항할 수 없는 물결 위에 떠 있는 것처럼 밤새 이런 숨은 의미와 깨달음에 휩쓸린 채 누워 있었다.

가닛은 나를 야구시합에도 데려갔는데, 가끔 시합은 비가 그치자마자 너무 일찍 시작되었다. 시합은 저녁 시간에, 다이애거널 로드 끝에 있는 박람회장 터나 이웃 타운들에서 열렸다. 가닛은 주빌리팀의 1루수였다. 선수들은 빨간색과 회색으로 된 유니폼을 입었다. 어느 경기장이든 삐걱거리는 관람석과, 판자에 청량음료와 담배를 그려놓은 오래된 광고 펜스가 있었다. 관람석은 3분의 1 이상 채워진 적이 없었다. 노인들—호텔 앞 긴 벤치에 앉아 있거나, 여름이면 전몰장병기념비 뒤쪽의 페인트로 칠한 시멘트 체커판에서 체커를 두거나, 매년 봄이면 범람하는 와와나시강을 살피러 걸어가 자신들이 홍수를 일으킨 장본인인 것처럼 고개를 끄덕이며 한마디씩 하는 그 노인들—도 보러 왔다.

열 살이나 열한 살쯤 되는 소년들이 펜스 옆 풀밭에 앉아 담배를 피우고 있었다. 길고 침울한 하루가 끝난 뒤 해가 나오면 들판에는 햇살이 금괴 모양으로 내려앉아 고요한 풍경을 자아냈다. 나는 여자들과 같이 앉았다—몇몇 여자친구들과 젊은 아내들이 관람석에서 소리를 질러대며 폴짝폴짝 뛰었다. 나는 결코 소리를 지르지 못했다. 나는 야구를 볼 때도 침례교회에 갔을 때만큼이나 어리둥절했지만, 야구는 불편하게 느껴지지 않았다. 나는 이 남자들의 의식을 우리 의식의 전조로 생각하기를 좋아했다.

나는 다른 날 저녁에는 여전히 공부를 했다. 방법을 잊어버리지는 않았으니 뭔가 계속 공부하긴 했다. 하지만 공상에 빠져들면 금세 반시간이 지나갔다. 제리도 헤인스 레스토랑에서 계속 만났다.

"그 네안데르탈인은 왜 만나는 거야?"

"네안데르탈인이라니? 크로마뇽인이야." 나는 유쾌하게 대답했지만 그건 창피한 반역행위였다.

하지만 제리에게는 나를 생각해줄 만큼의 여유가 없었다. 미래에 대한 문제가 그를 무겁게 짓누르고 있었다. "맥길대학에 가면……" 그가 말했다. "반면에 토론토대학에 가면……" 그는 장학금을 받을 가능성을 고려해야 했고, 앞날도 따져봐야 했다. 어느 대학에 가야 미국의 일류 대학원에 진학할 최선의 기회를 얻을 수 있을까? 나는 관심 있게 들었다. 나는 요람을 보면서 그가 갈 만한 대학들을 같이 비교해보았지만, 마음속으로는 지난 번 가닛과 만났을 때의 가슴이 녹아내리던 순간을 하나하나 되짚고 있었다.

"너도 대학에 갈 거지?"

"왜 안 가겠어?"

"그렇다면 신중히 생각하는 게 좋을 거야. 빈정대는 거 아니야. 질투하는 것도 아니고. 너 잘되라고 하는 말이야."

엄마도 같은 생각이었다. "프렌치 일가가 어떤 사람들인지는 내가 잘 알아. 제리코밸리 지나서 사는데, 거긴 가보고 싶지도 않은 버려지고 가난하기 짝이 없는 벽지야." 나는 침례교회 청년 단체에 대해서는 입을 다물고 있었지만 엄마는 용케 알아냈다. "이해할 수가 없구나." 엄마가 말했다. "머리가 어떻게 된 거 아니니?"

내가 거칠게 대꾸했다. "나는 가고 싶은 곳에도 못 가요?"

"남자 하나 때문에 정신이 나갔구나. 너처럼 머리 좋은 애가. 주빌리에서 평생 살 작정이니? 목재소 일꾼의 아내가 되고 싶은 거야? 침례교회 모금 단체에 들어가고 싶어?"

"아니에요!"

"네 눈을 뜨게 해주려는 거야. 너 잘되라고."

가닛이 우리집에 왔을 때 엄마는 예의를 갖춰 그를 대하면서 목재 사업에 대해 몇 가지 질문을 했다. 그는 제리와 내가 시골 사람들을 놀릴 때 그랬던 것처럼 엄마를 부인Ma'am이라고 불렀다. "그 부분에 대해서는 잘 모르겠습니다, 부인." 그는 공손하고 침착하게 대답했다. 이런 종류의 일반적인 대화를 시도하거나, 이론과 체계를 만드는 식의 사고를 하도록 그를 유도하면 그의 얼굴에는 멍하면서도 약간 언짢아하는 듯한 오만한 표정이 떠올랐다. 그는 거창한 단어를 쓰는 사람들, 생활에 밀착되지 않은 이야기를 하는 사람들을 싫어했다. 그는 사람들이 뭔가 관계를 지어 생각하는 것도 싫어했다. 그것이 내가 시간을 보내는 큰 소일거리였는데 그는 어째서 나는 미워하지 않았을까? 아마도 내가 어떤 사람인지를 그에게 성공적으로 잘 감췄기 때문일 것이다. 하지만 그가 나를 자신에게 맞는 사람으로 만들기 위해 나를 재편성하고 자신에게 필요한 것만 취했을 가능성이 더 컸다. 내가 그와 그 일을 공모한 것이다. 나는 그가 가진 어두운 면, 이상한 면을 좋아했다. 나는 잘 모르는 그 면면이 회생한 침례교회 신자의 모습은 아니었다. 내가 보기에 그가 자랑스럽게 여기는 침례교회 신자의 모습은 오히려 가지고 놀다가 쉽게 버릴 수 있는 가면 같았다. 나는 그에게서 포터필드 맥줏집 밖에서 일어난 그 싸움에 대해, 감옥살이에 대해 알아내려고 애썼다. 내 관심은 본능에 따른 그의 삶에 있었지, 결코 그가 하는 생각에 있지 않았다.

나는 부흥회가 있던 그날 밤 그가 내게 다가온 이유를 알아내려고 했다.

"네 외모가 마음에 들어서."

그게 내가 들을 수 있었던 대답의 전부였다.

우리가 말로 나눈 대화는 어느 것도 우리를 가깝게 만들지 못했다. 말은 우리의 적이었다. 우리가 서로에 대해 알고 있는 것도 말에 의해 더 혼란스러워질 뿐이었다. 우리가 알고 있는 것은 '오로지 섹스'나 '신체적 매력'의 관점에서만 말해질 수 있었다. 섹스에 대해 생각하자 나는 그것이 날마다 쉽게 발견되는 것인 양 항상 가볍고 심지어 경멸스러운 어조로 입에 오르내린다는 사실에 깜짝 놀랐다—지금도 여전히 놀란다.

그는 나를 자기집에 데려가 그의 가족을 소개해주었다. 일요일 오후였다. 월요일부터 시험이었다. 내가 공부를 할 계획이었다고 말하자 그는 "그건 안 돼. 엄마가 닭 두 마리를 벌써 잡아놨단 말이야" 하고 말했다.

공부를 하겠다는 그 사람은 사실상 벌써 사라져 어디 먼 곳에 감금되어 있었다. 가닛이 방에 있으면 나는 어떤 책을 들어도 눈에 들어오지 않았고, 두 단어를 연결시켜 읽을 수조차 없었다. 우리가 같이 차를 타고 갈 때 광고판에 쓰인 글자들을 읽는 게 전부였다. 제리와 다닐 때는 정반대였다. 그때는 세상이 꽉 들어차고 복잡해 보이지만 무서우리만치 비밀이 없는 곳으로 보였다. 가닛과 함께 있을 때 바라보는 세상은, 내가 보기에는, 동물이 바라보는 세상과 크게 다르지 않았다. 이름이 없는 세상이었다.

나는 이전에 엄마와 함께 차를 타고 제리코밸리로 가는 길을 지나간 적이 있었다. 어떤 곳은 트럭이 겨우 지나갈 정도로 길이 좁았다. 운전석 쪽에 들장미가 쓸렸다. 우리는 무성한 덤불숲을 통과해 한참을 달렸다. 그러자 그루터기로 가득한 들판이 나타났다. 나는 그걸 기억하고 있었고, 엄마가 이렇게 말했던 것도 기억했다. "한때는 전부 이곳 같았어. 이 고장 전체가 말이야. 이곳은 개척시대 이후로 크게 변한 게 없어. 여기 사람들이 너무 게으르거나, 아니면 땅이 그만한 가치가 없는 거겠지. 아니면 둘 다거나."

불에 타서 뼈대만 남은 집과 헛간이 나타났다.

"우리집인데 마음에 들어?" 가닛이 말했다.

그의 진짜 집은 좀더 가야 나오는 움푹 꺼진 땅에 자리잡고 있었는데, 큰 나무들이 바짝 에워싸고 있어서 집 전체를 볼 순 없었다. 눈에 보이는 건 갈색 지붕널과 빛바랜 박공, 베란다뿐이었는데, 베란다는 노란색을 칠한 게 아주 오래전인지 지금은 쪼개진 목재에 노란색이 줄무늬처럼 남아 있는 게 다였다. 우리 차가 마당으로 들어가서 홱 방향을 틀자 닭들이 날개를 파닥거리며 대소동을 일으켰다. 큰 개 두 마리도 컹컹 짖으며 다가와 트럭의 열린 창문으로 뛰어올랐다.

마당에서는 아홉 살, 열 살쯤 된 꼬마 여자애 둘이 침대 스프링 위에서 폴짝폴짝 점프를 하고 있었다. 침대 스프링은 오래 방치되어 있었는지 그 아래로 자란 풀이 하얗게 퇴색해 있었다. 그 애들이 뛰기를 멈추고 빤히 쳐다보았다. 가닛은 나를 소개해주지 않고 그애들 앞을 지나쳤다. 그는 나를 누구에게도 소개하지 않았다. 그의 식구들—어느 쪽이 직계가족이고 어느 쪽이 삼촌, 숙모, 사촌 같은 친척인지 분간이 가지 않았다—이 나타나 나를 곁눈질하며 그에게 말을 건네기 시작했다. 나는 이따금 그들이 서로 나누는 대화를 통해 그들의 이름을 알아냈다. 그들이 내 이름을 부르는 일은 결코 없었다.

고등학교에서 본 듯한 얼굴이 익은 여자애가 있었다. 맨발에 화려하게 화장을 했는데, 베란다 기둥을 잡고 있다가 느닷없이 홱 돌아섰다. "저기, 셀마 좀 봐!" 가닛이 말했다. "셀마는 립스틱을 한번 바르면 하나를 다 쓴다니까. 어떤 놈이 키스를 하건 저기 딱 붙어버릴 거다. 꼼짝달싹 못할걸." 셀마는 볼연지와 파우더를 바른 볼을 부풀리더니 천박한 소리를 내며 볼 바람을 터뜨렸다.

키가 작고 둥글둥글하고 화난 얼굴을 한 여자가 끈이 없는 운동화를 신은 채 밖으로 나왔다. 발목이 부어 다리가 홈통처럼 둥글어 보였다. 나한테 곧장 말을 건넨 사람은 그녀가 처음이었다. "백과사전 파는 여자의 딸이로구나. 네 엄마를 알아. 어디 앉을 데가 없니?" 그녀가 흔들의자에서 작은 남자아이와 고양이를 밀어내고 내가 앉을 때까지 그 옆에 서 있었다. 그녀 자신은 맨 위 계단에 앉았고, 모두에게 소리를 질러 지시를 내리거나 꾸지람을 하기 시작했다.

"뒤쪽에 있는 저 닭들 좀 조용히 시켜! 텃밭에서 상추와 골파와 무 좀 가져오고! 라일라! 필리스! 그만 좀 폴짝폴짝 뛰어! 그것 말고는 할 게 없니? 보이드, 그 트럭에서 당장 내려와! 저 녀석을 트럭에서 얼른 끌어내! 저 녀석이 요전날 기어를 넣는 바람에 트럭이 마당을 굴러가 이 베란다를 몇 인치나 망가뜨렸어."

그녀가 담배 꾸러미를 꺼냈고, 앞치마 주머니에서 담배 종이도 꺼냈다.

"나는 침례교회 신자가 아니야. 이따금 담배 피우는 걸 좋아하거든. 너는 침례교회 신자니?"

"아니요. 가닛을 따라가는 것뿐이에요."

"가닛은 말썽을 일으킨 뒤에 거기 다니기 시작했지—가닛이 무슨 짓을 저질렀는지 아니?"

"네."

"그 사건 이후에 다니기 시작했는데, 내가 그애한테 그러는 게 좋은 것 같지 않다는 말은 한 번도 하지 않았어. 거긴 좀 엄격해. 우리 식구들은 모두 연합교회에 다녔는데—지금도 신자야—운전해서 가기에는 상당히 먼 거리라. 내가 일을 나가야 할 때도 있고. 병원의 일요일은 여느 날과 다르지 않으니까." 그녀는 포터필드병원에서 간호조무사로 일한다고 했다. "나하고 가닛, 우리가 가족의 기둥이야." 그녀가 말했다. "이 농장에서 나오는 걸로는 먹고살기 힘들어." 그녀는 최근에 독약을 먹고 구두약처럼 시커멓게 변해서 병원에 실려온 어린아이나 손이 뭉개져서 실려온 남자, 한쪽 눈에 낚싯바늘이 찔려 실려온 소년 등 여러 사고에 대해 말해주었다. 팔꿈치부터 아래팔이 띠처럼 이어진 피부 한 조각 빼고 다 절단된 경우에 대해서도 말해주었다. 가닛은 어디론가 사라지고 없었다. 베란다 구석에 한 남자가 오버올을 입고 앉아 있었다. 불상처럼 크고 노랬지만 표정이 인자해 보이지는 않았다. 그는 끊임없이 눈썹을 치키고 이를 드러내며 히죽거렸지만 그 웃음은 대번에 사라지곤 했다. 처음에 나는 병원에 대한 이야기가 가소롭다며 보이는 반응인 줄 알았는데, 나중에 얼굴의 틱장애 때문에 그러는 거라는 사실을 알게 되었다.

꼬마 여자애들이 침대 스프링에서 뛰기를 멈추고 엄마 주변을 둘러싸더니 엄마가 빼먹을지 모르는 구체적인 내용을 조잘거렸다. 마당에서는 사내애들의 싸움이 벌어졌다. 그애들은 말없이 단단한 땅에서 엎치락뒤치락 뒹굴면서 격렬하게 싸웠다. 그애들의 맨등은 나무껍질 안쪽처럼 매끈한 갈색이었다. "가서 펄펄 끓는 주전자를 가져올 거야." 엄마가 겁을 주었다. "그걸로 네 녀석들 살가죽을 벗겨버린다!" 꼬마 여자애 하나가 물었다. "저 언니가 개울에 가보고 싶어할까요?"

언니란 나를 일컬은 것이었다. 그들은 나를 편편한 하얀 돌들 사이로 갈색 물이 졸졸 흐르는 개울로 데려갔다. 그애들이 내게 봄에 그 물이 어디로 흘러가는지 알려주었다. 어느 해에는 개울물이 넘쳐 집이 물에 잠긴 적도 있었다. 그애들은 나를 건초 더미로 데려가 아기 고양이들의 가족도 보여주었는데, 오렌지색과 검은색 얼룩의 아기 고양이들은 아직 눈도 뜨지 못한 상태였다. 또한 그애들은 나를 텅 빈 외양간으로 데려가 임시변통한 기둥과 막대로 이런 헛간을 어떻게 떠받쳐놓았는지도 보여주었다.

"큰 폭풍이 몰아치면 이 헛간은 무너질 거예요."

그애들은 노래를 지어 부르며 헛간 안을 폴짝폴짝 뛰어다녔다. 낡은 헛간이 무너진다, 무너진다……

아이들은 내게 집안 구경도 시켜주었다. 방들은 널찍하고 천장이 높았다. 가구는 띄엄띄엄 특이하게 배치되어 있었다. 거실처럼 보이는 곳에 황동 침대가 있었고, 방금 이사온 것처럼 구석 바닥에는 옷과 퀼트가 잔뜩 쌓여 있었다. 커튼이 달려 있지 않은 창문이 많았다. 햇살이 거의 움직임 없는 나무들 사이를 통과해 천장이 높은 방안에 들어오자 벽면에 무성한 나뭇잎의 그림자가 뒤덮였다. 아이들은 홍수가 벽에 남긴 흔적도 보여주었는데, 벽에는 그애들이 잡지에서 오려낸 사진들이 붙어 있었다. 영화배우나 생리대 광고를 하는 하늘하늘하고 예쁜 드레스를 입은 여자들 사진이었다.

부엌에서는 그의 엄마가 채소를 씻고 있었다. "여기서 어떻게 살겠니, 응? 도회지 사람 누구든 여길 보면 훤히 알겠지. 하지만 먹을 건 항상 충분해. 개울가라 여름에는 어쨌거나 공기가 좋고 시원하고. 여름에는 시원하지, 겨울에는 보호되지. 내가 아는 한 집을 짓기에 이만큼 좋은 터는 없어."

리놀륨은 온통 시커멓고 울퉁불퉁해서 식탁 밑이나 창가처럼 많이 닳지 않은 곳에만 무늬가 섬처럼 남아 있었다. 닭고기가 익는 냄새가 솔솔 풍겼다.

가닛이 방충문을 열었고, 뒤쪽 마당의 햇살을 배경으로 그의 형체가 거무스름하게 나타났다. 셔츠는 입지 않고 작업복 바지만 입은 채였다.

"너한테 보여줄 게 있어."

우리는 뒤쪽 포치로 나갔고, 그의 여동생들도 따라왔다. 그가 내게 위를 올려다보라고 했다. 포치의 지붕보 밑에 여자들 이름이 쭉 새겨져 있었다. 이름 뒤에 전부 X 표시가 되어 있었다. "오빠의 여자친구들!" 여동생 하나가 외쳤고 둘이 미친듯이 깔깔거렸지만, 가닛은 진지한 목소리로 읽어나갔다. "도리스 매키버! 그 애 아버지는 블루리버 위쪽 지방에서 제재소를 운영했어. 지금도 운영하고 있고. 내가 이애와 결혼했다면 부자가 됐을 거야!"

"그게 부자가 될 수 있는 길이라면 말이지!" 그의 엄마가 방충문까지 따라 나와서 말했다.

"둘리 파더스톤. 가톨릭 신자였어. 브런즈윅호텔 커피숍에서 일했지."

"걔랑 결혼했다면 넌 가난하게 살았을 거야." 그의 엄마가 의미심장하게 말했다. "너도 교황이 어떻게 하라고 하는지는 알지!"

"엄마는 교황이 뭐라고 하지 않았는데도 잘해냈잖아요—마거릿 프레일리. 빨간 머리."

"그런 부류는 성질을 믿을 수가 없어."

"그애는 성질이 아기 병아리보다 온순했어요. 소라 윌러비. 라이시엄극장에서 표를 팔았어. 지금은 브랜퍼드에 있고."

"X는 무슨 뜻이야? 그만 만나기로 했을 때 표시한 거야?"

"아니, 그런 건 아니야."

"그러면 뭐야?"

"군사기밀이지!" 가닛이 포치 난간에 풀쩍 뛰어올라—그의 엄마가 "난간이 네 몸무게를 못 버틸 거야!" 하고 주의를 주었다—그 이름들 맨 아래에 뭔가를 새기기 시작했다. 내 이름이었다. 다 새기고 나자 그는 내 이름 주위에 별로 테두리를 두르고 그 아래 밑줄을 그었다. "이제 끝에 이른 거 같아." 그가 말했다.

그가 칼을 탁 닫더니 풀쩍 뛰어내렸다. "키스해!" 동생들이 미친듯이 깔깔거리며 부추겼다. 그가 나를 감싸안았다. "오빠가 언니 입술에 키스하고 있어, 오빠 좀 봐, 입에 키스하고 있어!" 아이들이 바짝 다가섰지만 가닛은 계속 키스하면서 한 손으로 아이들을 밀어냈다. 그러고는 내게 간지럼을 태우기 시작했고, 우리는 필사적으로 간지럼 태우기 싸움을 벌였다. 여동생들이 내 편을 들었다. 우리는 가넛을 포치 바닥에 눕혀 꼼짝 못하게 하려 했지만 그는 결국 우리한테서 벗어나 헛간으로 도망쳤다. 나는 집안으로 들어가 그의 엄마에게 저녁식사 준비를 도울 게 있는지 씩씩하게 물었다. "옷을 다 버릴 텐데." 그녀가 말했지만, 결국 무를 썰어달라고 했다.

저녁식사로 우리는 치킨스튜를 먹었는데, 질기지도 않았고, 고기를 연하게 만들어줄 만큼 그레이비소스도 훌륭했다. 가벼운 덤플링과 감자("햇감자 철이 아닌 게 정말 안타깝구나!"), 밀가루가 묻은 납작하고 둥근 비스킷, 집에서 절인 콩과 토마토, 몇 종류의 피클, 식초에 절인 골파와 무와 상추, 당밀 맛이 강한 케이크, 블랙베리 절임도 먹었다. 식탁에는 모두 열두 명이 둘러앉았다. 필리스까지 포함해서. 톱질할 때 쓰는 모탕을 양쪽 밑에 받치고 그 위에 판자를 올려 만든 긴 벤치가 있었는데, 모두 거기에 한쪽으로 모여앉았다. 나는 응접실에서 가져온 니스칠이 된 의자에 앉았다. 식탁 머리에는 베란다에 앉아 있던 덩치 크고 피부색이 노란 남자를 데려와 앉혔다. 그가 아버지였다. 가넛은 헛간에서 돌아올 때 나이는 많지만 활기 넘치는 남자를 데려왔는데, 그 남자는 간밤에 치통 때문에 한숨도 못 잔 이야기를 늘어놓았다. "닭고기는 안 드시는 게 좋겠네요." 가넛이 짐짓 걱정하며 말했다. "데운 우유와 롤빵만 드시고 주무시는 게 더 낫겠는데요!" 노인은 정향 오일*을 데워 먹은 이야기를 늘어놓으며 차려진 음식을 푸짐하게 먹었다. "그보다 더 센 것도 먹었나보네. 내 결혼반지에 걸고 장담하지!" 가닛의 엄마가 말했다. 나는 라일라와 필리스 사이에 앉았는데, 그애들은 뭔가를 건네달라는 상대의 부탁을 들어주지 않거나 버터를 받침접시 밑에 감추는 등 투닥투닥 장난처럼 싸웠다. 가닛과 그 노인은 이웃 컨세션에서 위험한 숲속 동물인 줄 알고 라쿤을 쏴 죽인 네덜란드인 농부에 대한 이야기를 나누었다. 우리는 차를 마셨다. 필리스가 조용히 소금통의 뚜껑을 열고 소금을 설탕 그릇에 부은 뒤 노인에게 건넸다. 그의 엄마가 딱 그 순간에 그 장면을 보았다. "언젠가 산 채로 살가죽을 벗겨버릴 거야!" 그의 엄마가 을러댔다.

그 집에서 내가 행복한 시간을 보냈다는 건 부인할 수 없는 사실이었다.

그래서 집으로 돌아가는 길에 "네 가족이 좋아" 하고 말하려다가 그 말이 그에게는 얼마나 이상하게 들릴지를 깨달았다. 그는 내가 자기 가족을 좋아하지 않을 거라고는, 내가 자기 식구들과 잘 어울리지 못할 거라고는 생각조차 하지 않았을 것이기 때문이다. 이런 종류의 판단은 그에게 자의식이 강하고 잘난 체하

* 정향 오일은 치통에 좋다고 한다.

는 것으로 보일 것이었다.

우리가 주빌리 중심가에서 벗어나자마자 트럭이 고장났다. 가닛은 내려서 보닛 밑을 살펴보더니 그럴 줄 알았다고, 변속장치에 문제가 있어서 고장이 난 거라고 말했다. 나는 그에게 우리집 응접실에서 자고 가도 된다고 말했지만, 우리 엄마 때문에 그도 그건 원하지 않는 것 같았다. 그는 목재소에서 같이 일하는 친구 집에서 자겠다고 했다.

트럭소리가 들리지 않을 테니 우리집에서도 우리가 돌아온 사실을 모를 것이다. 그러면 우리는 우리집 건물 옆으로 돌아가 벽에 몸을 붙인 채 키스를 하고 사랑을 나눌 수 있었다. 나는 우리가 마침내 결합하게 된다면, 그전에 일순 정지되는 듯한 특별한 순간이 있을 거라고 생각했었다. 연극의 마지막 장에서 무대막이 올라가는 것처럼 의례적인 시작 같은 게 있을 거라고. 하지만 그런 건 없었다. 그가 정말로 그걸 하려고 한다는 걸 깨달았을 때 나는 바닥에 눕고 싶었다. 발치에 걸려 있는 팬티를 벗고 싶었고, 배에 눌린 드레스 벨트를 빼내고 싶었다. 그가 버클을 너무 아프게 누르고 있었기 때문이다. 하지만 그럴 시간이 없었다. 나는 팬티가 발목께에 걸린 상태로 다리를 최대한 넓게 벌렸고, 건물 벽에 붙인 몸을 높이 끌어올려 균형을 잡으려고 애썼다. 이전에 나누던 친밀한 행위와는 다르게 이번에는 노력과 집중이 필요했다. 전에도 그가 손가락으로 벌려주긴 했었지만 내 거기도 아팠다. 다른 건 다 그렇다 쳐도, 허여스름하게 빛나는 그의 볼기짝 때문에 누가 거리를 지나가다 우리를 볼까봐 나는 그의 바지를 올려 잡고 있어야 했다. 발등 쪽이 견디기 힘들 만큼 아파왔다. 그에게 멈추라고, 적어도 내가 잠시 발꿈치를 땅에 댈 만큼은 기다려달라고 말하려던 바로 그 순간에, 그가 신음소리와 함께 격렬하게 나를 밀며 내 몸 위에 풀썩 쓰러졌다. 그의 심장이 세차게 뛰고 있었다. 나는 그의 무게까지 감당할 수 있을 만큼 균형을 잡고 있지 못했기 때문에 우린 둘 다 모란 화단의 경계에 쓰러졌고, 그러면서 붙어 있던 우리의 몸이 떨어졌다. 내 축축한 다리에 손을 대보니 거무스름한 것이 묻어나왔다. 피였다. 피를 보자 그 모든 일의 찬란함이 선명하게 다가왔다.

아침에 나는 부러진 모란나무와 땅바닥에 묻었을 피를 살펴보러 갔는데, 아니나 다를까 땅바닥에 피가 말라붙어 있었다. 그 사실을 누군가에게는 말해야 했다. 그래서 엄마에게 말했다. "집 옆에요, 땅바닥에 피가 묻어 있어요."

"피?"

"어제 고양이 한 마리가 새를 물어뜯는 걸 봤어요. 커다란 줄무늬 고양이였는데, 어디서 왔는지 모르겠어요."

"못된 짐승 같으니."

"엄마도 같이 가서 봐요."

"뭐? 그것 말고도 할일이 얼마나 많은데."

그날 우리는 시험을 보기 시작했다. 제리와 내가 시험을 봤고, 각각 치과의사와 공학자가 될 예정인 머리 힐과 조지 클라인, 그리고 준 개닛이 시험을 봤다. 준의 아빠는 딸을 상업은행에서 일하는 가슴이 편편하고 난봉꾼처럼 생긴 청년에게 시집보내기 전에 대학 입학 자격을 따놓게 하려고 했다. 시골에서 올라온 여자아이들인 비어트리스와 마리도 시험을 봤는데, 이 두 아이는 사범학교에 진학할 계획이었다.

교장선생님이 우리 눈앞에서 봉인을 뜯었고, 우리는 봉인이 사전에 뜯어져 있지 않았다는 내용을 확인하는 서명을 했다. 저학년들은 여름방학이라 고등학교 건물에는 우리뿐이었다. 우리의 목소리, 우리의 발소리가 복도에 커다랗게 울려퍼졌다. 건물은 더웠고, 페인트 냄새가 났다. 수위가 교실에서 책상을 전부 꺼내 복도에 쌓아놓았었다. 바닥에 니스칠을 하고 있었기 때문이었다.

나는 이 모든 것에서 동떨어져 있는 기분이었다. 1교시는 영문학이었다. 나는 「랄레그로」와 「일 펜세로소」*에 대해 쓰기 시

* 런던 출신의 존 밀턴이 1631년에 발표한 시로, 각각 '쾌활한 사람'과 '사색하는 사람'이라는 뜻이다.

작했다. 문제의 의미는 완벽히 알 것 같았지만 어쩐지 정말로 그 의미라고는 받아들여지지가 않았다. 꿈속에서 읽은 문장처럼 의미 없고 모호하고 악의적으로 느껴졌다. 나는 천천히 답을 써내려갔다. 이따금 쓰기를 멈추고 긴박감을 느끼기 위해 이마에 힘을 주거나 손마디를 풀었지만 아무 소용이 없었다. 더 빨리는 쓸 수 없었다. 끝까지 쓰기는 했지만 답안지를 다시 훑어볼 시간도, 기력도, 욕구도 없었다. 한 문제에 대한 답의 일부를 쓰지 않은 느낌이 들었다. 그럼에도 정말로 그랬는지 확인하려고 문제지를 다시 살펴보지는 않았다.

나는 내가 중요해진 듯한 찬란한 느낌, 육체의 황홀감에 빠져 있었다. 나는 약간의 불편함을 과장하며 나른하게 움직였다. 눈앞에 가닛의 얼굴이 자꾸만 떠올랐다. 우리가 쓰러지기 전에 엄청난 힘을 쏟은 표정과 즉각적인 승리감이 동시에 나타난 얼굴. 나는 내가 누군가에게 그런 고통과 해방감을 안겨주는 사람이 될 수 있다는 사실에 경이로움을 느꼈다.

지금은 스쿨버스가 운영되지 않았기 때문에, 시골에서 온 비어트리스는 가족의 차를 몰고 왔다. 그애가 나더러 타운 남쪽 끝에 새로 문을 연 드라이브인—원래는 대장간이었는데 수리하고 페인트칠을 했다—에 가서 콜라를 마시자고 했다. 그애는 내가 어떤 답을 썼는지 궁금해했다. 그애는 덩치가 크고 성실한 아이로, 앞에서 단추를 채워 입는 브로드 천으로 만든 드레스를 입고 있었다. 나오미와 나는 그애를 보면서 깔깔거리곤 했는데, 그애가 겨울에 학교에 올 때 코트에 흰색 말털을 붙이고 왔었기 때문이다.

"이 문제에는 뭐라고 썼어?" 그애가 말하고는 천천히 문제를 읽었다. 18세기 영국인은 정중한 우아함과 사회적 안정을 가치 있게 생각했다. 18세기 시 한 편을 골라 논하라.

그 순간 나는 지금 차에서 내려 이 차가 세워져 있던 자갈 공터 뒤로 걸어가면 목재소 뒤쪽으로 통하는 거리가 나온다는 사실을 생각하고 있었다. 목재소에서 일하는 남자들이 그 길에 차를 세웠다. 내가 그리로 가서 거리 한복판에 서면 목재소 뒤쪽 울타리와 입구, 길고 문 없는 헛간의 지붕, 그리고 쌓아놓은 목재의 꼭대기가 보일 거라고 생각했다. 타운에는 지표가 되는 눈부신 장소들—목재소, 침례교회, 가닛이 가솔린을 가져오는 주유소, 가닛이 머리를 자르는 이발소, 가닛의 친구들이 사는 집—이 있었는데, 그는 늘 차를 몰고 이 장소들 사이를 누비고 다녔다. 내 마음속에서 그 거리들이 불 켜진 전선처럼 나타났다.

이전에 트럭에서 나누던 우리의 달콤한 애무, 비오는 날의 놀이 같은 건 다 끝났다. 이제 우리는 열렬한 사랑을 나누었다. 문을 열어놓은 트럭 안에서, 덤불 속에서, 밤에는 풀밭에서 사랑을 나눴다. 많은 것이 달라졌다. 처음에 나는 우리가 하는 행위의 중요성, 그 이름, 그 생각에 마비되고 압도되었다. 그리고 오르가슴을 느꼈다. 나는 나오미 엄마의 책에서 읽어 그걸 그렇게 부른다는 것은 이미 알고 있었고, 이 일이 있기 얼마 전에 조급하고 탐닉적인 많은 상상의 연인들과 그런 상태에 도달해보았기 때문에 그게 어떤 건지도 알고 있었다. 그러니까 말하자면 누군가와 함께 그 상태를 경험한다는 건 내게 놀라운 일이었다는 것이다. 그건 사랑의 중심에서 경험하기에는 아주 사적이고 심지어 외롭기까지 한 일로 느껴졌다. 그리고 그건 어느새 우리가 반드시 도달해야 하는 것이 되어버려서 나는 한때 우리가 어떻게 중간에 멈췄는지조차 떠올리지 못했다. 우리는 또다른 단계—더 탄탄하지만 덜 기적 같은, 원인과 결과가 반드시 인정되어야 하는 단계—에 이르렀다. 그때부터 사랑은 정해진 패턴으로 흘러가기 시작한다.

우리가 이런 문제로 서로 대화를 나눈 적은 한 번도 없었다.

이때는 내가 플래츠 로드로 돌아가는 대신 엄마와 함께 주빌리에서 첫번째 여름을 보내고 있을 때였다. 엄마는 자신이 플래츠 로드와는 맞지 않는다고 했고, 아빠와 오언, 베니 아저씨도 지금 이대로 괜찮다고 했다. 이따금 나는 그들을 보러 플래츠 로드까지 걸어갔다. 그들은 식탁에서 맥주를 마시면서 쇠수세미로 달걀을 씻었다. 여우농장 사업은 끝났다. 전쟁이 끝난 뒤 생가죽값이 폭락했기 때문이다. 여우는 사라졌고 울타리는 철거되었다. 아빠는 가금류 사업으로 돌아서고 있었다. 나도 앉아서 달걀을 씻으려고 해보았다. 오언이 맥주를 반병 마셨다.

나도 달라고 하니 아빠가 말했다. "안 돼, 엄마가 안 좋아할 걸." 베니 아저씨가 말했다. "술 마시는 여자치고 잘되는 여자 없지."

가넛도 그렇게 말했었다, 똑같은 말을.

나는 바닥과 창문을 닦고, 곰팡이가 핀 음식을 버렸으며, 찬장 선반에는 깨끗한 종이를 깔았다. 분해서 더 열심히 일했다. 오언은 자기가 남자인 걸 보여주려는 듯 나지막이 짜증을 냈고, 내가 "비켜! 여길 닦아야 한다고. 비켜" 하고 말했을 때도 오만하게 발을 쭉 뻗어 아주 조금 움직인 게 다였다. 이따금 내가 오언을 발로 차거나 오언이 발을 걸어 나를 넘어뜨리려 했고, 우리의 발길질과 주먹다툼은 그렇게 시작되었다. 베니 아저씨는 우리를 보며 부끄러운 듯 껵껵거리는 그 특유의 방식으로 웃었지만, 아빠는 오언에게 여자와 싸우는 건 그만두고 밖으로 나가라고 했다. 아빠는 예의를 갖춰 나를 대했고, 집안일을 잘한다고 나를 칭찬해줬지만, 플래츠 로드에 사는 다른 여자애들에게 하듯 내게 농담을 걸지는 않았다. 예컨대 8학년 때 학교를 그만두고 포터필드에 있는 장갑 공장에 취직한 포터 씨네 딸을 대하듯 나를 대하지는 않았다. 아빠는 나를 인정해주었지만 어떤 면에서는 나 때문에 심기가 불편한 것 같았다. 아빠는 내 야심 있는 태도가 자존심의 결핍을 보여준다고 생각한 걸까?

아빠는 평소 자던 2층이 아니라 부엌 카우치에서 잠을 잤다. 카우치 위쪽의 선반에 라디오와 잉크병이 있었고, 그 옆에 책 세 권이 놓여 있었다. H. G. 웰스의 『세계사 대계』 『로빈슨 크루소』 그리고 제임스 서버의 선집이었다. 아빠는 같은 책을 읽고 또 읽으며 잠을 청했다. 읽은 내용에 대해 말한 적은 한 번도 없었다.

나는 해가 내 앞의 자갈길에 긴 그림자를 던지는 이른 저녁에 다시 타운으로 돌아갔다. 해가 완전히 지려면 아직 한 시간 넘게 남아 있었다. 그림자를 쳐다보니 그 형태가 이상하게 길어 보였고, 멀찍이 작고 둥근 머리(어느 오후 특별히 할일이 없었을 때 머리를 잘랐다)가 놓여 있었다. 위엄 있지만 친숙하지 않은 아프리카 소녀의 그림자 같았다. 나는 플래츠 로드의 집들에는 눈길을 주지 않았다. 먼지를 일으키며 내 옆을 지나가는 차들에도 눈길을 주지 않았다. 그저 자갈길 위로 떠가는 내 그림자만 쳐다봤다.

나는 뜻밖의 부위에 통증을 느끼며—가슴 위쪽과 어깨가 늘 아팠다—밤늦게 집에 돌아왔다. 몸은 축축했고, 나 자신의 냄새에 겁을 먹은 상태였다. 엄마는 침대에 앉아 있을 것이고, 불빛이 엄마의 머리카락을 통과해 보드라운 두피까지 드러내 보일 것이다. 엄마의 차는 식어서 침대 옆 테이블에, 그날이나 전날 마시지 않고 놓아둔 다른 컵들과 함께—이따금 안에 넣은 우유가 시큼하게 상할 때까지 그 자리에 있었다—놓여 있을 것이고, 엄마는 직접 요청해서 받은 대학 카탈로그를 내게 읽어줄 것이다.

“나라면 어떤 과목을 듣고 싶은지 말해줄게……” 엄마는 가닛에 대해 더이상 걱정하지 않았는데, 내 미래라는 분명한 관점에서 볼 때 그의 존재가 차츰 희미해졌기 때문이다. “나라면 천문학, 그리스어를 들을 거야. 그리스어는 꼭. 옛날부터 그리스어를 배우고 싶다는 바람을 몰래 간직하고 있었거든.” 천문학, 그리스어, 슬라브계 언어들, 계몽철학—엄마는 내가 문 입구에 서 있을 때마다 그런 말을 툭툭 던졌다. 하지만 그런 말은 내 머릿속에 남지 않았다. 나는 그런 말 대신 가닛의 팔뚝에 난 거무스름하지만 많지는 않은 털을 생각했다. 털은 꼭 빗질을 한 것처럼 아주 가지런하게 누워 있었다. 그의 가는 손목의 튀어나온 손목뼈, 트럭을 몰 때 조용하게 찡그린 표정, 그리고 우리가 누울 곳을 찾아 나를 숲속이나 강둑으로 이끌 때 보이던 다급함과 현실성이 결합된 특별한 표정. 더러 우리는 날이 어두워질 때까지 기다리지 않기도 했다. 나는 발각되는 것이 두렵지 않았다. 임신이 두렵지도 않았다. 우리가 무슨 행동을 하건 남들의 눈에 띄지 않을 것 같았고, 일반적인 결말을 맞을 것 같지도 않았다.

나는 나를 그녀라고 지칭하며 독백으로 나 자신에 대한 이야기를 했다. 그녀는 사랑에 빠졌다. 그녀는 애인과 함께 있다가 방금 돌아왔다. 그녀는 애인에게 자신을 내주었다. 정액이 그녀의 다리 사이로 흐른다. 나는 대낮에도 눈이 스르르 감겼고, 있던 자리에서 그

대로 쓰러져 잠들고 싶은 기분을 종종 느꼈다.

시험이 끝나자마자 제리 스토리는 자신의 엄마와 함께 미국으로 자동차 여행을 떠났다. 여름 내내 나는 그가 드문드문 보낸 엽서를 받았는데, 앞면에는 워싱턴 D.C., 리치먼드, 버지니아, 미시시피강, 옐로스톤파크의 풍경이 있었고, 뒷면에는 시원시원한 블록체 글씨로 간단한 메시지가 적혀 있었다. 모텔 주인과 주유소 등의 장소에서 바가지를 쓰면서 자유의 땅을 가로지르는 중. 햄버거와 썩은 미국산 맥주를 마시며 지냄. 토착민들을 놀래주려고 레스토랑에서는 늘 『자본론』을 읽음. 토착민들은 아무 반응이 없음.

나오미가 결혼을 한다고 했다. 전화로 그 소식을 전했고 나더러 자기집에 와달라고 했다. 메이슨 스트리트는 여전했지만, 지금은 패리스 선생님의 집에 어느 신혼부부가 살고 그 집을 울새의 알 색깔인 푸른색으로 칠했다는 점만 달랐다.

"안녕, 누구시더라." 나오미가 우리의 우정이 깨진 것이 전부 나 때문이었다는 듯 비난하는 어투로 말했다. "가닛 프렌치랑 데이트한다며, 맞아?"

"어떻게 알았어?"

"그걸 비밀로 할 수 있다고 생각했어? 아직 침례교회 신자가 되지는 않았니? 어쨌거나 제리 스토리보다는 발전했네."

"누구랑 결혼해?"

"너는 모를 거야." 나오미가 맥없이 말했다. "터퍼턴 출신이야. 음, 아니지, 원래는 배리 출신인데 지금은 터퍼턴 시외에서 일해."

"직업은 뭐야?" 나는 예의를 갖추려고 관심을 보인 거였는데, 나오미는 나를 쏘아보았다.

"그렇게 머리가 좋다거나 그런 건 아니야. 대학에도 안 갔어. 벨 텔레폰에서 근무해. 가선공架線工. 이름은 스콧 게이건이고."

"스콧 뭐라고?"

"게이건." 나오미가 철자를 불러주었다. "나도 익숙해져야 하는데. 내 이름이 될 테니까. 나오미 게이건. 넉 달 전만 해도 들어보지도 못한 성이었어. 그를 만났을 때 다른 남자와 사귀고 있었거든. 스튜어트 클레이모어. 그 남잔 신형 플리머스를 몰았는데, 지금은 안 만나. 올라가자. 혼수를 보여줄게."

우리는 2층으로 올라가 나오미 아빠의 방 앞을 지나갔다.

"어떤 사람이야?"

"누구, 그 사람? 그 사람 머릿속에는 구멍이 아주 많아서 새들이 거기다 알을 낳을걸."

나오미의 엄마가 뒤쪽 계단의 위쪽에 나타나 우리와 함께 나오미의 방에 들어갔다.

"결혼식은 조용히 치르기로 했어." 그녀가 말했다. "화려한 결혼식이 다 무슨 소용이야? 과시나 하자는 거지."

"내 들러리가 되어줘." 나오미가 말했다. "어쨌거나 넌 가장 오래된 친구잖아."

"결혼식은 언제야?"

"돌아오는 토요일에서 일주일 뒤." 그애 엄마가 말했다. "날씨가 계속 좋으면 결혼식은 정원의 트렐리스* 아래에서 할 거야. 연합교회 의자를 빌려 쓸 거고, 음식 준비는 W.A.에서 맡아줄 거야. 음식이 많이 필요한 건 아니고. 너도 드레스를 준비해야겠구나. 나오미의 드레스는 아주 연한 파란색이야. 나오미, 드레스를 보여줘. 너는 코럴색을 입으면 좋겠구나."

나오미는 내게 드레스와 신혼여행 의상, 속옷, 신부가 입는 드레스잠옷을 보여주었다. 그러면서 나오미의 기분이 좀 풀렸다. 그녀는 혼수함과 또다른 함, 서랍 몇 개를 열고 옷방에서 상자들을 가져와, 그동안 집을 꾸미고 살림을 꾸리기 위해 모아들인 온갖 것들을 내게 보여주었다. 나는 신부 들러리를 서게 됐으니 선물 파티를 해줘야 한다는 생각을 했지만 마음은 시큰둥했다. 의자는 분홍색 주름 종이로 장식하고, 샌드위치는 식빵 껍질을 잘라내고, 무로는 장미를, 얇게 썬 당근은 둥글게 말아 장식을 만들면 될 것이다. 나오미는 무늬 없는 베갯잇을 사서 거기에다 화

* 덩굴이 타고 올라가도록 만든 격자 구조물.

환이나 과일 바구니, 챙모자를 쓴 채 물뿌리개를 들고 있는 소녀의 모양을 일일이 수놓았다. "벨라 피픈이 너한테 바늘꽂이를 선물로 주겠네." 그렇게 말하는데, 학교가 끝나고 도서관에서 보낸 지난 시절이 떠오르면서 아릿한 슬픔이 느껴졌다.

나오미는 그 말을 듣자 기뻐했다. "바늘꽂이는 녹색이나 노란색, 오렌지색이면 좋겠어. 집을 꾸밀 때 그 색깔을 쓸 거거든." 나오미는 그 색깔로 코바늘뜨기를 해서 만든 그릇 깔개를 보여주었다. 어떤 건 설탕액으로 빳빳하게 처리해서 바구니처럼 가장자리가 세워져 있었다.

나오미의 엄마는 이미 아래층으로 내려가고 없었다. 나오미는 모든 걸 개고 서랍과 상자도 다 닫은 뒤 내게 말했다. "있잖아, 나에 대해 무슨 이야기 들은 거 없어?"

"무슨 이야기?"

"나도 다 알아. 이 타운에 입 싼 사람들이 얼마나 많은데."

나오미가 침대에 무겁게 걸터앉자 엉덩이가 닿은 자리가 쑥 꺼졌다. 내가 나오미네 집에서 잘 때 우리가 한복판으로 굴러가 발로 차고 서로 들이받으며 눈을 뜨던 바로 그 침대였다.

"임신했어. 그렇게 바보 같은 표정으로 쳐다보지 마. 다 하는 걸. 모두 임신할 만큼 운이 나쁘지 않은 것뿐이지. 다 한다니까. 요즘은 그게 안녕, 하고 말하는 거나 다름없을 정도야." 나오미는 발을 마룻바닥에 붙인 채 침대에 드러누워 머리 밑에 손깍지를 끼고 눈살을 찌푸리며 불빛을 쳐다보았다. "전등에 벌레가 많이도 붙었네."

"나도 알아. 나도 해봤어." 내가 말했다.

나오미가 벌떡 일어났다. "네가? 누구랑? 제리 스토리. 그애는 어떻게 하는지도 모를 텐데. 가닛하고?"

"응."

나오미가 벌렁 드러누웠다. "음, 어땠어?" 나오미의 목소리에 의심이 묻어 있었다.

"괜찮았어."

"하면 할수록 더 괜찮아져. 처음에는 많이 아팠어. 물론 스콧은 아니었지. 그 남자 건 컸어. 정말 아팠어! 바셀린을 좀 발랐어야 했는데. 하지만 한밤중에 숲속에서 바셀린을 어디서 구하겠어? 너는 언제 처음 했어?"

나는 모란 화단에 대해, 땅에 묻은 피와 새를 죽인 고양이에 대해 말해주었다. 우리는 침대에 엎드려 온갖 이야기를 다 했다. 창피한 부분까지도 자세히. 심지어 나는 아주 오래전에 있었던 체임벌린 씨와의 일에 대해서도 말했다. 그때가 내가 그걸 처음 본 때였다는 사실과 그가 그걸로 어떻게 했는지까지. 나오미는 주먹으로 침대를 탕탕 치며 깔깔거려 내게 보람을 안겨주었고, "맙소사, 나는 누가 그걸 하는 건 본 적이 없는데!" 하고 말했다. 하지만 얼마 뒤 나오미는 다시 침울해졌고, 침대에서 몸을 일으키더니 자기 배를 내려다보았다.

"너는 운이 좋은 거야. 너도 뭔가를 쓰는 게 좋을 거야. 조심하는 게 좋아. 확실한 건 아무것도 없어. 저 빌어먹을 콘돔도 가끔은 찢어지거든. 처음 임신한 걸 알았을 때 키니네를 먹었어. 미끈거리는 느릅나무 껍질도 먹었고, 젠장, 완하제와 대추나무 열매까지 먹었다니까. 내가 핫도그로 변하는 게 아닌가 싶을 때까지 겨자 목욕도 해봤고. 아무 소용 없더라."

"엄마한테 물어보지 않았어?"

"그게 엄마 생각이었어, 겨자 목욕. 엄마는 이것저것 말만 많지 실제로 아는 건 별로 없어."

"결혼까지 할 필요는 없잖아. 토론토로 가면……"

"아무렴 그렇겠지. 구세군 시설에 들어가 눌어붙는 거지. 어이쿠, 맙소사!" 그녀는 몸을 떨면서 두서없이 겨자와 키니네에 대한 이야기를 덧붙였다. "어쨌거나 내가 낳은 아기를 모르는 사람들한테 보내는 건 옳지 않은 것 같아."

"알았어, 하지만 결혼이 하기 싫으면……"

"어머, 내가 하기 싫다고 누가 그래? 내가 이 많은 걸 왜 모았게. 결혼은 당연히 해야지. 처음 임신을 하면 누구나 다 우울해져, 호르몬 때문에. 완전히 지독한 변비에도 걸렸어."

나오미는 나를 보도까지 데려다주었다. 거기 서서 허리에 손을 짚은 채 낡은 격자무늬 스커트를 입은 배를 내밀고는 이쪽저쪽 거리를 살폈다. 그녀의 결혼한 모습이 그려졌다. 이래라저래라 지시하고, 많은 일에 시달리고, 자기만족에 빠진 젊은 엄마가 밖으로 나와 아이들을 부르며, 들어와서 자라고 하거나 머리를 땋아준다. 혹은 다른 일로 간섭한다. "잘 가, 처녀 아닌 처녀야." 나오미가 애정 어린 목소리로 말했다.

내가 가로등 불빛 아래로 그 블록을 절반쯤 걸어갔을 때 나오미가 소리쳤다. "있잖아, 델!" 그러더니 숨을 헐떡이고 웃으면서 내 쪽으로 뒤뚱뒤뚱 뛰어왔다. 가까워지자 나오미는 양손을 입가에 대고 속삭이는 목소리로 외쳤다. "밖에 한다고 해도 믿으면 안 돼!"

"안 믿어!"

"못된 놈들은 절대 제때 안 뺀다니까!"

그리고 우리는 각자의 길로 걸어갔고, 예전에 그랬듯 과장되게 우스꽝스러운 동작으로 두세 번 돌아서서 손을 흔들었다.

가닛과 나는 저녁을 먹은 뒤 수영을 하러 서드 브리지에 갔다. 엉겅퀴가 없는 곳을 찾아 한동안 돌아다닌 뒤 높이 자란 풀밭에서 먼저 사랑부터 나누었다. 그러고는 한 사람이 지나다닐 만한 길을 서로 꼭 붙어 불편하게 걸어갔고, 가는 내내 중간중간 걸음을 멈추고 키스를 했다. 키스의 질은 이전과 이후가 많이 바뀌어 있었다. 적어도 가닛은 그랬는데, 열정적인 키스에서 위로하는 키스로, 애원하는 키스에서 탐닉하는 키스로 바뀌었다. 그는 특유의 소리를 질렀고 눈을 치떴다. 그의 온몸에서 맥박이 팔딱거렸다. 그는 그렇게 총에 맞은 갈매기처럼 내 안에 깊이 잠겼지만 그러다가 금세 괜찮아졌다! 나는 이따금 그가 숨도 제대로 돌리지 못했을 때 무슨 생각을 하고 있었는지 묻곤 했다. 그러면 그는 이렇게 대답했다. "소음기를 어떻게 고칠지 생각하고 있었어……" 하지만 이번에는 대답이 달랐다. "우리가 언제 결혼할지."

이제 나오미는 결혼해서 터퍼턴에 살고 있었다. 한여름이 지나 있었다. 마가목이 베리 열매를 맺었다. 비가 거의 내리지 않은 가운데 몇 주가 지나자 강은 수위가 내려가, 물 밖으로 드러난 물풀의 반도半島는 그 위로 걸어다녀도 될 만큼 단단해 보였다.

우리는 물속으로 들어갔고, 돌과 모래가 많은 바닥에 다다를 때까지 진흙탕에 발을 푹푹 빠져가며 걸어갔다. 그 주에 시험 결과가 나왔다. 통과는 했다. 장학금은 받지 못했다. 한 과목도 1등급을 받지 못했다.

"아기를 갖고 싶어?"

"응." 내가 말했다. 공기만큼 따뜻한 강물이 내 따끔거리는 엉덩이를 어루만졌다. 사랑을 나눈 뒤라 나는 기운이 없었고, 등과 팔과 가슴이 물속으로 가라앉을 때는 커다란 양배추가 펴지는 것처럼 따스함과 나른함이 느껴졌다. 땅 위에서 커다란 양배추

잎이 풀어져 펴지는 것처럼.

그런 거짓말은 어디서 생각해냈을까? 하지만 그건 거짓말이 아니었다.

"그러려면 먼저 침례교 신자가 돼야 해." 그가 수줍게 말했다. "세례를 받아야 해."

나는 두 팔을 벌린 채 물위에 엎어졌다. 청파리들이 미세하게 몸을 떨며 내 눈높이에서 똑바로 수평으로 날아갔다.

"우리 교회에서 어떻게 하는지 알지? 세례 말이야."

"어떻게 하는데?"

"물속에 집어넣어. 설교단 뒤쪽에 수조가 있어. 뚜껑을 덮어놓았어. 거기서 세례를 해줘. 하지만 강에서 하는 게 더 좋아. 한꺼번에 몇 명씩."

그는 물속에 몸을 던졌고, 수영을 하면서 나를 뒤쫓아와 내 한쪽 발을 잡으려고 했다.

"언제 받을래? 이번 달에 받을 수도 있어."

나는 몸을 뒤집어 떠 있으면서 발로 그의 얼굴에 물을 찼다.

"너도 언젠가는 구원을 받아야 해."

강은 아직 연못 같았다. 쳐다만 봐서는 물살이 어디로 흘러가는지 알 수 없었다. 강물에 반대쪽 강둑과 페어마일 타운십이 비쳤다. 강물은 소나무와 가문비나무와 삼나무 때문에 어둑했다.

"내가 왜?"

"왠지 알잖아."

"왜?"

그는 나를 따라잡은 뒤 내 양쪽 어깨를 잡아 부드럽게 나를 일으켰다가 물속에 밀어넣었다. "지금 당장 너한테 세례를 줘서 그 일을 끝내야겠어. 지금 당장 너한테 세례를 줘야겠어."

나는 웃었다.

"세례는 받고 싶지 않아. 내가 받고 싶어 받는 게 아니면 소용없어." 군말 없이 그의 말을 따를 수도 있었지만, 그저 농담처럼 받아넘길 수도 있었지만, 나는 그럴 수가 없었다. 그가 계속 말했다. "너에게 세례를 주노라!" 그는 나를 일으켰다가 물속에 집어넣기를 반복했고, 그의 손길에서 부드러움은 점점 사라졌다. 나는 계속해서 깔깔거리고 고개를 가로저으며 거부했다. 버둥거리며 깔깔거리던 내 동작도 서서히 멈추고, 우리의 얼굴에 떠올랐던 커다랗고 단호하며 고통스러운 웃음도 딱딱하게 굳어갔다.

"넌 네가 너무 잘나서 이런 건 안 해도 된다고 생각하는구나." 그가 부드럽게 말했다.

"아니야!"

"넌 네가 너무 잘나서 뭐든 안 해도 된다고 생각하는 거야. 우리는 안중에도 없어."

"아니라고!"

"그러면 세례를 받아!" 그 순간 그가 나를 물속에 쑥 밀어넣는 바람에 나는 깜짝 놀랐다. 나는 캑캑거리며 물위로 올라와 코를 풀었다.

"다음번에는 그렇게 쉽게 못 나올걸! 네가 세례를 받겠다고 할 때까지 계속 물속에 밀어넣고 있을 테니까! 세례를 받겠다고 말해. 나는 어쨌거나 너한테 세례를 주겠지만……"

그는 나를 다시 밀어넣었지만 이번에는 나도 예상하고 있었다. 나는 숨을 참고 그와 싸웠다. 물속에 처박힌 나는 누가 나를 잡고 있는지 별로 생각하지 않고, 누구라도 그렇게 하듯 당연하고 격렬하게 싸웠다. 하지만 그가 내게 "이제 받겠다고 말해"라는 자신의 말을 들려주려고 잠시 나를 물위로 올라오게 해주었을 때 나는 내가 뿌린 물이 그의 얼굴에서 줄줄 흘러내리는 것을 보았다. 나는 깜짝 놀랐다. 그건 내가 가닛과 싸우고 있었기 때문이 아니라, 누가 됐든 자신이 나를 지배하는 진정한 힘을 가졌다고 생각하는 사람이라면 그런 실수를 저질렀을 것 같았기 때문이다. 나는 너무 놀란 나머지 화도 나지 않았고, 겁먹는 것도 잊어버렸다. 이 순간 내가 그에게 허락한 모든 힘이 작용하고 있다는 것을, 그라는 존재 자체가 작용하고 있다는 것을, 비록 오 분 전에는 그와의 결혼에 대해 말했지만 내가 그를 황금 애인이라는 거죽을 씌워 영원히 봉해버리려고 한 사실을 그가 모른다는 것이 있을 수 없는 일로 느껴졌다. 그 사실은 대낮처럼 분명했고, 나는 무슨 말이든 해서 그 점을 분명히 하려고 입을 열었지만, 그는 이미 다 알고 있었다. 그가 알고 있었던 건 이것이었다. 내가 알고 있었건 모르고 있었건, 그는 내게 선의의 마음을 주었지만 난 그에게 거짓된 마음을 주었다는 것. 그의 진실한 의지에 나는 복잡함과 연기로 대응했다는 것.

넌 네가 너무 잘나서 이런 건 안 해도 된다고 생각하는구나.

"그러면 받겠다고 말해!" 까무잡잡하고 사랑스럽지만 비밀이 많아 보이는 그의 얼굴이 분노로, 손쓸 수 없는 모욕감으로 일그러졌다. 나는 이런 모욕감을 느끼게 한 데 미안한 마음이 들었지만, 여기에 매달릴 수밖에 없었다. 그것이 내가 남과 다른 점, 나의 보호구역, 나의 인생이었기 때문이다. 나는 포터필드 맥줏집 앞에서 그 남자를 발로 차고 또 찼을 그의 모습을 생각해보았다. 나는 내가 그라는 사람을 알고 싶어한다고 생각했었는데 진실은 그게 아니었던 것이다. 나는 그의 비밀, 그의 폭력성, 혹은 기이하고 매혹적이지만 지금 생각해보면 죽음을 초래했을 수도 있었던 그 싸움의 맥락을 지워낸 그의 참모습에 대해서는 정말로 알고 싶어했던 적이 없었다.

어떤 꿈을 가정해보자. 당신은 자진해서 구멍 속으로 뛰어든다. 사람들이 간질거리는 부드러운 풀을 당신에게 던지는 동안 당신은 웃는다. 어느새 당신의 입과 눈이 풀로 뒤덮이고, 그 순간 당신은 이것이 전혀 장난이 아님을 깨닫는다. 혹은 장난이었다 해도 당신이 산 채로 매장되어야 하는 장난이다. 나는 정확히 그런 꿈속에서 싸우듯 물속에서 싸웠다. 그 순간 생겨난 절박함이라기보다는, 층층이 쌓인 불신을 뚫고 올라와야 한다는 그런 절박한 마음으로. 나는 그가 나를 정말로 물에 빠뜨려 죽일지도 모른다고 생각했다. 정말로 그럴 것 같았다. 지금의 싸움은 내 목숨을 지키기 위한 행위로 느껴졌다.

그는 나를 다시 올라오게 한 뒤 세례를 주는 전통적인 자세를 취했다. 내 몸을 허리부터 뒤로 젖힌 것이다. 그것이 그의 실수였다. 나는 발로 그의 복부 아래쪽—성기를 찼다 해도 나는 신경 쓰지 않았겠지만 거긴 아니었고, 사실 내가 어디를 찼는지 알지도 못했고 관심도 없었다—을 찼고, 내 힘이 충분히 셌는지 그가 균형을 잃고 약간 비틀거리는 바람에 빠져나올 수 있었다. 물속에서 우리 사이의 간격이 1야드 정도 떨어지자마자 우리의 싸움이 얼마나 바보 같고 무서운 것이었는지가 분명해졌다. 이 싸움을 다시 시작할 수는 없었다. 그는 내 쪽으로 오지 않았다. 나는 천천히 걸어서 무사히 물에서 나왔다. 매년 이맘때는 어느 지점이건 수위가 겨드랑이 깊이 이상으로 높아지지는 않았다. 나는 몸을 부들부들 떨고 숨을 헐떡거리며 공기를 들이마셨다.

나는 얼른 트럭 옆에 숨어서 옷을 입었다. 반바지에 다리를 어렵사리 끼워넣었고, 블라우스 단추를 끝까지 다 채우기 위해 숨을 고르면서 마음을 진정시켰다.

가닛이 나를 불렀다.

"집까지 태워줄게."

"걸어갈래."

"월요일 밤에 데리러 갈게."

나는 대답하지 않았다. 예의상 하는 말이라고 생각했다. 그는 오지 않을 것이다. 우리가 좀더 나이가 있었다면 분명 여기서 끝내지 않고 타협을 하면서 그 대가에 대해 입씨름을 했을 것이다. 서로 해명하고 정당화하고 어쩌면 용서했을 것이고, 이 일을 우리의 미래로 가져갔을 것이다. 하지만 사실 우리는 어린아이나 다름없어서 절대적인 진지함을 믿었고, 어떤 싸움은 끝을 의미하며 어떤 타격은 용서할 수 없다고 믿었다. 우리는 각자 서로에게서 참을 수 없는 것을 보았고, 사람들이 그런 것을 보고도 계속 만난다는 것을, 다양한 형태로 미워하고 싸우고 죽일 듯 덤벼놓고도 더 많이 사랑하게 된다는 걸 몰랐다.

나는 차도로 이어지는 오솔길을 걸었고, 얼마간 그렇게 걸으니 마음이 차분해지고 다시 힘이 났다. 생각보다 다리의 힘도 많이 풀려 있지 않았다. 나는 서드 컨세션을 걸어갔고, 세머테리 로드로 접어들었다. 전부 합해 3.5마일 정도를 걸었다.

나는 묘지를 가로질렀다. 날이 저물고 있었다. 8월은 4월만큼이나 한여름에서 멀리 떨어져 있었지만 나는 늘 그 사실을 잊어버리곤 했다. 나는 젊은 남녀—누군지는 알아볼 수 없었다—가 저만치 먼디 집안의 묘 옆의 잘 손질된 잔디에 누워 있는 것을 보았다. 나오미와 나는 한때 거기 거무스름한 시멘트 벽에 우리가 생각해낸 묘비명을 적어놓고는 그게 짓궂지만 웃기다고 생각했었는데, 지금은 그 내용이 다 기억나지 않았다.

여기 일요일마다 자기 수프에 오줌을 싸다 죽은
먼디 가문의 많은 이들의 육신이 누워 있도다……

나는 묘지 잔디에 누워 있는 이 연인들을 질투심이나 호기심 없이 쳐다보았다. 주빌리로 접어들 즈음 세상은 다시 내 것이 되었다. 나무, 집, 울타리, 거리가 원래 그대로의 익숙한 형태로 되돌아왔다. 세상은 원래의 자연스럽고 냉정한 중요성을 되찾았다. 사랑의 삶과는 무관하고 사랑 때문에 제 색깔을 잃지도 않은 세상으로. 이 느낌은 처음에는 충격이었지만 곧 묘한 위안으로 다가왔다. 나는 이미 내 옛날의 모습—비딱하고 잘 비꼬고 고립된—이 다시 숨을 쉬며 기지개를 켜고 제자리를 찾아가는 것을 느꼈다. 하지만 그 자아 밖의 내 육신은 어리석은 상실의 아픔에 괴로워하며 균열이 일어난 채 어쩔 줄 몰라하고 있었다.

엄마는 이미 침대에 누워 있었다. 내가 장학금을 받지 못하게 되자, 엄마가 한 번도 의심하지 않은 뭔가—자식을 통해 풀어보려 했던 미래에 대한 희망—가 무너지고 말았다. 엄마는 오언과 내가 빈둥대다 결국 아무것도 되지 못할 수 있다는 가능성에, 우리가 그저 그런 사람으로 남을 가능성에, 혹은 우리가 친가 쪽의 끔찍하고 자존심 강하고 종교적인 아집에 물들 수 있다는 가능성에 맞닥뜨렸다. 오언은 플래츠 로드로 가서 살면서 베니 아저씨의 문법을 배워 'turrible'이나 'drownded'*처럼 틀린 단어를 썼고 학교를 그만두고 싶다고 했다. 그런데 나까지 가닛 프렌치와 사귀면서 그 문제에 대해서는 대화도 거부하고 결국 장학금도 받지 못한 것이다.

"네가 하고 싶은 걸 해야지." 엄마가 씁쓸하게 말했다.

하지만 그게 그렇게 쉽게 알 수 있는 문젠가? 나는 부엌으로 가서 불을 켰고, 튀긴 감자와 양파와 토마토와 달걀을 한데 섞어 잔뜩 먹었다. 그냥 선 채로, 팬에 담긴 그대로, 침울한 심정으로 게걸스럽게 먹었다. 나는 자유로웠지만 자유롭지 않았다. 나는 마음이 놓이면서도 쓸쓸했다. 만약 내가 정신을 차리지 않았다면 어떻게 됐을까? 와와나시강에서 나를 뒤로 눕힐 때 내가 얌전히 세례를 받았다면?

나는 그게 아직 가능한 일인 것처럼 여러 해 동안 그 생각에—그의 집에 갔을 때 봤던 무성한 나뭇잎의 그늘, 그의 집안에 남아 있던 홍수의 흔적, 내가 실컷 누릴 수 있었던 애인의 육신에 대한 기억과 더불어—문득문득 빠져들곤 했다.

---

* 'terrible' 'drowned'가 맞는 철자다.

그는 월요일에 오지 않았다. 나는 그가 오는지 보려고 기다렸다. 고전적인 방식대로, 머리를 빗고 우리집 응접실 커튼 뒤에 숨어 기다렸다. 그가 온다 해도 내가 어떻게 할지는 몰랐다. 그의 트럭, 그의 얼굴을 보고 싶은 고통이 다른 모든 것을 삼켜버렸다. 나는 그의 트럭이 있는지 보려고 침례교회 앞을 지나가보려는 생각도 했었다. 내가 정말로 그렇게 했다면, 내가 거기까지 갔었다면 나는 아마 교회 안까지 들어가 몽유병자처럼 뻣뻣하게 걸어다녔을지도 몰랐다. 내가 간 곳은 우리집 베란다까지였다. 나는 울고 있었고, 내 울음은 어린아이들이 상처가 난 것을 기념하기 위해 일정한 리듬으로 칭얼거리는 그런 울음이었다. 나는 돌아서서 다시 현관으로 들어갔고, 어두운 거울에 내 일그러지고 젖은 얼굴이 비쳤다. 나는 아픔을 고스란히 끌어안은 채 나 자신을 가만히 쳐다보았다. 거기 아파하는 사람이 나라고 생각하니 놀라웠다. 전혀 내가 아니었기 때문이다. 나는 계속 쳐다보았다. 계속 쳐다보았지만, 나는 아파하고 있었다. 나는 거울을 보며 테니슨의 시행 하나를 읊조렸다. 엄마의 옛 스승인 러시 선생님이 엄마에게 선물해준 『테니슨 시전집』에서 읽은 시였다. 나는 더할 나위 없이 진지하게, 절대적인 역설을 담아 그 시행을 읊조렸다. 그는 오지 않았다고, 그녀가 말했다.

내가 읽은 시 중에 가장 바보 같았던 「마리아나」의 한 행이었다. 그러자 눈물은 더욱 건잡을 수 없어졌다. 잠잠해진 내 모습을 지켜본 뒤, 나는 부엌으로 돌아가 커피를 내려 식사실로 가져갔다. 식탁에는 아직 시市 일간지가 놓여 있었다. 엄마가 십자말풀이를 찢어 침대로 가져간 모양이었다. 나는 신문의 구인광고란을 편 뒤 연필을 들고 가능해 보이는 모든 일자리에 동그라미를 쳤다. 나는 지금 눈으로 읽고 있는 것을 스스로에게 이해시키려 애썼고, 얼마의 시간이 흐르니 이런 인쇄된 단어들, 이런 낯선 가능성들에 고맙다는 어느 정도 이성적인 생각이 들었다. 도시는 존재했다. 전화교환수를 구한다고 했다. 미래는 사랑과 장학금 없이도 채워질 수 있었다. 나는 마침내 지난날의 실수와 혼란을 끊어내고 마침내 환상이나 자기기만 없이, 비장하고 단순하게, 집을 떠나고 수녀원을 떠나고 애인을 떠나는 영화 속 여자들처럼 작은 짐가방을 들고 버스에 올라타면서, 내 진정한 삶이 시작되려 한다고 생각했다.

가닛 프렌치, 가닛 프렌치, 가닛 프렌치.

진정한 삶.

에필로그: 사진사

"이 타운에는 자살이 유행처럼 퍼져 있어." 엄마는 걸핏하면 이렇게 말했고, 오랫동안 나도 이 신비하고 교조적인 말을 사실로 믿고 말하고 다녔다—즉 포터필드에는 싸움이 더 잦고 술꾼이 더 많다는 말처럼, 주빌리에서는 다른 곳보다 자살이 더 많이 일어난다고, 자살이 시청의 둥근 지붕처럼 두드러져 보인다고 믿었던 것이다. 나중에 나는 엄마가 말한 모든 것에 대해 회의적이고 경멸하는 태도를 갖게 되어, 주빌리의 자살자 수는 사실상 아주 적으며 그 숫자는 통계치상의 평균을 넘어서지 않을 게 분명하다고 반박했다. 나는 엄마에게 자살자들의 이름을 대보라고 했다. 엄마는 속으로 주빌리의 여러 거리들을 떠올리며 체계적으로 훑어나갔다. "……아내와 식구들이 교회에 갔을 때 목을 맸어. 아침식사를 끝내고 방에서 나가 머리에 총을 쐈지……"
하지만 그렇게 많지는 않았다. 정말로 많지 않았다. 아마도 내 주장이 진실에 더 가까웠을 것이다.

우리를 가르쳤던 패리스 선생님을 포함하면 물에 몸을 던진 사람은 둘이었다. 다른 한 사람은 매리언 셰리프로, 엄마나 다른 사람들은 그녀의 가족에 대해 말할 때면 언뜻 자부심을 내비치며 잠시 그 이야기에서 서성였다. "음, 비극의 운명을 타고난 집안이 있지." 형제 중 하나는 알코올중독으로 죽었고, 또하나는 터퍼턴에 있는 정신병원에 입원해 있었다. 매리언은 와와나시 강물 속으로 걸어들어갔다. 사람들은 입버릇처럼 매리언이 강물 속으로 걸어들어갔다고 말했지만, 패리스 선생님에 대해서는 강물에 몸을 던졌다고 말했다. 어느 누구도 그들이 물에 빠져 죽는 순간을 보지 못했으니 그 표현의 차이는 아마 여자들 자체의 차이에서 비롯했을 것이다. 패리스 선생님은 무슨 일을 하든 충동적이고 극적이었고, 매리언 셰리프는 신중하게, 시간을 충분히 두고 하는 편이었다.

적어도 고등학교 중앙현관의 '여자운동부 매리언 A. 셰리프'의 트로피 진열장 위에 걸려 있는 사진 속 모습으로는 그렇게 보였다. 은색 컵 모양의 그 트로피는 매년 꺼내서 학교에서 운동을 가장 잘한 여학생에게 줬다가, 그 여학생의 이름을 새긴 뒤 다시 진열장에 넣어놓았다. 이 사진에서 매리언 셰리프는 테니스 라킷을 들고 있었고, 흰색 플리츠 주름 스커트와 V자 목선이 짙은 색깔의 선 두 줄로 빙 둘린 흰색 스웨터를 입고 있었다. 그녀는 머리 정중앙에서 가르마를 탔고, 어울리지 않게 양쪽 관자놀이에 핀을 꽂았다. 튼튼해 보였고, 웃지 않는 표정이었다.

"당연히 임신한 거죠." 펀 도허티가 말했고, 나오미도 같은 말을 했다. 우리 엄마만 빼고 모두 그렇게 말했다.

"그렇게 단정짓지 말아요. 왜 그 이름을 더럽혀요?"

"어떤 남자가 매리언을 궁지에 몰아넣은 뒤에 차버렸다니까요." 펀은 자기 말이 맞을 거라고 했다. "그게 아니면 왜 빠져 죽어요? 열일곱 살밖에 안 된 아가씨가?"

시청 도서관에 있는 책으로는 성이 차지 않는 시기가 왔고, 나는 책을 사서 읽어야 했다. 나는 내가 내 삶에서 할 수 있는 유일한 일은 소설을 쓰는 것이라고 생각했다. 나는 셰리프 가족에 대해 써보기로 했다. 그들에게 일어난 어떤 사건이 그들을 엄청날 정도로 고립시켜 소설 같은 운명으로 몰아넣었는지를 써보는 것이다. 나는 가족의 성을 셰리프에서 핼러웨이로 바꾸었고, 죽은 아버지의 직업은 가게 주인에서 판사로 바꾸었다. 내가 읽은 책들에는 대지주의 집안이 그렇듯 판사들의 집안에도 반드시 타락과 광기가 존재했다. 그 집안의 어머니는 원래 모습 그대로, 내가 성공회교회에 다니던 시절에 봤던 그대로 그렸다. 그녀는 꼬박꼬박 교회에 왔고, 수척했지만 굉장히 우아했으며, 사람들에게 다 들릴 만큼 쩌렁쩌렁한 목소리로 탄원의 기도를 올렸다. 나는 그 가족을 그들의 집인 〈헤럴드-어드밴스〉 건물 뒤쪽의 치장 벽토를 바른 겨자색 단층집—그들은 줄곧 그곳에서 살았고 지금도 셰리프 부인이 잔디밭을 단정히 가꾸거나 화단을 깔끔히 손질했다—에서 끌어내 내가 만들어낸 허구의 집으로 옮겼다. 새 집은 우뚝 솟은 벽돌집으로, 높고 좁은 창문이 달려 있고, 캐리지 포치*가 있었으며, 주변을 빽빽하게 둘러싼 관목은 수탉, 개, 여우 모양으로 특이하게 손질되어 있었다.

이 소설에 대해 아는 사람은 아무도 없었다. 누구에게 말할 필요도 없었다. 나는 조금 썼다가 치워두었는데, 뭐든 쓰려고 한다는 것 자체가 실수란 걸 곧 깨달았다. 내가 종이에 쓴 것이 내 마음속에 있는 소설의 아름다움과 전체성에 흠집을 낼지도 몰랐다.

나는 그것—그것에 대한 생각—이 동화 속 착한 주인공이 얻은 마법 상자라도 되는 듯 어디든 가지고 다녔다. 그 상자를 만지면 주인공의 고통은 사라지는 것이다. 나는 제리 스토리와 함께 철로 위를 걸을 때도 그걸 가지고 있었다. 그는 세상이 사라지지 않는다면 언젠가 신생아들이 전기파로 자극을 받아 베토벤이나 베르디 같은 음악이나 자신이 원하는 음악은 뭐든 작곡할 수 있는 날이 올 거라고 말했다. 그는 사람들이 지성, 재능, 기호,

* 현관 앞에 자동차를 세워 타고 내리기 위해 설치한 돌출부.

욕망을 신중히 계산된 양만큼 각자의 몸에 탑재할 수 있는 방법을 설명했다. 왜 못하겠는가?

"『멋진 신세계』처럼?" 내가 말했고, 그는 그게 뭔데? 하고 되물었다.

나는 그에게 그 내용을 말해주었고, 그는 천진하게 대답했다. "나는 몰라. 소설은 안 읽으니까."

나는 소설에 대한 생각을 계속 품고 다녔고, 그러자 기분이 한결 좋아졌다. 그 덕에 제리가 말한 것이 정말로 진실이라고 해도 중요하게 느껴지지 않았다. 그는 감상적인 노래를 독일식 억양으로 부르면서 철로 위를 거위처럼 뒤뚱뒤뚱 걸어가다 내 예상대로 철로에서 떨어졌다.

"나를 믿혀요 그 모든 사랑스러운 매력이……"

내 소설에서는 알코올중독자인 형을 빼버렸다. 세 사람의 비극적인 운명은 책 한 권에 넣기에 너무 과했고, 확실히 내 능력 밖이었다. 동생 쪽은 다정하고 사랑스러웠고, 무례할 정도의 순수함을 지니고 있었다. 발그레한 얼굴에는 주근깨가 돋아 있었고, 뚱뚱한 몸은 무방비 상태로 보였다. 학교에 가면 아이들한테 놀림을 당했고, 산수나 지리를 배울 능력도 없었다. 일 년에 한 번씩 킨즈멘 박람회가 열려 회전목마를 공짜로 타고 무한정 빙글빙글 돌 때 딱 한 번만 행복해했는데, 그때 그의 미소는 기쁨으로 넘쳐났다. (이건 물론 플래츠 로드에서 살았던 어른 천치로 지금은 죽은 프랭키 홀의 이야기를 빌린 것이었다. 그는 늘 하루 종일 회전목마를 공짜로 얻어 타면서 사람들을 향해 국왕처럼 느긋이 손을 흔들었지만 다른 때에는 누구에게도 알은척하지 않았다.) 남자애들은 그의 누이—캐럴라인!—가 어쩌고저쩌고 하면서 그를 놀려댔다. 누이의 이름은 캐럴라인으로 정했다. 그녀는 조롱하듯, 은밀하게, 기성품처럼 내 마음속에 나타나 테니스 선수였던 통통한 매리언을 완전히 지워냈다. 그녀를 마녀로 할까? 색광증 환자로 할까? 뭐든 간단한 건 없었다!

그녀는 다루기 힘들었고, 나뭇잎처럼 가벼웠으며, 주빌리의 거리거리를 돌아다녔는데, 몸을 옆으로 틀어 보이지 않는 벽의 틈새를 통과하는 것 같았다. 그녀의 머리는 길고 검었다. 그녀는 남자들에게 닥치는 대로 선물을 하사했다—그녀에 대한 권리를 가졌다고 생각하는 젊고 잘생긴 남자들에게가 아니라, 왕성한 피가 끓는 얼굴에 정복이라는 말을 습관처럼 쓰고 다니는 통명스러운 고등학생 영웅이나 운동선수들에게가 아니라, 중년의 피곤한 남편들에게, 타운을 지나가는 별 볼 일 없는 세일즈맨들에게, 가끔은 불구자나 정신이 약간 돈 사람들에게였다. 그녀의 후한 태도는 그들에 대한 조롱이었고, 껍질을 벗긴 아몬드 색깔의 쓰고 달콤한 그녀의 육신은 남자들을 빠르게 소진시켜 그들에게 죽음의 감각을 남겨놓았다. 그녀는 섹스를 하도록 바쳐진 희생 제물이었다. 그녀의 몸은 남자들의 살인적인 무게를 버티면서 곰팡이 핀 불편한 묘석에 누웠고, 잔인한 나무껍질에 박혔고, 진흙과 암탉의 똥이 뒹구는 농가 마당에 짓눌렸지만, 살아남은 것은 그들이 아니라 그녀였다.

어느 날 한 남자가 고등학교에 사진을 찍으러 왔다. 그녀의 눈에 처음 비친 것은 검은 옷에 감싸여 있는 그 사진사의 모습이었다. 허름한 흑회색 옷을 입고 삼각대 뒤에 서 있는 그의 구부정한 등, 커다란 눈, 검은색 아코디언처럼 주름이 접히는 구식 카메라. 그가 모습을 드러냈을 때 그는 어떻게 보였을까? 한복판에 가르마를 탄 검은 머리는 날개처럼 양쪽으로 빗어 넘겨져 있었고, 비듬이 떨어져 있었다. 그의 가슴과 어깨는 좁은 편이었고 피부는 반죽처럼 창백하고 껍질이 벗겨질 것처럼 얇았다—꾀죄죄한 외모와 좋아 보이지 않는 건강에도 불구하고 그에게는 사악한 에너지가 흐르고 있었다. 그의 미소는 밝았지만 무자비해 보였다.

소설에서 그에게는 이름을 붙이지 않았다. 그냥 늘 사진사였다. 그는 높은 사각형 차를 타고 그 고장을 누볐는데, 차 지붕에는 펄럭거리는 검은 천이 덮여 있었다. 그가 찍은 사진은 특이했고 오싹한 느낌마저 들었다. 그가 찍은 사진 속에서 사람들은 스무 살이나 서른 살은 더 먹은 자신들의 모습을 보았다. 중년들은 자신들의 생김새가 죽은 부모와 지독히 닮았고, 점점 더 닮아가며, 그런 현실을 피해갈 수 없다는 걸 깨달았다. 젊고 싱그러운 남녀는 쉰 살이 된 자신들의 얼굴이 얼마나 수척하고 따분하고 멍청하게 변할지를 보았다. 신부들은 임신한 듯 보였고, 아이들의 얼굴은 아데노이드* 환자처럼 보였다. 그래서 사진값이 싼데도 그는 인기 있는 사진사가 아니었다. 하지만 어느 누구도 그와의 거래를 거절하지 못했다. 모두가 그를 두려워했다. 그의 차가 길에 나타나면 아이들은 배수로로 뛰어들어 숨었다. 하지만 캐럴라인은 그를 보면 뛰어서 쫓아갔고, 그를 찾아 저벅저벅 뜨거운 도로를 돌아다녔다. 그녀는 그를 기다렸다. 숨어서 기다렸다. 다른 남자들에게는 기꺼이 자신을 내주면서도 약간의 경멸을 내비치며 무심한 태도를 보였지만, 그에게는 그런 것 없이 성의를 다해 희망을 품은 채 비명을 지르며 내주었다. 그러던 어느 날(그때 그녀는 이미 뱃속에서 자궁이 단단하고 노란 박처럼 커지는 것을 느끼고 있었다) 그녀는 그의 차가 다리 옆에 전복되어 있는 것을 발견했다. 차는 물이 말라버린 개울 옆 배수로 안에 뒤집혀 있었다. 차 안에는 아무도 없었다. 그는 사라지고 없었다. 그날 밤 그녀는 와와나시강으로 걸어들어갔다.

그게 전부였다. 굳이 무언가가 더 있다면, 그녀가 죽은 뒤 그녀의 가엾은 오빠가 사진사가 찍은 누이의 고등학교 사진을 보

* 편도가 증식하여 커지는 병으로 방치하면 안면 변형이 오기도 한다. 보통 얼굴 폭이 좁고 길어지며 입이 돌출되고, 조금만 웃어도 잇몸이 훤히 보이거나 위아래 앞니가 서로 맞지 않아 입을 다물지 않은 것처럼 보인다.

왔고, 사진 속 캐럴라인의 눈이 하얀색이었다는 것뿐이었다.

나 스스로도 이 사실이 주는 암시를 다 이해한 건 아니었지만, 그럼에도 그 사실은 다양하고 강렬한 암시를 담고 있는 듯 느껴졌다.

이 소설을 위해 나는 주빌리도 바꿔버렸다. 말하자면 주빌리의 몇 가지 특징은 취하고 나머지는 버렸다. 배경은 좀더 오래되고 좀더 어둡고 좀더 쇠락해가는 타운이었다. 페인트칠을 하지 않은 판자 울타리에 서커스나 가을 축제, 오래전에 치른 선거의 나달나달해진 광고 포스터가 덕지덕지 붙어 있었다. 이곳 사람들은 캐럴라인처럼 아주 말랐거나 거품처럼 뚱뚱했다. 그들은 얼버무리듯 애매하게 말했는데, 그것이 묘하게 어리석은 느낌을 주었다. 그들이 평범한 이야기를 해도 거기에는 광기의 불꽃이 타닥거렸다. 계절은 늘 한여름이었다—열기는 하얗고 잔혹했으며, 개들은 죽은 듯 보도에 드러누워 있었고, 공기의 파동은 텅 빈 고속도로 위에서 젤리처럼 파르르 흔들렸다. 그런데 그렇게 되려면—문득문득 고려해야 할 까다로운 문제가 떠올라 나를 고민에 빠뜨렸다—그렇게 되려면 와와나시강에 강물이 충분해야 하는데 그건 어쩌지? 그렇다면 캐럴라인은 고개를 숙인 채 알몸으로 달빛을 받으며 운명에 순응하듯 깊은 물속으로 걸어가는 대신, 욕조에서 익사한 것처럼 얼굴을 아래로 해야 할 것이다.

모든 사진들. 어떤 일이 일어나는 이유를 나는 막연히 알 것 같았지만 설명할 수는 없었다. 나는 그 모든 일이 나중에는 더 분명해지기를 바랐다. 중요한 것은 그것이 진실이 아니었음에도 내게는 진실로 느껴졌다는 사실이었다. 내가 그런 사람들과 그런 이야기를 꾸며낸 것이 아니라 발견해낸 것 같았고, 그 타운도 내 가까이에, 내가 날마다 통과하는 타운 뒤에 있는 것 같았다.

실재하는 셰리프 집안 사람들을 일단 허구의 인물로 바꿔버리자 나는 그들에게 큰 관심이 가지 않았다. 정신병원에 가 있던 보비 셰리프가 한동안 집에 돌아와 있었고—예전에도 이런 적이 있었던 것 같았다—그가 사람들과 이야기를 나누며 주빌리를 돌아다니는 모습이 눈에 띄었다. 나는 예전에 그의 부드럽고 공손하고 느긋한 목소리를 들을 만큼 그에게 가까이 간 적이 있었다. 내가 관찰한 모습에 따르면 그는 늘 깔끔하게 이발을 하고 탤컴파우더를 발랐다. 고급 옷을 입었고, 키는 작고 살이 찐 편이었으며, 할일 없는 사람들이 짐짓 그러듯 걱정 없이 느긋한 분위기를 풍기며 즐겁게 돌아다녔다. 그에게서는 내가 만들어낸 핼러웨이 씨네 아들과의 연관성을 좀처럼 찾아볼 수 없었다.

산책을 하고 돌아오던 제리 스토리와 나는 주빌리를 아주 분명히 볼 수 있었다. 나무에서 나뭇잎이 다 떨어졌을 때였다. 전투와 여자와 군주와 개척자의 이름을 딴 주빌리의 거리들이 그리 복잡하지 않은 형태로 우리 앞에 놓여 있었다. 우리가 가교를 건너가는데 우리 반 아이들이 가득 탄 자동차 한 대가 바로 밑을 지나가면서 우리를 향해 빵빵 경적을 울렸다. 나는 바깥에서 안을 들여다보는 것처럼 이 야릇한 상황에 대한 환시가 떠올랐다—제리는 주빌리와 이곳의 삶을 전멸시킬지도 모르는 미래를 예측하면서 이를 반기고 있었고, 나는 그 내용을 몰래 검은 우화로 바꾸어 내 소설 속에, 그리고 이 타운과 이 사람들 속에 엮어 넣을 계획을 세우고 있었다. 타운 자체인 이 사람들은 자동차 경적만 빵빵 울려댈 뿐—일요일 오후에 차를 타지 않고 걸어가는 사람이 있으면 누구든 비웃기 위해—자신들이 우리 때문에 어떤 위험에 처했는지는 절대 몰랐을 것이다.

주빌리에서 지낸 지난여름, 나는 7월 중순쯤부터 매일 아침 아홉시와 열시 사이에 시내를 걸었다. 〈헤럴드-어드밴스〉 건물까지 걸어가 건물 앞 유리창을 쳐다보고 다시 집으로 돌아왔다. 나는 6월에 본 학과시험의 결과를 기다리고 있었다. 결과는 우편으로 받기로 되어 있었지만 하루쯤 먼저 신문에 실렸고, 신문사에서는 그걸 건물 앞 유리창에 테이프로 붙여놓곤 했다. 결과가 아침 우편으로 오지 않으면 그날은 오지 않는 것이었다. 아침에 유리창에 붙은 신문지는 없고 창턱에 포크 차일즈가 정원에서 파낸 비둘기같이 생긴 감자—나중에 틀림없이 합류할 두 배로 큰 호박과 이상하게 생긴 당근과 엄청난 크기의 주황색 호박을 기다리고 있었다—만 놓여 있는 걸 보면 나는 집행유예를 받은 기분이 들었다. 나는 하루 더 평화로울 수 있었다. 내가 시험을 망친 건 나도 잘 알고 있었다. 내 공부는 사랑 때문에 방해를 받았고, 여러 해 동안 나를 포함한 모두가 받을 거라 믿어왔으며 나를 주빌리에서 멀리 데려가주었을 장학금은 받을 가능성이 거의 없었다.

어느 날 아침 나는 〈헤럴드-어드밴스〉까지 갔다가 돌아오는 길에, 평소처럼 중심가를 통과하는 대신 셰리프 씨의 집 앞을 지나갔다. 보비 셰리프가 대문 앞에 서 있다가 "안녕" 하고 말을 붙이는 바람에 나는 깜짝 놀랐다.

"안녕하세요."

"내가 너한테 우리집 마당에 들어와 케이크 한 조각을 먹고 가라고 하면 그렇게 해줄래? 거미가 파리에게 말했습니다,* 응?" 나는 그의 태도가 예의바르고 겸손하고 아이러니하다고 생각했다. "어머니가 여섯시 기차를 타고 토론토에 가셨어. 그래서 음, 잠이 깼으니 그렇다면 케이크나 좀 구워볼까, 하고 생각했거든."

그가 문을 열더니 내가 들어올 수 있게 잡고 있었다. 나는 이 상황을 어떻게 모면해야 할지 알 수 없었다. 그래서 그를 따라

---

* 메리 하윗이 1829년에 발표한 시로, 첫 행이 "내 응접실로 들어올래? 거미가 파리에게 말했습니다"로 시작하며, 순진한 파리를 유혹하는 교활한 거미에 대한 내용을 다루고 있다.

계단을 올라갔다.

"여기 포치는 시원하고 좋아. 이쪽으로 앉아. 레모네이드 한잔 마실래? 내가 레모네이드 만드는 데는 선수거든."

그래서 나는 누가 지나가면서 나를 보는 일이 없기를 바라며 셰리프 씨네 포치에 앉았다. 보비 셰리프는 작은 접시에 케이크 한 조각을 담고 그에 어울리는 케이크 포크와 수를 놓은 헝겊 냅킨도 함께 가져왔다. 그러더니 다시 안으로 들어가 얼음과 민트 잎, 마라스키노 체리를 넣은 레모네이드 한 잔을 가져왔다. 그는 케이크와 레모네이드를 한꺼번에 쟁반에 담아 오지 않은 것을 사과했다. 그리고 쟁반이 그릇장의 어디에 있는지 설명했다. 잔뜩 쌓인 접시 아래에 있어서 꺼내기가 힘들어, 무릎을 꿇고 어두컴컴하고 낡은 찬장 안을 들쑤시면서 시간을 보내느니 여기서 나하고 같이 앉아 있고 싶었다고 말했다. 그러고는 자기가 빵을 잘 굽지는 못한다면서 케이크에 대해 사과했다. 가끔 레시피대로 빵 만드는 걸 좋아하지만 아이싱 만드는 법은 아직 완전히 익히지 못해서 그 부분은 어머니의 도움을 받았는데, 지금은 이렇게 아이싱이 없는 케이크를 나한테 내오게 됐다고, 하지만 그러지 말았어야 한다는 생각이 든다고 했다. 그는 내가 레모네이드에 민트 잎을 넣은 것을 좋아했으면 한다고 말했다—대부분의 사람들은 이에 대해 아주 까다롭게 구는 것처럼, 사람들의 머릿속에 민트 잎을 건져내면 된다는 생각이 떠오르는지 그렇지 않은지는 알 길이 없다는 듯 말이다. 그는 내가 여기 앉아 먹고 마시고 하는 것이 그에게 대단히 예의를 지킨 행동이자 뜻밖에 베푼 친절이라는 듯 나를 대했다.

포치의 바닥 판자는 넓고 사이사이에 벌어진 공간이 있었으며 회색으로 칠해져 있었다. 그리고 그 위에 좁고 긴 카펫이 깔려 있었다. 안에 들여놓기에는 너무 닳은 오래된 현관 카펫 같았다. 갈색 고리버들 의자도 두 개 있었는데, 의자에는 크레톤 사라사 천으로 만든 빛바래고 울퉁불퉁한 방석이 놓여 있었다. 우리는 바로 그 의자에 앉았고, 우리 사이에는 둥근 고리버들 테이블이 있었다. 테이블에는 자기 머그잔 혹은 꽃병 같은 무언가가 있었는데, 그 안에 꽃은 없고 대신 작은 빨간색 깃발과 영국 국기가 꽂혀 있었다. 1939년에 영국의 국왕 부부*가 캐나다를 방문했을 때 기념품으로 팔았던 것이었다. 그 깃발에는 공립학교의 8학년 교실 앞쪽에서 본 것과 같은 젊은 시절의 왕과 왕비의 얼굴이 자애롭게 빛나고 있었다. 테이블에 그런 물건이 놓여 있다고 해서 셰리프 집안이 딱히 애국자 집안이라는 이야기는 아니었다. 이런 기념품은 주빌리의 집집마다 수두룩했다. 이것도 그중 하나일 뿐이었다. 이 모든 평범한 사물을 보다가 나는 화들짝 놀라며 어떤 사실이 기억났다. 여긴 셰리프 씨 집이잖아. 방충문을 통해

---

* 당시 영국의 국왕은 조지 6세였다.

현관 통로와, 갈색과 분홍색 벽지가 조금 보였다. 매리언이 거기로 지나다닌 것이다. 학교에 갈 때. 테니스를 치러 갈 때. 와와나시강으로 갈 때. 매리언이 캐럴라인이었다. 그녀는 소설을 시작할 때 내가 가졌던 전부였다. 그녀의 행동과 그녀의 비밀. 나는 처음 셰리프 씨네 마당에 들어왔을 때에도, 포치에 앉아 보비가 케이크를 가져오기를 기다리는 동안에도 그 생각은 하지 못했었다. 소설 생각은 하지 않고 지냈었다. 이제는 거의 소설 생각을 하지 않고 있었다. 소설을 잃어버렸다는 혼잣말 같은 건 한 적이 없었고, 어디 잘 보관해두었다가 훗날에 다시 꺼내오면 된다고 생각했었다. 하지만 진실은 이랬다. 내가 생각해도 그 소설은 바로잡을 수 없는 손상을 입었다는 것. 손상을 입었다. 캐럴라인과 핼러웨이 집안의 나머지 사람들, 그리고 그들의 타운은 권위를 잃었다. 나는 소설에 대한 신뢰를 잃었다. 나는 소설을 생각하고 싶지 않았고, 그래서 생각하지 않았다.

하지만 그 순간 나는 깜짝 놀라며 내가 소설을 어떻게 구상하게 됐는지를 떠올렸다. 신비로웠지만 결국 신뢰를 잃은 구조 전체가 이 집, 셰리프 집안의 사람들, 몇 가지 빈약한 사실, 그리고 아직 말하지 않은 모든 것에서 비롯했던 것이다.

"나는 네가 누군지 알아." 보비 셰리프가 수줍게 말했다. "네가 누군지 내가 알고 있을 거라는 생각은 안 했어? 너는 장학금을 받고 대학에 가려는 아이잖아."

"아직은 못 받았어요."

"너는 똑똑한 아이야."

매리언에게 어떤 일이 일어난 거지? 나는 나 자신에게 물었다. 캐럴라인에게가 아니라. 매리언에게 어떤 일이 일어난 거지? 보비 셰리프가 케이크 굽기를 그만두고 다시 정신병원으로 돌아가야 했을 때 그에게는 어떤 일이 일어난 거지? 소설이야 어떻게 되었건 질문은 계속 나타났다. 현실을 그토록 약삭빠르고 강력하게 상대한 뒤 다시 돌아왔는데 소설이 여전히 그 자리에 있다는 걸 안다는 건 충격이었다. 지금 보비 셰리프가 광기에 대한 단서를 줄 수 있을까? 그가 정중하면서도 스스럼없는 목소리로 "나폴레옹이 내 아버지였어"라고 말할까? 아니면 바닥 판자 사이로 침을 뱉고는 "내가 고비사막 위로 비를 내릴 것이다"라고 말할까? 그런 게 미친 사람들이 하는 행동일까?

"내가 대학에 다닌 건 너도 알지? 토론토대학교. 트리니티대학. 그랬지."

"장학금은 못 받았어." 잠시 뒤 그는 내 질문에 대한 답인 듯 말을 이었다. "나는 평균적인 학생이었어. 엄마는 나를 변호사로 만들 수 있을 거라고 생각했지. 희생을 해서 나를 대학에 보낸 거야. 그때는 대공황 시대였으니까. 너도 알겠지만 대공황 때는 돈을 가진 사람이 아무도 없었잖아. 지금은 사람들이 돈을 가진 것 같아. 그래, 그렇지. 전쟁이 끝난 뒤로는. 지금은 다들 사들이고 있어. 저 아래 콜비 모터스의 퍼거스 콜비라고 알지, 그 사람이 나한테 명단을 보여줬어. 신형 올즈모빌, 신형 쉐보레를 사겠다고 이름을 올린 사람들 명단을.

네가 대학에 가게 되면 식단을 신경써야 할 거야. 식단은 아주 중요해. 대학생들은 탄수화물을 많이 먹는 경향이 있어. 그게 포만감을 주는데다 값이 싸니까. 내가 알던 여자애 하나는 자기 방에서 음식을 만들어 먹곤 했는데, 마카로니와 빵만 먹고 살았어. 마카로니와 빵만! 나는 내가 이렇게 망가진 이유가 음식 때문이라고 생각해. 두뇌에 좋은 영양소가 하나도 없는 음식이었거든. 머리를 쓰려면 머리에 영양분을 줘야 해. 머리에 좋은 건 비타민 B야. 비타민 B1, 비타민 B2, 비타민 B12. 들어봤지? 현미나 정제하지 않은 밀가루에 들어 있어—내 이야기가 지루하니?"

"아니요." 나는 죄의식을 느끼며 말했다. "아니요, 그렇지 않아요."

"지루했다면 사과를 해야겠구나. 이 이야기만 나오면 말이 길어져. 나도 알고 있어. 내 문제—어린 시절 이후로 내 모든 문제—가 영양분을 제대로 섭취하지 못했기 때문이라고 생각하거든. 공부는 그렇게 열심히 하는데 뇌에 주는 영양분은 없었던 거야. 물론 내 머리가 일류라는 건 일단 아니고. 그런 주장은 한 번도 한 적이 없어."

나는 그가 자신의 이야기가 지루하지 않느냐고 다시 물어보는 일이 없게 집중해서 그를 쳐다보았다. 그는 부드럽고 잘 다려진 노란색 스포츠 셔츠를 입고 목단추를 풀어놓고 있었다. 그의 피부는 불그레했다. 그는 내가 그를 기초로 해서 만들어낸 캐럴라인의 오빠와 닮았지만 거리가 있었다. 그에게서 면도용 로션 냄새가 났다. 그도 면도를 하고, 그의 얼굴에도 다른 남자들처럼 수염이 나고, 그의 바지 안에도 페니스가 있다고 생각하니 기분이 묘했다. 나는 축축하고 부드럽게 구부러져 있는 그것을 상상했다. 그는 내게 다정하게 웃어주면서 이성적으로 말했다. 그는 내가 무슨 생각을 하고 있는지 읽었을까? 광기에는 뭔가 비밀이 있어야 하고, 뭔가 재능이 있어야 하고, 내가 모르는 것이 있어야 했다.

그는 쥐가 흰 밀가루를 먹지 않고 거부하는 이유도 말해주었는데, 그 안에 들어 있는 화학성분인 색소 제거제 때문이라고 했다. 나는 고개를 끄덕였다. 그의 얼굴 옆으로 폭스 씨가 〈헤럴드-어드밴스〉 건물의 뒷문으로 나와 쓰레기 소각로에 쓰레기통을 비운 뒤 다시 터덜터덜 안으로 들어가는 모습이 보였다. 그 건물의 뒷벽에는 창문이 없었다. 그 벽에는 얼룩이 조금 묻어 있었고 벽돌에는 금이 가 있었다. 벽은 대각선으로 길게 균열이 가 있었는데, 금은 중간보다 조금 앞쪽에서 시작해 체인웨이 가게 옆 모서리의 바닥에서 끝났다.

길 건너에는 캐나다 상업은행과 도미니언 은행이 있었는데,

열시에 문을 열었다. 열두시 삼십분이 되면 버스가 타운을 통과했는데, 런던의 오언 사운드에서 남쪽으로 가는 버스였다. 그 버스에 타려는 사람이 있으면 헤인스 레스토랑 앞에 깃발이 나와 있었다.

보비 셰리프는 쥐와 흰 밀가루에 대해 이야기했다. 고등학교 중앙현관의 끊임없이 졸졸거리는 분수형 식수대 근처에는 그의 누이의 얼굴이 담긴 사진 한 장이 걸려 있었다. 그녀의 얼굴은 고집스러워 보였고 속내가 드러나 있지 않았다. 고개를 푹 숙이고 있어 그녀의 눈에는 그림자가 졌다. 다른 곳과 마찬가지로 주빌리에서 살아가는 사람들의 삶도 따분하고 단순하고 놀라우며 가늠할 수 없었다—부엌 리놀륨을 깔아놓은 깊은 동굴 같았다.

그때는 내가 언젠가 주빌리에 대해 탐욕스러운 갈망을 품을 거라는 생각을 하지 못했다. 젠킨스 벤드의 크레이그 종조부가 게걸스럽고 잘못 이해한 상태로 그만의 역사를 써나갔듯 나 또한 훗날에 뭔가를 쓰고 싶어질 거라는 생각은 떠오르지 않았다.

훗날 나는 목록을 만들어보려 했다. 중심가를 따라 늘어서 있던 가게와 업체와 그 주인 들의 목록, 가족의 성과 묘석에 적힌 이름과 그 밑에 새겨진 묘비명의 목록. 라이시엄극장에서 1938년에서 1950년까지 상영했던 영화의 대략적인 목록. 전몰장병기념비에 적힌 이름(2차대전 때보다 1차대전 때가 더 많았다). 거리의 이름과 거리가 배열된 형태.

우리가 그런 작업에서 정확성을 바란다면 그건 고통스럽고 미친 일이다.

어떤 목록도 내가 원한 것을 다 담아낼 수는 없었다. 내가 원한 것은, 하나도 빼놓지 않은 모든 것, 말과 생각의 모든 층위, 나무껍질이나 벽에 내려친 모든 번개, 모든 냄새, 길바닥의 움푹 팬 모든 곳, 모든 아픔, 모든 균열, 모든 망상을 가만히 한곳에—찬란하고 영원하게—모아놓는 것이었기 때문이다.

하지만 지금 나는 이 타운을 대단하게 보지 않았다.

보비 셰리프는 내 포크와 냅킨, 빈 접시를 가져가면서 아쉬운 듯 말했다.

"내 말을 믿어." 그가 말했다. "네 삶에 행운이 깃들기를 바랄게."

그러고는 나를 위해 딱 한 가지 특별한 행동을 해주었다. 그것들을 손에 든 채 무용수처럼, 통통한 발레리나처럼 발끝으로 일어선 것이다. 그는 섬약한 미소를 지으며 이 동작을 했는데, 나와 함께 나누기보다는 그냥 내게 보여주기 위한 장난 같았다. 또한 그 동작에는 간결한 의미, 정형화된 의미가 담겨 있는 것 같았다—내가 모르는 알파벳으로 쓰인 한 글자, 한 단어 전체인 것 같았다.

그때의 나는 사람들의 소망이나 그들이 내게 드러내는 다른 모습을 자연스럽고 별스럽지 않게 받아들였다. 그런 것이 내게 마땅히 주어지는 것 이상은 아니라는 듯.

"네." 나는 고맙다는 말 대신 그렇게 말했다.

흔들리는 시절, 성장한다는 것

시절. 시간을 말하는 단어들 중에서 가장 마음을 설레게, 혹은 아프게 흔드는 단어가 내겐 그것 같다. 예컨대, 시대라는 단어는 역사적 사실만을 열거해야 할 것처럼 건조하게 느껴지지만, 시절은, 거기 사연이 붙고 감정이 붙어 단어 자체에서 물기가 묻어나오는 것 같다. 그 두 단어를 떼어놓을 수는 없겠지만, 같은 시간대라도 시대가 화석처럼 남은 흔적이라면, 시절은 그 자체로 숨쉬는 생명 같다. 시대는 큰 범위를 아우르며 담담히 돌이켜도, 시절은 어느 한 부분 떼어내어 한 호흡 깊은숨과 함께 찬찬히 바라보아야 할 것 같다. 그래야 그 흔들리는 지반 위에 넘어지지 않고 서 있을 것 같다.

흔들림, 변화. 흘러가는 것에서는 필연적으로 일어나는 것. 시절과 사람은 다 흘러가는 것이다. 그래서 시절도 흔들리고, 사람도 흔들린다. 먼로의 소설들은 그런 흔들리는 어느 한때 어느 순간 어느 사람들이 펼치는 어느 장면의 이야기를 들려준다. 그 안을 먼로의 예리한 시선이 들여다보고 있다. 그 시선 아래 오래전 이야기는 당시에는 알아차리지 못한 날선 인식의 순간들을 드러내고, 그렇게 새로운 이야기가 된다. 어두운 하늘에 번쩍 비친 날카로운 섬광 같고 동굴에서 반짝 눈길을 끈 영롱한 보석 같은 인식의 순간들. 『소녀와 여자들의 삶』이 우리를 데려가는 곳도 그런 순간들이다. 그리고 이 소설에서 그 인식은 성장이라는 키워드와 맞물려 나타난다. 인식의 순간, 따끔한 감각, 우리를 다치게 하는 것이 아니라 자극하여, 성장시키는 날카로운 찌름.

앨리스 먼로는 2013년 단편 작가로서 뜻밖의 노벨문학상 수상자로 선정되었다. 뜻밖이라는 말은 단편 작가로서 상을 받았다는 사실에 대해서다. 먼로를 읽고 그 예리함에 베여본 사람이라면, 혹은 베일 수 있는 사람이라면 먼로가 선정된 사실이 지극히 마땅한 일로 느껴질 것이다. 개인적으로는 후광에 흔들려 책을 고르는 게 가끔 불편하기도 하고, 그런 후광들이 썩 와닿지 않을 때도 있지만, 먼로의 후광은 정말로 다행스럽고 고마운 일이다. 그 후광이 없었다면 이토록 묘하고 오래가는 여운을 남기는 글을 많은 사람들이 접할 소중한 기회가 묻혀버렸을 테니까.

정말로 묻혀버렸을까? 아니면 어떤 연유로든 그런 글은 저 스스로 우리를 찾아올 기회를 만드는 것일까. 더 많은 사람들이 먼로를 읽으면 좋겠고, 더 많은 사람들이 그 예리함에 베일 수 있다면 좋겠다.

『소녀와 여자들의 삶』은 먼로가 단편집 『행복한 그림자의 춤』 이후 두번째로 내놓은 책이자 유일한 장편소설로 여겨진다. 장편소설이라는 데 대한 이견도 있다. 전체 이야기가 델이라는 화자를 중심으로 흘러가지만, 장편소설보다는 전개가 덜 복잡하고 처음부터 끝까지 관통되는 플롯의 힘도 약하다. 각각의 장은 전체에서 하나만 떼어 읽어도 무리 없이 읽힐 만큼 그 자체로 충분하다. 그렇기 때문에 단편 연작으로 봐야 한다는 것이다. 하지만 분류라는 건 어차피 읽은 이후의 일이다. 혹은 비평가들의 일이거나. 그건 나중의 일로 두고, 지금은 먼로의 글로 다가가보자. 우리에게 다가오는 글이 아니라, 우리가 다가가야 하는 글을 쓰는 그녀에게로. 현재까지는 먼로의 마지막 작품인, 아마 앞으로도 그럴 『디어 라이프』에서는 구상이 점점 추상으로 변화해가듯 정말 기를 쓰고 다가가야 할 만큼 압축과 생략이 많았지만, 먼로의 초기작에 속하는 『소녀와 여자들의 삶』은 그렇게까지 기를 쓰진 않아도 되니, 조금은 덜 긴장된 마음으로.

이야기는 1940년대 캐나다 온타리오주 서부의 어느 시골 마을 주빌리를 배경으로 한다. 소설의 제목에서 알 수 있듯 이 배경 안에서 집중 조명을 받는 것은 여자들의 삶이다. 그리고 그 중심에 화자인 열 살, 열한 살쯤 된 소녀 델이 있다. 당시는 2차대전 중이고, 시대는 달라지고 있다. 어떻게? 그 답은 소설로 미루고.

변화하는 시절. 그 흔들리는 시간과 공간 속에서는 버틴 발에 잔뜩 힘을 주는 사람도 있을 것이고, 흔들림에 맞추어 균형을 잡아가는 사람도 있을 것이다. 시간은 흔들려도 흘러간다. 사람이 시대의 변화를 흡수하기도 하고, 시대가 사람의 변화를 흡수하기도 한다. 사람이 시대의 변화를 만들기도 하고, 시대가 사람의 변화를 만들기도 한다. 시간은 아이를 흔들며 자라나게 하고, 성장은 그런 환경 속에서 일어난다. 성장에 대해 안정이라는 말은 어차피 불가능한지도 모르겠다. 델의 엄마이자 애디 모리슨이자 애디 조던이자 프린세스 아이다(한 인물을 가리키는 이 이름들에서 각각 얼마나 다른 여자의 위치가 느껴지는가)가 여자들의 삶에 일어나는 변화에 대해 델에게 한 말을 빌려보자.

"내 생각엔 처녀들, 여자들의 삶에 변화가 일어나고 있어. 분명히 그래. 하지만 그 변화를 가능하게 하는 건 우리 손에 달려 있어. 지금까지 여자들이 한 건 모두 남자들과 관계된 것뿐이었어. 우리한테는 여태 그게 전부였어. 정말로, 집에서 기르는 짐승만큼이나 우리 삶이라는 게 없었다고."

물론 델이 엄마의 이 말을 대번에 받아들이는 것은 아니다. 어떤 견해를 자신의 것으로 받아들이거나 말거나 선택하기까지는 시간이 걸린다. 그 말을 하는 사람이 누군지에 따라 거부감이 일어나기도 한다. 어쨌거나 화자인 델이 하는 일은 관찰하고 경험하고 성찰하는 것이다. 그러는 과정에서 흡수하거나 쳐내거나 수정하고, 의문을 품거나 의심하고, 두려워하거나 용기를 내고, 이별하거나 만나거나 소원해지고, 호기심을 갖거나 궁금해한다. 죽음에 대해, 신앙에 대해, 몸에 대해, 사랑에 대해, 남녀에 대해, 재능에 대해. 그리고 그렇게 자신과 타인의 차이를 알게 되고, 자신이 서야 할 자리를 고민하고, 자신이 나아갈 방향을 잡아나간다. 그 모든 것을 성장이라는 단어로 압축해볼 수 있을 것이다.

이렇듯 역동적인 성장의 과정을 쪼개는 것이 가능할까 싶지만, 델의 성장은 크게 두 가지 축으로 나눠 생각해볼 수 있다. 한 축은 여자로서, 또 한 축은 작가로서. 물론 그 둘 또한 별개로 움직이는 것이 아니라 상호작용하면서 델의 자의식 혹은 자기 정체성을 형성한다. 그런 순간을 포착한 예리한 인식 하나. "나는 그런 걸 아는 사람인 것이다. 키토가 어디 있는지 아는 나를 어느 누가 사랑하지 않겠는가? 사실은 상당히 많은 사람들이 사랑하지 않을 수 있었다." 이 소설이 먼로의 자전적 소설로 여겨지는 이유를 충분히 짐작해볼 만하다. 타고난 사회적 욕구를 애써 눌려야 하는 시대적 현실에 자의식이 펄펄 살아 있을 수밖에 없는 여자들은 자신을 어떻게 만들어나가고 어떤 삶을 선택하는가?

작가의 싹을 품은 델은 베니 아저씨의 거짓말 같은 이야기들, 베니 아저씨가 구독하는 신문, 대고모들이 하하호호 나누는 이야기들을 흡수한다. 크레이그 종조부의 건조한 원고는 소멸될 수밖에 없는 운명이다. 델에 의해 그 일이 일어나는 건 지극히 예정된 결과다. "표지는 없어. 표지를 남길 만한 일은 아니니까." 크레이그 종조부는 지난날 마을에서 죽은 청년에 대해 이렇게 말한다. 표지를 남길 만한 일은 어떤 일일까? 남긴다면 어디에? 크레이그 종조부가 기록하는 원고에? 델이 써내려갈지 모르는 이야기에? 남긴다면 어떻게? 어떤 일은 남기고 어떤 일은 남기지 않는가부터, 사실 우리 삶의 모든 부분이 선택과 관련되어 있고, 성장의 과정 또한 선택과 무관하지 않다.

"터퍼턴에 사는 내 사촌 루스 매퀸은 머리가 아주 좋아 장학금을 받고 대학에 갈 수 있었지만 곰곰이 생각한 끝에 거절했다. (중략) 어째서 이런 선택이 존경과 감탄을 받을 만하다는 것일까? (중략) 엄마는 그런 아름다움을 인정하지 않았지만 나는 아직 그럴 준비까지는 되어 있지 않았다." 타인의 선택에 대한 성찰. 그런 시간들이 있은 뒤 자신의 선택을 선택한다. "평범하게 산다는 게 뭘까? 그건 유제품 공장 사무실에 취직한 여자들의 삶을 의미했다. 결혼과 출산 때의 선물 파티, 리넨과 냄비와 팬과 은제 포크, 그런 복잡한 여성적인 질서를 의미했다. 그 질서를 전복시키면 게이라 댄스홀의 삶이 되었다. (중략) 하지만 나는 그렇게는 할 수 없을 것 같았다. 절대. 샬럿 브론테가 되는 편이 더 나았다."

위의 인용은 델의 여자로서의 성장 축을 보여주는 부분이기도 하다. 엄마, 엘스퍼스와 그레이스 대고모, 하숙인 펀 도허티, 친구 나오미, 나오미의 엄마, 패리스 선생님, 매들린, 나일 등의 여자들을, 그리고 아빠, 베니 아저씨, 크레이그 종조부, 체임벌린 씨 등의 남자들을, 베니 아저씨와 매들린의 관계, 엄마와 아빠의 관계, 대고모들과 크레이그 종조부의 관계, 펀 도허티와 아트 체임벌린의 관계, 빌 삼촌과 나일의 관계를 보면서, 프랭크 웨일스, 제리 스토리, 가닛 프렌치와의 일방적 혹은 상호적, 정신적 혹은 육체적 관계를 경험하면서, 그리고 그런 기회들을 통해 여자의 위치를 고민하면서 델은 천천히 자신이 있고자 하는 자리, 어쩌면 태생적으로 있을 수밖에 없는 자리의 윤곽을 그려나간다. 그리고 그것은 결국 여자로서의 자리가 아니라, 한 인간으로서의 자리가 될 것이다.

여기서 한 가지 밝혀두면, 번역자로서 부부간의 대화에서 존대를 어떻게 처리할지 고민이 될 때가 있다. 현대의 이야기에서는 거의 반말-반말로, 경우에 따라 존대-존대로 옮긴다. 하지만 1940년대의 이야기에서는 좀 다르다. 영어 자체에 우리말 같은 존대는 없다고 한다면 부모와 자식 간의 대화나 다른 대인 관계에 대해서도 마찬가지 논리가 적용될 수 있다. 현대의 이야기에서는 부모와 자식 간의 대화에도 반말-반말을 적용할 수 있을 것이다. 존대는 사회적 위치의 관계성을 반영하고, 따라서 시대적으로 더 힘이 실린 쪽에 존대를 하는 것을 선택했다. 그것이 이 소설의 전반에 흐르는 맥락과도 일치한다고 생각했다. 매들린은 베니 아저씨와의 관계에서 힘의 관계에 좌우되지 않기에 서로 반말을 할 수 있는 사이일 것이다. 하지만 델의 엄마와 델의 아빠의 관계에서라면, 델의 엄마가 지적인 욕심이 많고 사회적으로 깨어 있지만, 남편에 대해 완전히 과감해지는 단계까지는 아니라고 보았다. 요즘 사회적으로 이와 관련된 이슈들이 예민하게 대두되면서 이런 해명이 요구되는 것 같고, 번역자의 이런 해명도 한 번쯤 필요하지 않을까 생각한다.

에필로그에서는 델이 성장의 한 단계를 넘긴 뒤 새로운 단계를 맞이하는 과도기를 보여주는 듯하다. 작가가 되고자 하는 젊은 여성으로서 델의 다음 단계는 무엇일까. 고민과 생각의 윤곽이 어느 정도 잡히고 이제 그 디테일을 바라볼 수 있게 되는 단계, 새로운 고민을 반영하고 수정하는 단계. 현실과 허구에 대한 고민이 본격적으로 시작되는 단계. 보비 셰리프와의 만남은 작가가 되고자 하는 델이 다음 단계로 넘어가기 위해서는 필수적인 만남이었을 것이다. 델의 에필로그는 끝이 아니라 또다른 시작이다. 그리고 이 부분에서 우리는 먼로가 쓰고자 하는 것이 결국 무엇이었는지를 짐작해볼 수 있다. "그때의 나는 사람들의 소망이나 그들이 내게 드러내는 다른 모습을 자연스럽고 별스럽지 않게 받아들였다. 그런 것이 내게 마땅히 주어지는 것 이상은 아니라는 듯."

그런 모습을 자연스럽고 별스럽지 않게 받아들일 수 있는 눈이 생길 때 작품의 디테일이 살아나고, 작중인물들이 생명력을 얻고, 작가는 일상 속 에피파니의 순간을 포착하여 작품에 녹여낼 수 있게 될 것이다. 그런 글을 읽을 때 우리 또한 남녀의 차이를 넘어서는 더 큰 범위의 인간 욕망이 그려내는 역동을 바라볼 수 있게 될 것이고, 그렇게 우리는, 우리의 삶은, 우리의 인간관계는 깊이를 얻어 서로를 조금 더 애틋하게 바라볼 수 있게 될 것이다. 결국 소설을 읽는다는 것은 내가 느끼고 바라보는 폭을 넓혀 인간을 더 잘 이해하는 일이라고 나는 생각한다. 그러는 순간에 에피파니가 존재한다. 그런 순간들을 통해 우리는 계속 성장한다. 그렇다면 그런 에피파니의 순간들을 성장의 지점들이라고 불러도 되지 않을까? 끊임없이 그 빛을 받고 받아들이는 것. 그러니 성장은 흥미진진한 것이다. 이 소설처럼. 비록 그것이 다양한 아픔을 동반할지라도. 다 끝난 것처럼 말해버리는 건 재미없다. 그러니 그런 순간들에 나를 닫아버리는 일만 하지 않으면 우리는 계속 성장하며 인생의 길을 걸어갈 수 있을 것이다. 흥미진진하게.

정연희

앨리스 먼로 연보

1931년 7월 10일 캐나다 온타리오주 윙엄에서, 로버트 에릭 레이들로와 앤 클라크 레이들로의 장녀로 태어남. 아버지는 스코틀랜드계 장로교 집안에서 태어났고 결혼과 함께 윙엄에 정착하여 여우와 밍크를 길러 모피를 팔아 가족을 부양함. 어머니는 아일랜드계 성공회 집안에서 자랐으며 결혼 전까지 학교에서 아이들을 가르침.

1936년 3월 13일 남동생 윌리엄 조지 레이들로 태어남.

1937년 4월 1일 여동생 실라 제인 레이들로 태어남. 로워타운학교 입학.

1939년 가을, 윙엄에 있는 학교에 4학년으로 전학.

1942년 작가에 대한 꿈을 키우기 시작.

1943년 여름, 어머니가 파킨슨병 증세를 보임. 가세가 기울기 시작함.

1949년 2년간 장학금을 받는 조건으로 웨스턴온타리오대학교에 입학. 영문학과 저널리즘을 전공.

1950년 웨스턴온타리오대학교의 문예지 『폴리오*Folio*』에 시를 발표하던 선배 제럴드 프렘린을 만남. 첫 단편 「그림자의 차원*The Dimensions of a Shadow*」을 『폴리오』에 발표함. 1949년부터 1951년까지 『폴리오』에 세 편의 단편을 기고함. 웨이트리스, 도서관 사서, 담뱃잎 수확 등의 아르바이트로 생활을 유지했으나 경제적으로 어려움을 겪음.

1951년 같은 학교 학생이었던 제임스 먼로와 결혼. 학업을 중단하고 웨스트밴쿠버의 던더레이브로 이사.

1953년 딸 실라 먼로 태어남.

1955년 딸 캐서린 먼로 태어남. 태어난 지 15시간 만에 사망.

1956년 여름, 딸 실라와 온타리오주에 가지만 어머니를 만나지는 않음.

1957년 딸 제니 먼로 태어남.

1959년 2월 10일 어머니 사망. 장례식에 참석하지 않음.

1963년 빅토리아로 이사. 남편 제임스 먼로와 '먼로의 책들'이라는 서점을 운영하기 시작.

1966년 딸 앤드리아 먼로 태어남.

1968년 15년간 집필한 단편을 모아 크노프 출판사에 출간을 의뢰했으나 거절당함. 라이슨 출판사에서 『행복한 그림자의 춤*Dance of the Happy Shades*』 출간. 이 데뷔작으로 총독문학상 수상.

1971년 맥그로힐 라이슨 출판사에서 『소녀와 여자들의 삶*Lives of Girls and Women*』 출간. 캐나다 북셀러 상 수상.

1972년 남편 제임스 먼로와 이혼.

1973년 딸들과 브리티시컬럼비아주 넬슨에 정착. 노트르담대학교의 여름학기 창작 과목을 가르침. 가을, 23년 만에 온타리오주로 돌아와 그곳에 살면서 일주일에 한 번 토론토의 요크대학교에서 학생들을 가르침.

1974년 8월, 제럴드 프렘린과 재회. 소설집 『내가 당신에게 말하려 했던 것*Something I've Been Meaning to Tell You*』 출간. 웨스턴온타리오대학교의 레지던스 작가로 선정됨.

1976년 웨스턴온타리오대학교에서 명예학위를 받음. 제럴드 프렘린과 재혼. 노모를 돌보려는 제럴드 프렘린의 뜻에 따라 그가 나고 자란 온타리오주 클린턴으로 이사. 8월 2일 아버지 사망.

1978년 소설집 『넌 도대체 네가 뭐라고 생각하니?*Who Do You Think You Are?*』 출간. 해외에서는 『거지 소녀*The Beggar Maid*』라는 제목으로 출간됨. 총독문학상 수상.

1980년 브리티시컬럼비아대학교와 퀸즐랜드대학교의 레지던스 작가로 선정됨. 『거지 소녀』로 부커상(지금의 맨부커상) 최종 후보에 오름.

1982년 『목성의 달*The Moons of Jupiter*』 출간. 총독문학상 후보에 오름.

1983년 「소년소녀들*Boys and Girls*」을 원작으로 하는 단편영화가 제작됨.

1984년 영화 〈소년소녀들〉이 아카데미영화제 단편영화 라이브 액션 부문 수상.

1986년 『사랑의 경과*The Progress of Love*』 출간. 세번째 총독문학상 수상. 메리언 엥겔 상 수상.

1990년 『젊은 날의 친구*Friend of My Youth*』 출간.

1991년 『젊은 날의 친구』로 트릴리엄 북 어워드, 커먼웰스상 수상.

1992년 미국 문학예술아카데미의 외국인 명예회원으로 추대됨.

1993년 캐나다 론 피어스 왕립협회 메달 수상.

1994년 『열린 비밀*Open Secrets*』 출간. 총독문학상 후보에 오름.

1995년 『열린 비밀』로 W.H. 스미스 문학상 수상. 래넌문학상 픽션 부문 수상.

1997년 펜/맬러머드 상 단편소설 부문 수상.

1998년 『착한 여자의 사랑*The Love of a Good Woman*』 출간. 길러상 수상. 전미도서비평가협회상 수상.

1999년 『착한 여자의 사랑』으로 두번째 트릴리엄 북 어워드 수상.

2001년 『미움, 우정, 구애, 사랑, 결혼*Hateship, Friendship, Courtship, Loveship, Marriage*』 출간. 레아 단편소설상 수상. 관상동맥우회술을 받음. 앨리스 먼로의 딸 실라 먼로가 어린 시절에 대한 회고록인 『어머니들과 딸들의 삶: 앨리스 먼로의 아이로 자란다는 것*Lives of Mothers and Daughters: Growing Up With Alice Munro*』을 출간함.

2002년 『미움, 우정, 구애, 사랑, 결혼』으로 커먼웰스상 수상.

2004년 3월 22일 〈뉴요커〉에 「열정*Passion*」을 발표. 「열정」이 수록된 소설집 『런어웨이*Runaway*』 출간. 길러상 수상.

2005년 미국 내셔널아트클럽으로부터 문학 부문 명예훈장을 받음. 『런어웨이』로 세번째 커먼웰스상 수상.

2006년 〈아메리칸 스콜라〉에 「왜 알고 싶어하니? *What Do You Want to Know For*」를 발표. 「왜 알고 싶어하니?」가 수록된 소설집 『캐슬록에서 보는 풍경*The View from Castle Rock*』 출간. 『미움, 우정, 구애, 사랑, 결혼』에 수록된 「곰이 산을 넘어오다*The Bear Came Over the Mountain*」

를 원작으로 만든 세라 폴리 감독의 영화 〈어웨이 프롬 허〉가 토론토국제영화제에서 상영되고 아카데미영화제에서 최우수 각색상 후보에 오름. 「열정」으로 오헨리상 수상.

2008년 「왜 알고 싶어하니?」로 생애 두번째 오헨리상 수상.

2009년 8월, 『지나친 행복*Too Much Happiness*』 출간. 맨부커 인터내셔널상 수상.

2010년 프랑스 예술문화훈장을 받음.

2012년 『디어 라이프*Dear Life*』 출간. 이 책에 수록되어 있는 「코리*Corrie*」로 세번째 오헨리상 수상.

2013년 4월 17일 남편 제럴드 프렘린이 88세의 나이로 사망. 『디어 라이프』로 세번째 트릴리엄 북 어워드 수상. 시상식에서 『디어 라이프』가 자신의 마지막 작품이 될 것이라고 말함. 9월, 「미움, 우정, 구애, 사랑, 결혼」을 원작으로 만든 리자 존슨 감독의 영화 〈헤이트십, 러브십〉 개봉.

10월 10일 노벨문학상 수상. 캐나다 사상 첫 노벨문학상 수상자이며, 노벨문학상 역사상 열세번째 여성 수상자가 됨.

지은이 **앨리스 먼로**
1968년 첫 소설집 『행복한 그림자의 춤』을 발표하며 평단의 주목을 받은 이래 영어권을 대표하는 작가로 자리매김했다. 총 세 차례의 총독문학상과 두 차례의 길러상, 전미도서비평가협회상, 오헨리상, 펜/맬러머드 상 등 다수의 상을 수상했다. 2009년에는 맨부커 인터내셔널상을 수상했고, 2012년 『디어 라이프』를 발표했다. 2013년 "현대 단편소설의 거장"이라는 평을 들으며 노벨문학상을 수상했다.

옮긴이 **정연희**
서울대학교 영어교육과를 졸업하고 미국 펜실베이니아대학교에서 석사학위를 받았다. 전문 번역가로 활동하고 있으며, 옮긴 책으로 『디어 라이프』 『착한 여자의 사랑』 『운명과 분노』 『그 겨울의 일주일』 『오, 윌리엄!』 『다시, 올리브』 『사라진 반쪽』 등이 있다.

문학동네 세계문학
소녀와 여자들의 삶

1판 1쇄 2018년 12월 3일 | 1판 2쇄 2023년 3월 8일

지은이 앨리스 먼로 | 옮긴이 정연희
책임편집 윤정민 | 편집 오영나 오동규
디자인 김마리 이원경 | 저작권 박지영 형소진 이영은
마케팅 정민호 이숙재 김도윤 한민아 이민경 안남영 김수현 왕지경 황승현 김혜원
브랜딩 함유지 함근아 박민재 김희숙 고보미 정승민
제작 강신은 김동욱 임현식 | 제작처 영신사

펴낸곳 (주)문학동네 | 펴낸이 김소영
출판등록 1993년 10월 22일 제2003-000045호
주소 10881 경기도 파주시 회동길 210
전자우편 editor@munhak.com | 대표전화 031) 955-8888 | 팩스 031) 955-8855
문의전화 031) 955-1927(마케팅) 031) 955-2634(편집)
문학동네카페 http://cafe.naver.com/mhdn
인스타그램 @munhakdongne | 트위터 @munhakdongne
북클럽문학동네 http://bookclubmunhak.com

ISBN 978-89-546-5360-2 03840

잘못된 책은 구입하신 서점에서 교환해드립니다.
기타 교환 문의 031) 955-2661, 3580

www.munhak.com